D1453335

L'État en France

de 1789 à nos jours

Du même auteur

AUX MÊMES ÉDITIONS

L'Age de l'autogestion
coll. «Points Politique», 1976

Pour une nouvelle culture politique
(en collaboration avec Patrick Viveret)
coll. «Intervention», 1977

La Crise de l'État-providence
1981; coll. «Points Politique», 1984
coll. «Points Essais», 1992

Misère de l'économie
1983

Le libéralisme économique
Histoire de l'idée de marché
coll. «Points Politique», 1989

CHEZ D'AUTRES ÉDITEURS

Le Moment Guizot
coll. «Bibliothèque des Sciences humaines»
Gallimard, 1985

La Question syndicale
coll. «Liberté de l'esprit»
Calmann-Lévy, 1988

La République du centre
(en collaboration
avec François Furet et Jacques Julliard)
Calmann-Lévy, 1988

Le Sacre du citoyen
Histoire du suffrage universel en France
Gallimard, 1992

Pierre Rosanvallon

L'État
en France

de 1789 à nos jours

Éditions du Seuil

La première édition de cet ouvrage
a paru dans la collection « L'univers historique »

EN COUVERTURE : Affiche de Fix-Masseau
© SPADEM, 1992

ISBN 2-02-019403-1
(ISBN 2-02-011523-9, 1ᵉ publication)

© ÉDITIONS DU SEUIL, FÉVRIER 1990

INTRODUCTION

PENSER L'ÉTAT

Le très petit nombre des travaux consacrés à l'histoire de l'État français contraste singulièrement avec la vigueur des jugements qui s'expriment à son propos. D'où le décalage : l'État comme problème politique, ou comme phénomène bureaucratique, est au cœur des passions partisanes et des débats philosophiques tout en restant une sorte de non-objet historique.

Il est peu de domaines dans lesquels le déséquilibre entre la masse des prises de position et la minceur des travaux érudits soit aussi frappant. L'histoire de l'administration, surtout pour la période postérieure à 1789, reste ainsi un continent à explorer. Seuls quelques pionniers comme Guy Thuillier et Pierre Legendre s'y sont pour l'instant aventurés. Des centaines d'essais sont publiés chaque année pour dénoncer l'emprise de l'État sur la société ou stigmatiser son caractère de classe, alors qu'il ne paraît pas dix ouvrages sérieux d'histoire sur le sujet, qu'il s'agisse d'histoire quantitative ou d'histoire des institutions politiques ou administratives. Prenons un exemple, particulièrement frappant : celui de la fonction publique. Il n'existe aucun travail qui fasse le point sur la croissance du nombre des employés de l'État au XIXe siècle et au début du XXe siècle, alors même que la question de la place des fonctionnaires dans la société est âprement discutée. Les auteurs des manuels d'histoire générale de cette période se contentent de reprendre de façon non critique quelques estimations éparses glanées dans des documents budgétaires ou reprises dans des ouvrages anciens auxquels on a pris l'habitude de se référer sans s'inquiéter des sources sur lesquelles ils s'étaient appuyés. Dans ce seul domaine de l'histoire quantitative de l'État, le retard est ainsi considérable par

9

rapport à l'histoire économique ou sociale. Des efforts de grande ampleur ont été entrepris depuis longtemps pour reconstituer des séries statistiques de production, de prix, de salaires, de taux de croissance ou de productivité alors que les données dont on dispose pour mesurer l'évolution du nombre de fonctionnaires ou des dépenses budgétaires restent approximatives et parcellaires.

Ce retard de l'histoire de l'État et de l'administration n'est pas dû au hasard. Il reproduit à l'intérieur du champ de la discipline historique le présupposé dominant d'une question simple, non problématique. Comme s'il n'y avait au fond rien à apprendre à ce propos que l'on ne sache déjà d'une certaine façon ; comme si la plus-value de connaissance apportée par l'érudition n'était à priori susceptible de modifier aucun jugement, de n'entraîner aucun renversement de perspective, de n'avoir aucune conséquence pratique. D'où la préférence donnée à l'histoire des idées dans ce domaine. On s'attache aux analyses de Benjamin Constant, de Tocqueville, de Louis Blanc, de Marx ou de Hegel, pour y puiser les arguments d'une critique ou d'un plaidoyer, mais on ne ressent pas le besoin d'interroger en lui-même le phénomène étatique dans sa dimension proprement *historique*. C'est d'ailleurs ce qui explique le caractère extraordinairement répétitif de tous les essais consacrés à l'État. Depuis deux siècles, ce sont les mêmes répulsions, les mêmes craintes ou les mêmes revendications qui se formulent dans des termes qui ne varient guère. Tout se passe en effet comme si l'on considérait que l'État n'avait pas véritablement d'histoire, son développement n'étant que la pure reproduction, sans cesse agrandie, d'une figure qui aurait été formée à l'origine.

Le but de cet essai est de contribuer à remonter ce courant. Sans trop d'illusions. Car il y a encore beaucoup de thèses à rédiger, de monographies à dresser et de montagnes d'archives à remuer pour songer à rédiger une histoire générale de l'État. Mais le problème est paradoxalement que ces travaux « préalables » ne sont guère entrepris, faute d'une conscience suffisante de leur utilité et de leur urgence. Ce livre a pour objet de rompre ce cercle vicieux. Avec les risques que cela comporte et la modestie que cela requiert. Sa seule ambition est de dégager une *méthode* et de fixer un *cadre*. Il définit un programme et ne prétend aucunement opérer une synthèse, qui serait nécessairement prématurée, ne pouvant s'appuyer que sur des travaux très parcellaires et incomplets. Il faut le prendre comme une sorte de guide provisoire soumis à la discussion. Aussi n'avons-nous pas hésité à faire court sur un trop grand sujet. Il nous a semblé préférable d'être concis dans l'exposé et de faire suivre ce travail d'une grosse bibliographie commentée de près de deux mille titres, qui permet de baliser le champ des travaux disponibles et de signaler les sujets encore vierges, plutôt que de grossir le propos par une compilation de données fragmentaires.

Les conditions d'une histoire de l'État

Entreprendre une histoire de l'État implique de prendre en compte un certain nombre d'impératifs de méthode qu'il est nécessaire de présenter brièvement en introduction, dans la mesure où ils conditionnent la définition même de l'objet. Nous en distinguerons quatre.

1. *L'impératif de déglobalisation.* L'État est trop souvent appréhendé comme un bloc dont on ne parle qu'au singulier, comme s'il était une structure unifiée, une « chose » cohérente. L'approche statistique par la dépense publique, qui est la plus facile à opérer, conduit inévitablement à le comprendre dans ces termes. Si elle a le mérite d'être relativement « neutre » et de ne pas partir d'un à-priori théorique sur la nature de l'État, elle a l'inconvénient d'être fortement réductrice. La question de l'État devient de fait ramenée à celle de son *poids :* on dira qu'il a triplé ou quadruplé, comme si cela suffisait à qualifier ses transformations. On le voit bien aujourd'hui avec l'usage qui est fait de la notion de prélèvements obligatoires. Le débat sur l'État se polarise autour d'un indicateur statistique unique, qui agglomère des données extraordinairement diverses et hétérogènes, et son histoire se ramène à l'élaboration d'une courbe statistique. Cela a deux inconvénients majeurs. Le poids de l'État est tout d'abord confondu avec son degré et ses formes d'intervention dans la société. Il est impossible de faire sur cette base la différence entre un État démocratique et un État totalitaire. Toutes les qualités de l'État sont résumées en une quantité. C'est ce qu'exprimait de façon naïve Valéry Giscard d'Estaing lorsqu'il estimait, en 1974, que la France deviendrait

11

« socialiste » si la barre des 40 % était franchie en matière de prélèvements obligatoires. Les formes pratiques de l'État et son rapport à la société restent dans ces conditions masqués et opaques, leur résultante financière (l'impôt et la dépense) étant rabattue sur ce qui les motive : la cause disparaît derrière la conséquence. L'approche globale par la dépense a ensuite pour conséquence fâcheuse de privilégier en retour les théories macro-explicatives, puisqu'elle incite à ne comprendre qu'un seul phénomène, celui d'une *croissance* supposée constituer en elle-même et en tant que telle l'objet pertinent de la réflexion sur l'État. Il n'y a plus de place pour l'histoire à proprement parler dans ce cadre, seulement pour l'économie et la sociologie des organisations (cf. toutes les théories du développement du phénomène bureaucratique) ou pour la philosophie de l'histoire (soit directement, avec les interprétations en termes de « mouvement irrésistible de civilisation » chez l'Allemand Wagner, soit sous la forme déguisée d'une théorie du changement social dans la vision marxiste). Pour comprendre les choses, il faut d'une certaine manière les compliquer.

Le présupposé d'une *histoire simple* et évidente gouverne trop notre approche du phénomène étatique. L'État moderne ne serait pas un problème à comprendre, mais seulement un héritage à gérer, un donné à infléchir ou un enjeu à disputer. Peu importent d'ailleurs ici les termes de cette approche. Que l'on prône globalement une réduction du poids de l'État au nom d'un nécessaire rééquilibrage du rapport État/société civile, que l'on dissocie les méfaits de l'État réglementaire des bienfaits de l'État de droit, que l'on dénonce l'État au service de la bourgeoisie ou que l'on voie dans l'État la seule figure incarnant légitimement l'intérêt général, ne change rien à ce présupposé.

Dans le cas français, cette histoire serait particulièrement simple. Quelques chiffres la résumeraient : 150 000 fonctionnaires à l'aube du XIXe siècle et près de 3 millions aujourd'hui ; 6 ministères en 1815 et près de 30 un siècle et demi plus tard ; un budget dont la part relative dans le produit national a presque quadruplé depuis le Premier Empire. L'histoire de l'État et de son rapport à la société se limiterait ainsi au commentaire de quelques graphiques faciles à interpréter. Les prudences méthodologiques du statisticien et les découpages savants de l'historien n'en altéreraient aucunement le sens global. Les faits seraient là, massifs et évidents : l'État n'aurait cessé d'étendre son domaine d'intervention, envahissant toujours davantage la société, et l'administration se serait inexorablement enflée, exerçant un pouvoir de plus en plus étendu. L'histoire de l'État se confondrait avec celle d'une croissance, réalisée au détriment de la société. L'héritage colbertiste, la tradition jacobine et l'œuvre napoléonienne en auraient constitué le ressort, nous enfermant dans une « tradition étatique et centralisatrice » dont notre histoire serait le produit. C'est avec cette vision trop globale qu'il faut rompre.

2. *L'impératif de hiérarchisation.* La principale difficulté d'une histoire de l'État consiste à produire de l'*intelligibilité comparative.* Il faut pouvoir rendre compte des spécificités nationales et briser en même temps les perceptions continues et homogènes du phénomène étatique moderne. C'est en quelque sorte un problème d'optique. Si la focale de l'objectif est trop ouverte, elle empêche d'avoir de la profondeur de champ et tous les plans se confondent. C'est ce qui se passe lorsque l'histoire de l'État n'est appréhendée qu'à partir du seul concept de modernité politique. Si l'État n'est pensé que comme *État moderne,* dont l'essor est lié à l'avènement de l'individu et à la laïcisation du politique, son histoire se limite à celle d'une *rupture unique,* commencée en Occident aux XIIIe et XIVe siècles. La seule différence de nature est celle qui existe avec l'ancien système féodal. L'histoire finit dans ces conditions par se confondre avec la philosophie politique dans la mesure où l'objet de cette dernière est justement de réfléchir sur cette rupture fondatrice de la société moderne. Mais il devient du même coup difficile d'appréhender précisément les spécificités française, anglaise ou allemande, si ce n'est à les rapporter seulement aux conditions de la rupture avec l'ordre ancien. Et il est également difficile d'élaborer la différence entre l'État du XIXe siècle et celui du XXe siècle, tant leurs points communs l'emportent sur leurs particularités du seul point de vue du mouvement long d'individualisation-étatisation. Le même phéno-mène se produit si l'on part d'une autre approche longue, en liant par exemple le développement de l'État à celui du capitalisme. A l'inverse, si la focale de l'objectif est trop courte, si elle suit par exemple les seuls changements de régimes ou les orientations des

gouvernements successifs, les éléments de continuité deviennent illisibles. L'histoire de l'État est donc fortement contrainte par ce problème de « mise au point », qui doit permettre d'intégrer et de hiérarchiser les différents niveaux d'appréhension du phénomène étatique.

3. *L'impératif d'articulation.* L'État n'est pas seulement un appareil administratif, il est également une figure politique abstraite, en tant qu'il incarne le principe de souveraineté. Il est une *forme efficace de représentation sociale.* C'est pourquoi l'histoire de l'État doit être *par excellence* le produit d'une articulation entre l'histoire des faits et l'histoire des idées et des représentations sociales. L'État travaille la société en même temps qu'il est constitué par l'image que celle-ci se fait de lui. Il n'est pas un objet qui aurait en lui-même sa consistance propre, extérieur à la société, mais la résultante d'une interaction permanente avec elle. L'État est indissociablement une solution et un problème. Une solution, parce qu'il s'incarne dans des institutions, des pratiques et des règles, et un problème, parce qu'il n'a de consistance que par rapport à la question toujours instable, inlassablement reprise et discutée, de l'institution du social. L'histoire de l'État est pour cette raison une *histoire carrefour* (c'est d'ailleurs pourquoi elle ne se réduit en aucun cas à l'histoire de l'administration qui ne saisit l'État que dans son moment « objectif »). Plus encore, elle est le terrain de rencontre privilégié entre la philosophie politique et l'histoire.

4. *L'impératif de totalisation.* S'il faut déglobaliser la question de l'État, le fait de découper son action en « domaines » spécialisés — économie, social, justice, police, défense, etc. — ne permet pas d'en saisir les ressorts. Découper l'action de l'État en secteurs d'intervention conduit en effet à renforcer, en la raffinant, une conception purement instrumentale (l'État comme structure extérieure à la société qui agit sur elle). L'histoire de l'État n'est pas une addition d'histoires sectorielles ou spécialisées : histoire des politiques sociales, de la réglementation économique, de la police, de la monnaie, de la fonction publique, etc. Ces histoires sectorielles ne peuvent prendre sens que si elles sont restituées dans un cadre d'ensemble.

Les figures de l'État

Ces différents impératifs de méthode suggèrent de concevoir l'histoire de l'État de façon dynamique et de la comprendre comme un travail. Faire l'histoire de l'État consiste à analyser les conditions dans lesquelles se sont formées des *figures du rapport État/société*. Car il n'y a pas d'histoire de l'État hors de la saisie d'une relation : l'État n'existe que par rapport à la société.

On peut formuler le projet d'une histoire de l'État qui ne procède ni d'un découpage sectoriel ni d'une simple description chronologique. Elle doit se fonder sur l'analyse de la formation et de l'évolution d'un certain nombre de figures clefs du rapport État/société, en les saisissant dans leur spécificité nationale et leur mouvement propre, tout en les comprenant dans leur rapport au développement de la modernité. Il s'agit au fond de dégager le *code génétique* de l'État et d'appréhender à partir de là son histoire comme le déroulement d'une sorte de « programme ». Pour avancer dans cette voie, on peut distinguer en première approximation quatre figures de base dans l'État, qui constituent autant de modalités spécifiques du rapport État-société :

— *Le Léviathan démocratique*. L'État s'est d'abord construit autour d'une autonomisation et d'une séparation de la sphère politique. Cette modalité de la *constitution* de l'État est remise en cause par la notion de contrat politique ou social qui ouvre la voie au développement de la démocratie politique et à la mise en place de gouvernements représentatifs. Le Léviathan démocratique est l'État dans son rapport à la société comme puissance constituante (rapport de constitution de l'État par la société).

— *L'instituteur du social*. L'avènement d'une société d'individus bouleverse les rapports de l'État à la société et à l'idée de nation. L'État devient une force d'*institution du social*, c'est-à-dire qu'il produit de la cohésion en jouant le rôle tenu auparavant par les corps intermédiaires. L'instituteur du social est l'État en tant qu'il produit du lien social et de l'unité, met en forme la société et constitue la nation (rapport d'institution).

— *La providence*. L'État se définit comme un « réducteur d'incertitudes » (Hobbes). L'État de droit traditionnel, qui est par essence un État protecteur, s'élargit progressivement en État providence, fondé sur l'extension à la sphère de l'économique et du social des droits de l'homme, qui se prolongent ainsi dans des droits sociaux (rapport de protection).

— *Le régulateur de l'économie.* A partir de la révolution keynésienne, la sphère économique est intégrée au système d'action de l'État. Il en résulte une nouvelle modalité de l'action de l'État sur la société : la régulation ; celle-ci se distingue des formes antérieures d'intervention économique (rapport de régulation).

Faire l'histoire de l'État consiste à étudier les conditions d'émergence et de développement de ces différentes figures. Chaque forme étatique particulière pouvant être analysée comme une modalité propre de superposition et d'articulation de celles-ci. Cette approche de l'État conduit à dépasser les discours simplistes sur le « plus » ou le « moins » d'État. Elle permet de comprendre pourquoi le poids de l'État est susceptible de s'accroître alors même que des politiques « libérales » sont mises en œuvre (cf. la montée du taux des prélèvements obligatoires à 44,7 % en 1988) : le déclin de l'État régulateur peut en effet voisiner avec le maintien, voire le renforcement, de l'État providence et de l'État instituteur du social. Elle invite aussi à saisir dans des termes neufs ce qu'on peut appeler le paradoxe de l'État démocratique-libéral : alors que la société civile souhaite faire de l'État un pur instrument, aux prérogatives limitées, ce dernier tend à devenir de plus en plus actif pour répondre aux attentes de cette même société civile. Penser historiquement l'État est dans cette mesure un préalable à toute réflexion solide sur son avenir. Le volontarisme politique et les bonnes intentions resteront perpétuellement condamnés à l'échec tant qu'ils continueront à méconnaître l'*État réel*.

LE LÉVIATHAN DÉMOCRATIQUE

CHAPITRE I

Le vieux et le neuf

« On s'exagère communément les effets produits par la Révolution française. Il n'y eut jamais sans doute de révolution plus puissante, plus rapide, plus destructive et plus créatrice que la Révolution française. Toutefois ce serait se tromper étrangement que de croire [...] qu'elle ait élevé un édifice dont les bases n'existaient point avant elle. La Révolution française a créé une multitude de choses accessoires et secondaires, mais elle n'a fait que développer le germe des choses principales; celles-là existaient avant elle [...]. Chez les Français, le pouvoir central s'était déjà emparé, plus qu'en aucun pays du monde, de l'administration locale. La Révolution a seulement rendu ce pouvoir plus habile, plus fort, plus entreprenant. » Ce célèbre extrait de *L'Ancien Régime et la Révolution*[1] résume bien la thèse de Tocqueville sur la continuité du processus de construction de l'État français entre le xviiie et le xixe siècle. Il n'est d'ailleurs pas le seul, ni même le premier, à défendre ce point de vue à son époque. Dans l'*Histoire de la civilisation en Europe,* publiée en 1828, Guizot analysait déjà minutieusement les racines monarchiques de la centralisation administrative. Cette thèse de la continuité est-elle vraiment vérifiée? Est-ce bien le même État qui se construit à travers les siècles et les révolutions?

L'argumentation développée dans *L'Ancien Régime et la Révolution* repose en fait sur des constats assez discutables. Tocqueville insiste par exemple longuement sur la ressemblance entre les

---

1. A. de Tocqueville, *L'Ancien Régime et la Révolution* (1856), Paris, Gallimard, 1964, t. 1, p. 65.

intendants et les préfets, censés symboliser les rapports entre l'État et la société de leurs époques respectives. Or des travaux précis conduisent à sérieusement remettre en cause l'assimilation de ces deux figures emblématiques[2]. Tout en conservant un fort pouvoir de séduction, notamment du fait de l'éclat de nombreuses formulations, la démonstration tocquevillienne doit ainsi être attentivement critiquée. Sa faiblesse repose pour l'essentiel sur la réduction des différents modes d'existence de l'État à la notion trop vague de *centralisation*. Plus l'État est caractérisé de manière générale, plus il est facile, en effet, de souligner des continuités. C'est ce qui rend très ambigu l'usage des catégories de « colbertisme », de « jacobinisme », d'« héritage napoléonien », lorsqu'elles sont employées pour qualifier la nature du phénomène étatique en France. Elles sont tellement globales qu'elles finissent par ne plus rien suggérer de précis.

Comprendre l'histoire de l'État implique dans un premier temps de distinguer l'État comme appareil administratif et bureaucratique et l'État comme forme politique. L'histoire de l'État est d'abord celle d'un *processus de rationalisation*. Max Weber en a décrit les principales caractéristiques : constitution d'un corps de fonctionnaires stables et compétents, mise en place de procédures régulières de gestion, définition d'une hiérarchie claire des responsabilités[3]. Mais l'histoire de l'État est également celle d'un *travail de démocratisation* : institution d'un gouvernement représentatif, soumission de l'administration aux orientations de la volonté générale, exercice transparent de l'autorité. Les deux mouvements ne coïncident pas nécessairement. Ils se sont articulés de manière spécifique dans l'histoire de chacun des pays occidentaux. En Grande-Bretagne, le travail de démocratisation a plutôt précédé le processus de rationalisation, alors que c'est l'inverse qui s'est passé en Allemagne. Dans

2. Cf. les mises au point très éclairantes de F.-X. Emmanuelli, *Un mythe de l'absolutisme bourbonien : l'intendance du milieu du XVIIᵉ siècle à la fin du XVIIIᵉ siècle (France, Espagne, Amérique)*, Aix-en-Provence, Faculté des lettres, 1981. Cf. aussi la bibliographie sur les préfets au XIXᵉ siècle.

3. Cf. les développements de Max Weber sur la « direction administrative bureaucratique » dans son ouvrage *Économie et Société*, Paris, Plon, 1971, t. 1, p. 226 *sq.*

le cas français, les choses sont plus compliquées, principalement à cause du caractère contradictoire des bouleversements qui accompagnent la Révolution française. Celle-ci accélère et perturbe en même temps la rationalisation administrative tout en donnant l'impulsion décisive pour conférer un caractère plus démocratique et plus transparent à l'État.

La rationalisation administrative

Si la Révolution provoque un tournant dans les formes de l'administration, elle n'opère pas véritablement une coupure. Les années 1750 marquent déjà une étape importante. C'est à cette époque que l'organisation administrative connaît une réelle amélioration qualitative. Sous l'impulsion de grands commis modernisateurs, comme Turgot, Malesherbes, Necker ou Maurepas, pour ne citer que quelques noms, des réformes visent à changer le visage de l'État, pour simplifier et pour uniformiser ses modes d'intervention. Leur impact est certes encore limité, car elles se heurtent au caractère patrimonial du système des offices, mais un certain élan est indéniablement donné. La création en 1747 de l'École des ponts et chaussées marque par exemple une date dans l'histoire de la haute fonction publique. L'organisation commence d'ailleurs significativement à être appréhendée comme une science dans ces années. A s'en tenir à cet aspect, la thèse tocquevillienne de la continuité serait tout à fait vérifiée. L'essai sur l'administration que publie en 1780 Prost de Royer dans le *Dictionnaire de jurisprudence*[4] défend les mêmes idées d'organisation rationnelle que Charles Bonnin dans ses *Principes d'administration publique* en 1812 ou Auguste Julien dans son *Essai sur l'ordre, considéré dans l'administration publique et dans les sciences* de 1818[5].

4. Prost de Royer, article « Administration », *Dictionnaire de jurisprudence... ou nouvelle édition du « Dictionnaire de Brillon »*, Lyon, 1780-1788, 8 vol. Royer était lieutenant général de police à Lyon. Sur ce texte, cf. M. Boulet-Sautel, « Un traité de science administrative à la fin de l'Ancien Régime », in *Hommage à Robert Besnier*, Paris, 1980.

5. *Principes d'administration publique* de Charles-Jean Bonnin (1re édition en 1808, 3e édition très complétée en 3 vol., Paris, 1812) est le premier ouvrage français dans lequel l'administration est considérée comme une

Tout en étant amorcé dès le milieu du xviiie siècle, le mouvement de rationalisation de l'État ne produit cependant que des effets limités avant 1789, les racines absolutistes de la monarchie constituant un obstacle fondamental à la régularisation des procédures administratives[6]. La Révolution va permettre de lever cet obstacle, et contribuer ainsi à l'accélération de la modernisation de l'État. S'il fallait choisir un terme qui résume le jugement des hommes sur la monarchie absolutiste, ce serait en effet indéniablement celui d'*arbitraire* qu'il faudrait retenir. Arbitraire fiscal, arbitraire administratif, arbitraire judiciaire : les cahiers de doléances en répertorient toutes les figures. Aussi l'avènement d'un régime constitutionnel semble-t-il indissociable d'un processus de régularisation de l'État. Mise en place d'un véritable État de droit d'abord : affirmation solennelle du principe de l'égalité civile, refonte et unification du droit mis en conformité avec le principe individualiste. Mais réforme, également, de l'appareil d'État lui-même pour en faire une machine régulière et transparente, vouée au service de la société et non plus extérieure à elle. Du simple point de vue de la rationalisation des structures administratives, il y a ainsi à la fois continuité et rupture entre l'Ancien Régime et la Révolution.

La régularisation de l'État, il est vrai, ne résulte pas seulement de ce facteur de nature politique. L'existence d'une longue période de paix au xixe siècle a également joué un rôle fondamental. Pour la première fois de son histoire en effet, l'État moderne n'est plus lié

---

science. Dans cet ouvrage très novateur qui élabore la distinction entre le gouvernement et l'administration (« le gouvernement est la pensée qui dirige ; l'administration le bras qui exécute », t. 1, p. 89) et qui souligne la différence de méthode entre la science administrative et la science politique, Bonnin montre la difficulté de situer correctement le rôle de l'administration qui est « passive comme volonté, mais active comme exécution ». Ce livre sera remarqué par Frochot qui procure à Bonnin un poste dans l'administration de la Seine.

L'*Essai sur l'ordre, considéré dans l'administration publique et dans les sciences* d'Auguste Julien, Paris, 1818, peut être considéré de son côté comme le premier traité pratique d'organisation rationnelle. C'est le grand précurseur de Fayol.

6. Pour quelqu'un comme Montesquieu, rappelons-le, l'absolutisme se caractérise par l'irrégularité des lois (ce qui engendre l'arbitraire).

de façon centrale au problème de la guerre. Jean Meyer a noté très justement dans son ouvrage *Le Poids de l'État*[7] que la plus fondamentale de toutes les différences entre l'ère de l'absolutisme éclairé et le xixe siècle réside dans l'inversion absolue des rapports de durée entre les périodes de paix et les périodes de guerre (cf. tableau ci-dessous).

	Nombre d'années de guerre	en %
1610-1715	49	47
1715-1789	21	28
1789-1815	20	80
1815-1914	2	2

L'histoire du Léviathan cesse ainsi, pratiquement et intellectuellement, de se confondre avec le problème de la guerre et de la paix au xixe siècle[8]. Les finances publiques, du même coup, ne subissent plus les mouvements d'accordéon qu'elles avaient connus depuis plusieurs siècles. Les cycles antérieurs de « gonflements » et de « dégonflements » de l'État se réduisent de ce fait. La guerre de Crimée (1855) et la guerre de 1870 constituent certes deux exceptions importantes : le budget passe de 1,5 milliard en 1853 à 2 milliards 400 millions en 1855 pour retomber à 1 milliard 800 millions en 1858 ; le même phénomène se reproduit en 1870, accentué par le poids des indemnités à verser à l'Allemagne. La défense n'est plus qu'une attribution parmi d'autres de l'État. Moins lié à la guerre, l'État du xixe siècle peut centrer l'essentiel de son

7. Paris, PUF, 1983.
8. Spécialement après 1830. On notera que les trois grandes expéditions militaires de la Restauration (Espagne en 1823 ; Morée en 1828 ; Alger en 1830) furent à la fois courtes et relativement peu coûteuses. Le coût des conquêtes coloniales fut d'autre part largement étalé dans le temps. Les dépenses occasionnées par la conquête et l'occupation de l'Algérie se montèrent par exemple à 1 milliard de francs environ, répartis sur la période 1830-1848 principalement, ce qui représente environ 5 % des dépenses globales de l'État pendant cette période (chiffres donnés par Guizot dans ses *Mémoires pour servir à l'histoire de mon temps,* Paris, 1867, t. 8, p. 611).

action sur la société. Les tâches d'affirmation de sa souveraineté par rapport à l'extérieur étant moins prégnantes, il se redéploie à l'intérieur du territoire : l'État devient purement ordinaire[9].

Le processus de démocratisation

Au-delà de la lutte contre les diverses formes d'arbitraire, l'État en tant que forme politique est profondément transformé par la contrainte de transparence, ou au moins de plus grande visibilité qui pèse sur lui du fait de l'installation progressive des gouvernements représentatifs. On peut parler en ce sens d'une *révolution de la publicité* dans l'histoire de l'État. Reinhart Koselleck en a bien démonté le ressort dans son livre *Le Règne de la critique*[10]. A partir du XVIᵉ siècle, la construction de l'État a permis de clore l'ère des guerres de Religion. L'État se développe en effet en distinguant clairement la sphère du privé et celle du public, et en autonomisant de cette manière la religion et la morale vis-à-vis de la politique. Au regard de l'État, la religion et la morale deviennent affaire de conviction privée, et elles sont protégées dans cette mesure contre les empiétements extérieurs. L'homme se coupe ainsi en deux, citoyen obéissant d'un côté, individu disposant librement de ses convictions de l'autre. La notion de raison d'État s'enracine dans cette dichotomie : la séparation du privé et du public revient à reconnaître la légitimité d'une sorte de « for intérieur étatique », symétrique du for intérieur privé. Dans une première étape, aux

---

9. La décroissance de la part des dépenses publiques extraordinaires n'est certes que progressive. Le service de la dette absorbe toujours 30 % du budget en 1820 et 20 % en 1847. L'État continuera en outre à faire appel à l'emprunt.

La monarchie de Juillet utilise ainsi l'emprunt pour financer les grands travaux d'infrastructure — routes, canaux, chemins de fer — réalisés de 1830 à 1848. Mais ces emprunts n'ont plus la signification économique et financière de ceux de la période antérieure. Ils n'ont plus pour objet de subvenir aux dépenses quotidiennes de l'État dans une perpétuelle fuite en avant hypothéquant l'avenir : ils s'inscrivent dans une perspective économique rationnelle d'amortissement des équipements lourds.

10. R. Koselleck, *Le Règne de la critique*, Paris, Minuit, 1879 : cf. aussi, sur ce point, J. Habermas, *L'Espace public*, Paris, Payot, 1978.

XVIᵉ et XVIIᵉ siècles, le développement de l'État moderne repose ainsi à la fois sur la protection des convictions privées et sur la constitution d'un espace politique autosuffisant, clos sur lui-même, légitimé de manière purement fonctionnelle. Les guerres qui secouent l'Europe pendant cette époque renforcent ce mouvement. La prépondérance de l'action militaire dans la vie de l'État manifeste en effet la dimension de pure étaticité de la sphère publique, c'est-à-dire son aspect de personne morale autonome et libre, en l'incarnant presque physiquement.

Ce type de rapport entre l'État et la société commence à se fissurer au XVIIIᵉ siècle. L'équilibre européen étant moins menacé, la légitimation de l'État comme puissance protectrice autonome apparaît plus fragile. Commence alors ce que Koselleck appelle le « règne de la critique » : le caractère opaque et fermé sur lui-même de l'État est de moins en moins accepté. On se met à réclamer la publicité de la politique et à refuser la logique du secret et de la raison d'État. Cette critique diffuse ne conduit pas à annuler la séparation des domaines entre le privé et le public, séparation constitutive de l'État moderne. Elle consiste surtout en une dénonciation de la prétention de la sphère politique à régler son comportement et son action sur des principes autonomes, selon une rationalité propre. Il s'agit surtout de refuser la dualité des modes de régulation entre le privé et le public, de revendiquer une perméabilité aux règles morales de la gestion politique équivalant à celle du droit naturel. Cette revendication d'*Öffentlichkeit* se confond au XVIIIᵉ siècle avec la critique des systèmes absolutistes, qui incarnent en quelque sorte la version la plus radicale de l'autonomie de la sphère du politique par rapport à la société. « Le point de départ de l'élite bourgeoise, conclut Koselleck, est le for intérieur privé auquel l'État avait restreint ses sujets. Chaque pas vers l'extérieur est un pas vers la lumière, un acte des Lumières. Celles-ci triomphent à mesure qu'elles dilatent le for intérieur privé jusqu'à en faire un espace public. Sans perdre son caractère privé, il devient le forum de la société qui pénètre l'État entier. Finalement, la société frappera aux portes des détenteurs du pouvoir politique pour exiger là aussi un droit de regard [11]. » Cette révolution de la

11. *Ibid.*, p. 43.

publicité qui accompagne l'avènement des gouvernements représentatifs va bouleverser les formes de l'État et les modalités de son lien à la société. Si l'appareil administratif peut sembler s'édifier selon un processus continu, le développement du *Léviathan démocratique* marque incontestablement une rupture par rapport au premier moment de constitution de l'État moderne.

CHAPITRE II

La transparence financière

L'opacité financière de l'État absolutiste apparaît au xviiie siècle comme l'une des manifestations les plus fortes de l'arbitraire royal. La revendication de transparence va donc tout naturellement s'appliquer au problème de la gestion des finances publiques et de la réforme fiscale. L'histoire de l'État et l'histoire de l'impôt sont en effet inséparables. Le montant de l'impôt, les conditions dans lesquelles on y consent et son mode de répartition sont les indicateurs les plus visibles du type de rapports qui existent entre l'État et la société. Si l'avènement d'un gouvernement représentatif ne modifie pas à priori le *domaine* d'intervention de l'État, il induit ainsi de profonds changements de sa *forme* (établissement et vote d'un véritable budget, résorption progressive de la vieille distinction entre l'ordinaire et l'extraordinaire) traduisant une nouvelle posture de l'État vis-à-vis de la société.

Les enjeux de la transparence

L'opacité est aussi un piège pour l'État absolutiste. Dans son célèbre *Compte rendu au Roi* de 1781, qui présente pour la première fois un projet de gestion rationnelle des finances publiques, Necker a longuement insisté sur la contre-productivité du secret. « En France, note-t-il, on a fait constamment un mystère de l'état des finances ; ou si quelquefois on en a parlé, c'est dans des préambules d'édits, et toujours au moment où l'on voulait emprunter ; mais ces paroles, trop souvent les mêmes pour être vraies, ont dû nécessairement perdre de leur autorité [...]. Il est important de fonder la confiance sur des bases plus solides [12]. » Cette vision des aspects pervers du secret opère une rupture très nette par rapport aux principes machiavelliens sur lesquels l'État moderne avait commencé à s'édifier. La dynamique d'extension de la publicité trouve là un de ses terrains les plus importants et les économistes ont joué un rôle fondamental pour accélérer ce mouvement. Ils ne se sont pas contentés de revendiquer une plus grande transparence financière pour des raisons morales. La force de leur argumentation a été de montrer que la visibilité était productive et qu'elle finissait par profiter à l'État. En 1775, l'abbé Morellet avait publié sur ce thème des *Réflexions sur les avantages de la liberté d'écrire et d'imprimer sur les matières de l'administration* [13] dans lesquelles il expliquait les raisons pour lesquelles la liberté et la transparence étaient avantageuses, dénonçant le caractère absurde d'une déclaration royale du 28 mars 1764 qui avait interdit de publier des ouvrages sur la réforme ou l'administration des finances. Si cette brochure le fit embastiller, ses idées connurent un large écho.

Au-delà même de cette question de la publicité financière, les économistes avaient d'ailleurs montré tout le XVIIIe siècle que le développement de l'État était désormais lié à la liberté. Loin d'être antagoniste avec la croissance et l'autonomisation de la société civile, le renforcement de l'État devenait ainsi perçu comme indexé sur elles. L'œuvre de Boisguilbert témoignait pour la première fois, au tournant du XVIIe et du XVIIIe siècle, de ce basculement dans la perception des rapports entre l'État et la société [14]. Dans sa *Dissertation sur la nature des richesses,* publiée en 1708, Boisguilbert est le premier économiste à poser que le travail est la véritable source de la richesse. Il critique la fausse idée de l'État à laquelle conduit le bullionisme [15], démontrant que c'est la

---

12. Necker, *Compte rendu au Roi. Au mois de janvier 1781*, in *Œuvres complètes de M. Necker*, Paris, 1820, t. 2, p. 4-5. Ce texte de Necker eut un énorme retentissement. Cf. aussi sa brochure postérieure, *Sur le compte rendu au Roi en 1781. Nouveaux éclaircissements*, Paris, 1788.

13. Écrites en 1764 et publiées en 1775.

14. Cf. P. Rosanvallon, « Boisguilbert et la genèse de l'État moderne », *Esprit*, janvier 1982.

15. Nom de la doctrine selon laquelle c'est l'accumulation des métaux précieux qui fait la richesse.

société elle-même, et non pas le territoire, qui est le support et la source de la prospérité, l'intérêt de l'État se confondant ainsi avec celui des individus. C'est dans le glissement entre la notion d'intérêt public et celle d'intérêt général que se noue sa problématique. Parler d'intérêt public, c'est, dans le langage classique, parler de l'intérêt de l'État, l'État existant comme sujet propre, séparé et distinct de la société civile. La notion d'intérêt général de tous les hommes renvoie au contraire à une abstraction, qui est le support de l'idée de nation. L'État ne peut plus être représenté dans ce cadre que comme immergé dans cette nation, il n'a plus d'existence autonome. Sa dépendance se manifeste d'abord économiquement, puisqu'« un souverain n'a de bien qu'autant que ses sujets en possèdent [16] ». Il y a donc une confusion qui s'établit entre le souverain et la nation : « Le Roi et le peuple ne sont qu'une seule et même chose, quelque fondé qu'ait été jusqu'ici l'usage sur une maxime toute contraire [17]. » L'État séparé repose sur la subordination qui se définit pratiquement, comme distance et rapport inégalitaire ; l'État immergé est au contraire fondé théoriquement sur la confusion et l'égalité des intérêts.

Boisguilbert dénonce sur cette base tous les « intérêts indirects » (gens de finance, administrateurs, etc.) comme étant à la fois contraires à ceux du roi et à ceux du peuple (ceux-ci sont pensés comme équivalents). La dénonciation du parasitisme — nous dirions aujourd'hui de la bureaucratie — devient ainsi le principal objet de la critique du politique. Le souverain est immédiat à la société, il n'en est que le reflet, la représentation, et non plus le maître extérieur. Le corps social et le corps politique se confondent. L'État moderne, tel que Boisguilbert commence à le penser, est donc beaucoup plus qu'un mode d'organisation de la complexité, il incarne un rapport de la société avec sa propre représentation qui n'aura son plein effet qu'avec l'affirmation de l'idéal démocratique, le suffrage universel étant censé matérialiser et formaliser cette non-distance. La représentation devient alors représentée.

16. P. de Boisguilbert, *Dissertation sur la nature des richesses,* in *Pierre de Boisguilbert ou la Naissance de l'économie politique,* Paris, INED, t. 2, p. 1002.
17. P. de Boisguilbert, *Détail de la France,* in *ibid.,* p. 640-641.

La régularisation de l'État

La distinction entre recettes ordinaires et recettes extraordinaires date de Philippe le Bel. Elle accompagne l'émergence de l'État moderne qui se constitue progressivement en se différenciant des structures seigneuriales et domaniales, le monarque n'étant au début que la tête de celles-ci. Elle manifeste aussi le lien historique qui unit l'État à la guerre. La guerre et le service de la dette représentent en effet l'essentiel des dépenses extraordinaires.

Pendant très longtemps, jusqu'au XVIIe siècle au moins, l'impôt restait perçu comme une charge exceptionnelle liée à des circonstances elles-mêmes exceptionnelles et passagères, comme l'état de guerre. Du même coup, l'État se gonflait et se rétractait au gré des événements, et notamment des événements extérieurs. Mais, dès la fin du XVIIe, le poids de la charge fiscale liée aux recettes extraordinaires atteignait un tel volume qu'il devenait nécessaire de mettre en place un système stable et fiable assurant des rentrées prévisibles et régulières. Le système fiscal devait être régularisé au regard même des besoins exceptionnels et temporaires de l'État. Pour assurer sa croissance et son entretien, il devait limiter le recours aux affaires extraordinaires, passer d'une domination traditionnelle à une domination légale-bureaucratique. L'État était contraint de vivre en symbiose avec la société civile et de se conformer à son rythme, puisque c'est d'elle qu'il tirait toute sa substance. Dans sa *Théorie de l'impôt* (1760), Mirabeau (le père) établira sur cette base la distinction entre l'État légitime (moderne) et l'État despotique (archaïque), montrant que le premier est paradoxalement beaucoup plus fort que le second. La propriété privée, c'est-à-dire la propriété du travail, permet à l'État légitime d'exister, immergé dans la société, alors que l'État despotique qui repose sur la force en est nécessairement séparé.

Faute d'avoir entrepris une véritable réforme fiscale inspirée de ces principes, la monarchie absolutiste ne réussit même pas à assurer pour ses dépenses ordinaires un système stable de recettes. Tous les impôts indirects, ainsi qu'une partie des impôts directs, sont affermés, et le rendement fiscal reste faible. L'État d'Ancien Régime a trop de prêteurs et pas assez de contribuables. Il vit en permanence à crédit et doit sans cesse faire appel à des recettes exceptionnelles, indépendamment même de ses besoins liés à la guerre. D'où la grande confusion des finances royales, maintes fois dénoncée tout au long des XVIIᵉ et XVIIIᵉ siècles.

La question fiscale fut transformée par l'avènement d'un régime constitutionnel ; en même temps qu'elle expliquait d'ailleurs cet avènement. L'histoire des états généraux est en effet indissociable du processus de construction fiscale de l'État. Les réunions d'états généraux, du XIVᵉ au XVIᵉ siècle, avaient presque toujours été provoquées par la nécessité de trouver une solution aux crises financières du Trésor royal. Le roi convoquait les états pour obtenir le consentement de la nation au prélèvement de nouveaux impôts réguliers et, surtout, pour trouver les ressources nécessaires au financement de dépenses exceptionnelles. Système fortement dépendant, en son origine, de la nature même du régime féodal. Lorsque le roi n'était que le sommet couronnant une pyramide de pouvoirs seigneuriaux, ses ressources ordinaires ne pouvaient provenir que de son domaine propre. Toute dépense extraordinaire appelait un financement spécifique. Les états généraux constituaient alors une technologie politique permettant d'assurer le développement d'une forme étatique centralisée, de plus en plus distincte du simple pouvoir d'appel, tout en maintenant une certaine continuité avec les rapports sociaux modelés par la féodalité. La non-réunion des états généraux, après 1614, ne traduit donc pas seulement un glissement politique vers une monarchie plus absolutiste. Elle s'explique également par l'incorporation dans les tâches de l'État de fonctions qui n'étaient auparavant qu'épisodiques. L'autonomisation de l'État tend à modifier la coupure entre l'ordinaire et l'extraordinaire. L'impôt devient dans ces conditions la base du fonctionnement d'un État aux prérogatives élargies. L'absolutisme n'est que le mode le plus radical d'expression de cette nouvelle réalité de l'État, structurellement incompatible avec l'ancienne conception des rapports entre la société et l'impôt qu'exprimait la tenue d'états généraux. Mais l'idée de représentation n'en restera pas moins marquée par cette origine fiscale (cf. le slogan « *no taxation without representation* » des colons américains). D'où la centralité, pratique et symbolique à la fois, du problème de l'impôt dans la mise en place des régimes constitutionnels.

Dès le 26 août 1789, la Déclaration des droits de l'homme et du citoyen pose que « les citoyens ont le droit de constater, par eux-mêmes ou par leurs représentants, la nécessité de la contribution publique, de la consentir librement, d'en suivre l'emploi, et d'en déterminer la quotité, l'assiette, le recouvrement et la durée ». A partir de 1791, les constitutions successives de la France ne manqueront pas de rappeler ce principe fondamental de tout gouvernement représentatif. On peut d'ailleurs noter que le Sénat considéra en 1814 que des irrégularités fiscales (impôts créés par décrets ou arrêtés) constituaient l'une des principales justifications de la déchéance de l'empereur[18]. Les déclarations d'intention des constituants n'eurent cependant que peu de conséquences politiques. Les réformes fiscales annoncées ne furent que très partiellement mises en œuvre et les contributions décidées très imparfaitement perçues. Les finances de la Révolution n'ont en fait jamais été organisées selon les principes de régularité cohérents avec l'institution d'un régime constitutionnel. Dès l'automne 1789, la Constituante dut ainsi recourir à des mesures d'exception pour alimenter ses caisses (les dons patriotiques et la contribution des ci-devant privilégiés). Cette situation ne fit ensuite que s'aggraver. Les dépenses publiques furent couvertes par toute une série de recettes exceptionnelles : vente des biens nationaux et des biens des émigrés, impôt sur les riches, emprunts, recettes du domaine extraordinaire, etc. La création d'assignats, c'est-à-dire le fonctionnement de la planche à billets, dispensait de tout effort pour trouver des recettes régulières. L'effort de guerre explique en partie cette situation, et des mesures spécifiques, comme l'emprunt forcé d'un milliard du 20 mai 1793, sont venues renforcer la situation de désordre financier. Mais l'illusion des constituants, persuadés qu'un impôt modéré et équitable — la contribution foncière — suffirait à alimenter le Trésor public, a également joué un rôle déterminant. Il

18. Cf. le premier attendu de la déclaration sénatoriale du 3 avril 1814 : « Considérant que Napoléon a déchiré le pacte qui l'unissait au peuple français, en établissant des taxes autrement qu'en vertu d'une loi, contre la teneur expresse du serment qu'il avait prêté lors de son avènement au trône. Qu'il a commis cet attentat aux droits du peuple, lors même qu'il venait d'ajourner sans nécessité le corps législatif » (cité par G. Ardant, *Histoire de l'impôt,* Paris, Fayard, 1972, t. II, p. 264-265).

n'était pas question dans ces conditions de construire un quelconque budget. On se contentait de présenter périodiquement des « aperçus de recettes et de dépenses ». La dépréciation rapide de la monnaie pendant toute cette période aurait d'ailleurs voué à l'échec toute tentative d'établir des prévisions fiables de recettes et de dépenses. Le recours permanent à la caisse de l'extraordinaire, caractéristique du système de l'Ancien Régime, subsistait ainsi dans les faits, avec cette différence que, non content d'emprunter, l'État s'était mis à dévorer son propre capital.

Cette situation ne changea guère sous l'Empire, même si une loi budgétaire annuelle fut régulièrement présentée. L'introduction du terme « budget » dans l'arrêté du 4 thermidor an X (1802) ne modifia guère les habitudes antérieures ; les revenus et les dépenses de l'extraordinaire — la guerre pour l'essentiel — échappaient d'ailleurs pratiquement à tout contrôle. Si Napoléon limita la progression de la dette, qui s'était envolée pendant la Révolution, il continua à alimenter les caisses de l'État par des recettes non fiscales : poursuite de la vente de biens nationaux, contributions de guerre imposées aux pays vaincus, subsides prélevés dans les pays alliés ou dépendants. Le mode de financement des guerres de l'Empire, qui ont absorbé près des deux tiers des dépenses publiques de cette période, a pratiquement permis d'éviter de poser la question de la mise en place d'un État régulier. L'Empire a doté la France d'une administration fortement structurée, mais il n'a pas résorbé la vieille distinction entre l'État ordinaire et l'État extraordinaire. Il faut attendre la Restauration pour que cette situation se modifie sensiblement.

Le vote du budget

De nouvelles pratiques budgétaires se mettent en place sous la Restauration et la monarchie de Juillet. Le budget rectifié de 1814, celui de la première Restauration, donne lieu, pour la première fois, à un vote de l'Assemblée. Si le principe d'un tel vote, consubstantiel à la notion de gouvernement représentatif, avait été inscrit dans la Constitution de 1791, il n'avait de fait pas été mis en application. La Constitution de l'an VIII, qui ne fut pas modifiée sur ce point par l'Empire, avait de son côté seulement prévu que le gouvernement présente au Corps législatif un projet de budget qui était globalement voté, mais sans aucune discussion. Le budget de 1814 marque ainsi un tournant fondamental dans l'histoire de l'État. Le baron Louis, ministre des Finances, donna d'ailleurs une certaine solennité à sa présentation. « En vous occupant du budget de l'État, dit-il ainsi aux députés dans son rapport du 22 juillet 1814, votre fonction première sera de reconnaître la nature et l'étendue de ses besoins et d'en fixer les limites. Votre attention se portera ensuite sur la détermination et la fixation des moyens qui devront être établis ou employés pour y faire face. Pour procéder suivant l'ordre de vos délibérations, nous allons vous présenter d'abord l'évaluation la plus exacte possible de vos besoins, c'est-à-dire des sommes qu'il est nécessaire d'affecter à chacun des départements ministériels entre lesquels ces besoins se partagent. Nous aurons ensuite l'honneur de vous offrir l'aperçu des voies et moyens propres pour les balancer [19]. » La révolution de la transparence financière était proclamée et le gouvernement parlementaire se trouvait du même coup fondé.

La procédure qui est alors instaurée — présentation à l'Assemblée d'un projet de loi de finances examiné par une commission parlementaire avant d'être discuté et voté — ne variera guère par la suite. Seules se transforment progressivement les conditions du contrôle parlementaire, qui reste encore très global en 1814 (la Chambre ne vote à cette époque que sur les crédits des 7 ministères existants). Pendant toute la Restauration, les libéraux identifient leur combat en faveur d'un régime parlementaire à l'amélioration des procédures de la discussion budgétaire. Durant une dizaine d'années, la question du vote par chapitres spécialisés du budget servira ainsi de catalyseur aux débats politiques sur le sens du gouvernement représentatif : les libéraux y voyaient une condition de l'exercice d'un véritable pouvoir parlementaire tandis que les légitimistes redoutaient qu'un tel système ne réduise la prérogative royale. Sous la Restauration, Royer-Collard a défendu en des termes particulièrement éloquents le principe du vote par chapitre. « La raison de l'impôt, disait-il en 1822, c'est la dépense ; la raison de la dépense, c'est les services. Ainsi les services sont la dernière et

19. Cité par A. Calmon, *Histoire parlementaire des finances de la Restauration*, Paris, 1868, t. 1, p. 91.

véritable raison de l'impôt. Ce qui se passe entre le gouvernement et la Chambre dans la proposition de la loi annuelle des finances en est la preuve [...]. Dans le fait, le consentement général de la Chambre se décompose en autant de consentements particuliers qu'il y a de dépenses distinctes [...]. La réciprocité de ces deux choses, les services et l'argent, forme un véritable *contrat* qui oblige le gouvernement envers la Chambre et la nation[20]. » Ce point de vue obtient partiellement gain de cause avec l'ordonnance du 1er septembre 1827 qui consacre le principe de l'établissement du budget par sections spécialisées, les dépenses de personnel et de matériel étant pour la première fois clairement distinguées. Le vote du budget par chapitres sera ensuite systématisé en 1831. Vote sur 7 ministères en 1814, sur 52 sections en 1827, sur 116 chapitres en 1831, puis sur 400 en 1877 et sur 933 en 1911 : ces chiffres témoignent des progrès du régime parlementaire. Sous la poussée de cette procédure, un système moderne de finances publiques se met en place autour des quatre principes budgétaires d'unité, de spécialité, de sincérité et d'annuité. Le budget voté sous la forme d'une loi de finances devient le miroir chiffré des activités de l'État, mettant fin à une longue tradition de désordre et de secret. Contraignant pour l'État — « il est impossible maintenant qu'il y ait un ministre des Finances malhonnête », dit en 1826 Villèle[21] —, il symbolise l'avènement d'un État fiscal régulier. Instauration d'une régularité « technique » qui se double d'une régularité « politique » par la publicité des chiffres qui font du budget un élément central du débat public. En dehors même du cercle étroit des parlementaires, la discussion de la loi de finances à la Chambre suscite commentaires et interrogations dans le pays. Le budget est commenté dans les journaux, il donne lieu à circulation d'une foule de brochures et de libelles qui traduisent une réappropriation de l'État par la société. La première conséquence en est la disparition des révoltes fiscales au XIXe siècle. C'est un tournant essentiel si l'on se rappelle que les

20. Royer-Collard, discours du 18 avril 1822, in P. de Barante, *La Vie politique de M. Royer-Collard, ses discours et ses écrits,* Paris, 1851, t. 2, p. 150-151.
21. Cité par G. Bertier de Sauvigny, *Au soir de la monarchie. Histoire de la Restauration,* Paris, Flammarion, 1974 (3e éd.).

conflits sociaux avaient été liés pendant des siècles à la question fiscale. Au face-à-face de l'État et de la société se substitue ainsi au XIXe siècle un face-à-face de la société avec elle-même : le temps de la lutte des classes succède à celui de la résistance indifférenciée de la société face à l'État. La victoire définitive du suffrage universel marquera à la fin du XIXe siècle une nouvelle étape dans le rapport de la société à l'État, l'instauration d'un gouvernement plus représentatif relançant sur un autre terrain le débat sur la question fiscale. Les questions de *procédure budgétaire* avaient focalisé l'attention du début du XIXe siècle. Ce sont les *problèmes de répartition* de l'impôt qui alimentent la discussion politique à partir de la fin du XIXe siècle. (210 projets de réforme fiscale seront élaborés de 1870 à 1906, menant en 1914 au vote de l'impôt sur le revenu.)

« Tous les voiles qui couvraient différentes parties des finances ont été dissipés, et tout l'ensemble du système financier est découvert à tous les yeux », notait un publiciste en 1820[22]. La transparence financière symbolise l'avènement du Léviathan démocratique, en manifestant les nouvelles conditions de l'interaction de l'État avec la société. Elle aura de multiples conséquences, y compris dans les domaines les plus techniques (la gestion de la dette publique sera par exemple confiée en 1816 à un organisme autonome, la Caisse des dépôts et consignations). Mais elle ne constitue que l'un des aspects de la révolution plus globale de la publicité. Les nouveaux usages de la statistique qui se développent après 1789 en montrent une autre dimension.

22. Duc de La Vauguyon, *Du système général des finances,* Paris, 1820, p. 7.

CHAPITRE III

Les nouveaux usages
de la statistique

Gouverner et compter

L'histoire de l'État est indissociable de celle des moyens de connaissance sur lesquels il s'appuie. Dès lors que la force brute n'est plus seule à régner, le pouvoir devient en effet indexé sur des formes de savoir : il n'y a de prise que *mesurée* et *comptée* sur les hommes et sur les choses. Le terme même de statistique le traduit d'ailleurs étymologiquement. Au xviie siècle, statistique signifie « ce qui est relatif à l'État » ; un siècle plus tard, le terme désigne le dénombrement méthodique d'une série de faits. Glissement sémantique en lui-même exemplaire de l'interpénétration d'un concept politique et d'une forme d'entendement. Aux xviie et xviiie siècles, la consolidation de la souveraineté de l'État s'appuie sur les progrès de la démographie et de *l'arithmétique politique*. Les économistes qui développent cette dernière discipline écrivent du point de vue du souverain. C'est lui que Montchrétien, Graunt, Petty, Vauban ou Boisguilbert espèrent convaincre et conseiller. L'œuvre pionnière de l'Anglais William Petty, qui date de la fin du xviie siècle, est particulièrement remarquable à cet égard. Il a le premier systématisé l'idée que gouverner et compter, ou recenser, étaient inséparables. « Ceux qui s'occupent de politique sans connaître la structure, l'anatomie du corps social, écrivait-il, pratiquent un art aussi conjecturel que l'est la médecine des vieilles femmes et des empiriques[23]. » L'école arithmétique qu'il fonde se donne ainsi

23. W. Petty, Préface à l'*Anatomie politique de l'Irlande* (1672) in *Œuvres économiques de William Petty*, Paris, 1905, t. 2.

pour but de « raisonner par chiffres des matières qui ont rapport au gouvernement ». Un de ses disciples, Charles Davenant, note : « C'est la science du calcul qui fait les habiles ministres ; sans elle il n'est pas possible de bien conduire les affaires, soit de la paix, soit de la guerre[24]. »

Dénombrer les sujets, mesurer la richesse : l'État moderne, et tout particulièrement l'État absolutiste, n'ont pu s'édifier que grâce à ces indicateurs. Il faut pouvoir évaluer les troupes que l'on peut lever, et donc connaître la répartition par classes d'âge de la population, pour organiser la conscription et se préparer à l'effort militaire ; il faut apprécier au mieux les ressources du pays pour estimer combien de temps il est possible de soutenir une guerre. La statistique est aussi une condition de toute véritable politique fiscale. Boisguilbert et Vauban essaient d'estimer la production agricole dans ce but. La qualité et la fiabilité des informations recueillies sont certes très longtemps approximatives. La grande enquête effectuée en 1697-1700 par les intendants, et dont Boulain-villiers résume en 1727 les résultats dans l'*État de la France,* en témoigne : la collecte des chiffres est encore effectuée de manière très imparfaite et les données fournies sont souvent fantaisistes. Mais l'impulsion est donnée. L'État conçoit à partir de cette période la statistique comme un moyen de gouvernement, même si aucune institution spécialisée n'est mise en place à cet effet. C'est seulement à la fin du XVIIIe siècle, en 1784, que Necker propose d'organiser systématiquement la collecte des statistiques en établissant un « Bureau général de recherches et de renseignements ». Lorsqu'il est ministre, en 1788, il concrétise cette proposition en installant un

24. Ch. Davenant, *De l'usage de l'arithmétique politique dans le commerce et les finances* (1698), traduit de l'anglais dans Véron de Forbonnais, *Le Négociant anglais,* Paris, 1743. Dans l'*Encyclopédie,* Diderot donne la définition suivante de l'arithmétique politique : « C'est celle dont les opérations ont pour but des recherches utiles à l'art de gouverner les peuples, telles que celles du nombre des hommes qui habitent au pays ; de la quantité de nourriture qu'ils doivent consommer ; du travail qu'ils peuvent faire ; du temps qu'ils ont à vivre ; de la fertilité des terres ; de la fréquence des naufrages, etc. [...]. Un ministre habile en tirerait une foule de conséquences pour la perfection de l'agriculture, pour le commerce, tant intérieur qu'extérieur, pour les colonies, pour les cours et l'emploi de l'argent, etc. »

Bureau de la balance du commerce qu'il charge de « recueillir les renseignements sur la production nationale, le travail et tous les faits économiques pouvant intéresser le gouvernement ». Ce Bureau est désorganisé pendant la Révolution, mais des statistiques continuent à être confectionnées à la demande des comités de l'Assemblée. Des matériaux démographiques sont par exemple rassemblés en 1790 par le Comité de division du royaume afin d'aider à l'établissement de nouvelles frontières administratives. La nouvelle Constitution de l'État oblige en outre à recueillir une foule de renseignements nouveaux pour établir les listes électorales, dresser la liste des indigents, recenser les biens du clergé et des émigrés. L'effort de guerre entraîne de son côté en 1791-1792 le lancement d'une série d'enquêtes sur le commerce et les manufactures, et les pouvoirs publics doivent collecter les chiffres sur le terrain, aucune structure intermédiaire professionnelle ne subsistant pour faciliter sa tâche.

Mais c'est seulement sous le Directoire, puis le Consulat, qu'un important pas en avant est fait en matière de statistiques. Un facteur clef y contribue : la volonté de faire sortir la politique du domaine des passions pour la faire entrer dans l'âge de la raison. On cherche après la Terreur la voie d'un gouvernement rationnel et d'une politique scientifique. D'où le regain d'intérêt pour l'arithmétique politique. François de Neufchâteau, ministre de l'Intérieur à partir de juillet 1797, lance un vaste programme de collecte statistique. Son effort est relayé après 1800 par Chaptal, son successeur. Il met en place un *Bureau de la statistique* en notant que le gouvernement « doit tout savoir et tout connaître pour agir à propos ». L'impulsion décisive est donnée, même s'il faut attendre la monarchie de Juillet pour que l'organisation d'un service statistique cohérent aboutisse pleinement. C'est en 1833 qu'est rétabli et perfectionné l'ancien Bureau de statistique que Napoléon avait supprimé. Thiers, alors ministre du Commerce, en est l'artisan. Ce service prend à partir de 1840 le nom de *Statistique générale de la France* qu'il gardera pendant un siècle. De cette période à la création de l'INSEE en 1946, le système ne fera que se perfectionner techniquement et accroître son champ d'investigation sans que rien de neuf apparaisse sur le fond des rapports entre l'État et la société qu'il médiatise. Il faudra attendre pour cela le développement de la comptabilité nationale dans les années 1950.

La statistique morale

Les statistiques de population, de production et d'échanges commerciaux, quelle que soit leur sophistication, ne donnent qu'une connaissance « extérieure » de la société et de ses mouvements. Elles se contentent de l'appréhender de façon objective : elles ne pénètrent ni les comportements individuels ni les ressorts du lien social. C'est pourquoi les statistiques traditionnelles apparaissent insuffisantes dès les années 1820 à tous ceux qui prennent la mesure du nouveau type de rapports qui s'est instauré entre l'État et la société. Le besoin d'autres instruments de connaissance de la société se fait ressentir pour gérer une société civile émancipée. C'est l'objet de la statistique morale qu'un groupe de juristes et de médecins hygiénistes s'emploie alors à définir. L'un d'entre eux, Guerry de Champneuf, donne en 1827 le coup d'envoi en publiant les premiers *Comptes de la justice criminelle*. Par-delà la simple préoccupation de dénombrement, ces comptes visent à reconstituer l'itinéraire d'une population, à cerner son niveau intellectuel, ses caractéristiques physiques et morales, son origine professionnelle. Ils sont, explique Guerry, « dans l'ordre moral ce qu'est le budget dans l'ordre matériel ». Il distingue sur cette base la statistique documentaire ordinaire, dont l'utilité est purement administrative, de l'analytique morale, dont l'objet est de comprendre, pour mieux les gouverner, des comportements individuels en les corrélant avec des données objectives. Quételet systématise cette approche dont le programme et les premiers résultats sont présentés dans le livre qui fonde en 1835 la sociologie descriptive, *Sur l'homme et le développement de ses facultés* (dont le sous-titre, *Essai de physique sociale,* résume bien l'ambition). « L'homme comme individu, écrit-il, semble agir avec la latitude la plus grande ; sa volonté ne paraît connaître aucune borne, et cependant, plus le nombre des individus que l'on observe est grand, plus la volonté individuelle s'efface et laisse prédominer la série des faits généraux qui dépendent des causes en vertu desquelles la société se conserve[25]. » Le statisticien

25. Cité par M. Perrot in INSEE, *Histoire de la statistique*, t. I, Paris, s.d. (1977).

moral devient dans ces conditions l'auxiliaire indispensable de l'hygiéniste dont les *Annales d'hygiène publique et de médecine légale* avaient défini en 1829 la tâche[26]. Toute une série d'ouvrages publiés au début de la monarchie de Juillet, dont l'*Essai sur la statistique morale de la France* (1833) de Guerry et l'*Essai sur la statistique de la population française, considérée sous quelques-uns de ses rapports physiques et moraux* (1836) d'Adolphe d'Angeville, témoigne de cette percée d'une nouvelle appréhension de la connaissance de la société. Le développement de la statistique morale accompagne l'émergence d'un nouvel art de gouvernement.

L'enquête sociale

Si les années 1830 marquent l'ouverture d'une « ère de l'enthousiasme statistique », la recherche d'une nouvelle saisie du social ne se limite pourtant pas à la seule approche descriptive des faits sociaux et moraux. On veut aussi pénétrer directement la société pour la saisir en mouvement. Parent-Duchâtelet, auteur du célèbre ouvrage *De la prostitution dans la ville de Paris, considérée sous le rapport de l'hygiène publique, de la morale et de l'administration* (1836), disait que ces enquêtes étaient faites « pour ceux qui sont au timon de la machine sociale ». Elles complètent en effet l'apport de la statistique morale pour aider dans leur tâche les instituteurs du social. La façon dont Guizot conçoit en juillet 1833 sa grande enquête sur l'exécution de la loi du 28 juin sur l'instruction primaire en témoigne. S'adressant aux recteurs pour leur signifier son intention, il écrit : « Je ne saurais me contenter de la connaissance des faits extérieurs et matériels qui, jusqu'ici, ont été surtout l'objet des recherches statistiques en fait d'instruction primaire, tels que le nombre des écoles, celui des élèves, leur âge, les diverses classifications qu'on peut établir entre eux, les sommes affectées à cet

---

26. Le prospectus présentant la revue note : « La médecine n'a pas seulement pour objet d'étudier et de guérir les malades, elle a des rapports intimes avec l'organisation sociale ; quelquefois elle aide le législateur dans la confection des lois, souvent elle éclaire le magistrat dans leur application, et toujours elle veille, avec l'administration, au maintien de la santé publique. »

emploi, etc. Ces renseignements sont d'une utilité incontestable, et je ne négligerai aucun moyen de les rendre plus exacts et complets. Mais il n'importe pas moins de bien connaître le régime intérieur des écoles, l'aptitude, le zèle, la conduite des instituteurs, leurs relations avec les élèves, les familles, les autorités locales, l'état moral en un mot de l'instruction primaire et les résultats définitifs [27]. » Guizot oppose ainsi clairement la « connaissance extérieure » que procurent les statistiques et la connaissance « intérieure » à laquelle une enquête qualitative doit conduire. La différence de perspective avec l'enquête menée en l'an V par François de Neufchâteau, alors ministre de l'Intérieur, sur le même objet est frappante. Le questionnaire que ce dernier adresse aux administrations centrales des départements est essentiellement quantitatif [28]. La perspective reste celle des dénombrements dans la tradition de l'arithmétique politique classique. Les quelques questions qualitatives sont uniquement politiques. Elles ont pour but de renseigner le Directoire sur la fidélité républicaine des instituteurs et d'évaluer la pénétration des idées révolutionnaires dans l'école. Il n'est question ni de pédagogie, ni du fonctionnement de l'institution scolaire. C'est un questionnaire administratif doublé d'une enquête politique : l'INSEE + les Renseignements généraux, pour simplifier. Celui de Guizot ne lui ressemble pas. Il est à la fois plus précis et centré sur d'autres objets. Son but est d'évaluer une institution, son fonctionnement et ses résultats. Il entre dans le détail des méthodes d'enseignement suivies, des livres utilisés, du mobilier de classe existant; il s'enquiert avec précision de la situation morale et matérielle de l'instituteur, de ses aptitudes, de ses relations avec les élèves, de son mode d'insertion dans la vie locale. L'enquête n'a pas seulement

---

27. Lettre du 28 juillet 1833, in *Rapport au Roi sur l'application de la loi de 1833,* Paris, 1834, pièce n° 68, p. 235-237.

28. C'est sur la base des matériaux réunis dans cette enquête que P. Lorrain publiera en 1837 son *Tableau de l'instruction primaire en France.* « Près de cinq cents inspecteurs, écrit-il dans son introduction, partirent ensemble, au signal donné, gravirent les montagnes, descendirent dans les vallées, traversèrent les fleuves et les forêts, et portèrent dans les hameaux les plus lointains, les plus isolés, les plus sauvages, la preuve vivante que le gouvernement ne voulait plus rester étranger désormais à l'éducation du plus humble citoyen » (p. III).

pour fonction de collecter des informations aux yeux de Guizot.

Elle doit également servir à instaurer une communication directe entre le pouvoir et les instituteurs, signifiant la sollicitude de l'État à l'égard de ces derniers. D'où l'importance des modalités pratiques de l'enquête, du mode de collecte des informations. « Les faits de ce genre, écrit Guizot aux recteurs, ne peuvent être recueillis de loin, par voie de correspondance et de tableaux. Des visites spéciales, des conversations personnelles, la *vue immédiate* des choses et des hommes sont indispensables pour les reconnaître et les bien apprécier [29]. » Cette démarche caractérise le nouveau type d'enquête, baptisé par commodité « enquête sociale », qui commence à se développer sous la monarchie de Juillet. Villermé ou Parent-Duchâtelet insisteront également quelques années plus tard sur l'importance du contact direct entre l'observateur et l'observé, sur la nécessité de reproduire le langage des gens interrogés. « Le regard est la première des propédeutiques », dit justement Michelle Perrot à leur propos [30].

L'enquête sociale est d'abord un moyen de produire de la visibilité, de dissiper pour l'État l'opacité du social, de dévoiler ce qui est souterrain, caché dans les replis les plus intimes de la société. En lançant ces enquêtes, l'État reconnaît implicitement que la société lui reste étrangère et qu'il est face à elle comme un voyageur dans une contrée inconnue. Au XVIIIe siècle, ce sont les récits de voyages extérieurs qui passionnent l'opinion et mobilisent les meilleurs observateurs. C'est après avoir visité l'Égypte et la Syrie

---

29. Lettre citée du 28 juillet 1833 aux recteurs.

30. M. Perrot, *Enquêtes sur la condition ouvrière au XIXe siècle,* Paris, Micro-éditions Hachette, 1972. Cf. aussi Villermé à propos de sa grande enquête sur les ouvriers des manufactures de coton et de laine. « Tel est le soin que je désirais mettre à cette enquête, écrit-il, que j'ai suivi l'ouvrier depuis son atelier jusqu'à sa demeure. J'y suis entré avec lui, je l'ai étudié au sein de sa famille ; j'ai assisté à ses repas. J'ai fait plus ; je l'ai vu dans ses travaux et dans son ménage, j'ai voulu le voir dans ses plaisirs, l'observer dans les lieux de ses réunions. Là, écoutant ses conversations, m'y mêlant parfois, j'ai été, à son insu, le confident de ses joies et de ses plaintes, de ses regrets et de ses espérances, le témoin de ses vices et de ses vertus », *Tableau de l'état physique et moral des ouvriers employés dans les manufactures de coton, de laine et de soie,* Paris, UGE, 1971, p. 30.

que Volney publie la première enquête véritablement scientifique, menée à partir de l'exploitation d'un questionnaire systématique. La tradition du voyage se poursuit ensuite, mais elle change d'objet : ce sont des voyages intérieurs que l'on ressent la nécessité d'effectuer. Comme s'il y avait quelque chose d'étranger au sein même du pays que l'on gouverne. La peur des classes dangereuses, la crainte d'une nouvelle irruption des barbares dans les profondeurs du social se conjuguent pour faire de l'enquête sociale un des pivots du nouveau type de gouvernementalité en train de s'élaborer.

L'enquête sociale, c'est aussi le moyen d'observer le changement, de comprendre l'innovation et d'évaluer ses effets bénéfiques et perturbateurs. Elle est en ce sens histoire du présent, saisie de l'accélération du temps et du travail de la civilisation moderne. L'Académie des sciences morales et politiques, on le sait, a joué un rôle moteur dans le développement de ces enquêtes. Avec elles, l'État devient sociologue. Dévoilant la société à elle-même en même temps qu'elles la révèlent à l'État, ces enquêtes sociales participent aussi du gouvernement représentatif et ne se distinguent que par leur forme du mécanisme de suffrage : elles présentent et représentent aussi le social, jouant au milieu du XIXe siècle un rôle équivalant à celui des sondages cent ans plus tard.

Statistique et gouvernement représentatif

Installant en 1860 la Société de statistique de Paris, l'économiste saint-simonien Michel Chevalier note : « La statistique est comme un des organes essentiels du régime représentatif. Sous toutes les variétés que comporte ce régime, il est fondamental que les gouvernés interviennent dans la gestion de leurs intérêts, qu'ils aient le droit de scruter leurs affaires [...]. On peut dire qu'à plus d'un égard la sincérité du régime représentatif peut se mesurer au soin dont la statistique est l'objet et à l'abondance des documents qu'elle produit [31]. » La remarque est d'importance. Elle traduit en effet un des points les plus sensibles de la modification des rapports entre l'État et la société qui s'opère avec la chute de l'absolutisme.

---

31. Discours du 5 juin 1860, reproduit dans *Société de statistique de Paris. Son histoire, ses travaux, son personnel*, Paris, 1882, p. 16.

Sous la monarchie absolue, l'État cherchait à connaître une société qu'il surplombait, pour la contrôler, la gouverner, la pressurer. Lui seul avait besoin de données statistiques qui étaient du même coup souvent gardées secrètes. Avec Neufchâteau et Chaptal, cet ancien usage du chiffre s'élargit à de nouvelles fonctions : la statistique s'insère dans la logique démocratique du gouvernement représentatif en ayant ainsi pour objectif de renvoyer au pays sa propre image. François de Neufchâteau écrit en 1799 dans cet esprit aux départements : « Le despotisme faisait un mystère des affaires de la nation ; elles n'étaient à ses yeux que l'affaire d'un seul homme, le peuple était compté pour rien. Il n'appartenait qu'à une république de soumettre les opérations de son gouvernement à l'examen de ses administrés, de leur faire connaître annuellement l'emploi des deniers publics, d'appeler tous les citoyens à la discussion des intérêts de leur pays[32]. » Les statistiques sont ainsi destinées à exercer une fonction de *miroir*. En rentrant dans la sphère de la publicité, elles participent d'un processus de représentation de la société qui accompagne et prolonge les mécanismes de la représentation politique. Elles sont liées en ce sens à la tâche de production et d'institution de la nation que la monarchie parlementaire assignera vingt ans plus tard à la diffusion des mémoires relatifs à l'histoire de France. La statistique est, comme l'histoire, un moyen d'apprendre la France : une même intention court de Chaptal à Lavisse. Un énorme travail de diffusion est d'ailleurs significativement entrepris par Chaptal. De 1800 à 1802, il fait publier une trentaine d'ouvrages qui reprennent les documents élaborés à l'initiative de Neufchâteau. En 1803, deux revues d'initiative privée, les *Annales de statistique* et les *Archives statistiques de la France* sont autorisées à reproduire les données recueillies par le Bureau de statistique. François de Neufchâteau et Chaptal vont même plus loin que le simple souci d'information. Ils demandent aux préfets d'établir leurs statistiques en associant le plus étroitement possible les sociétés savantes locales, les notables

---

32. Cf. le tome II du *Recueil des lettres, circulaires, instructions, programmes, discours et autres actes publics de François de Neufchâteau*, Paris, an VIII, t. I, p. XLIII-XLIV. (Le recueil contient aussi le questionnaire de l'enquête menée dans les départements.)

et les personnes instruites. Jean-Claude Perrot a pu parler dans ces conditions avec raison d'un véritable « âge d'or » de la statistique régionale française[33]. Ce nouvel usage de la statistique ne va pourtant pas sans se heurter à une sourde résistance sociale. On craint que l'État n'accroisse sa domination en connaissant mieux la société. Au début du XVIIIe siècle, de nombreuses voix s'étaient déjà élevées pour reprocher à Vauban de vouloir « pénétrer les secrets des familles » en proposant d'établir des commissaires aux dénombrements et des agents chargés de surveiller les récoltes. En 1795, un rapport du bureau de l'agriculture au ministère de l'Intérieur note qu'une enquête « menaçait trop ouvertement les cultivateurs de réquisition pour qu'elle fût accueillie complètement et avec sincérité » et que ces derniers, « dans la crainte du mal qu'ils redoutaient, aimèrent mieux se priver du bien qu'on leur promettait[34] ». De leur côté, les négociants et les chefs d'entreprise qui sont partisans d'une économie libérale sont peu convaincus par l'utilité des statistiques : ils craignent qu'elles puissent être un instrument de dirigisme ou d'inquisition fiscale. Moyen de gouvernement et composante de la publicité dans un régime de liberté, les statistiques sont ainsi doublement au cœur du rapport de l'État et de la société : situées à leur point d'articulation, elles reflètent les réticences de la société face à l'État et les intentions de l'État face à la société.

L'évolution vers l'Empire va trancher ce débat par un retour au secret. Les autorisations données aux *Annales de statistique* et aux *Archives statistiques de la France* sont retirées dès 1805. Les seules statistiques rendues publiques sous l'Empire sont les *Comptes rendus*, établis sur une base nationale pour les années 1809 et 1813. Pour mieux contrôler l'activité de collecte des informations, Napoléon va même jusqu'à supprimer en 1812 le Bureau de statistique en éclatant les tâches dont il avait la charge. « Napoléon, commente

33. Cf. J.-C. Perrot, *L'Âge d'or de la statistique régionale française (an IV-1804),* Paris, Société des études robespierristes, 1977.
34. Cité par Stuart Woolf, « Contribution à l'histoire des origines de la statistique : France, 1789-1815 », in EHESS, séminaire de L. Bergeron, *La Statistique en France à l'époque napoléonienne,* Bruxelles, Centre Guillaume-Jacquemyns, 1981.

Taine, exige toujours qu'on lui fournisse des chiffres, mais il les garde pour lui ; divulgués, ils seraient incommodes, et désormais ils deviennent un secret d'État [35]. »

Après une nouvelle éclipse sous le Second Empire — Napoléon III, comme Bonaparte, se méfie de la publicité donnée aux chiffres [36] —, enquêtes et statistiques connaissent un nouvel essor sous la IIIe République. Les enquêtes témoignent de l'intérêt que les pouvoirs publics portent à un problème ou à une population [37]. Le premier pas vers la création d'un ministère du Travail — dont les ouvriers attendaient en quelque sorte qu'il les représente auprès du gouvernement [38] — consiste significativement dans l'installation en 1891 d'un *Office du travail* dont l'objet était de collecter des informations sur les problèmes du travail. Une œuvre statistique remarquable s'accomplira dans ce cadre [39], témoignant avec éclat du lien étroit

35. H. Taine, *Les Origines de la France contemporaine,* « Le régime moderne », Paris, Laffont, 1972, p. 795.

36. Dans un célèbre article de 1900, « La sociologie en France au XIXe siècle » (reproduit in É. Durkheim, *La Science sociale et l'Action,* Paris, PUF, 1970), Durkheim fait le rapprochement entre le déclin de la sociologie en France dans les années 1850, qui contraste avec le bouillonnement intellectuel de la première moitié du siècle, et l'instauration du Second Empire comme régime autoritaire. La collecte statistique et les enquêtes marquent en effet nettement le pas de 1850 à 1870.

37. Cf. par exemple les enquêtes parlementaires de 1872 et 1884 sur la condition des ouvriers. Sur la seconde, cf. F. Simiand, « Une enquête trop oubliée sur une crise méconnue », in *Mélanges d'économie politique et sociale offerts à Edgard Milhaud,* Paris, PUF, 1934.

38. Le ministère du Travail est créé en 1906. C'est dans cette perspective « représentative » que Louis Blanc avait réclamé en 1848 la création d'un ministère du Travail, et Victor Considérant celle d'un ministère du Progrès. Le rapporteur du projet de création d'un « Office du travail » dit en 1891 à l'Assemblée : « Je pense que les travailleurs ont droit plus que tous les autres de voir le mot ' travail ' inscrit sur la plaque d'un ministère, et en même temps d'avoir des représentants qui pourront, comme dans les autres ministères, soutenir leurs intérêts dans les conseils du gouvernement » (cité par J.-A. Tournerie, *Le Ministère du Travail, origines et premiers développements,* Paris, Cujas, 1971, p. 105-106).

39. Cf. M. de Crécy, « Bibliographie analytique des enquêtes effectuées par ordre du ministère du Commerce et de l'Agriculture de 1800 à 1918 », *Histoire des entreprises,* n° 10, novembre 1962.

qui unit le fait de l'enquête et la notion de représentation sociale.

Pendant longtemps, les célèbres *blue books* anglais apparaîtront aux Français comme un des symboles de la démocratie britannique. A côté d'une histoire « technique » de la statistique qui retracerait le progrès des méthodes de collecte du chiffre, il est ainsi nécessaire d'en faire l'histoire « politique » pour comprendre les conditions dans lesquelles l'État est redéfini par la révolution de la publicité.

CHAPITRE IV

L'idéal du gouvernement
à bon marché

L'élection des fonctionnaires

Les bases de la fonction publique sont bouleversées lorsque la Révolution supprime la vénalité des charges dans la nuit du 4 août 1789. Tout l'édifice constitué par le système des offices s'écroule et le principe de l'élection des fonctionnaires se substitue à celui de l'achat ou de la transmission par héritage des principaux postes de l'administration. On cherche par là à marquer la distance avec l'ancien ordre des choses, à signifier avec éclat que les places ne seront plus jamais le prix de l'intrigue ou des bassesses, qu'elles ne seront plus à vendre. L'élection des fonctionnaires apparaît aux hommes de 1789 comme un signe essentiel de la rupture avec l'État despotique qui imposait ses lois et ses administrateurs à une société assujettie. Cette procédure a pour but de supprimer la distance entre l'administré et l'administrateur et de fonder l'autorité sur la confiance ; elle apparaît comme l'un des principaux symboles de la démocratisation du Léviathan. D'où l'extraordinaire prestige dont jouit le processus électif dès le début de la Révolution. On l'applique évidemment pour la désignation des représentants de la nation à l'Assemblée, même si les conditions du scrutin sont paradoxalement moins démocratiques que celles qui avaient été instaurées par Louis XVI pour la Convention des États généraux (il fallait payer un impôt équivalant à 3 journées de travail pour jouir des droits politiques liés à la condition de citoyen actif). Mais on l'étend également à la désignation des principaux fonctionnaires publics, des administrateurs locaux, des juges, du clergé, des officiers de la garde nationale. En 1793, on ira jusqu'à faire élire les officiers par les soldats. Bien qu'on ne dispose pas de statistiques précises sur ce point, on peut estimer que plusieurs dizaines de milliers de fonctionnaires furent alors élus par leurs administrés.

Le terme de « fonctionnaire » ne doit cependant pas être mal interprété. Il ne désigne alors que ceux qui exercent une responsabilité et il est soigneusement distingué du simple commis ou de l'*employé* qui n'exécutent que des tâches subalternes. Cette différence entre le fonctionnaire et l'employé est fondamentale. Un ancien conventionnel, Isnard, l'exprime dans des termes qui montrent bien la conception de l'époque : « J'entends par office public, dit-il, une délégation de fonction ou de pouvoirs relatifs à l'action, à la direction, la décision ou à la consultation, sous la responsabilité directe envers la nation. Tout office public est une délégation de la nation et non une délégation du gouvernement [...]. Les officiers publics seront donc distingués des commis, préposés ou subalternes, en ce que les uns auront, avec direction, décision ou consultation, une responsabilité directe envers la nation et que les autres, indépendamment de ce qu'ils n'auront aucune faculté de décider, n'auront de responsabilité directe qu'envers l'officier public qui les aura institués [40]. » Jusqu'au milieu du XIXe siècle, ceux que nous appelons aujourd'hui en général les fonctionnaires resteront qualifiés d'employés. Les livres de Balzac qui stigmatisent les agents de la routine administrative ont pour titre *Les Employés* et *Physiologie de l'employé*. Si le vocable de fonctionnaire se banalise progressivement, la distinction opérée pendant la Révolution n'en continue pas moins de subsister juridiquement. Dans son *Dictionnaire de l'administration française* de 1862, Maurice Block écrit encore : « La qualité de fonctionnaire n'appartient pas à tous les membres d'un service public. Pour posséder cette qualité, il faut être investi d'une portion de l'autorité et de la puissance publiques, et par conséquent les commis ou employés, les agents de la force publique, les agents

---

40. Discours au Tribunat du 16 prairial an VIII dans le débat sur une « motion d'ordre sur la création et la suppression des offices publics », cité par C.H. Church, *Revolution and Red Tape : The French Ministerial Bureaucracy, 1770-1850*, Oxford, Clarendon Press, 1981.

de police, ne sont point rangés au nombre des fonctionnaires. » En termes stricts, ce n'est qu'avec le Statut de 1946 que les salariés de la fonction publique seront tous uniformément qualifiés de fonctionnaires, l'unicité du statut mettant un terme aux différences qui étaient fondées sur le contenu du travail.

La conception française du pouvoir exécutif

Le système de l'élection des fonctionnaires, qui est abandonné à partir de l'an VIII, pour des motifs sur lesquels nous reviendrons, s'accompagne pendant la Révolution de la crainte permanente que l'administration — le monde des bureaux — ne s'érige en pouvoir propre. Tout ce qui fait écran entre la nation et ses élus est à priori suspect de dresser un obstacle à l'expression de la volonté nationale et de constituer une machination contre la liberté. Dès juillet 1789, Peuchet donne le ton dans son *Traité de la police et de la municipalité* : « Le citoyen n'est rien, le commis gouverne, écrit-il. Je ne crois pas qu'il existe un État où l'influence du système bureaucratique soit aussi sensible, aussi absurde, aussi étendue qu'en France. Il est naturel de regarder des commis comme des hommes payés pour expédier des dépêches. Leurs fonctions paraissent devoir se borner à rendre fidèlement le tableau des hommes soumis à leur direction. Rouages utiles de la machine politique, ils ne peuvent en être les moteurs. Un bureau n'est pas un conseil, et des copistes ne doivent pas s'ériger en administrateurs, en législateurs. C'est cependant ce que nous voyons tous les jours en France [41]. » L'expression même de « bureaucratie » est d'ailleurs contemporaine de cette période [42]. Le développement de son usage

41. Cité par G. Thuillier, *Témoins de l'administration,* Paris, Berger-Levrault, 1967, p. 21.
42. On estime souvent, de façon presque conventionnelle, que le terme de « bureaucratie » a été forgé par Gournai dans les années 1770 — il parlait aussi de « bureaumanie » — pour dénoncer la trop grande intervention économique de l'État. Mais son usage ne se développe que pendant la Révolution : il traduit alors moins une critique de l'interventionnisme de l'État qu'une dénonciation du risque de confiscation du pouvoir étatique par le monde des employés des bureaux administratifs. Le mot est officiellement reconnu par l'Académie en 1835 avec cette signification.

accompagne l'avènement d'une société démocratique qui condamne en son principe tout ce qui est susceptible de faire obstacle au gouvernement direct de la volonté générale. Si Gournai semble avoir forgé le terme vers le milieu du XVIIIe siècle [43], il ne prend son sens fort et péjoratif qu'avec la chute de l'absolutisme. La bureaucratie symbolise en effet en 1789 l'extériorité rémanente de l'État par rapport à la société. « Les bureaux ont remplacé le monarchisme », dit-on alors de façon courante.

Cette hantise de voir se constituer un pouvoir intermédiaire entre le peuple et ses élus atteint son paroxysme en 1793-1794. Robespierre et Saint-Just font adopter toute une série de mesures qui visent à faciliter la révocation des employés publics, à limiter la durée d'exercice de leurs tâches, à fractionner au maximum leur champ de compétence. La dénonciation du bureaucrate, porteur de toutes les menaces de despotisme et de corruption, ne s'opère cependant pas, comme sur le mode libéral traditionnel, dans l'opposition de deux termes seulement : la bureaucratie contre les citoyens, l'État contre la société. Elle renvoie aux rapports qui s'établissent entre trois éléments : le représentant du peuple, le peuple lui-même et l'agent public. Ce que Robespierre et Saint-Just dénoncent fondamentalement dans la figure du « fonctionnaire », c'est l'écran perturbateur qu'elle institue entre les citoyens et le pouvoir. La recherche d'un système de gouvernement direct participe d'un idéal de *fusion* entre le peuple et ses représentants. Ils souhaitent que le peuple et la Convention s'identifient complètement, forment un bloc uni pour surveiller les actes de l'administration. L'idée que Robespierre se fait de l'organisation matérielle de la salle des séances du Corps législatif en témoigne : « Il faudrait s'il était possible, dit-il, que l'assemblée des délégués du peuple délibérât en présence du peuple entier [44]. » Derrière ces formulations qui peuvent paraître excessives, les deux conventionnels n'en définissent pas moins un objectif très largement partagé : celui d'une administration passive, exécutant mécaniquement des ordres,

---

43. Cf. F. Brunot, *Histoire de la langue française* (nlle éd.), Paris, Colin, 1966, tome VI, 1re partie, p. 445.

44. Robespierre, « Sur le gouvernement représentatif », discours du 10 mai 1793, in *Textes choisis,* Paris, Éd. sociales, 1973, t. 2, p. 150.

transmettant sans frottements une impulsion venue d'ailleurs.

Dès 1789, les constituants ont cherché à réaliser cette conception en limitant au maximum la marge d'autonomie du pouvoir exécutif. Significatif, en ce sens, est le choix de la Constitution de 1791 de faire du roi le chef de ce pouvoir : le pouvoir exécutif est clairement envisagé comme purement commis. Nombre d'auteurs rappellent avec insistance à l'Assemblée que les ministres ne sont que les serviteurs du pouvoir législatif, et l'on cherche par tous les moyens à restreindre leur liberté d'action. Roederer avait par exemple symboliquement proposé en 1791[45] que tous les ministères s'intitulent *Ministère des lois de...*, pour bien marquer leur caractère subordonné. C'est d'ailleurs surtout à l'Assemblée, tant dans ses multiples comités que dans ses réunions plénières, que les dossiers s'instruisent et que les décisions se prennent. C'est là qu'est le véritable gouvernement de la France. Il n'y a pas un homme d'envergure qui puisse alors seulement imaginer troquer sa place de député pour un poste de ministre, et tous les grands noms se trouvent à l'Assemblée. La fonction ministérielle est de fait complètement dévalorisée. Son discrédit ne fait même que s'accélérer au fur et à mesure que la Révolution se poursuit, notamment à partir d'octobre 1792 avec l'installation du Comité de sûreté générale, puis en avril 1793 avec la création du Comité de salut public. Une véritable administration parallèle, sous la coupe directe de la Convention, se met en place à partir de cette période. Au printemps 1794, les comités emploient un personnel propre de 500 agents. Le mouvement culmine avec la suppression officielle des ministres le 1er avril 1794. Cette décision s'inscrit certes dans un contexte politique exceptionnel. Mais on ne doit pas s'y tromper : elle ne fait que radicaliser une conception du pouvoir exécutif qui est au cœur de la culture politique française. Elle continue à s'exprimer tout au long du xixe siècle sous la forme plus modérée, mais équivalent en son essence, du parlementarisme. Sous la monarchie de Juillet, Vivien, préfet de police, note par exemple dans ses *Études administratives :* « Le pouvoir exécutif se divise en

---

45. Cf. *Le Moniteur* du 12 avril 1791. Rappelons que Rousseau avait noté dans le *Contrat social* que le gouvernement n'était qu'une « commission » (cf. *Du contrat social,* II, 6, et III, 1).

deux branches : la politique, c'est-à-dire la direction morale des intérêts de la nation, et l'administration, qui consiste principalement dans l'accomplissement des services publics. Sous le gouvernement constitutionnel, la politique elle-même passe en partie aux assemblées législatives [...]. Plus le pouvoir parlementaire grandit, plus il fait invasion dans la politique. Il l'attire à lui presque tout entière et n'en laisse au pouvoir exécutif que ce qui est matière de négociation, d'étude et de mise en œuvre, plutôt que de délibération et de décret[46]. » Dans un langage plus militant, le philosophe Charles Renouvier stigmatise en 1850, dans son *Gouvernement direct,* les ministères comme des « châteaux forts de la bureaucratie » et propose d'en revenir au modèle de l'an II de la gestion administrative du pays par des comités parlementaires. « Il est temps, écrit-il, que l'œil du peuple perce enfin les arcanes de l'administration ; c'est le seul moyen d'éviter les abus de pouvoir et d'en finir avec la puissance occulte et insaisissable de la vieille bureaucratie[47]. »

La conception d'un pouvoir exécutif mécanique, presque transparent, renvoie pour une large part à toute l'idéologie économique du XVIIIe siècle. Pour celle-ci, la sphère du politique est limitée ; il est possible de se contenter d'un pouvoir faible et simple du fait de l'existence de mécanismes d'autorégulation dans la société civile. Mais cette vision correspond également à une approche très réductrice de l'action proprement politique. On s'imagine volontiers au XVIIIe siècle que le pouvoir exécutif consiste en une pure application de la loi et que les dispositions législatives peuvent suffire à régler toutes les difficultés de la vie sociale. L'art de la politique, qui consiste à gérer l'imprévu et l'accident, n'est donc pas véritablement reconnu et pris en compte. Cette double ambiguïté s'exprime de façon très spécifique dans le contexte français, en se greffant sur la notion de souveraineté de la nation qui postule un rapport global et immédiat entre le peuple et ses représentants. De là provient la tendance permanente à gouverner en légiférant. La critique de la bureaucratie est dans ce contexte d'ordre essentiellement politique. C'est le principe même d'un pouvoir intermédiaire

46. Vivien, *Études administratives* (1845), 2e éd., Paris, 1852, t. I, p. 3-4.
47. Cité par G. Thuillier, *Bureaucratie et Bureaucrates en France au XIXe siècle,* Genève, Librairie Droz, 1980, p. 96.

beaucoup plus que l'existence d'une machine complexe que l'on dénonce. On le voit très clairement pendant la Révolution française. Les attaques les plus virulentes contre le pouvoir des bureaux sont en effet paradoxalement lancées par ceux-là mêmes qui recrutent à tour de bras des employés administratifs.

La critique de la bureaucratie

On ne recensait que 670 employés ministériels en 1791 (soit à peu près le même chiffre que dans les dernières années de la monarchie absolue). Mais leur nombre s'accroît ensuite considérablement : ils sont 3000 au début de 1794 et presque 5000 à la fin de la même année[48]. Thermidor n'infléchit pas la tendance. Les effectifs des administrations centrales continuent à se gonfler de 1795 à 1799 : ils s'élèvent à près de 7000 employés en l'an VIII. De multiples facteurs — l'organisation de l'effort de guerre, la mise en place de nouveaux organismes qui se superposent sans les remplacer à d'anciennes structures — expliquent cette inflation. Mais le fait remarquable est qu'elle ne suscite pas *en elle-même* l'inquiétude. La notion de bureaucratie reste appréhendée comme un phénomène politique — la constitution des bureaux en pouvoir autonome et indépendant — et non comme un fait d'ordre quantitatif. Les thermidoriens ne feront pas grief à Robespierre d'avoir accru le nombre d'employés publics ; ils ne pensaient pas que la Terreur était liée à cette donnée. Elle avait participé à leurs yeux d'un simple mécanisme de confiscation de la volonté générale par une poignée d'individus, renouant en son ressort avec les pratiques de l'absolutisme (d'où l'importance du thème du « Roi Robespierre » dans l'analyse et la dénonciation de la Terreur). L'extériorité du pouvoir qui en avait résulté n'était pas du tout perçue comme un effet pervers de l'idéal de fusion entre le peuple et ses représentants.

Les effectifs des administrations centrales se réduisent ensuite brutalement à partir de la période consulaire. Si l'État se centralise et se renforce, il se réorganise également. Sous l'Empire, la machine

48. Chiffres calculés par C.H. Church, *Revolution and Red Tape, op. cit.*

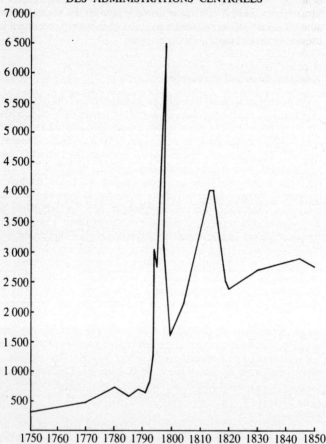

NOMBRE DES FONCTIONNAIRES
DES ADMINISTRATIONS CENTRALES

Source : C.H. Church, *Revolution and Red Tape :*
The French Ministerial Bureaucracy, 1770-1850,
Oxford, Clarendon Press, 1981.

administrative se développe au fil des années, mais elle ne retrouve pas le volume atteint sous le Directoire. Les administrations centrales se stabilisent enfin progressivement sous la Restauration autour d'un effectif de 2 500 personnes (leur nombre ne varie presque pas ensuite de 1820 à 1870).

Cette réduction du volume de l'Etat central s'accompagne pourtant paradoxalement de l'émergence d'un profond mouvement de défiance de la société vis-à-vis de l'État. Sous la Restauration, de multiples pamphlets témoignent d'une nouvelle fièvre antibureaucratique. Mais elle diffère profondément de celle des années 1790. La « maladie de la paperasse », pour reprendre l'expression d'Ymbert dans son article « Bureaucratie », écrit en 1825 pour l'*Encyclopédie progressive*, est certes fréquemment dénoncée. Mais là n'est pas la pointe du mouvement. Il réside plutôt dans un nouveau type de sentiment : celui de l'omniprésence physique de l'État, beaucoup plus perceptible que dans le passé. Paul-Louis Courier s'en est fait l'interprète dans sa *Pétition pour les villageois que l'on empêche de danser* (1822). « Le gouvernement est partout aujourd'hui, écrit-il, et cette ubiquité s'étend jusqu'à nos danses, où il ne se fait pas un pas dont le préfet ne veuille être informé pour en rendre compte au ministre. » En trente ans, l'État est en effet devenu beaucoup plus visible. Un seul chiffre en donne la mesure : il n'y avait en France que 3 000 hommes de maréchaussée à la veille de 1789 alors que l'on pouvait compter 15 000 gendarmes sous la monarchie de Juillet.

La raison de cette croissance ? Elle tient en partie au mouvement d'urbanisation et d'industrialisation. Mais ce n'est pas l'essentiel. Elle résulte surtout d'un processus d'*extériorisation* de la fonction de maintien de l'ordre qui était auparavant plus disséminée dans le social, assurée par tout un ensemble de procédures de régulation liées au pouvoir des notables. Le percepteur est aussi un nouveau venu dans les villages au début du XIXe. Il centralise et concentre des flux et des modes de prélèvements qui étaient auparavant beaucoup plus éclatés (les agents des impôts sont plus de 60 000 en 1843). Le gendarme et le percepteur : ils symbolisent tous les deux la nouvelle présence, manifeste parce que séparée, de l'État dans la société française. En s'extériorisant, mécaniquement pourrait-on dire, l'État devient plus visible et il s'accroît du même coup pour pénétrer une société dans laquelle toutes les micro-régulations internes antérieures ont été largement éliminées[49].

Après la chute de l'Empire, la dénonciation du bureaucrate devient un genre littéraire presque à part entière. Ymbert, un ancien chef de bureau au ministère de la Guerre, publie successivement *L'Art d'obtenir des places* (1816), *La Bureaucratie* (1825) et surtout les *Mœurs administratives* (1825) ; Henri Monnier donne en 1828 ses *Mœurs administratives dessinées d'après nature* ; Balzac fait successivement paraître *Les Employés* (1837) et *Physiologie de l'employé* (1841). Ce ne sont que les plus célèbres. Des dizaines d'autres brochures et libelles reprennent les mêmes thèmes : la circulaire comme maladie organique de l'administration, la recherche systématique de la complication des choses simples, la vie confortablement protégée de l'employé. Ce genre participe certes d'un mouvement plus vaste. La publication en série de « physiologies » ou de collections (« Les Français par eux-mêmes ») rencontre alors un vaste succès : la France nouvelle aspire à se mieux connaître, à disposer de points de repère dans un état social qui n'est plus structuré par les anciens ordres. Mais la multiplication des critiques de l'administration traduit aussi une profonde incapacité à comprendre les raisons de son développement. Du *Petit glossaire administratif* de Boucher de Perthes à *Messieurs les ronds-de-cuir* de Courteline, l'humour témoigne de l'impuissance des Français à saisir intellectuellement la croissance de la bureaucratie dans le monde moderne. L'approche pathologique et satirique du problème permet de ne pas en analyser la dimension sociologique. Si l'on dénonce par exemple sans cesse la prolifération réglementaire, on ne réfléchit presque jamais sur le fait qu'elle provient pour une large part de la recherche d'une gestion uniforme qui, pour saisir toute la

---

49. La mise en place en 1800 d'une administration centralisée rigoureusement et pyramidalement organisée ne conduit cependant pas tout de suite à l'installation d'une imposante bureaucratie. A la fin de l'Empire, la structure préfectorale reste assez légère, même si la centralisation politique est très forte. En 1816, par exemple, la préfecture d'un département moyen comme le Calvados fonctionne avec seulement 26 employés de bureaux et 5 employés pour les problèmes matériels d'intendance, tous les frais d'administration préfectorale se limitant — traitements compris — à 48 000 F par an.

diversité des situations, doit sans cesse ajuster et reprendre la règle. On brocarde la bureaucratie parce qu'on rêve au fond toujours d'un pouvoir exécutif simple, léger, presque transparent, dont les organes seraient réduits à une pure opération de transmission et d'action.

L'idéal du gouvernement à bon marché

Un gouvernement représentatif, est-on persuadé, ne peut être qu'un gouvernement à bon marché. L'économiste Jean-Baptiste Say exprime le sentiment général lorsqu'il écrit dans son *Catéchisme d'économie politique* : « C'est par la nature des dépenses publiques que l'on peut connaître si une nation est représentée ou si elle ne l'est pas, si elle est bien administrée ou ne l'est pas. » Si elle est perçue comme un comportement, la bureaucratie est aussi regardée comme l'effet pervers d'un régime censitaire. De 1815 à 1848, on comprend ainsi le gonflement de l'administration comme le résultat d'un processus de distribution des places et d'achat des voix qui repose sur la restriction du droit de suffrage. La bureaucratie, dit-on, est le produit d'un régime corrompu dans lequel les emplois publics sont devenus une source de prébendes au service d'une petite caste. De nombreux pamphlétaires ne manquent d'ailleurs pas de souligner que le nombre des employés de l'administration correspond approximativement au nombre d'électeurs (250 000 en 1845). Si le rapprochement n'a pratiquement guère de sens, il vaut en tout cas comme symbole. « Sous le prétexte d'utilité publique, de prospérité publique, les ministres tiennent manufactures de places qu'ils distribuent à leurs créatures », écrit par exemple Ymbert dans son article « Bureaucratie », alors que Balzac note lapidairement dans *Les Employés* que « le budget n'est pas un coffre-fort mais un arrosoir ». D'où l'idée que seul le suffrage universel pourra venir à bout de la prolifération bureaucratique en instaurant un régime véritablement représentatif. Elle est continuellement exprimée sous la monarchie de Juillet, que ce soit par des plumes républicaines ou même légitimistes. On pense au fond que la bureaucratie n'est pas un phénomène naturel et qu'elle n'est qu'un effet pervers lié à l'existence d'un pouvoir insuffisamment démocratique : la critique de la bureaucratie est en ce sens indissociable d'une dénonciation de la corruption politique. « Vouloir balayer la corruption sans le suffrage universel, c'est tenter un effort inutile : on cantonnera le mal, mais on ne l'extirpera pas », explique par exemple Ledru-Rollin [50], qui estime alors comme tous les républicains que l'instauration du suffrage universel permettra de réduire le volume de l'administration et de mettre en place un gouvernement à bon marché [51]. Il n'est pas étonnant que ce thème rencontre un large écho : la bureaucratie reste finalement perçue comme une rémanence de l'absolutisme, un vestige de l'Ancien Régime dans lequel l'État surplombait la société. Elle n'est pas du tout comprise dans son rapport à l'avènement de l'État démocratique moderne.

Dissociée de la réflexion philosophique sur la figure même de l'État, la critique de la bureaucratie tourne continuellement à vide en France. C'est pourquoi la croissance de l'État, qui n'est pratiquement pas séparable de celle de l'administration, y apparaît plus qu'ailleurs comme une sorte de phénomène inéluctable et mystérieux. La volonté toujours affichée de moins administrer pour mieux gouverner n'y procède pas, comme en Angleterre, d'une recherche libérale de limitation du pouvoir central. Elle renvoie en permanence à l'utopie d'un gouvernement immédiat de la volonté générale ; utopie dont on ne comprend pas la contradiction que lui portent les faits.

50. Discours à la Chambre du 21 novembre 1847, in *Discours politiques et Écrits divers*, Paris, 1889, t. 1, p. 342.

51. Le thème est omniprésent chez les républicains modérés (comme Cormenin) ou plus radicaux (Raspail, Ledru-Rollin, Dupont, etc.), mais il est également largement repris dans la littérature légitimiste. Cf., par exemple, Villèle et ses *Lettres d'un contribuable,* Toulouse, 1840.

CHAPITRE V

L'administration
comme problème

Le paradoxe français

Si 1814 marque un indéniable tournant, l'instauration d'un gouvernement de type représentatif contribuant, avec l'avènement d'une ère de paix, à modifier en profondeur les rapports de l'État et de la société, la transformation des institutions administratives est beaucoup plus lente. Avant 1789, il n'y a pas au sens strict du terme de fonction publique. Les principales charges de l'État sont des offices institués par le roi. Les *officiers* emploient certes pour les seconder de nombreux commis, mais ceux-ci n'ont aucun statut particulier. Ils ne se considèrent d'ailleurs pas eux-mêmes comme des employés de l'État. Il n'y a pas de différence entre eux et les employés d'un quelconque notaire ou avocat. Le monde des offices ne représente cependant pas la totalité du service de l'État. Il y a également des *commissaires,* directement nommés par le roi comme les intendants ou les conseillers d'État, et qui sont révocables *ad nutum.* Indépendamment des commis employés dans les ministères et directement payés par le Trésor royal, mais pour lesquels aucune règle fixe de promotion ou de recrutement n'existe, les seuls personnages de l'Ancien Régime qui préfigurent le fonctionnaire moderne sont les titulaires de postes techniques créés au XVIIIe siècle. Le corps des Ponts et Chaussées est par exemple organisé en 1747, avec la mise sur pied d'un concours de recrutement et la première ébauche d'un statut collectif.

La suppression des offices ne s'accompagne dans un premier temps d'aucune modification du statut des serviteurs de l'État.

Seules changent les règles qu'il faut appliquer et l'origine de leur rémunération, pour les anciens officiers du moins. Les grands principes affirmés par la Déclaration des droits de l'homme de 1789 — « Tous les citoyens, étant égaux aux yeux de la loi, sont également admissibles à toutes dignités, places et emplois publics, selon leur capacité et sans autre distinction que celle de leurs vertus et de leurs talents » — ne reçoivent pas de traduction précise. Il faut attendre le Directoire, puis l'Empire, pour voir fixé un minimum de règles organisant la situation des employés de l'État dans certains ministères. Le 2 thermidor de l'an IX, un arrêté du ministère de la Guerre stipule ainsi qu'un secrétaire général doit être payé 15 000 francs par an, un chef de division 10 000 ou 12 000 francs, un chef de bureau de 5 000 à 8 000 francs, un sous-chef 4 000 ou 4 500 francs, un commis ordinaire de 1 800 à 3 600 francs et un garçon de bureau de 800 à 1 000 francs. Un système de grades et de classes est instauré le 21 avril 1809 au ministère de l'Intérieur, et des modalités d'avancement commencent à être définies (on a pu y voir le premier embryon d'un statut des fonctionnaires). Mais ces textes n'ont en fait qu'une portée limitée. Ils ne concernent qu'un petit nombre d'administrations centrales et leur application est approximative. Les traitements sont souvent versés irrégulièrement ; on distribue aussi parfois de la nourriture et des vêtements aux employés et quelques-uns se voient attribuer un logement, sans qu'aucun critère précis n'existe. Il n'y a, en outre, aucun texte qui régisse les conditions d'emploi, même si l'habitude veut qu'un employé reste en fonction pour une assez longue période, dès lors qu'il a servi au-delà d'un certain minimum. Les promotions sont peu nombreuses : dans une étude portant sur 4 350 des 5 500 employés de ministères ayant servi sous le Directoire, on n'a recensé que 6 % de cas d'avancement[52]. Si le droit théorique à une pension est reconnu dès la loi du 3 août 1790, un système de cotisations n'est mis en place que de façon très partielle et progressive : 1801 pour les employés du ministère de la Guerre, 1806 pour ceux de l'Intérieur, et 1809 pour ceux de la Police. C'est seulement en 1853 qu'un texte institue un système précis de retraites (cotisation de 5 % du salaire donnant le droit à une pension à partir de 60 ans et après 30 années de service).

52. Étude menée par C.H. Church, *Revolution and Red Tape, op. cit.*

L'œuvre de la Révolution et même celle de l'Empire restent ainsi très limitées en matière d'organisation de la fonction publique. Napoléon s'est surtout attaché à créer une élite administrative en réformant le Conseil d'État, mis en place par la Constitution de l'an VIII, en instituant des préfets en 1800 et en installant la Cour des comptes en 1807. Mais l'idée est plus d'organiser au sommet de l'État une force politique et sociale au service du régime, et de définir des pôles d'impulsion de l'action (à travers la création de quelques grandes directions), que de construire une machine administrative homogène et régulière jusqu'à ses niveaux les plus subalternes.

Les premiers à se plaindre de cette situation sont naturellement les employés eux-mêmes. Toute une série de brochures publiées sous la Restauration se font l'écho de cette insatisfaction. Leurs titres sont en eux-mêmes révélateurs : *Des employés, des réformes et du régime intérieur des bureaux* (anonyme, 1817), *Le Cri de la justice et de l'humanité en faveur des employés* (par Dossion, 1817). Plus tard, en 1840, un ancien secrétaire de sous-préfecture, Charles Van Tenac, fonde *La France administrative, gazette des bureaux, boussole des administrés* sous forme de feuille mensuelle : c'est la première publication « syndicale » qui se donne pour objectif de défendre les intérêts matériels et moraux des employés de l'État. Les préoccupations corporatives recoupent pour une part l'inquiétude de nombreux publicistes devant la médiocrité de l'administration, médiocrité que la littérature, d'Henri Monnier à Balzac, stigmatise avec ironie et violence. Émile Girardin pouvait ainsi écrire en 1841 dans son essai *De l'instruction publique en France* [53] que « la carrière administrative est la seule dont les abords sont livrés sans défense aux prétentions de l'ignorance et à la présomption de l'incapacité ». Il est paradoxal de constater que la France — réputée terre de tradition étatique — est, au milieu du XIXe siècle, dotée d'une administration moins rationnellement organisée et d'administrateurs moins bien formés qu'en Allemagne, ou même qu'en Angleterre. Dès 1727, l'État prussien avait par exemple fondé deux chaires de « caméralistique » (la science de la gestion de

---

53. Qui porte le sous-titre : « Guide des familles, leur indiquant les diverses carrières qu'elles peuvent faire suivre à leurs enfants. »

l'État) pour préparer ses administrateurs à leurs tâches. Le « retard » français sur l'Allemagne et sur l'Angleterre, patent au début du XIXe siècle, subsiste encore à la fin du siècle. On le voit très clairement en matière d'organisation de la fonction publique. La Prusse établit en 1873 un statut des fonctionnaires, qui leur garantit l'emploi à vie et codifie très strictement toutes les procédures d'avancement et de recrutement, alors que rien n'est encore régularisé en France. Outre-Manche, le rapport Trevelyan-North-cote trace dès 1855 les grandes lignes d'organisation du *Civil Service,* et le principe du recrutement par concours des administrateurs est officialisé en 1870 (dès 1834, des *pass examinations* avaient été institués pour rejeter les incompétences les plus flagrantes). La création en 1871 des premiers syndicats de fonctionnaires contribuera en outre à stabiliser le système administratif britannique. Comment expliquer ce retard de l'administration française vis-à-vis de l'Allemagne et de l'Angleterre ? Il est incompréhensible s'il n'est rapporté qu'à une histoire générale de la croissance du phénomène étatique. Car la France serait plutôt en avance à cet égard au XIXe siècle. Pourquoi les formes d'organisation de l'administration n'ont-elles pas suivi dans notre pays l'augmentation rapide de ses effectifs et le développement de ses interventions dans la société ?

Ingénieurs et administrateurs

Le retard de la France en matière d'organisation administrative générale contraste singulièrement avec son indéniable avance pour ce qui concerne la qualité de la formation des cadres techniques et militaires de l'État. Dès le milieu du XVIIIe siècle, d'excellentes grandes écoles avaient en effet été créées à cet effet : École du génie de Mézières en 1748, École d'artillerie en 1756, École des ponts et chaussées en 1747, École des mines en 1783. Les corps des Mines et des Ponts et Chaussées avaient été mis sur pied à la même époque. La Convention continuait cet effort avec la fondation du Muséum en 1793 et de l'École polytechnique en 1794. Mais rien n'avait été organisé pour la formation de toutes les autres catégories de fonctionnaires qui devenaient pourtant numériquement dominantes. Alors que les tâches de l'administration se modifient considérablement avec la redéfinition des rapports de l'État et de la

64

société engendrée par la révolution démocratique, le soldat et l'ingénieur public — dont Vauban figure le grand modèle historique — restent au milieu du XIXe siècle les seules catégories d'administrateurs soumis à des critères stricts de recrutement et de capacité professionnelle.

Pourquoi la France n'a-t-elle donc pas fait pour ses administrateurs ce qu'elle a su réaliser pour ses ingénieurs ? Ce n'est en tout cas pas faute d'avoir posé le problème. Dès 1800, Destutt de Tracy, membre du Conseil de l'Instruction publique, rédige à la demande du ministre de l'Intérieur un rapport dans lequel il propose de créer une École des sciences morales et politiques. « Les sciences morales et politiques, note-t-il, sont peu avancées. Il est indispensable de former les hommes capables de les enseigner. Il est à désirer que bientôt personne ne puisse parvenir aux places éminentes de la République sans en avoir fait une étude approfondie. On croit donc qu'il serait utile qu'elles eussent à Paris une école supérieure qui fût à peu près pour elles ce qu'est l'École polytechnique pour les sciences physiques et mathématiques[54]. » Tout au long du XIXe siècle, la question sera régulièrement posée. Édouard Laboulaye en formule les termes de façon très claire en 1843, après avoir effectué une mission d'étude en Prusse pour y prendre connaissance des modes de recrutement et d'organisation de la fonction publique. « L'administration, écrit-il dans un article qui eut un grand retentissement, exige-t-elle des hommes qu'elle admet dans son sein des garanties suffisantes d'aptitude et de capacité ? Non, et tandis que l'armée, l'artillerie, le génie militaire, la marine, les ponts et chaussées, les mines, les eaux et forêts ont des écoles spéciales et d'application, tandis que l'instruction publique a ses examens, l'école normale et les concours d'agrégation, tandis que la magistrature s'est fait une garantie — médiocre, il est vrai — du diplôme de licencié, tout au contraire, les autres branches du gouvernement, et non pas les moins importantes, la Cour des comptes, l'administration des contributions directes et celle des contributions indirectes, l'administration de l'enregistrement et des domaines, les douanes, les postes, n'ont d'autre condition d'admissibilité qu'un surnumé-

---

54. Rapport de février 1820, cité par G. Thuillier, in *L'ÉNA avant l'ÉNA*, Paris, PUF, 1983, p. 35.

riat[55] insignifiant, puisqu'on entre à la faveur, et qu'une fois entré c'est encore de la faveur seule qu'on attend son titre et son avancement. Enfin, et ce qui est plus singulier, s'il faut un surnumérariat pour obtenir une place subalterne dans ces administrations fiscales, il n'en faut point pour être conseiller de préfecture, sous-préfet, préfet, référendaire, maître des comptes, maître des requêtes ou conseiller d'État. La capacité exigée est en raison inverse de l'importance de la place et de la responsabilité. Chose bizarre que la loi exige des conditions de capacité pour un avocat, pour un avoué, pour un notaire, afin que les intérêts privés des citoyens ne tombent pas entre de mauvaises mains, et qu'elle n'en exige aucune pour que les intérêts généraux ne puissent être mis en danger par des administrateurs inexpérimentés ou malhabiles[56]. » Le plaidoyer de Laboulaye, parfaitement limpide, se retrouvera ensuite sous de nombreuses plumes. Mais il n'emporte jamais l'adhésion définitive. En témoignent la longue réticence des pouvoirs publics à introduire dans les universités l'enseignement des sciences politiques, et, plus encore, le refus répété des gouvernements successifs de créer des écoles spéciales d'administration. Une proposition, présentée par Cuvier en 1820, de créer une École spéciale d'administration est repoussée par le gouvernement. Nouvel échec en 1848, après la fermeture de l'éphémère École d'administration lancée par Hippolyte Carnot. Il faut attendre la défaite de 1870 pour que la question de la formation des fonctionnaires de responsabilité trouve un début de réponse avec la fondation par Émile Boutmy de l'École libre des sciences politiques. Dans ce domaine comme dans d'autres, le choc de la défaite de 1870 a en effet joué le rôle d'un analyseur pour aider la société française à mieux regarder en face ses faiblesses. Mais c'est une initiative

55. Les surnuméraires désignent au XIXe siècle les employés en sus du nombre réglementaire, c'est-à-dire en fait les jeunes gens admis à travailler dans les bureaux, sans traitement, et qui sont nommés, après un stage plus ou moins long, employés définitifs.

56. « De l'enseignement et du noviciat administratif en Allemagne », *Revue de législation et de jurisprudence,* t. 18, juill.-décembre 1843, p. 525-526. Article fondamental sur la question. On notera que Victor Cousin avait, à la même époque, été étudier le système d'enseignement allemand dans le primaire et le secondaire.

d'origine privée qui ne change rien à l'organisation de la haute fonction publique en tant que telle. La mise sur pied d'une École polytechnique administrative avorte encore en 1937. L'ÉNA ne voit le jour qu'en 1945, soit près d'un siècle et demi après que la première ébauche en eut été formulée par Destutt de Tracy.

L'administration comme problème

Pourquoi la France a-t-elle dit oui si vite à une École polytechnique et non si longtemps à une École nationale d'administration ? Ce décalage n'est compréhensible que s'il est replacé intellectuellement dans la conception qui émerge en 1789 d'un pouvoir administratif simple, exécutant mécaniquement les lois, complètement subordonné aux directives du pouvoir politique. On souhaite une administration efficace et rationnelle, mais on redoute que son organisation sur le mode des grands corps techniques et militaires ne la constitue en force trop indépendante. D'où la réticence, exprimée de façon permanente, devant tous les projets d'école d'administration comme devant toutes les propositions visant à soumettre à des règles précises le recrutement des fonctionnaires et l'organisation de leur caractère.

L'analyse des débats sur la situation des fonctionnaires au XIXᵉ siècle montre bien la difficulté devant laquelle la culture politique française s'est trouvée pour traiter le phénomène administratif. Cette difficulté apparaît très clairement en 1844 lorsque plusieurs députés libéraux, fort modérés — A. de Gasparin, Saint-Aulaire, Saint-Marc Girardin —, déposent à la Chambre un projet de loi dont l'objet est de fixer un cadre réglementaire aux conditions d'admission et d'avancement dans les « fonctions publiques » comme on dit alors (le seul emploi du pluriel manifeste bien que l'on n'a pas encore de vision vraiment globale du fait administratif dans son rapport à l'État). Un premier article prévoit que nul ne puisse être admis dans l'un des services rétribués par l'État si son aptitude n'a pas été constatée par le moyen d'un concours ou d'un examen ; un autre suggère la fixation de règles d'ancienneté et une condition de présence sur un tableau d'avancement pour déterminer la promotion des employés. Ni le gouvernement ni les députés ne nient la nécessité de procéder à une réforme dans ce domaine. L'argumentation des auteurs du projet reprend sur le fond celle de Laboulaye, dont chacun sent bien qu'elle pose de vrais problèmes. Mais le projet est pourtant repoussé, d'extrême justesse il est vrai (par 157 voix contre 156)[57]. La raison de cet échec ? Elle ne tient pas au caractère trop innovateur du texte proposé : il ne fait que reprendre des idées alors assez largement répandues. Elle ne s'explique que partiellement par les motifs pratiques invoqués par certains orateurs (comment, par exemple, introduire la pratique du concours si aucune école publique ne peut donner aux candidats les connaissances dont ils ont besoin ?). Le rejet du projet a des causes plus profondes. Il tient à la difficulté de penser les rapports de l'administration et du gouvernement. On craint qu'un statut des fonctionnaires n'affaiblisse la responsabilité ministérielle et ne limite tant la liberté de la Chambre que celle du gouvernement. La réticence est d'ailleurs générale. Un célèbre pamphlétaire républicain, Cormenin, publie à ce propos une brochure, *La Légomanie*, dans laquelle il écrit : « Nous ne voyons pas trop ce que nous gagnerons à avoir des expéditionnaires inamovibles sous des ministres amovibles. Nous voulons avec la Charte que ceux-ci soient responsables [...], qu'ils aient les coudées larges et qu'ils puissent se mouvoir avec aisance dans le cercle de leur action[58]. » Républicains et conservateurs se retrouvent à cette époque, comme dans les années 1930, pour faire échec à tout ce qui pourrait conduire à la mise en place d'un pouvoir administratif. Les conservateurs au pouvoir craignent qu'une administration trop indépendante ne vienne pratiquement limiter leurs prérogatives de gouvernants, et les milieux d'opposition redoutent une force qui serait insuffisamment contrôlée par le pouvoir législatif.

Depuis 1789, toute la tradition politique française affirmait en effet la position subalterne de l'employé de l'État. Lui donner un statut était perçu comme une modification implicite de sa condition de pur instrument du pouvoir : chaque élément d'autonomie

---

57. La discussion commence le 30 janvier 1845 sur la base d'un rapport de Dufaure consacré à l'examen du projet Saint-Marc Girardin, Gasparin, d'Haussonville ; le vote final a lieu le 6 février 1845 (cf. *Le Moniteur universel* du 7 février 1845, p. 265-270).

58. Cité par P. Bastid, *Un juriste pamphlétaire, Cormenin*, Paris, 1948.

réduisait sa dépendance et transformait donc la nature de sa fonction. Pour résoudre cette contradiction, les constituants avaient soigneusement distingué le fonctionnaire de l'employé, pour tenter de tracer une ligne de partage entre les tâches supposées de pure exécution et celles qui pouvaient impliquer une forme d'initiative liée à l'interprétation et l'application des lois. Le principe de l'élection des fonctionnaires permettait alors de justifier la marge d'autonomie dont ils disposaient inévitablement en leur donnant une légitimité propre, dérivant de la confiance directe de la nation. Mais il a en retour obscurci la notion de représentation dans son rapport avec le fait de l'élection. En 1791, la Constitution reconnaissait en effet que le roi était avec le corps législatif représentant de la nation, alors que ce dernier n'était pas élu, tandis que l'on affirmait d'autre part que les fonctionnaires élus n'avaient aucun caractère représentatif (car comment aurait-il alors été possible de légitimer la suprématie du pouvoir législatif?). En remettant en cause le système de l'élection des fonctionnaires, Bonaparte supprime un motif de confusion. Mais il revient du même coup au problème initial que les constituants avaient cherché à résoudre. Comment articuler dans ces conditions un gouvernement fort et centralisé avec le refus de la reconnaissance d'un quelconque « pouvoir » administratif? Cette question, irrésolue, a dominé le XIXe et la première moitié du XXe siècle[59].

Corporatisme et démocratie

En termes juridiques et philosophiques, aucune approche positive du fait administratif ne peut être déduite des principes du droit public français fondé sur l'idée de souveraineté de la nation. C'est pourquoi la France n'a jamais pu véritablement réfléchir son rapport à l'administration. En termes théoriques, le phénomène administratif n'a jamais pu être formulé de façon satisfaisante. L'histoire de l'introduction des concours de recrutement est à cet

59. Cf. encore tous les débats de 1937 qui conduisent à repousser le projet d'une « École polytechnique administrative » présenté par Jean Zay (G. Thuillier en a bien présenté les termes dans *L'ÉNA avant l'ÉNA, op. cit.*).

égard exemplaire. Si on accepte le principe du concours pour tous les administrateurs « techniques », on le refuse pour ceux qui peuvent davantage apparaître comme des « généralistes ». Le rapport de la société française à l'École polytechnique est riche d'enseignements sur ce point. Il cristallise toutes les ambiguïtés sociologiques et politiques de la vision française d'une administration démocratique. Le système de l'École polytechnique est pris comme exemple par tous ceux qui proposent au xixe siècle de créer une École d'administration. Il apparaît comme le prototype d'une démarche méritocratique et capacitaire. On voit en lui la synthèse des principes d'ouverture démocratique des carrières et des vertus régulatrices du système des corps [60]. Mais on craint en même temps que son extension au recrutement de capacités moins évidemment techniques ne remodèle la société démocratique selon le vieux schéma de la société de corps.

A la fin du xixe siècle, constatant l'impossibilité de tracer une ligne claire de démarcation entre les techniciens et les généralistes, un économiste libéral comme Courcelle-Seneuil ira même jusqu'à

---

60. Laboulaye note à ce propos : « Quelle différence si une éducation professionnelle donnait à tous les fonctionnaires, comme à tous les jeunes gens qui sortent de l'École polytechnique, ces principes communs, cette unité d'esprit, ces traditions de probité, cette fraternité qui tout autant que la science a fait la gloire et la force de cette admirable institution. Dans le département, l'ingénieur des ponts et chaussées, l'ingénieur des mines, le capitaine du génie, l'officier d'artillerie sont tous d'anciens élèves de l'École. Quelle que soit la différence d'âge ou de position, chacun de ces fonctionnaires tient à ménager son collègue dans l'administration, parce que ce collègue est de son corps, qu'il a reçu le même baptême scientifique, qu'il lui est égal par l'éducation, par la science, par le travail. Mais le préfet, le directeur des contributions directes, des contributions indirectes, de l'enregistrement, les conseillers de préfecture, tous partis de points différents, sans liens communs d'opinions, sont étrangers l'un à l'autre, et agissent chacun dans l'intérêt étroit de leur direction. Si tous ces hommes avaient reçu une même éducation politique et administrative, si tous agissaient en vertu des mêmes principes, et avec ces égards mutuels que donne la communauté d'origine, tous ayant fait publiquement preuve de leur instruction et de leur capacité, alors naîtrait cet esprit de corps qui fait la force d'un gouvernement, alors se trouverait dans chaque département une administration puissante... » (« De l'enseignement et du noviciat administratif en Allemagne », art. cité, p. 582-583).

critiquer le principe même du concours comme recréant des *états sociaux* et donc du mandarinat et du privilège[61]. De nombreuses voix de gauche reprendront jusqu'en 1945 son argumentation[62].

L'organisation progressive d'une fonction publique régulière n'a pas été fondée sur une doctrine positive, elle a été le produit bâtard de nécessités pratiques — l'amélioration du niveau technique des fonctionnaires — et de pressions corporatives liées à des considérations morales (la dénonciation du favoritisme qui joue un rôle fondamental au XIXe siècle). C'est ainsi qu'un ensemble de lois et de décrets instituent à partir de 1870, au coup par coup, dans le désordre, des concours de recrutement pour le personnel de certains ministères (en 1890 pour les employés du ministère des Finances, en 1907 pour les carrières diplomatiques et consulaires ainsi que pour l'administration centrale du ministère du Travail). Le Conseil d'État, surtout, joue un rôle essentiel en contribuant à une formalisation croissante des règles d'avancement[63]. Sous son égide, c'est ainsi une sorte de « droit corporatif » qui s'édifie progressivement, sa jurisprudence contribuant à dessiner par petites touches, à partir de la fin du XIXe siècle, les grandes lignes d'un statut de fait des employés publics. La *rationalisation corporative* du système administratif est venue combler les silences de la théorie, comme en témoigne le paradoxe du vote soudain et unanimiste du statut de la fonction publique en 1946.

Puissance du citoyen
et misère de l'administré

La conception d'un pouvoir administratif simple et transparent n'a pas seulement pour inconvénient d'empêcher de régler pratique-

---

61. Cf. ses différents articles des années 1870, « Étude sur le mandarinat français », « Des privilèges de diplôme et d'école », « Du recrutement et de l'avancement des fonctionnaires publics », repris dans *La Société moderne, études morales et politiques,* Paris, 1892.

62. En 1937 notamment, lors de la discussion du projet de Jean Zay.

63. Cf. sur ce point le *Rapport sur le projet de loi relatif aux conseils d'administration et à l'état des employés dans les administrations centrales* du conseiller d'État Silvy, présenté le 11 juillet 1874, qui pose les bases de la doctrine du Conseil d'État en la matière.

ment les rapports de la société française à son administration. Elle conduit également à minimiser sa responsabilité vis-à-vis de la société. Le raisonnement est simple à saisir : si l'administration est une puissance purement exécutrice des lois, elle ne saurait causer aux citoyens d'autres dommages particuliers que ceux qu'impliquent l'application de la volonté générale et la poursuite de l'intérêt commun ; les cas d'exécution inadéquate de la loi étant de leur côté limités par le caractère mécanique, purement commis, de l'administration. Les constituants de 1789 ne se soucièrent guère pour ce motif des problèmes contentieux qui pouvaient survenir entre l'État et les citoyens : ils imaginaient que le gouvernement de la volonté générale réduirait considérablement les occasions de litige entre l'administration et les particuliers. Mais ils estimèrent qu'une juridiction ordinaire ne pouvait en tout état de cause être saisie par un particulier s'estimant lésé, dans la mesure où cela serait revenu à nier la séparation des pouvoirs et l'autonomie du pouvoir exécutif qui n'avait à être soumis qu'à la puissance de la loi. La théorie de la souveraineté de la nation conduisait ainsi paradoxalement à exalter le citoyen et à désarmer l'administré. Toute une série de textes révolutionnaires ont ainsi consacré le principe de l'indépendance judiciaire de l'administration. Un décret du 22 décembre 1789 stipule par exemple que « les administrations de département et de district ne pourront être troublées dans l'exercice de leurs fonctions administratives par aucun acte du pouvoir judiciaire ». La loi des 16-24 août 1790 formalise cette séparation en notant que « les juges ne pourront, à peine de forfaiture, troubler de quelque manière que ce soit les opérations des corps administratifs, ni citer devant eux les administrateurs pour raison de leurs fonctions ». La crainte d'un retour aux pratiques des parlements de l'Ancien Régime explique certes en partie cette position, mais elle est aussi parfaitement accordée à la conception de la démocratie qui s'affirme en 1789.

La doctrine selon laquelle « juger l'administration, c'est aussi administrer » trouve là son fondement. Si un embryon de justice administrative est mis en place par le Consulat en l'an VIII (avec la création du Conseil d'État et des conseils de préfecture), ses règles de fonctionnement font que l'administration continue à se contrôler elle-même. L'article 75 de la Constitution de l'an VIII, qui stipule que « les agents du gouvernement ne peuvent être poursuivis pour des faits relatifs à leurs fonctions, qu'en vertu d'une décision du Conseil d'État », consacre en effet le principe de l'irresponsabilité des fonctionnaires dans des termes sans équivoque. Loin d'être remis en cause, ce système fut au contraire consolidé sous la monarchie parlementaire. Le raisonnement de 1789 était en effet paradoxalement durci. Puisque les chambres contrôlent plus attentivement qu'auparavant les ministres, disait-on sous la monarchie de Juillet, l'administration est moins susceptible de nuire aux citoyens. C'est pourquoi un projet de 1845, visant à réformer les conditions dans lesquelles les fonctionnaires publics pouvaient être poursuivis par les citoyens quand ils s'écartaient des lois, fut impitoyablement rejeté[64]. Tocqueville était alors nettement minoritaire lorsqu'il écrivait que « le droit de poursuivre les agents du pouvoir devant la justice, ce n'est pas une partie de la liberté ; c'est la liberté même dans ce qu'elle a de plus clair et de plus tangible[65] ».

Tout en restant dans le cadre théorique de l'administration juge de l'administration, il faut attendre 1872 pour qu'une loi établisse la séparation des administrations active et contentieuse en permettant au Conseil d'État, lorsqu'il statuait au contentieux, de trancher lui-même les litiges sans intervention du chef de l'État (son avis n'avait précédemment qu'un statut de simple consultation) ; la possibilité d'un recours direct devant le Conseil d'État ne fut d'ailleurs formellement reconnue qu'en 1889. C'est dans ce contexte, fort peu libéral dans son cadre, qu'un droit administratif s'est peu à peu élaboré au XIXe siècle. Droit d'essence strictement jurisprudentielle, car il ne repose en dernière analyse que sur l'acceptation d'une certaine autolimitation du pouvoir. La soumission de l'administration au droit administratif ne procède pas, en effet, d'une contrainte, au sens où le droit privé est contraignant pour un particulier. Situation typiquement française, inconnue dans les pays

64. Proposition présentée à la Chambre en 1845 par Isambert (de la gauche dynastique). Elle visait à remplacer l'autorisation qu'on devait demander au Conseil d'État pour poursuivre un fonctionnaire en justice par une demande analogue adressée à un magistrat de l'ordre judiciaire.
65. Article paru dans *Le Commerce* du 16 février 1845, repris in *Écrits et Discours politiques*, *Œuvres complètes*, III, 2, Paris, Gallimard, 1985, p. 155.

anglo-saxons où l'administration peut être poursuivie, comme un simple particulier, devant une juridiction ordinaire. Si le développement de la jurisprudence du Conseil d'État a réduit, au xxe siècle, l'écart avec la tradition anglo-saxonne du point de vue de la protection effective des citoyens face à l'administration[66], une différence philosophique, qui n'est parfois pas sans conséquences, n'en subsiste pas moins (en matière d'indemnisations par exemple). Le rapport du libéralisme et de la démocratie reste encore problématique en France comme en témoignent les dénonciations récurrentes de l'instauration d'un « gouvernement des juges[67] ».

66. De même que s'est réduit le principe de l'autonomie de la responsabilité administrative qui avait été formulé par le célèbre arrêt Blancs au 1er février 1873 (cf. ses attendus : « Considérant que la responsabilité qui peut incomber à l'État pour les dommages causés à des particuliers par le fait des personnes qu'il emploie dans le service public ne peut être régie par les principes qui sont établis par le Code civil pour les rapports de particulier à particulier ; que cette responsabilité n'est ni générale, ni absolue ; qu'elle a ses règles spéciales qui varient suivant les besoins du service et la nécessité de concilier les droits de l'État avec les droits privés... »).

67. Cf. par exemple, les débats de l'été 1986, à partir de l'entretien accordé par M. Chalandon au *Monde* du 9 août 1986 dans lequel le garde des Sceaux dénonçait « le pouvoir discrétionnaire du Conseil constitutionnel ». Cf. aussi, sur un registre voisin, la dénonciation par Laurent Fabius du risque de voir une « adhocratie » se mettre insensiblement en place, en même temps que les médias de représentation s'affaiblissent au profit des médias de communication (cf. son entretien in *Libération* du 5 octobre 1988).

CHAPITRE VI

Administration, politique et société

Le droit public français ne permettant pas de régler en doctrine les rapports de l'administration et du pouvoir politique, il a fallu éviter en permanence de poser les problèmes sur le fond pour tenter de les gérer *pratiquement*. Trois grandes voies ont été explorées à cet effet du XIXe siècle à nos jours : l'épuration périodique de l'administration, la décentralisation administrative et la démocratisation de la fonction publique.

La régulation par l'épuration

L'épuration administrative a été au XIXe siècle le principal moyen de régler les rapports entre l'administration et le pouvoir. C'est elle qui a permis d'éviter que des tensions trop fortes puissent se manifester entre l'administration et le corps législatif ou le pouvoir exécutif. Pendant la Révolution, l'épuration est quasiment permanente. Elle marque ensuite tous les changements de régime (1815 ; 1830 ; 1848 ; 1852) ou du moins les grands tournants politiques (1877-1879 ; 1883). Les épurations ne concernent généralement pas les grands corps techniques. On ne recense aucun cas de destitution d'un ingénieur des Mines ou des Ponts et Chaussées au XIXe siècle. Les fonctionnaires visés sont principalement les « généralistes » : les préfets, les conseillers d'État, les magistrats, les directeurs de ministère, les cadres supérieurs de l'armée, les diplomates et les conseillers de la Cour des comptes. Les mesures qui frappent les préfets deviennent avec le temps plus rigoureuses. S'il n'y a que 38

L'ÉPURATION DES HAUTS

	1814	Cent-Jours	1815	1830
Préfets	39 éliminés	6 conservés	38 éliminés	79 écartés
Conseil d'État	30 maintenus	2/3 des conseillers repris	6 sur 29 ont appartenu au Conseil de l'Empire	24 sur 34 éliminés
Magistrature	quelques membres de la Cour de cassation écartés	[1815] épuration : 18 nouveaux conseillers à la Cour de Paris, 11 à la Cour de cassation		246 magistrats écartés
Cour des comptes	—		2 conseillers éliminés	4 démissionnaires
Directeurs de ministère	23 directeurs de 1812 encore en poste en 1816 (sur 46)			23 sur 51 maintenus
Armée	387 nouveaux généraux, 20 000 1/2 solde		18 généraux en conseil de guerre	ordonnance du 15 nov. 1830 : 81 généraux en non-activité
Diplomatie	1 ambassadeur de l'Empire maintenu			8 sur 27 maintenus
Ponts et Chaussées	72 mises à la retraite			—

Source : C. Charle, *Les Hauts Fonctionnaires en France au XIXᵉ siècle*, Paris,

FONCTIONNAIRES AU XIXᵉ SIÈCLE

1848	1851	1870	1879 et suiv.
tous les préfets remplacés	25 révocations ou démissions	tous éliminés	2 préfets conservés
réorganisation en 1849	9 sur 40 maintenus	dissolution en 1870	16 conseillers ou maîtres des requêtes remplacés + nouvelles nominations à la suite de démissions
27 procureurs généraux sur 28 destitués	132 mises à la retraite	procureurs généraux et magistrats des commissions mixtes de 1852 révoqués	600 démissions 600 suspensions pour 3 ans
président révoqué puis repris		procureur général changé en 1872	
26 sur 68 maintenus	38 sur 61 maintenus	43 sur 62 maintenus	27 sur 58 maintenus
65 généraux mis à la retraite	très peu de sanctions	—	8 commandants de corps d'armée mis à la retraite
tous les ambassadeurs remplacés	23 sur 29 maintenus	changement ou démission de tous les ambassadeurs sauf 2	3 ambassadeurs relevés de leurs fonctions
—		—	

Gallimard-Julliard, « Archives », 1980.

préfets éliminés en 1815, ils sont 79 (sur 86) en 1830 et pratiquement tout le corps préfectoral est remplacé en 1848, 1870 et 1877-1879. L'épuration la plus forte est incontestablement celle qui suit la victoire républicaine aux élections d'octobre 1877 et la formation d'un cabinet de gauche. Avant la fin de 1877, 85 préfets, 78 secrétaires généraux et 280 sous-préfets de l'ordre moral sont changés et les quatre cinquièmes des procureurs généraux ; presque tous les directeurs de ministère et les trésoriers-payeurs généraux sont révoqués ; le Conseil d'État est remodelé et l'ensemble de la magistrature est largement épuré en 1883. L'épuration, malgré son coût en termes de désorganisation, apparaît à chaque fois comme le seul moyen de maintenir l'administration dans son rôle de simple commis de la loi. Depuis Napoléon, et tout au long du XIXe siècle, le service de l'intérêt général a ainsi été subordonné à des critères d'identification politique au pouvoir en place. La prestation d'un serment de fidélité au régime a d'ailleurs été longtemps pratiquée pour les hauts fonctionnaires : on a recensé 60 formes dans l'histoire constitutionnelle française ! (essentiellement pour le XIXe siècle, le régime de Vichy faisant seul exception au XXe siècle). Ce principe d'identification visant à former en un seul bloc un système politico-administratif a conduit sous la monarchie de Juillet au développement des députés-fonctionnaires. Si de nombreuses voix se sont alors élevées pour déplorer la corruption qui en résultait, il est significatif qu'aucune critique n'ait alors été menée du point de vue d'un quelconque principe d'autonomie de l'administration. Lorsque Ledru-Rollin écrit en 1848 aux préfets, dans la première de ses fameuses circulaires : « Prenez comme règle que les fonctions publiques, à quelque degré de hiérarchie que ce soit, ne peuvent être confiées à des républicains éprouvés », il ne choque que les adversaires du gouvernement provisoire. Les protestations sont purement politiques et circonstancielles. Car, sur le fond, Saint-Just, Napoléon, Guizot, Ledru-Rollin, Napoléon III ou Waldeck-Rousseau parlent le même langage ; ils ont une conception identique de la place de l'administration. La question est certes compliquée tout au long du XIXe siècle par le fait des changements de *régimes* qui impliquent beaucoup plus qu'une simple alternance politique à l'anglaise. Cela permet aux contemporains d'esquiver le fond du problème. Après l'épuration de la magistrature en 1883, Jules

Ferry, qui n'y était d'ailleurs pas très favorable, écrit de façon significative : « Nous pourrons faire de la politique modérée maintenant. » Comme s'il fallait voir dans la politique de l'épuration une simple conséquence du fait que la Révolution française avait mis un siècle à se clore. Le gouvernement « régulier » de la République définitivement installée fut cependant encore confronté à la question. Si les grandes épurations administratives se sont faites rares au XXᵉ siècle, des moyens équivalents — déplacements, mutations, mises en position de réserve, renvoi dans les corps d'origine, etc. — ont été en permanence utilisés pour parvenir aux mêmes fins.

La voie de la décentralisation

Pendant le Second Empire, un fort mouvement libéral et républicain s'est dessiné pour faire de la décentralisation un vecteur de limitation du pouvoir de l'administration. Le thème de la décentralisation ne saurait cependant se réduire à ce seul objectif. Il renvoie au XIXᵉ siècle à toute une gamme d'usages qui se rapportent à des problématiques tour à tour légitimistes, libérales et républicaines. De 1814 à 1848, ce sont surtout des légitimistes qui plaident en faveur de la décentralisation ; ils voient en elle le moyen d'un retour aux anciennes libertés, liées aux assemblées d'états, et la possibilité d'une restauration d'une forme de corps intermédiaires. Les libéraux et les républicains y sont alors violemment opposés au nom du principe de l'unité de la nation, même si la monarchie de Juillet accroît en 1831 et en 1833 l'autonomie des municipalités et des conseils généraux pour favoriser l'émergence d'une nouvelle couche de notables locaux. Le contexte politique du Second Empire simplifie ces débats fortement chargés d'histoire. La décentralisation apparaît en effet à toute l'opposition comme un moyen de limiter l'autoritarisme du régime. A partir de cette période, elle cesse d'être référée à la lutte de l'Ancien Régime et de la France nouvelle et devient considérée comme un support des libertés que l'existence du suffrage universel, accusé d'être manipulé, ne semble pas suffire à garantir. Moment de réflexion donc, et de réévaluation des façons antérieures de concevoir les rapports du libéralisme et de la démocratie. Le thème de la décentralisation accompagne ainsi plus largement, à partir de cette date, la montée du parlementarisme en France, ce dernier étant appréhendé comme la résolution des tensions liées à la notion de souveraineté de la nation. Dès 1865, le projet de décentralisation connu sous le nom de *Programme de Nancy* donne le ton de ce qui constituera un axe majeur de la IIIe République. Rédigé par une vingtaine d'obscurs notables, il eut un immense écho après avoir recueilli la signature de tous les grands adversaires de l'Empire (des légitimistes : Montalembert, Falloux et Berryer ; des orléanistes : Guizot, Broglie, Odilon Barrot, Duvergier de Hauranne ; des libéraux comme Prévost-Paradol ; des républicains : Ferry, Simon, Garnier-Pagès, Carnot, Faure, Pelletan). Tous ces hommes font taire leurs divergences pour exprimer une commune défiance vis-à-vis de l'administration. Nous voulons, note le projet, « que les citoyens soient quelque chose et que les fonctionnaires cessent d'être tout, étant admis le principe que les citoyens sont faits pour les fonctionnaires et non les fonctionnaires pour les citoyens[68] ». Dès la chute de l'Empire, une commission de décentralisation est mise sur pied pour réfléchir à des propositions de réforme. Son travail débouche sur les lois du 10 août 1871 sur les conseils généraux et du 6 avril 1884 sur les communes qui ont constitué pendant un siècle la base de l'organisation des pouvoirs territoriaux. L'ardeur décentralisatrice de la IIIe République a certes un but directement politique : elle est un moyen de « républicaniser le pays », en transférant à des notables, généralement favorables au régime, des pouvoirs qui appartenaient à des fonctionnaires locaux dont beaucoup étaient entrés en fonctions sous le Second Empire. Mais l'objectif est surtout de renforcer le rôle des élus dans la vie du pays et d'affirmer le rôle subordonné de l'administration. L'élection du maire, qui était auparavant simplement nommé par l'autorité préfectorale ou le ministre de l'intérieur, en constitue le symbole. Les vieilles réticences philosophiques à la décentralisation, au nom du principe d'unité et d'égalité, sont ainsi modulées par la préoccupation de limiter la marge de manœuvre de l'administration. C'est le même mouvement qui aboutira, pour les mêmes motifs, à la loi de décentralisation de 1982.

68. *Un projet de décentralisation*, Nancy, 1865. Cf. sur ce programme O. Voilliard, « Autour du programme de Nancy », in C. Gras et G. Livet, *Régions et Régionalisme en France du XVIIIe siècle à nos jours*, Paris, PUF, 1977.

La problématique de la démocratisation

Si elle a pour but de « défonctionnariser » la société française — pour reprendre une expression en vogue dans les années 1880 —, l'œuvre décentralisatrice de la IIe République a cependant été d'une portée limitée. La *parlementarisation de la société* comme remède à la fonctionnarisation a en effet surtout affecté le sommet de l'État, dans le sens indiqué par les lois constitutionnelles de 1875. Cette parlementarisation peut s'opérer sans contraintes au sommet car elle s'inscrit complètement dans le principe de souveraineté de la nation, tout en le réinterprétant dans une optique plus traditionnelle, à l'anglaise, du gouvernement représentatif qui marque une indéniable rupture avec les conceptions de 1791. Mais le mouvement est nécessairement plus restreint à la base, limité qu'il est par l'impératif contradictoire du sacro-saint maintien de l'unité nationale. Elle est en outre affectée à ce niveau d'un fort coefficient sociologique : la décentralisation ne transfère pas seulement des pouvoirs et ne règle pas uniquement des sphères de compétence, elle modifie les équilibres sociaux entre des professions d'essence technicienne (les fonctionnaires) et des notables ; elle a en ce sens une dimension de classe. D'où le décalage entre la forte parlementarisation du sommet et la beaucoup plus faible parlementarisation de la base. La démocratisation de la fonction publique est considérée dans ce contexte comme une sorte d'alternative à la décentralisation. Fortement affirmée après la Seconde Guerre mondiale, à un moment où l'administration jouit d'un indéniable prestige alors que les notables sont plus discrédités, elle apparaît comme une façon moderne de rapprocher l'administration de la société et d'éviter qu'elle ne s'érige en pouvoir le surplombant. Démocratiser l'administration, c'est en effet tendre à la rendre *plus représentative* des différentes couches sociales de la population. Elle est un moyen de réaliser, par l'intermédiaire d'un processus d'identification sociologique, le travail normalement opéré par les mécanismes de la représentation politique. Aux yeux de certains, c'est notamment le cas de la vision communiste, la démocratisation ainsi entendue consiste même en un perfectionnement de la notion de gouvernement représentatif, car elle réalise son essence par-delà les mécanismes formels de l'élection : la coupure potentielle entre le pouvoir

81

administratif et le pouvoir législatif est traitée dans la perspective d'une sorte d'administration représentative qui règle en elle-même la difficulté de stabiliser le rapport entre un pouvoir politique représentatif et une administration totalement subordonnée[69].

Intérêt général et volonté générale

Épuration, décentralisation, démocratisation : ces trois manières historiques de gérer le problème de l'administration témoignent de la difficulté française de trouver en doctrine un point d'articulation entre le fait du pouvoir administratif et la théorie de la souveraineté de la nation. C'est la raison pour laquelle des réformes aussi simples que celles qui consistent à organiser un recrutement des fonctionnaires par concours apparaissent problématiques. Au début du XXe siècle, des socialistes reprocheront par exemple encore au principe du concours de favoriser l'éclosion d'une oligarchie échappant au contrôle de la nation. Juridiquement, en effet, le concours doit s'analyser comme une limitation au pouvoir de nomination. S'il assure une certaine égalité d'accès aux postes, selon les seuls critères de mérite, ce dont tout le monde se déclare partisan, il est parallèlement producteur d'autonomie.

L'enjeu est au fond presque philosophique. On le voit de manière éclatante lorsqu'on aborde le problème du statut du fonctionnaire du point de vue de ses effets temporels. Organiser des concours de recrutement, régler l'avancement et limiter le favoritisme coupable de développer l'incompétence, ne revient pas seulement à constituer un pouvoir administratif de fait. En installant l'action des fonctionnaires dans la durée, cela introduit également un facteur de dissociation potentiel entre la volonté générale (représentée par le Parlement et le gouvernement) et l'intérêt général. En s'inscrivant dans le temps, l'administration finit par s'identifier au principe de l'État. Elle représente la continuité du service public alors que les gouvernements se succèdent. Dans leur *Introduction à une philosophie de l'administration,* Robert Catherine et Guy Thuillier ont insisté à juste titre sur cette spécificité du temps de l'administrateur,

---

69. Cf. encore, tout dernièrement, le problème de la « troisième voie » à l'École nationale d'administration.

soucieux de faire une œuvre qui dure, de travailler pour un avenir indéfini, trouvant à priori suspecte l'urgence. La « tentation de l'éternel » qui imprime sa lenteur à l'être administratif ne fait que renforcer la méfiance qu'inspire le bureaucrate. D'où l'ambiguïté de toutes les caricatures du fonctionnaire que l'on fait au XIXe.

On dénonce comme travers psychologique tout un ensemble d'usages et de pratiques qui renvoient à un autre fondement. Si l'employé travestit facilement son inertie, sa lenteur et ses complications en invoquant sa mission de service de l'intérêt général, la satire du fonctionnaire a en retour pour fonction d'éviter d'affronter la question du lien entre le pouvoir administratif et la poursuite de l'intérêt général. En retardant les réformes administratives, même les plus modestes, le XIXe siècle cherche en fait à éviter que le conflit de l'intérêt général et de la volonté générale puisse se cristalliser. Conflit dont les termes sont spécifiquement français dans la mesure où il dérive de la thèse de la souveraineté de la nation qui tend à dissoudre la notion d'État dans celle de pouvoir législatif et de gouvernement.

Fondée sur la crainte d'une forme de dissociation entre l'intérêt général et la volonté générale, la tension entre l'élu et le fonctionnaire s'aiguise à la fin du XIXe siècle pour des motifs sociologiques. Après le Second Empire, la part des hauts fonctionnaires n'a pas cessé de décroître à la Chambre : 5,9 % en 1871, 9,8 % en 1876, 6,2 % en 1893, 3,5 % en 1919 contre 38,3 % en 1838 [70]. Le monde des hauts fonctionnaires se dissocie de plus en plus de celui des députés qui regroupe surtout des notables (propriétaires, industriels) et des professions libérales. L'extension du parlementarisme sous la IIIe République, qui conduit les élus à se faire les porte-parole des intérêts directs de leurs mandants, les amène en outre à tenter d'intervenir de façon croissante dans la marche de l'administration. C'est dans ce contexte qu'un mouvement antiparlementaire commence à se développer dans l'administration. S'il prend naissance dans les années 1880, il s'épanouit surtout après la guerre de 1914-1918, au moment où un fort courant technocratique émerge dans la société française. Henri Chardon, un conseiller d'État, en

70. Chiffres donnés par C. Charle, *Les Hauts Fonctionnaires en France au XIXe siècle*, Paris, Gallimard-Julliard, coll. « Archives », 1980.

exprimera bien le sens dans plusieurs ouvrages publiés à cette époque. « Si nous voulons que la nation soit grande et forte, plaide-t-il, l'administration doit vivre d'une vie propre en dehors de la politique [...]. Dans une démocratie, un pouvoir administratif basé sur la compétence, l'honnêteté absolue et le dévouement, c'est-à-dire sur la sélection des meilleurs, doit exister nécessairement à côté du pouvoir politique basé sur l'élection [...]. La besogne de gestion de l'administration ne peut être faite dans de bonnes conditions que par des fonctionnaires permanents, indépendants des fluctuations de la politique, entièrement et constamment responsables de la façon dont ils ont géré les services publics devant le Parlement et les ministres qui appliquent les pouvoirs du Parlement [71] ». Parallèlement, des juristes et des syndicalistes ont cherché à redéfinir l'idée d'État autour de la notion de service public pour trouver la voie d'une autre forme d'adéquation entre l'administration et l'intérêt général.

État et service public

Le problème de la réforme administrative a buté tout au long du XIXe siècle sur les fondements du droit public français et principalement sur la notion de souveraineté de la nation.

« La souveraineté est une, indivisible, inaliénable et imprescriptible. Elle appartient à la nation ; aucune section du peuple, ni aucun individu ne peut s'en attribuer l'exercice. » Cet article de la Constitution de 1791 constitue la clef de voûte du nouveau droit public français élaboré par les constituants. En faisant de la nation le nouveau sujet détenteur de la souveraineté, les hommes de 1789 veulent rendre impossible toute confiscation ultérieure de ses attributs naturels. Leur objectif est prioritairement de dissocier l'État de la personne royale et d'enlever au monarque son pouvoir absolu. Cette formulation juridique a d'abord une dimension protectrice. Elle fonde la garantie des droits de l'homme sur l'érection de la souveraineté en un lieu inoccupable par quelque individu ou groupe que ce soit. Figure de la totalité sociale, la nation

71. H. Chardon, *L'Organisation de la démocratie, les deux forces : la nation, l'élite,* Paris, 1921, p. 12-15.

n'est en effet réductible à aucune de ses composantes. « La nation, explique ainsi l'abbé Sieyès dans *Qu'est-ce que le Tiers État ?*, existe avant tout, elle est à l'origine de tout. » L'affirmation du caractère souverain de la nation ne consiste donc pas seulement à changer le détenteur de la souveraineté. Si elle figure la totalité sociale, la nation reste une totalité abstraite : elle désigne en ce sens un lieu vide de pouvoir parce qu'inappropriable. Louis XIV pouvait s'identifier à l'État, mais nul ne peut dire après 1789 « la nation, c'est moi ».

Cette totalité abstraite est cependant aussi un personnage collectif bien vivant pour les hommes de 1789. Quand on crie « vive la nation », chacun voit derrière cette expression le visage concret du Tiers État dont Sieyès dit justement qu'il est une « nation complète ». La souveraineté de la nation n'est alors qu'une autre façon de parler de la souveraineté de la volonté générale chère à Rousseau. D'où la dualité ambiguë du concept, qui exprime à la fois une négation de la théorie classique de la souveraineté et une adhésion à la vision rousseauiste de la volonté générale. Les constituants sont les héritiers du philosophe de Genève en même temps qu'ils sont les précurseurs des libéraux du XIXe siècle comme Benjamin Constant ou Guizot qui récuseront clairement l'idée qu'il puisse y avoir un détenteur de la souveraineté sur la terre. Traduit en termes politiques, ce dualisme conduit les révolutionnaires à se montrer incapables d'élaborer intellectuellement les rapports du libéralisme (constitution d'un État de droit) et de la démocratie (gouvernement de la volonté générale). Traduit en termes juridiques, il les empêche de penser clairement la question de l'État moderne.

Depuis Bodin, en effet, le mot de souveraineté ne servait pas seulement à désigner une qualité de la puissance étatique, la *summa potesta,* dans la tradition juridique française : il s'identifiait également à cette puissance. Dans son aspect libéral, le concept de souveraineté, tel qu'il était formulé chez Bodin, s'évanouit pratiquement chez les constituants, dans la mesure où, par définition, on ne peut pas qualifier de souverain un lieu vide. Il devient du même coup très difficile de définir l'État dès lors qu'il est dissocié de la notion de souveraineté. Dans sa dimension démocratique, le concept de souveraineté de la nation fonde la toute-puissance du pouvoir législatif (« la loi est l'expression de la volonté générale » indique la Constitution de 1791). Le principe d'un gouvernement représentatif étant admis, c'est le Parlement qui est de fait le véritable souverain, en tant que représentant du peuple-nation. Mais comment distinguer alors l'État puissance souveraine du pouvoir législatif ? Le concept de souveraineté de la nation conduit ainsi à une double impasse du point de vue de la construction juridique de la notion de puissance étatique. Les rapports de l'État à la société vont être durablement marqués, en France, par les indéterminations et les ambiguïtés liées à l'idée de souveraineté de la nation. De là, l'impossibilité de construire le concept d'intérêt général, la difficulté d'élaborer la distinction entre l'État et le gouvernement, l'incapacité de penser le phénomène administratif, l'embarras pour définir la nature propre du pouvoir exécutif. C'est à partir de ce constat que des juristes et des syndicalistes ont tenté, à partir de la fin du XIXe siècle, d'élaborer une nouvelle théorie de l'État à l'intérieur de laquelle ces différents problèmes puissent trouver une réponse. Léon Duguit, un professeur de droit, a été la principale tête pensante de cette tentative. Au point de départ de sa réflexion, une critique de l'idée même de souveraineté. A ses yeux, la conception française de la souveraineté, qui reprend les notions romaines de puissance publique et de propriété absolue, d'*imperium* et de *dominium*, fait de l'État une abstraction, une entité métaphysique. L'État est pensé, dans la ligne du droit subjectif, comme un individu en grand. D'où, explique d'ailleurs Duguit, le lien indissociable entre le développement de l'individualisme et la montée de l'étatisme dans les sociétés modernes, avec toutes les tensions et les contradictions théoriques et pratiques qui en résultent. Pour rompre avec cette conception, il suggère de substituer une approche de l'État en termes fonctionnels à la vision juridique subjective sur laquelle se fonde la notion de souveraineté. « La puissance publique, explique-t-il dans son *Traité de droit constitutionnel,* ne peut point se légitimer par son origine, mais seulement par les services qu'elle rend conformément à la règle de droit ; il en résulte dès lors que l'État moderne apparaît de plus en plus comme un groupe d'individus travaillant de concert, sous la direction et le contrôle des gouvernements, à la réalisation des besoins matériels et moraux des participants ; qu'ainsi *à la notion de puissance publique se substitue celle de service public;* que l'État cesse d'être une puissance qui commande pour devenir un groupe qui travaille[72]. » Le pouvoir n'est donc légitime qu'en fonction des actes qu'il accomplit au profit de l'individu et de la société : l'État est défini comme une fédération de services publics autonomes. Son développement sous cette forme en fait un agent positif de développement et de réalisation de l'interdépendance sociale qui caractérise la société moderne alors que la conception traditionnelle de l'État souverain rend de plus en plus difficile l'établissement d'un juste rapport entre l'individu et la collectivité. Dans cette perspective de l'école que l'on a appelée du « droit social », la poursuite de l'intérêt général est à la fois dissociée de l'action régalienne de l'État et du modèle de la production de la volonté générale par le suffrage. La place et le statut de l'administration changent alors de sens. Elle n'est plus seulement comprise comme le bras séculier d'un pouvoir exécutif lui-même dépendant du pouvoir législatif : elle est conçue, en ses différents organes, comme la forme transformée d'un État de type nouveau, l'agent direct et immédiat de réalisation de l'intérêt général. L'État est décentralisé sous la forme de services publics autonomes dont les fonctionnaires organisent la gestion sur la base de principes fixés par la société.

Une telle vision avait de quoi séduire bon nombre de fonctionnaires qui tentaient en vain de faire aboutir leurs revendications en matière de recrutement et de carrière. Elle leur permettait en effet d'intégrer leurs préoccupations corporatives dans un cadre qui les légitimait en les ennoblissant. Elle recoupait également en partie la doctrine des syndicalistes révolutionnaires qui dénonçaient la prétention de l'État à incarner l'intérêt général. Leur critique de classe de l'État, dans lequel ils ne voyaient qu'un représentant des forces du capital, les amenait à défendre l'idée d'un dépérissement de celui-ci dans sa forme existante. Eux aussi aspiraient à une gestion autonome des services publics. Dans leur perspective d' « autarchie », ils envisageaient une gestion des services publics par les fonctionnaires et les usagers (l'idée de nationalisation procédera historiquement de la même approche). L'antiparlementarisme, qu'il

___

72. L. Duguit, *Traité de droit constitutionnel,* Paris, 1927, t. I, p. IX-X (3ᵉ éd.).

soit d'essence technocratique ou révolutionnaire, trouve à cette époque un nouvel aliment dans ces doctrines.

Le statut

Cette idée de service public a dans tous les cas durablement marqué la mentalité du fonctionnaire français ou de l'employé des grandes entreprises publiques. Ainsi est progressivement née la certitude que l'intérêt général avait partie liée avec le statut des fonctionnaires, et qu'il s'incarnait dans ce dernier. Elle a nourri une culture sociale profondément ambiguë dans laquelle le corporatisme le plus trivial et l'identification la plus noble et la plus désintéressée à une mission de service de l'intérêt général devenaient indiscernables, intellectuellement et pratiquement à la fois. L'histoire du Statut de 1946 est à cet égard exemplaire.

Un modeste chef de bureau du sous-secrétariat d'État aux Colonies, Georges Demartial, invente en 1907 le terme de « statut » des fonctionnaires. Les deux livres qu'il publie à cette époque, *Le Personnel des ministères* (1906) et *Le Statut des fonctionnaires* (1908), traduisent l'état d'esprit de nombreux de ses pairs. Il réclame « une constitution administrative comme il y a une constitution politique » et fait de la conquête du statut un thème qui va mobiliser un nombre croissant de fonctionnaires. Ceux-ci commencent d'ailleurs à s'organiser collectivement. S'ils ne peuvent légalement constituer des syndicats, car les bénéfices de la loi de 1884 leur sont interdits, ils forment des associations amicales sur le modèle de la loi de 1901. En 1905, une première Fédération des associations de fonctionnaires voit ainsi le jour.

La façon dont l'idée de statut fait son chemin en ce début du XXe siècle ne tient pourtant pas prioritairement à la diffusion progressive d'une conception du service public inspirée de Duguit. Elle correspond à des motifs d'opportunité : l'idée de statut est en effet apparue à cette époque comme un rempart contre la menace d'une syndicalisation des fonctionnaires. Pour les partisans du statut comme Demartial, Duguit ou même le sociologue Durkheim, le statut impliquait que les fonctionnaires ne se comportent pas comme des salariés ordinaires vis-à-vis de l'État-patron. Le statut était un moyen de transformer une administration en véritable service public en liant le sort du personnel à la réalisation de l'intérêt général. Il était ainsi, à leurs yeux, contradictoire avec la reconnaissance du droit de grève. C'est la raison pour laquelle toute une partie des fonctionnaires s'opposa alors à l'idée de statut, revendiquant le droit syndical et le droit de grève comme les autres salariés. Face à un mouvement jugé menaçant, des responsables politiques commencent alors à penser qu'une reconnaissance officielle des droits et des devoirs des fonctionnaires, codifiés dans un statut, permettrait d'interdire tout droit syndical et tout droit de grève. Le statut leur apparaît comme un moindre mal. Clemenceau en 1907, puis Léon Bourgeois en 1908, déposent à la Chambre des projets allant dans ce sens ; une nouvelle version en est présentée en 1920 par le gouvernement. Ces projets n'aboutissent pas. Ils sont critiqués à la fois par les socialistes, défenseurs du droit de grève et du principe de la signature de conventions collectives entre l'État et ses employés, par de larges secteurs de la haute administration et du Conseil d'État, inquiets de voir leurs propres pouvoirs limités en matière de gestion de la fonction publique, et par des hommes politiques qui refusent par principe la réduction de l'autorité du pouvoir exécutif sur l'administration. Les « statutistes » et les « antistatutistes » s'opposent alors vigoureusement. Les termes du débat se modifient cependant quelque peu pendant l'entre-deux-guerres. S'ils restent juridiquement interdits, les syndicats de fonctionnaires connaissent sous la forme d'associations un prodigieux développement. La deuxième Fédération des fonctionnaires, hostile au statut, regroupe près de 200 000 adhérents en 1913, 350 000 au début des années 1930. Elle bénéficie d'une reconnaissance de fait, de même que quelques grèves de postiers sont tolérées pendant cette période et que la grande grève de 1934 n'entraîne pas de sanctions. Mais c'est le *statu quo* juridique. Le régime de Vichy le rompt en promulguant, le 14 septembre 1941, un Statut des fonctionnaires. Il réactive une vieille distinction en différenciant la situation des simples employés de l'État (assimilés aux salariés privés) de celle des fonctionnaires chargés d'une mission de service public, et reprend l'idée d'un statut, de type corporatif, exclusif de tout droit syndical (et excluant également de la fonction publique les juifs ainsi que les femmes dont la présence n'est pas indispensable au service). Ce statut est abrogé en août 1944.

Deux ans plus tard, le 5 octobre 1946, la Chambre des députés vote à l'unanimité une loi sur le statut des fonctionnaires. Ce nouveau statut unifie toutes les dispositions antérieures, souvent fort variables d'un ministère à l'autre, en matière de recrutement et d'avancement ; il reconnaît le droit syndical et organise la participation des personnels à la gestion des carrières en instituant des comités techniques paritaires. Il met pratiquement fin à près d'un siècle et demi de débats et d'interrogations. Mais, sur le fond, il ne règle vraiment aucun des problèmes. L'unanimité de la Chambre recouvre d'ailleurs des intentions de vote extrêmement disparates. Le MRP se réjouit surtout de la reconnaissance de la CFTC. Les communistes y voient une façon de limiter les prérogatives de l'État bourgeois et d'instaurer un embryon de pouvoir syndical. Les socialistes ont surtout cherché à revaloriser la condition des fonctionnaires, tout en émettant de sérieuses réserves. Globalement, tous les partis ont voulu agir vite, à la veille de la séparation de l'Assemblée en vue des élections. Si la situation matérielle des fonctionnaires est améliorée et si leurs droits sont mieux protégés face au risque d'arbitraire, aucune philosophie de l'administration ne se dégage de ce statut. La fonction publique est mécaniquement et matériellement régularisée sans qu'aucune des grandes questions posées au XIXᵉ siècle ne soit réglée.

Administration et technocratie politique

L'adoption du Statut de 1946 a entraîné une modification considérable des rapports entre le gouvernement et l'administration. Au cœur de cette transformation : le développement du rôle joué par les cabinets ministériels. Au XIXᵉ siècle, ils n'existaient pratiquement pas. Les ministres traitaient directement avec les directeurs de leur administration. Un chef de cabinet et un ou deux secrétaires particuliers constituaient le seul entourage du ministre. La taille des administrations centrales était, il est vrai, relativement réduite. Le rôle de ces entourages commence à changer sous la IIIᵉ République, avec l'introduction de la République parlementaire en 1878 : les ministres s'appuient sur leur entourage pour mieux contrôler les directeurs qui avaient appartenu à l'administration impériale et dont ils se méfient ; à l'inverse, les cabinets commencent à devenir une voie de passage vers la haute administration. Mais ces transformations restent limitées. C'est après 1945 et surtout après 1958, avec l'affaiblissement du Parlement, que le rôle des cabinets connaît une formidable mutation. Après 1945, leur développement correspond à une sorte de compensation des effets d'autonomie liés à l'adoption du statut. Après 1958, l'accélération du volume des cabinets, tout particulièrement en ce qui concerne l'Élysée et Matignon, accompagne le déclin du contrôle parlementaire sur l'administration. Au-delà des membres « officiels » dont le nombre est fixé par décret (il est normalement limité à une dizaine de personnes), toute une population de membres « officieux » vient souvent doubler la taille du cabinet. Sans pouvoir juridique propre, les membres des cabinets ont fini par incarner une sorte de *super-administration centrale à caractère politique*. Ils constituent un moyen de reconquête d'une autonomie de décision des ministres vis-à-vis de leurs services et d'une capacité d'impulsion de l'action de ces services. Entre l'administration et le pouvoir politique, ils forment une technocratie politique d'un type nouveau qui représente un mode inédit de régulation des rapports entre le pouvoir exécutif et la fonction publique. Ils inaugurent une nouvelle manière d'être fonctionnaire, comme en témoigne l'attrait des énarques pour ces postes : ils n'occupaient que 8,5 % des emplois de cabinet en 1955 et 32 % dès 1968. A l'inverse, une technocratisation de la politique s'est opérée depuis le début de la Ve République. L'énarchie est le pôle sociologique autour duquel les deux mouvements se sont opérés. Le bulletin *Éna* de mai 1986 pouvait saluer avec émotion les 13 ministres et les 92 membres de cabinets ministériels anciens élèves de l'École !

Le juge, le fonctionnaire et l'État de droit

Le modèle du statut, sous le double effet de la pression syndicale et de l'absence d'alternative forte, a constitué une sorte d'horizon indépassable de l'idée de fonction publique. C'est pourquoi, malgré toutes les critiques dont il a pu faire l'objet, sa logique a continué de s'imposer. En 1975, le gouvernement décidait ainsi d'intégrer un grand nombre d'employés contractuels, mouvement systématisé par les réformes de 1982 qui étendaient en outre les droits des fonctionnaires et alignaient le statut des agents des collectivités locales sur celui des fonctionnaires de l'État. Parallèlement à ce triomphe de la vision corporative de l'intérêt général, de nouvelles institutions mises en place dans les années 1970 et 1980 ont cependant marqué l'avènement de nouveaux modes d'affirmation de l'intérêt général. Des *autorités administratives indépendantes* [73] du type de la Commission des opérations de bourse ou de la Commission nationale de la communication et des libertés, puis du Conseil supérieur de l'audiovisuel, ont été investies d'une mission régulatrice autonome, effectuée au nom de l'intérêt général, indépendamment de toute onction par le suffrage universel ou de toute subordination au pouvoir exécutif, du moins en principe. Ces institutions de type « socratique » introduisent, même si c'est de manière timide et limitée, une innovation considérable dans la tradition française. Annoncent-elles le passage d'une régulation par l'administration à une régulation par le droit ? Il est naturellement encore impossible de le dire et ce, d'autant plus que ces magistratures ont vu le jour en même temps que d'autres conceptions beaucoup plus traditionnelles du service public et de sa démocratisation étaient également développées. Force est en tout cas de constater que ces institutions, dont le principe avait été loué par Tocqueville au retour de son périple américain, correspondent à une remise en cause de près de deux siècles de pratiques administratives. La figure du Léviathan démocratique reste problématique, mais ouverte [74].

73. Cf. le dossier établi par F. Gazier et Y. Cannac, « Les autorités administratives indépendantes », *Études et Documents du Conseil d'État,* n° 35, 1983-1984, et J.-C. Colliard et G. Timsitt (éd.), *Les Autorités administratives indépendantes,* Paris, PUF, 1988 (bon ouvrage de référence).

74. Cf. le point de vue donné d'É. Pisier et P. Bouretz, « Le retour des sages », *Esprit,* févr.-mars 1988, ainsi que l'ensemble « La planète des sages », *Le Débat,* n° 52, nov.-décembre 1988.

L'INSTITUTEUR DU SOCIAL

CHAPITRE I

La spécificité française

« Il n'y a plus de corporations dans l'État ; il n'y a plus que l'intérêt particulier de chaque individu et l'intérêt général. Il n'est permis à personne d'inspirer aux citoyens un intérêt intermédiaire, de les séparer de la chose publique par un esprit de corporation. » En résumant dans ces termes le sens du fameux décret du 14 juin 1791 portant suppression des maîtrises et des jurandes, Le Chapelier [1] suggérait bien la nature de la modification des rapports entre l'État et la société dont la Révolution marquait l'avènement. La destruction des corporations achevait le bouleversement de l'ancien ordre social déjà ébranlé par la nuit du 4 août et l'adoption de la *Déclaration des droits de l'homme et du citoyen*. La modernité économique (la société de marché) et la modernité politique (la consécration de l'individu comme sujet de droits imprescriptibles) se trouvaient désormais accordées.

. La société française a-t-elle été pour autant vraiment transformée par décret en 1791 ? Les choses ne sont naturellement pas aussi simples. Le système corporatif ne s'est pas effondré subitement à cette date. Il avait, en fait, été fortement ébranlé dans sa légitimité dès les années 1760, les écrits des économistes se conjuguant alors avec les revendications de certaines catégories de commerçants ou d'artisans pour dénoncer les effets négatifs du système des professions fermées. On le voit bien après 1776. L'abrogation des édits de Turgot, qui représente une victoire juridique pour les défenseurs de l'ancienne organisation économique, ne parvient pas réellement à

1. *Le Moniteur universel*, t. 8, p. 661.

bloquer le mouvement vers la constitution d'un marché du travail plus ouvert. De multiples indices montrent que la structure corporative tend à s'effriter peu à peu dans les années 1770 et 1780[2]. A la veille de 1789, l'opinion publique est d'ailleurs très partagée sur cette question, comme en témoignent les cahiers de doléances. Si le décret de 1791 accélère un processus, il ne fait donc que s'inscrire dans une évolution de plus longue durée de la structure sociale. Mais les conditions dans lesquelles il radicalise cette évolution vont durablement marquer les rapports de la société et de l'État en France.

La spécificité des conditions du développement de l'État français au XIXe siècle trouve là son origine. La Révolution, en effet, ne se contente pas, dans une perspective démocratique-libérale, de dissocier l'État de la personne royale pour fonder un État de droit : elle modifie aussi toutes les visions antérieures de l'État comme puissance sociale. L'État n'est plus seulement compris comme le sommet régulateur et organisateur d'une hiérarchie articulée de corps intermédiaires. Il est érigé en instance de production du social et devient l'agent principal d'unification d'une société d'individus atomisés. L'État moderne, note de façon saisissante Charles Dunoyer, un des grands publicistes libéraux des premières années de la Restauration, est un « producteur de sociabilité[3] ». Il reprend ainsi très exactement la tâche que Hobbes lui avait déjà assignée, mais en la situant dorénavant dans le contexte d'une société de marché. Un siècle plus tard, le sociologue Marcel Mauss caractérisera l'État comme l' « appareil juridique unique de la cohésion sociale[4] ».

L'anticorporatisme théorique de la culture politique révolutionnaire et les effets des dispositions juridiques de 1791 se conjuguent pour conduire l'État à combler le vide de sociabilité et le déficit de régulation engendrés par la mise hors la loi des corporations,

---

2. Cf. les indications données par É. Martin Saint-Léon, *Histoire des corporations de métier,* Paris, 1922, et par É. Coornaert, *Les Corporations en France avant 1789,* Paris, Éd. ouvrières, 1968 (2e éd.).

3. Article « Gouvernement » du *Dictionnaire d'économie politique* de Coquelin et Guillaumin, Paris, 1852, t. II, p. 837.

4. M. Mauss, *Œuvres,* Paris, Minuit, 1969, t. 3, p. 12-13.

comme de toutes les autres formes de corps intermédiaires. Il apparaît comme la seule figure incarnant l'intérêt général en même temps qu'il résume en lui la sphère publique.

La France possède à cet égard des caractéristiques remarquables. Si Durkheim a raison de noter à ce propos que « l'individualisme a marché dans l'histoire du même pas que l'étatisme [5] », force est en effet de reconnaître que ce processus s'est opéré dans des conditions fort différentes selon les pays. C'est particulièrement net si l'on compare l'Angleterre et la France. L'Angleterre a fait sa révolution politique au XVIIᵉ siècle, et les progrès de l'individualisme y ont été beaucoup plus précoces qu'en France [6]. Dans le domaine économique, les corporations n'ont que marginalement survécu à la dissolution des structures féodales. Si des formes de privilèges subsistent encore au XVIIᵉ siècle — au grand dam des économistes —, elles ne concernent qu'un petit nombre de compagnies commerciales (la Compagnie des Indes étant la plus célèbre). L'accès aux métiers artisanaux et aux activités industrielles est en revanche assez largement ouvert ; ce qui explique d'ailleurs en partie que la première révolution industrielle ait produit des effets plus marqués outre-Manche que sur le continent. Comment expliquer alors que l'individualisme anglais n'ait pas produit, bien qu'antérieur, un mouvement d'amplification de l'État comparable à celui que la France devait connaître au XIXᵉ siècle ?

Pour répondre à cette question, fondamentale pour comprendre la spécificité de l'État français, il faut souligner deux différences clefs. La première est d'ordre politique et concerne les conditions de sortie de la féodalité dans chacun des deux pays. En Angleterre, la sortie de la féodalité consiste en un lent mouvement de démocratisation des structures politiques locales qui s'identifie, à partir de la Grande Charte de 1215, avec la limitation de l'absolutisme royal et la mise en place de formes de gouvernement représentatif. L'Angleterre s'émancipe des structures féodales par l'émergence progressive d'un État de droit et l'établissement d'un système de *self-govern-*

---

5. É. Durkheim, « Une révision de l'idée socialiste » (1899), repris in *Textes*, Paris, Minuit, t. III, 1975, p. 171.

6. Cf. A. Macfarlane, *The Origins of English Individualism*, Oxford, Basil Blackwell, 1978.

ment, ce qui lui permet de trouver assez tôt un certain équilibre entre l'État central et les divers pouvoirs locaux, tandis que la révolution individualiste s'opère parallèlement dans la société civile. La situation est tout autre en France. Les structures féodales n'y sont brisées que politiquement avec l'affirmation d'un pouvoir royal qui devient rapidement absolutiste : c'est une sortie antilibérale et antidémocratique de la féodalité. Les structures sociales, de leur côté, restent globalement celles de l'ancienne société d'ordres et de corps. L'objectif de 1789 est, dans ces conditions, double : il consiste à démocratiser, « politiquement », le système politique, qui est d'essence absolutiste, et à libéraliser, « sociologiquement », la structure sociale, qui est d'essence féodale. Ces deux mouvements télescopent l'étape politique proprement libérale qui avait joué un rôle central en Angleterre et se conjuguent pour renforcer l'État en même temps que la société se trouvait brutalement désorganisée. La seconde différence clef entre la France et l'Angleterre est d'ordre plus sociologique. Même lorsqu'ils n'avaient pas de fondement juridique, les pouvoirs seigneuriaux sont restés longtemps vivaces en Angleterre, surtout dans les campagnes. Les effets de déstabilisation sociale liés au processus d'individualisation ont ainsi été en quelque sorte « compensés » par le maintien de certains éléments des anciennes structures sociales. C'est encore largement vrai au XIXe siècle et c'est d'ailleurs ce qui explique que le libéralisme et la démocratie n'aient pas progressé d'un même pas dans ce pays. L'Angleterre est dès la fin du XVIIe siècle un État libéral, fondé sur le droit et les procédures représentatives, alors qu'il faut attendre le XIXe siècle pour qu'il devienne démocratique, l'enjeu étant alors de faire reculer les pouvoirs aristocratiques par une extension du suffrage politique. La Révolution française vise au contraire à réaliser en même temps les deux étapes, libérale et démocratique. Il en résulte une confusion fondamentale entre la critique des privilèges et le rejet de tous les corps intermédiaires. Là où les Anglais du XVIIIe siècle voient des formes associatives inscrites dans une vision pluraliste de la structure sociale, les révolutionnaires français ne discernent que des survivances féodales. L'ambiguïté même du terme « ancien régime », qui recouvre aussi bien la période absolutiste que le Moyen Age, témoigne d'ailleurs de cette difficulté française à dissocier la notion de corps intermédiaire de celle de privilège, les critiques libérales d'un marché du travail entravé par des professions fermées étant mécaniquement transposées dans l'ordre politique en une dénonciation de toutes les structures soupçonnées de dresser un obstacle à l'avènement de l'universalisme démocratique. L'histoire de l'Angleterre a ainsi conduit les Anglais à adopter une vision principalement juridique et instrumentale de l'État. En France, l'État a au contraire été appréhendé de manière plus philosophique et plus politique. Un même degré objectif d'intervention de l'État — par exemple mesuré en termes de niveau de prélèvement fiscal — s'inscrit donc dans des perspectives radicalement distinctes du rapport État-société. Durant tout le XVIIIe siècle, la pression fiscale par tête d'habitant est deux fois plus élevée en Angleterre qu'en France, ce qui est encore vrai au début du XIXe siècle[7] ; et pourtant, l'État y pèse à bien des égards beaucoup moins sur la société.

La principale caractéristique de l'État français après 1789 n'est en ce sens ni économique (le degré d'interventionnisme), ni même seulement politique (les formes de la souveraineté) : elle réside d'abord dans la tâche inédite d'ordre sociologique et culturel qu'il s'assigne pour produire la nation, combler le vide provoqué par l'effondrement des structures corporatives et trouver un substitut à l'ancienne « concorde » du corps politique traditionnel.

7. Cf. la statistique comparée établie par J. Meyer, *Le Poids de l'État*, Paris, PUF, 1983, p. 63.

CHAPITRE II

Produire la nation

Reconnue par la Révolution comme le sujet de la souveraineté, la nation reste à construire après 1789. Elle n'existe alors que comme une formidable puissance critique, une référence pour l'action. Comment donner un visage et une âme à cette figure abstraite qui ne peut plus être assimilée à une structure organique, à un assemblage hiérarchisé de corps intermédiaires ? Comment constituer, à partir d'une collection d'individus, un tout dont la cohérence puisse être équivalente à l'ancienne société d'ordres sans en reproduire les principes d'organisation ? Les hommes de 1789, comme ceux du XIXe siècle, doivent apporter une réponse à ces questions. Réponse indissociablement intellectuelle et pratique, tant la représentation de l'unité ne peut être séparée de ses formes concrètes de réalisation.

Adam Smith et les grands économistes libéraux du XVIIIe siècle avaient vu dans le marché l'esquisse d'une nouvelle forme d'organisation des rapports entre les individus dans laquelle le lien social était naturellement construit par le développement des échanges liés à la division du travail. La nation était comprise dans ce cadre comme un pur espace d'interdépendance, elle ne se fondait pas sur un donné politique (exprimé par un contrat social), pas plus qu'elle n'était dérivée d'une structure sociologique (comme celle de l'ancienne société d'ordres). Il est impossible de concevoir la nation de cette manière pour les Français de 1789. Elle doit se donner *immédiatement* comme unité et comme totalité, être conçue en d'autres termes, comme directement politique. L'expérience de la guerre, centrale de 1792 à 1815, permet certes de réaliser pratiquement une forme de fusion, constituant en un corps homogène de combat une agglomération d'individus juxtaposés. « De cent peuples errants aux visages divers, j'ai fait un même peuple, un monde, un univers », fait ainsi dire Edgar Quinet à l'empereur dans son *Napoléon* [8]. Mais cette mobilisation, union des cœurs et des gestes, reste le produit de circonstances exceptionnelles. Il faut également en trouver l'équivalent dans les conditions ordinaires d'une situation de paix. L'État s'emploiera pendant plus d'un siècle — la fin du XIXᵉ siècle marque à cet égard un tournant — à atteindre cet objectif.

L'unité formelle de la nation

L'œuvre de la Révolution a fourni l'impulsion décisive pour donner un cadre à l'unité de la nation.

En remodelant le territoire, en premier lieu. Dès le 15 février 1790, la France est divisée en 83 départements de dimensions à peu près identiques, ceux-ci étant subdivisés en arrondissements et en districts. En opérant cette réforme des structures administratives, les constituants entendent à la fois détruire l'« esprit de province » et donner un fondement géographique à l'unité nationale. Il ne s'agit pas seulement, en effet, de mettre fin au chaos administratif antérieur caractérisé par un enchevêtrement inextricable de découpages territoriaux, chaque division correspondant à une forme particulière de régimes ou de pouvoirs (les « diocèses » ecclésiastiques ; les « gouvernements » militaires ; les « généralités » administratives ; les « bailliages » judiciaires). La nouvelle organisation territoriale en départements a également pour objet de manifester avec éclat, dans son caractère abstrait et géométrique, que le lien social prend directement sens dans l'appartenance à ce « grand tout » qu'est la nation, selon le mot de Sieyès, qu'il n'est pas besoin pour l'affirmer d'en passer par les sphères spécialisées de l'existence civile. D'où, d'ailleurs, la coïncidence organisée entre le découpage du système administratif et les bases territoriales du processus de représentation politique. Le but est de manifester que le citoyen,

---

8. Cité par P. Bénichou, *Le Temps des prophètes,* Paris, Gallimard, 1977, p. 468.

comme membre de la nation, ne se confond pas avec l'homme des besoins, qu'il n'existe qu'au-delà de ce qui le différencie des autres hommes, comme pur vecteur du principe de l'égalité civile. Il en résulte chez les législateurs de 1789 une vision « géométrique » de la division du royaume. En proposant de combiner les trois bases du territoire, de la population et des contributions pour la représentation, ils prennent significativement des données qui ne sont que des agrégats, des grandeurs statistiques, parfaitement commensurables, pouvant servir de fondement à une proportionnalité purement mécanique.

L'importance de l'objectif de destruction de l' « esprit de province [9] » qui obsède les constituants trouve là son origine. « Les représentants nommés *dans* les départements ne seront pas représentants d'un département particulier, mais de la nation entière » : cet article de la Constitution de 1791 a été conjugué à tous les temps dans les débats de novembre 1789 ou d'août 1791, au cours de la période de révision définitive de la Constitution. Mais qu'on ne s'y trompe pas. L'insistance des constituants n'a pas pour seul objet d'organiser un système représentatif cohérent avec leur définition de l'unité nationale et de l'égalité civile. Ils attendent en retour que cette division du territoire *produise la nation,* afin de donner une forme concrète à ce qu'elle n'avait évoqué jusqu'alors qu'en creux, en tant que ressource critique contre l'absolutisme. « Une nouvelle division du territoire, dit un député en novembre 1789, doit surtout produire cet inappréciable avantage de fondre l'esprit local et particulier en esprit national et public ; elle doit faire de tous les habitants de cet empire des Français ; eux qui, jusqu'aujourd'hui, n'ont été que des Provençaux, des Normands, des Parisiens, des Lorrains [10]. » Créateur infatigable de néologismes politiques, Sieyès parle d'*adunation* pour qualifier ce processus d'unification nationale.

Le culte centralisateur des législateurs de 1789 doit être compris

---

9. L'esprit de province, dit par exemple Thouret, le rapporteur du Comité de Constitution, « n'est dans l'État qu'un esprit individuel, ennemi du véritable esprit national » (discours du 3 novembre 1789, in *Archives parlementaires,* Laurent et Mavidal, t. 9, p. 656).

10. Duquesnoy, discours du 4 novembre 1789 ; *ibid.,* p. 671.

dans ce sens. Si la centralisation administrative a pour objectif de permettre une administration facile et régulière conforme aux impératifs d'exactitude et d'uniformité requis par un gouvernement représentatif de l'unité nationale, elle doit en retour servir de base à l'émergence d'une nation là où il n'y avait que des sujets dissociés.

Uniformer les mots et les choses

Après 1789, la construction de la nation et la lutte contre les particularismes vont de pair. Particularismes et privilèges finissent même par être confondus. Dès 1790, on cherche par exemple à unifier la langue et à anéantir les patois. Dans un *Rapport sur la nécessité et les moyens d'anéantir les patois et d'universaliser l'usage de la langue française* présenté en 1794 à la Convention, l'abbé Grégoire fait de l'unification du langage la clef de la constitution d'une République une et indivisible[11]. L'action de l'État n'a pas seulement un fondement rationalisateur dans ce domaine, même si cette préoccupation est également présente. L'objectif est surtout de mettre en place des techniques et des instruments de mise en forme du social. L'exemple de la réforme métrologique est particulièrement significatif à cet égard. La décision d'uniformiser les poids et les mesures s'inscrit dans le cadre d'un combat idéologique et d'une action sociologique. Dès 1789, on commence à voir apparaître l'impératif : « Qu'il n'y ait dans tout le Royaume qu'un seul Dieu, un seul Roi et une seule loi, un seul poids et une seule mesure[12]. » La loi du 18 germinal an III, qui définit le système métrique décimal, appelle dans son article premier les citoyens à montrer « une preuve de l'attachement à l'unité et à l'indivisibilité de la République, en se servant des nouvelles mesures dans les calculs et les transactions commerciales ». Dans une circulaire de 1797, François de Neufchâteau demande aux préfets de se préoccuper que la réforme est bien mise en application. « Ce sera, vous le savez, leur écrit-il, un excellent moyen pour former la raison publique,

---

11. Cf. M. de Certeau, D. Julia, J. Revel, *Une politique de la langue, la Révolution française et les patois,* Paris, Gallimard, 1975.
12. Cf. sur ce point l'excellent ouvrage de W. Kula, *Les Mesures et les Hommes,* Paris, Éd. de la MSH, 1984.

pour resserrer, par l'uniformité des usages, les nœuds qui unissent tous les Français[13]. »

En cherchant à *uniformer,* selon le mot de l'époque, les mots et les choses, l'État vise à transformer la nature du lien social. Il se donne pour mission d'instaurer un nouveau type d'équivalences dans les rapports que les individus entretiennent entre eux. En modifiant les conditions de la communication sociale, il entend contribuer à produire de la sociabilité. Travail indissociablement intellectuel et pratique de l'État sur la société, que l'on ne saurait donc uniquement apprécier dans son résultat matériel. Produire la nation consiste en effet à former des représentations efficaces, à modeler l'imaginaire collectif autant qu'à imposer des règles de fonctionnement. « Il faut se saisir de l'imagination des hommes pour la gouverner », disait ainsi Fabre d'Églantine[14] en présentant le nouveau projet de calendrier républicain, également destiné, aux yeux de ses promoteurs, à signifier l'existence d'un nouvel ordre des choses. L'action de l'État sur la société a en ce sens une dimension proprement sacramentelle : elle vise à produire des *signes efficaces* du nouveau type d'unité que requiert une société d'individus reconnus comme civilement égaux.

Centralisation ancienne et centralisation moderne

La Révolution n'a pas inventé la centralisation administrative. L'histoire de la centralisation, en France, est indissociable de celle de l'État, elle se confond avec elle, depuis le xive siècle. L'œuvre de la Révolution ne fait-elle donc que prolonger celle de la monarchie française sur ce point ? C'est la thèse que développent Tocqueville et Marx. Le premier a souligné dans des pages célèbres de *L'Ancien Régime et la Révolution* que la centralisation administrative était « la seule portion de la constitution politique de l'Ancien Régime qui ait survécu à la Révolution » et le second a procédé à une analyse

13. F. de Neufchâteau, circulaire du 12 fructidor an V sur la réforme métrique, in *Recueil des lettres, circulaires, instructions, programmes, discours et autres actes publics de François de Neufchâteau,* Paris, an VIII, t. I, p. XLIII-XLIV.
14. Discours du 3 brumaire an II, *Le Moniteur,* t. 18, p. 683.

identique dans le *18 Brumaire de Louis-Napoléon* (« la première Révolution française qui se donna pour tâche de briser tous les pouvoirs indépendants, locaux, territoriaux et municipaux, pour créer l'unité bourgeoise de la nation, devait nécessairement, écrit Marx, développer l'œuvre de la monarchie absolue : la centralisation, mais aussi étendre les attributs et l'appareil du pouvoir gouvernemental »). La continuité est indéniable, mais elle ne doit cependant pas masquer le caractère spécifique de la centralisation moderne. Avant 1789, le travail d'unification auquel procède l'État est essentiellement d'ordre politique et technique. Il renvoie à la construction de l'État lui-même. Il a pour fonction de rendre plus visible et plus forte la relation des individus à la couronne royale, en les dégageant des espaces les plus immédiats d'appartenance dans lesquels ils se reconnaissaient spontanément, dans leur terroir, leur ville ou leur profession. L'État crée ainsi un lien politique de type « vertical », en instaurant les conditions d'une dépendance uniforme des sujets à son égard sur le territoire. Mais il ne crée pas de lien social et politique « horizontal », comme après 1789. La différence est considérable. Si l'État absolutiste a cherché à liquider les structures politiques de la féodalité, pour exercer un pouvoir sans entraves et sans obstacles, il n'a lutté ni contre les corps intermédiaires, ni contre les particularismes locaux. Lorsque les juristes du xvie ou du xviie siècle parlaient par exemple d'unification juridique du territoire, ils avaient principalement en vue des objectifs politiques. Leur but était de réduire les désordres et les complications liés à l'inextricable imbrication d'une grande diversité de lois et d'usages, source d'interminables procès ; il n'était pas de défendre philosophiquement une idée « moderne » de la justice comme gouvernement d'une loi unique et constante, comme le feront les promoteurs du Code civil. Dans le domaine de la langue, les conditions de la lutte contre les patois après 1794 ne renvoient pas du tout au même rapport de l'État et de la société que celui qui accompagnait la propagation de la langue française sous l'Ancien Régime. Lorsque la monarchie impose en 1539, par l'édit de Villers-Cotterêts, l'usage du français dans la rédaction des actes administratifs et juridiques, elle vise avant tout à faciliter la gestion de l'État, elle ne cherche alors aucunement à produire la nation par ce biais. Si la Révolution n'a pas inventé la centralisation, elle en a renouvelé l'usage, en la rapportant à la tâche de construction de la nation et non plus seulement à l'affirmation et à l'organisation de l'État. Elle lui donne du même coup une impulsion nouvelle, les impératifs moraux et philosophiques constituant un ressort autrement puissant que les strictes logiques de gestion et de régulation. Loin de se contenter de poursuivre la centralisation mise en œuvre par l'absolutisme, l'État démocratique lui assigne ainsi une fonction neuve : faire exister une société de citoyens égaux, constituant une nation.

Le monopole égalisateur

Si le fonctionnement de l'État est considérablement modifié par l'introduction du gouvernement parlementaire, la philosophie de l'égalité civile transforme également les conditions de la gestion sociale des raretés : le caractère monopoliste de l'État s'étend à de nouveaux domaines. Centralisé et souverain, l'État se définit par la possession de deux monopoles : la monnaie et la violence légitime. L'idéal égalitaire le place en situation de s'approprier tous les objets rares qui ne peuvent être équitablement répartis par les lois du marché. L'exemple le plus significatif de cette évolution réside peut-être dans l'histoire du monopole des télécommunications. Lorsque les premières lignes télégraphiques optiques, imaginées par Chappe, sont mises en service en 1794, elles ont le statut d'infrastructures militaires et leur usage est alors naturellement réservé aux agents du gouvernement. La paix revenue, au XIXᵉ siècle, les lignes télégraphiques restent un outil essentiel de gouvernement. Elles permettent à l'État de gérer d'en haut la société : le maintien du monopole de l'usage de ces lignes apparaît alors comme la traduction du fait que les moyens du gouvernement doivent être plus puissants que ceux dont la société dispose pour ses propres affaires. « La télégraphie, dit-on alors, est devenue le plus puissant des ressorts de notre gouvernement. Apercevoir presque instantanément tout ce qui se passe aux distances les plus éloignées, réagir sur ces points par des ordres immédiats, prévenir, diriger tous les grands événements avant que les masses, ayant pu en obtenir connaissance, se laissent effrayer, arrêter ou entraîner par eux ; éviter ainsi les bouleversements, protéger les frontières, satisfaire à des besoins pressants, réparer des désastres, donner aux rapports administratifs et diplomatiques la promptitude pour ainsi dire de la volonté dirigeante, telle est l'immense et haute fonction que la télégraphie est chargée de remplir [15]. » Le monopole est ainsi justifié par des motifs de police : on craint que des spéculateurs puissent faire usage de l'instrument et on redoute que des séditieux puissent s'en servir pour faire avancer leurs sombres projets (on se félicite ainsi en 1834 que l'insurrection de Lyon n'ait pu faire tâche d'huile, le gouvernement ayant pu prendre ses dispositions avant que le pays ne soit informé de la nouvelle). Le monopole ne repose cependant pas seulement sur cette base. On le légitime en dernier ressort pour des raisons philosophiques. Présentant la loi du 2 mai 1837 qui confirme la réservation de l'usage du télégraphe aux seuls agents du gouvernement, le ministre de l'Intérieur a cette extraordinaire formule : « Nous n'aimons pas les monopoles pour eux-mêmes, dit-il, et nous serions heureux de pouvoir étendre à tout le monde les facilités que le télégraphe présente au gouvernement. Mais les garanties qu'on nous offre sont illusoires [...] ; *le seul moyen d'empêcher le monopole, c'est de l'attribuer au gouvernement* [16]. » La philosophie démocratique française conduit ainsi à radicaliser la gestion des raretés, de telle sorte que le choix entre le monopole public et le marché soit sans alternative. Dans son caractère excessif même, l'histoire des télécommunications témoigne de cette propension au monopole de l'État démocratique français qui superpose au principe du monopole de souveraineté l'exigence d'un *monopole de maintien de l'égalité* [17]. Là encore, la différence entre les ressorts de l'État

15. Discours à la Chambre de Le Verrier, rapporteur de la loi sur la télégraphie électrique (23 janvier 1850), in Lavialle de Lameillère, *Documents législatifs sur la télégraphie électrique en France,* Paris, 1865, p. 56.
16. Remarques du ministre de l'Intérieur dans la discussion à la Chambre, le 17 avril 1837, reproduites in *Lois, Décrets, Ordonnances, Règlements* (collection Duvergier), t. 37, 1837, p. 109-110.
17. Il faut attendre 1850 pour que, sous la pression des industriels montrant les avantages économiques que les Anglais et les Américains avaient retirés du libre usage du télégraphe, les personnes privées puissent avoir accès, sous des conditions d'ailleurs limitatives, à ce moyen de communication (le monopole étant toutefois strictement maintenu au niveau de la propriété et de la gestion des infrastructures).

démocratique et ceux de l'État d'ancien régime est patente. Le premier tire sa spécificité et sa singularité de son rôle de mise en forme du social.

L'école de la France

De là également l'importance de la question de l'éducation. Dès la seconde moitié du XVIIIe siècle, la multiplication des réflexions et des projets dans ce domaine est inséparable du problème de l'institution de la nation. Pendant la Révolution, tous les débats sur l'éducation nationale et l'instruction publique apparaissent indissociables de l'œuvre constitutionnelle. Dans une formule saisissante de 1791, Mirabeau assigne pour objet à l'éducation « d'élever promptement les âmes au niveau de la constitution, et de combler l'intervalle immense qu'elle a mis tout à coup entre l'état des choses et celui des habitudes[18] ». Si l'instruction a pour but d'éclairer le peuple et de le préparer à exercer un métier, l'éducation a aussi une fonction directement politique : instituer en nation une foule d'individus. Il s'agit, explique André Chénier en 1793, « de former des Français, de faire adopter à la nation une physionomie qui lui soit propre et particulière[19] ». De Condorcet à Jules Ferry, de Mirabeau à Ferdinand Buisson, un même fil guide ainsi toutes les réformes sucessives en matière d'éducation : l'obsession de former des citoyens, c'est-à-dire des individus préparés à la vie collective, conscients de leur communauté de destin. Tâche qui est toujours perçue comme une forme indispensable de prévention et de correction des risques permanents de dissolution et de décomposition d'une société d'individus. Tâche dont l'importance redouble naturellement avec l'avènement du suffrage universel, l'éducation de la démocratie devenant alors le corollaire obligatoire de l'institution de la nation. On peut également comprendre dans cette perspective l'origine de l'attachement au principe du monopole public de l'éducation. Bien plus qu'un simple moyen de garantir

18. Mirabeau, *De l'instruction publique ou de l'organisation du corps enseignant* (1790-1791), reproduit in B. Baczko, *Une éducation pour la démocratie,* Paris, Garnier, 1982, p. 72.
19. Discours du 7 brumaire an II, *Le Moniteur,* t. 18, p. 351.

l'égalité d'accès à l'école, il apparaît à ses défenseurs comme la condition d'une uniformisation des plans d'éducation, seule susceptible de forger un sentiment national.

Construire la nation, c'est aussi pour l'État contribuer à lui donner un visage sensible, inscrit dans le temps. Car il n'y a pas de nation sans mémoire. D'Augustin Thierry à Lavisse, les historiens du XIXe siècle s'attelleront à cette tâche, indissociablement savante et pédagogique, encouragés par les pouvoirs publics. Entreprise multiforme, englobant aussi bien la rédaction des manuels d'instruction primaire que le développement des études érudites. L'œuvre de la monarchie de Juillet est à cet égard exemplaire. Le ministre de l'Instruction publique fonde en 1834 la *Société de l'histoire de France,* dont le but est de publier des documents relatifs à l'histoire nationale ; il multiplie les chaires d'histoire. Un an plus tard, le gouvernement lance un *Comité des travaux historiques et scientifiques* toujours en place actuellement, qui édite de nombreux documents. Tous les grands historiens de l'époque, d'Augustin Thierry à Edgar Quinet, de Fauriel à Michelet, participent à cette œuvre d'élaboration d'une mémoire nationale. « Faire connaître la nation à elle-même », tel est le but, selon une formule de Charles de Rémusat [20].

L'importance accordée à l'organisation des grandes fêtes nationales participe également de ce travail d'institution de la nation par l'État. Dès les premiers temps de la Révolution française, on attend des fêtes qu'elles impriment à la masse sociale un seul et même esprit, fondant entre elles les opinions pour manifester que les membres de l'État forment un seul et même tout. Sacrement de la

---

20. Cité par P. Rosanvallon, *Le Moment Guizot,* Paris, Gallimard, 1985. On notera cependant que la remarquable organisation des travaux historiques contraste singulièrement avec le retard des études géographiques. Bien que constituée en 1821, la Société de géographie ne s'est véritablement développée que dans les années 1870, l'extension de ses activités étant très nettement liée à la constitution d'un empire colonial (si les études historiques sont moins développées en Grande-Bretagne, la Royal Geographic Society de Londres est très en avance sur son équivalent français au XIXe). Cette relative indifférence française à la géographie témoigne d'une préférence donnée à ce qui témoigne de la diversité. Cf., sur ce point, A. Fierro, *La Société de géographie (1821-1846),* Genève, Droz, 1983.

fusion et de l'unité nationales, la fête rend visible l'unité du peuple. En elle s'opère une forme de représentation consistant, au sens propre du terme, à rendre présente, manifeste, l'existence d'une totalité que l'avènement de l'individu masque ordinairement. Travail de réflexion de l'État sur la société, inscrit dans un incessant effort de mise en circulation de symboles et d'images destinés à construire la réalité.

Produire la nation, c'est pour l'État procéder à un rachat permanent des apparences ; agir sur tout ce qui gouverne sensiblement le lien social — l'organisation de l'espace, la langue, la mesure des choses, la mémoire — pour instaurer dans l'imagination des hommes le sens d'une appartenance que plus aucune structure sociale ne signifie désormais directement. De là provient le caractère éminemment politique de l'action culturelle en France. Par-delà les interventions dans le domaine des beaux-arts, elle est au cœur du processus d'institution de la nation par l'État. L'existence d'un ministère de la Culture en témoigne encore deux siècles plus tard. Il n'organise pas seulement la distribution des subventions de l'État-mécène mais symbolise un type de rapport de l'État à la société. L'éducation et la culture ne sauraient être considérées, en France, comme de simples « domaines » de l'action de l'État : elles sont, comme la diplomatie et les finances, la raison même d'être de cet État. La spécificité de l'État français est sur ce point éclatante [21].

21. Très peu de pays anglo-saxons disposent ainsi d'un ministère de la Culture au sens français du terme. Cf. sur cette question M. Fumaroli, « De Malraux à Lang : l'excroissance des affaires culturelles », *Commentaire*, nº 18, été 1982.

CHAPITRE III

Gérer une société
d'individus

L'héritage napoléonien

Un spectre hante la plupart des publicistes et des historiens du début du XIXe siècle : celui de la dissolution sociale. Pendant toute la Restauration et la monarchie de Juillet, cette question est au centre des réflexions politiques. Les mêmes expressions se retrouvent alors sous toutes les plumes : société en poussière, déconstitution du social, décomposition des liens sociaux antérieurs. Bonald, Auguste Comte, Saint-Simon, Royer-Collard, Benjamin Constant, Guizot, Pierre Leroux font tous le même constat : la Révolution n'a laissé debout que des individus. On ressent alors le besoin impérieux d'élaborer une théorie de la société et une théorie des institutions qui permettent de fonder un mode de gouvernement des hommes et d'administration des choses correspondant à ce contexte, bref de repenser globalement les rapports de la société et de l'État.

Bonaparte avait apporté une réponse : la centralisation administrative. La loi consulaire du 28 pluviôse an VIII (17 février 1800) l'avait organisée en instituant dans chaque département un préfet nommé par le gouvernement. La division territoriale mise en place par la Constitution de 1791 fut réformée, les districts étant remplacés par les arrondissements ; les municipalités de canton instituées par la Constitution de l'an III furent supprimées. Une nouvelle organisation administrative était désormais établie. Elle ne variera pratiquement pas jusqu'à l'établissement des régions en 1972. Du sommet du gouvernement au plus humble des agents locaux, une pyramide descendante des pouvoirs était organisée. Les préfets, sous-préfets, maires, conseillers généraux, municipaux constituaient une chaîne de pouvoirs strictement et rigidement imbriqués ; chacun de ses éléments était nommé par le gouvernement ou ses représentants, le principe de l'élection des fonctionnaires ou des élus locaux ayant été abandonné par Bonaparte. Le journal *Le Publiciste* pouvait écrire à juste titre le 19 février 1800 : « Du premier consul au maire d'un village des Pyrénées tout se tient, tous les maillons de la chaîne sont bien liés ensemble. Le mouvement du pouvoir sera rapide parce qu'il parcourra une ligne dont lui-même dépasse tous les points. Il trouvera partout l'*exécution* et nulle part l'*opposition,* toujours des instruments et points d'obstacles devant lui. » Le physicien Chaptal, ministre de l'Intérieur, se réjouissait alors de « la transmission des ordres et de la loi avec la rapidité du fluide électrique » qui rendait possible la gestion d'un empire de 40 millions d'habitants. La guerre, avec ses exigences de promptitude et d'uniformité d'action, avait certes favorisé la mise en place de ce système rigide et autoritaire. Mais ce contexte n'explique pas tout. Tous ceux qui s'interrogèrent au XIXe siècle sur l'œuvre napoléonienne furent conscients de ce qu'elle était en son principe, par-delà ses excès, la conséquence de l'effondrement de tous les corps intermédiaires qui constituaient sous l'Ancien Régime un vaste réseau de petits pôles décentralisés de gouvernement encastrés dans la société civile. Tous ces micropouvoirs sociaux de régulation avaient mécaniquement été absorbés par le pouvoir central. « De la société en poussière est sortie la centralisation, diagnostiquait en 1822 Royer-Collard ; il ne faut pas chercher ailleurs son origine. La centralisation n'est pas arrivée, comme tant d'autres doctrines non moins pernicieuses, le front levé, avec l'autorité d'un principe. Elle a pénétré modestement, comme une conséquence, une nécessité. En effet, là où il n'y a que des individus, toutes les affaires qui ne sont pas les leurs sont des affaires publiques, les affaires de l'État [22]. » Tout le XIXe siècle, de Tocqueville à Durkheim, fera la même analyse.

Cette centralisation, pourtant, ne fut pas remise en cause par les libéraux après la chute de l'Empire. Elle restait perçue, en son

22. Discours à la Chambre des députés du 2 janvier 1822, cité in P. de Barante, *La Vie politique de M. Royer-Collard, op. cit.,* t. 2, p. 131.

principe, comme une condition de l'unité de la nation. D'ardents libéraux célébraient alors le « génie français de la centralisation », allant même jusqu'à reconnaître l'utilité historique de l'œuvre réalisée sur ce point par l'absolutisme. Rien ne changea, du même coup, après 1815 dans les grandes lignes de l'organisation administrative mise en place par Napoléon sous le Consulat. Les préfets restèrent de véritables potentats locaux aux attributions indissociablement administratives et politiques, leur champ s'élargissant même à de nouveaux domaines, l'organisation de la conscription étant devenue secondaire dans leur activité. On se contenta de les changer pour en nommer de plus fidèles au nouveau régime, la pratique de l'épuration administrative se substituant à la préoccupation d'une véritable réforme de la pyramide administrative.

Dès les débuts de la Restauration, le problème de la juxtaposition d'un régime de liberté avec un système administratif centralisé s'était pourtant posé. Comment en effet concilier l'organisation de la puissance publique créée par Napoléon avec le maintien des libertés individuelles proclamées par la Charte ? Comment, en d'autres termes, maintenir l'ossature de l'édifice de 1800 tout en y insufflant un nouvel esprit ? La grande idée des libéraux est de distinguer les mécanismes de la centralisation politique et administrative qu'ils souhaitent maintenir — ils n'ont pas le culte de l'État faible mais souhaitent au contraire un État fort et actif — des conditions sociologiques de leur gestion : leur objectif est d'associer les notables à ce pouvoir sans le fragmenter. Le retour à l'élection des conseils municipaux, puis des conseils généraux, décidé par les lois de 1831 et 1833, doit être interprété dans ce sens : ce sont des lois de participation beaucoup plus que des lois de décentralisation. La réforme opérée en 1884 par la IIIᵉ République obéit finalement au même objectif sociologique.

Le gouvernement des esprits

L'efficacité de la centralisation napoléonienne fut cependant, elle, discutée après 1815. Dans un essai publié en 1821, *Des moyens de gouvernement et d'opposition,* Guizot, alors chef de file des intellectuels libéraux, a expliqué de façon exemplaire le problème de la gouvernabilité pratique de la société à partir des instruments légués par l'Empire. « Le pouvoir, écrit-il, est souvent saisi d'une étrange erreur. Il croit qu'il se suffit à lui-même, qu'il a sa propre force, sa propre vie, non seulement distinctes mais indépendantes de celles de la société sur laquelle il s'exerce comme le laboureur sur le sol qui le nourrit. Que faut-il au laboureur ? des valets, des chevaux, des charrues : il fait mouvoir tout cela sur la terre et la terre se soumet. Le pouvoir se croit de même condition. Des ministres, des préfets, des maires, des percepteurs, des soldats, c'est là ce qu'il appelle des moyens de gouvernement ; et quand il les possède, quand il les a disposés en réseaux sur la face du pays, il dit qu'il gouverne et s'étonne de rencontrer encore des obstacles, de ne pas posséder son peuple comme ses agents.

» Je me hâte de le dire ; ce n'est point là ce que j'entends par moyens de gouvernement. Si ceux-là suffisaient, de quoi se plaindrait aujourd'hui le pouvoir ? Il est pourvu de telles machines ; jamais on en vit autant ni d'aussi bonnes. Cependant il répète que la France est ingouvernable, que tout est révolte et anarchie ; il meurt de faiblesse au milieu de ses forces, comme Midas de faim au milieu de son or. C'est qu'en effet les vrais moyens de gouvernement ne sont pas dans ces instruments directs et visibles de l'action du pouvoir. Ils résident au sein de la société elle-même et ne peuvent en être séparés [...]. Il est vain de prétendre la régir par des forces extérieures à ses forces, par des machines établies à sa surface mais qui n'ont point de racines dans ses entrailles et n'y puisent point le principe de leur mouvement[23]. »

Cette longue citation traduit remarquablement la façon dont les libéraux s'interrogent au début du XIXᵉ siècle sur la capacité de l'État à gérer une société d'individus. On constate que l'administration risque de n'être qu'une force illusoire dès lors que les libertés individuelles sont reconnues et que les individus ne peuvent donc plus être implicitement considérés comme des pions silencieux, obéissant mécaniquement aux injonctions d'une machinerie mécanique. La Restauration marque à cet égard un tournant radical dans la perception que l'on a des rapports entre l'État et la société. Aux principes d'un gouvernement surplombant la société, traitant les

23. F. Guizot, *Des moyens de gouvernement et d'opposition*, Paris, 1821, p. 128-130.

masses comme un agglomérat statistique inerte, on cherche à substituer les formes d'un pouvoir plus intérieur, immergé dans le système social ; à doubler en quelque sorte l'appareil mécanique d'État d'un pouvoir de type spirituel.

Les premiers éléments de cet État d'un type nouveau, capable de gérer une société d'individus libres sans restaurer les anciennes pratiques de nature corporatives, se mettent en place pendant la monarchie de Juillet. La clef de ce changement ? Elle réside pour l'essentiel dans l'organisation d'une impressionnante infrastructure culturelle d'État, constituant un vaste réseau d'appareils destinés à gérer le sens commun : réorganisation de l'Académie des sciences morales et politiques, développement des sociétés savantes, encouragement des sociétés charitables, et surtout mise en place avec la loi de 1833 d'une nouvelle politique de l'instruction primaire. Si ces transformations restent au départ globalement modestes, elles n'en esquissent pas moins un nouveau visage de l'État. Celui-ci devient dès lors indissociablement instrument traditionnel de coercition et dispositif producteur d'hégémonie. Cet État ne s'appuie pas seulement sur des fonctionnaires zélés, chargés de transmettre des ordres et d'en contrôler la bonne application. Il requiert la formation d'organisations auxiliaires, immergées dans la société et profondément unies à l'État. Le corps enseignant, et principalement celui des instituteurs, en est l'exemple le plus frappant. C'est de cette manière que l'État libéral tente, à partir des années 1830, d'être une force de gouvernement *et* de recomposition du tissu social en même temps. Il se préoccupe de plus en plus de constituer des pôles organisateurs et régulateurs autonomes, plongés dans la société civile mais structurés par l'État et unis à lui (leur degré d'autonomie variant naturellement selon les cas : plus fort pour les sociétés savantes et les académies, plus faible pour le corps enseignant). Cet État rend possible le seul face-à-face de la puissance publique et des libertés individuelles ; il permet de gérer le mouvement de la civilisation qui *simplifie le social et le polarise* dans le seul rapport des individus et de l'État. Il conjure ainsi le spectre de la dissolution sociale en produisant, à travers la mise en place de ces organisations auxiliaires, des effets sociaux *équivalant* à ceux des anciennes corporations sans reproduire la forme de celles-ci. Ces *corps modernes,* loin de constituer un obstacle à l'unité de la société, contribuent au contraire à sa recomposition permanente et à son unification spirituelle.

Les expériences de régulation néo-corporative

La place accordée au corps enseignant illustre une modalité de la gestion du rapport État-société. Mais il en est une autre qui joue un rôle non négligeable au XIXᵉ siècle : elle consiste à mettre en place des institutions consultatives dont le but est de favoriser la confrontation entre l'État et certaines professions. Les anciennes chambres de commerce sont rétablies dans cette intention en 1802 et des chambres consultatives des manufactures, fabriques, arts et métiers sont créées en 1803 dans les grandes villes (loi du 22 germinal an XI). Les conditions dans lesquelles ces dernières sont instituées éclairent d'ailleurs de façon très intéressante le statut qui leur est dévolu : elles constituent une sorte de compensation, affichée comme telle, du non-rétablissement des corporations. Sous l'Empire, le Conseil d'État avait en effet été chargé par Napoléon de rédiger un rapport sur le rôle des professions dans la régulation industrielle et sociale. On disait l'empereur relativement indécis sur la question à un moment où certaines voix n'hésitaient pas à proposer un retour aux principes d'organisation corporatifs, éventuellement modernisés. Regnaud de Saint-Jean-d'Angély, qui rédige le rapport, était bien conscient de l'impossibilité d'une restauration pure et simple, tout en regrettant cependant ouvertement les avantages de stabilité du système des corporations. C'est dans une perspective de transaction et de compensation qu'il propose la création des chambres consultatives, tout en suggérant d'aggraver les pénalités contre le délit de coalition. Durant tout le XIXᵉ siècle, on verra se multiplier ce genre d'institutions sous la forme de *conseils supérieurs :* Conseil supérieur de l'instruction publique ; Conseil supérieur de l'agriculture ; Conseil supérieur du commerce et de l'industrie ; Conseil supérieur des beaux-arts ; Conseil supérieur de l'assistance publique ; Conseil supérieur du travail, etc. Leur but : associer les compétences ou les « capacités » à l'action de l'État. Dans son rapport au président de la République qui aboutit en avril 1888 à la création du Conseil supérieur de l'assistance publique, Charles Floquet écrit ainsi que ce Conseil

« aura pour mission d'éclairer l'administration sur toutes les questions d'assistance et de prévoyance, les éléments de savoir et d'expérience se trouvant réunis en lui ». Il s'agit, note-t-il, « d'associer les diverses compétences délibérantes et l'élément exécutif »[24]. Quand on regarde la liste des membres de ces divers conseils au XIXe siècle, on voit que la plupart des grands notables professionnels y ont figuré : c'était une façon pour l'État de réaliser au sommet ce qu'il avait tenté de constituer à la base avec le corps des instituteurs.

Dans la plupart des cas, ces membres étaient choisis par le gouvernement, la procédure élective n'étant utilisée que pour un nombre restreint de conseils (à partir de 1880, une partie des membres du Conseil de l'instruction publique sont ainsi élus par les professeurs de quelques grands établissements d'enseignement supérieur). La chose n'est pas sans importance : l'élection donne en effet à ces conseils un statut de fait de quasi-chambre représentative spécialisée. Le problème a notamment été posé tout au long des discussions qui ont abouti en 1891 à la création du Conseil supérieur du travail, dont le but, selon les promoteurs du projet, était d'éclairer l'administration « sur les véritables besoins de la population ouvrière, sur la portée et l'étendue de ses réclamations[25] ». Le rôle de ces conseils a été loin d'être négligeable. En entrouvrant la porte d'une forme de représentation des intérêts, bien que jamais ouvertement avouée comme telle, ils témoignent que l'État a constamment ressenti le besoin de trouver une relation avec la société qui ne pouvait être seulement assurée par les mécanismes de la formation politique de la volonté générale. Ils opèrent une sorte de compromis pratique entre la doctrine française de la souveraineté et les impératifs d'un gouvernement articulé sur les mouvements de la société ; ils constituent, en un mot, une version amortie de la social-démocratie à l'allemande ou de la représentation pluraliste des intérêts à l'anglaise.

24. Cité in *Conseil supérieur de l'assistance publique. Constitution du Conseil,* fascicule n° 1, Paris, s.d.
25. In « Proposition de loi relative à la création du Conseil supérieur du travail », *Impressions de la Chambre des députés* (session de 1890), n° 315, p. 3.

CHAPITRE IV

Changer l'homme

La régénération sociale et morale

Produire la nation, recomposer une société d'individus, gérer un ensemble de gouvernements auxiliaires : ces tâches nouvelles que l'État s'assigne à partir du XIXe siècle accompagnent le mouvement de la révolution individualiste. Elles ne suffisent pourtant pas à conjurer la menace de dissolution qui pèse sur la société moderne. Au risque « mécanique » de désassociation lié à l'émancipation de l'individu s'ajoute en effet un facteur d'ordre moral. La qualité de la vie sociale devient désormais plus directement dépendante du comportement de chacun. Le social, en d'autres termes, est le produit *immédiat* de l'interaction des individus. Sa fragilité s'en trouve du même coup accrue. L'avènement de l'individu, on l'a pressenti dès le début du XVIIIe siècle, est marqué par une redoutable ambiguïté, lourde de menaces. Il participe d'une œuvre positive d'émancipation, mais il valorise en même temps l'égoïsme de l'*homo economicus,* en faisant de chacun le seul juge de ses intérêts. Comment accorder alors les exigences de l'appartenance, nécessairement contraignante, à la société civile avec la reconnaissance de l'autonomie d'un sujet qui n'est plus encastré dans des corps ?

La tradition philosophique et morale anglaise, de Mandeville à Adam Smith, a été la première grande tentative intellectuelle de réponse à cette question essentielle. Elle tente de formuler les conditions dans lesquelles le progrès économique lié à la révolution individualiste et le souci du bien public peuvent cesser d'apparaître comme contradictoires. Réflexion sur ce que les économistes appellent les effets de composition chez Mandeville (compatibilité des vices privés et des bénéfices publics), éloge des effets civilisateurs et régulateurs de la division du travail chez Hume et surtout chez Smith, développement d'une philosophie du progrès et de la modernité chez Ferguson et Millar. A la nostalgie d'une forme de civisme qu'ils pensent dépassée, les Écossais opposent la perspective d'une société qui libère les hommes du politique. Le bon gouvernement n'est pas pour eux celui qui implique personnellement l'individu, le mobilisant en permanence, mais celui qui garantit à chacun qu'il peut librement, en toute sécurité, se consacrer à ses propres affaires. Le maintien du lien social ne repose plus sur la tension permanente, il ne présuppose plus l'existence d'un peuple de héros prêts à mourir pour la patrie : il devient la résultante quasi mécanique d'une interdépendance entre des hommes ordinaires, fondée sur le développement de la division du travail. L'ordre social, expliquent Hume et Smith, n'a besoin ni de corps ni d'un garant méta-social extérieur comme la religion pour être maintenu. Le principe du marché résout en lui-même la contradiction potentielle entre l'autonomie du comportement individuel et la formation d'un bonheur collectif : il est la main invisible qui concilie la recherche de l'intérêt privé pour chacun et la réalisation de l'intérêt général. Le marché est ainsi à la fois un mode de régulation économique et politique et l'expression d'une philosophie morale.

A l'inverse d'Adam Smith, Rousseau estime que la société moderne ne peut être fondée sur l'homme égoïste. La société ne peut tenir à ses yeux que si elle est constituée de citoyens, prêts à sacrifier leurs intérêts personnels à la volonté générale. C'est le message du *Contrat social* qui est fondé sur l'opposition de l'individu au citoyen. Le citoyen, directement et continuellement impliqué dans la chose publique, est l'homme autonome guidé par l'amour de soi, et non par l'amour-propre qui caractérise au contraire l'homme des besoins dans la société de marché : la fusion civique s'oppose à l'ordre anonyme de la main invisible. D'où la célébration par Rousseau du modèle de la citoyenneté antique. Mais cette fusion n'est possible que si chaque homme en intériorise les contraintes et les conditions. Rousseau déplace ainsi le problème de la moralité sociale. Son idéal civique implique un homme nouveau : « Celui qui ose entreprendre d'instituer un peuple, écrit-il dans *Du contrat social,* doit se sentir en état de changer, pour ainsi dire, la nature humaine. »

Les hommes de 1789 oscillent entre ces deux modèles de la fusion civique et de la société de marché. Leur libéralisme économique en fait des disciples de Smith mais les circonstances de la Révolution et l'idée qu'ils se font de la nation les rapprochent de Rousseau. Comme Rousseau, ils exaltent la figure du citoyen antique, prêt à s'oublier lui-même pour se dévouer à la volonté générale. Même s'ils veulent se persuader que l'égoïsme de l'*homo economicus* n'est qu'une conséquence de la corruption des mœurs engendrée par le despotisme, ils assignent comme Rousseau une tâche éducative et régénératrice à l'État. L'État instituteur du social doit nécessairement se prolonger à leurs yeux en État éducateur pour accomplir sa mission. Pendant la Révolution, de nombreux projets éducatifs se feront l'écho de cette exigence. De 1792 à 1794, Le Peletier, Rabaut Saint-Étienne, Romme, Robespierre, Saint-Just, pour ne citer que les plus fameux, cherchent le moyen de faire des Français un peuple nouveau dont les mœurs seraient pleinement en harmonie avec les lois. La solution ? Elle doit reposer, à les entendre, sur un gigantesque travail de régénération sociale destiné à transformer le cœur de l'homme jusqu'à ce que l'individu égoïste s'efface en lui pour céder la place au citoyen vertueux et dévoué.

Cet objectif, profondément totalitaire en son essence, sera souvent dénoncé après Thermidor comme l'une des racines intellectuelles de la Terreur. Mais l'idée de changer l'homme n'en continuera pas moins, par la suite, de constituer un impératif essentiel pour tout le xixᵉ siècle. Seuls varient au fond le degré d'ambition dans cette transformation ainsi que ses moyens : au projet extrême de modification du cœur même de l'homme se substitue une recherche plus modeste d'*inflexion des conduites* de l'individu. Plus modeste comparée à la visée totalitaire d'une saisie des consciences, s'entend. Car la perspective d'un État hygiéniste marque en tout cas une rupture fondamentale dans la façon d'envisager les rapports de la société et de l'État.

Ce sont logiquement des médecins — comme Bichat, Pinel, Vicq d'Azyr, Cabanis — qui en fixent le programme dès la fin du xviiiᵉ siècle. Avec eux, le législateur se double d'un médecin du corps social. Gouverner et soigner relèvent du même principe et doivent donc obéir aux mêmes lois, celles d'une *science de l'homme* qui fonde ensemble la physiologie, la morale et l'analyse des idées. L'influence du sensualisme de Condillac est naturellement déterminante dans la constitution de cet idéal hygiéniste (il considère que la morale est dans les habitudes et qu'il suffit donc de modifier celles-ci, par une action bien calculée sur l'environnement de l'individu, pour changer l'homme). Cabanis est ainsi persuadé qu'une étude des besoins de l'homme et de ses facultés doit permettre au législateur d'intervenir comme un thérapeute des besoins, un orthopédiste de la nature humaine. Il l'a exprimé, en de saisissantes formules qu'il vaut la peine de rappeler, dans son grand ouvrage, *Rapports du physique et du moral de l'homme* (1802). « Sans doute il est possible, par un plan de vie combiné sagement et avec constance, écrit-il, d'agir à un assez haut degré, sur les habitudes même de la constitution : il est par conséquent possible d'améliorer la nature particulière de chaque individu ; et cet objet, si digne de l'attention du moraliste et du philanthrope, appelle toutes les recherches du physiologiste et du médecin observateur. Mais si l'on peut utilement modifier chaque tempérament, pris à part, on peut influer d'une manière bien plus étendue, bien plus profonde sur l'espèce même [...]. Il faut que l'hygiène aspire à perfectionner la nature humaine générale. Après nous être occupés si curieusement des moyens de rendre plus belles et meilleures les races des animaux, ou des plantes utiles et agréables ; après avoir remanié cent fois celles des chevaux et des chiens ; après avoir transplanté, greffé, travaillé de toutes les manières, les fruits et les fleurs, combien n'est-il pas honteux de négliger totalement la race de l'homme ! Comme si elle nous touchait de moins près ! Comme s'il était plus essentiel d'avoir des bœufs grands et forts, que des hommes vigoureux et sains ; des pêches bien odorantes, ou des tulipes bien tachetées, que des citoyens sages et bons ! Il est temps, à cet égard comme à beaucoup d'autres, de suivre un système de vues plus digne d'une époque de régénération : il est temps d'oser faire sur nous-mêmes ce que nous avons fait si heureusement sur plusieurs de nos compagnons d'existence ; d'oser revoir et corriger l'œuvre de la nature [26]. » La

26. G. Cabanis, *Rapports du physique et du moral de l'homme*, in *Œuvres philosophiques de Cabanis*, Paris, PUF, « Corpus des philosophes français », 1956, t. I, p. 356-357.

tonalité eugéniste de ce texte ne doit pas conduire à mal l'interpréter. Au-delà de sa radicalité et de sa brutalité, il ne fait qu'affirmer une conviction sur le rôle de l'État qui traverse tout le XIXᵉ siècle français[27].

L'asile et la prison

Deux institutions serviront au XIXᵉ siècle de terrain principal d'expérimentation à cette problématique hygiéniste : l'asile et la prison. Le délinquant et le fou apparaissent en effet comme les deux figures emblématiques de l'individu désocialisé. Le regard que l'on porte sur la folie se modifie radicalement à la fin du XVIIIᵉ siècle, comme Marcel Gauchet l'a bien montré[28]. La révolution égalitaire et démocratique bouleverse en effet le rapport à l'autre, dissipant toute croyance en une altérité absolue et définitive. Ce qui empêche désormais de penser en termes d'ordres et de séparations infranchissables les différences entre les hommes se retrouve dans la manière dont on appréhende le fou. Il n'est plus l'autre radical, totalement étranger (et peu importent à cet égard les formes que revêtait l'expression de cette distance, grand enfermement ou indifférence tolérante). Il devient considéré comme un être qui n'est séparé des autres hommes que par la maladie, séparation temporaire que la médecine doit avoir pour tâche d'effacer par la guérison. L'asile n'a plus la fonction de simple police qui était celle de l'hôpital général au XVIIIᵉ siècle : on le conçoit dorénavant comme une machine à resocialiser. Le formidable développement de la population asilaire au XIXᵉ siècle — elle est environ multipliée par 20 entre 1800 et 1840 et par 50 durant le siècle — correspond à cette foi nouvelle dans la possibilité de traiter l'aliéné comme un malade. La loi du 30 juin 1838 sur les aliénés, dont bien des dispositions sont toujours en

27. C'est à partir de là qu'il faut saisir la question des rapports entre l'État démocratique moderne et l'État totalitaire, le problème étant de bien mesurer la nature de leur proximité et la distance qui les sépare. Cf. sur ce point G. Hermet *et al.*, *Totalitarismes*, Paris, Economica, 1984, et C. Lefort, *L'Invention démocratique*, Paris, Fayard, 1981.

28. M. Gauchet et G. Swain, *La Pratique de l'esprit humain, l'Institution asilaire et la Révolution démocratique*, Paris, Gallimard, 1980.

application, manifeste avec éclat l'importance que les pouvoirs publics accordent à cette question[29]. En mettant tous les établissements, qu'ils soient privés ou publics, sous la tutelle directe des préfets, elle signifie que la folie est un problème éminemment politique dont l'État instituteur du social doit avoir la maîtrise. Pendant la monarchie de Juillet et le Second Empire, les rapports annuels que les préfets présentent devant les conseils généraux accordent d'ailleurs une place significativement importante à cette question, détaillant la gestion des asiles et évaluant l'efficacité des traitements qui y sont prodigués.

La prison occupe également une place centrale dans les préoccupations du nouvel État hygiéniste. Le regard sur le prisonnier est lui aussi transformé. En témoignent d'abord l'humanisation de ses conditions de détention et la nature des peines infligées. La loi du 28 avril 1832 supprime ainsi certains châtiments humiliants — le carcan, la marque, l'amputation du poignet — que le Code pénal de 1810 avait maintenus ; celle du 12 avril 1848 abroge la peine de l'exposition publique. On reconnaît ainsi un certain droit à la dignité du prisonnier. On l'appréhende comme un être susceptible de rachat. Le crime est perçu comme une sorte d'infirmité qu'il faut apprendre à guérir. L'introduction de la notion de « circonstances atténuantes », en 1832, traduit par ailleurs la reconnaissance du rôle que l'on accorde au milieu et aux circonstances dans lesquels un acte condamnable a été commis. La prison n'est du même coup plus considérée comme un lieu de pur retranchement. On attend qu'elle joue un rôle de requalification sociale, rendant possible la rentrée

---

29. Cf. les termes du rapport de Vivien à la Chambre des députés le 27 mars 1838. Critiquant le silence de la législation antérieure à 1789, silence qui s'était prolongé jusqu'en 1838, il note : « On ne songeait alors qu'aux dangers dont l'insensé furieux pouvait menacer la sûreté publique ; on ne s'était point occupé de la protection qui était due au malheur dans la personne de l'aliéné ; et des conditions nécessaires à son traitement. » Il insiste par ailleurs sur l'importance *pour l'État* de la question. « En plaçant les secours à donner aux aliénés au rang des dépenses ordinaires des départements, dit-il, [...], elle les a élevés au rang des dépenses générales de l'État, placées sous l'autorité du gouvernement et dans le vote des Chambres » (cité in Duvergier, *Collection des lois et décrets,* année 1838, p. 491).

du criminel dans la société. Le grand élan philanthropique du début du XIXᵉ siècle, exprimé par l'action de la *Société royale des prisons* animée par Laborde et La Rochefoucauld-Liancourt ou les travaux de la *Société de la morale chrétienne* qui regroupait alors toute l'intelligentsia libérale, retombera certes progressivement, et avec lui certaines illusions trop optimistes sur la réforme morale des condamnés. Mais le grand tournant des années 1840, qui s'opère autour de la ratification en 1844 du principe de l'isolement cellulaire, ne modifie pourtant pas fondamentalement l'espérance que la prison puisse être un moyen de rééducation sociale.

La folie et le crime : en se donnant pour tâche le traitement de ces deux formes de déviance radicale, l'État met symboliquement au cœur de son action le projet de changer l'homme pour recomposer le tissu social ; inlassable travail de reprise de ses déchirures les plus marquantes témoignant de son rôle d'institution de la société. Travail dans lequel apparaît sa nouvelle fonction de coordinateur de tout un ensemble d'agents et d'institutions indifféremment privés ou publics. L'histoire de l'État se dissocie à partir de cette période de plus en plus de celle de l'administration proprement dite, son action et son emprise sur la société débordant largement le cadre de ses seules interventions directes. La loi du 30 juin 1838 sur les aliénés marque à cet égard un tournant symbolique. Vivien, qui présente à la Chambre des députés le rapport final sur ce projet de loi, note très justement qu'il « fait entrer la loi et le gouvernement dans un ordre d'idées qui n'avait pas encore été exploré jusqu'ici [30] ». Cette loi bouleverse en effet toute la conception antérieure des rapports entre le privé et le public. Selon les estimations de l'époque, il n'y a que 15 000 personnes environ concernées par la nouvelle législation. C'est quantitativement peu. Mais l'enjeu philosophique est tel que le débat parlementaire fut l'un des plus riches de la monarchie de Juillet et il n'est pas exagéré de parler de rupture à ce propos. Dans la mesure de ces inflexions, l'État devient, selon une suggestive formule de Marcel Gauchet, « un élément parmi d'autres dans un

---

30. Cité in Ministère de l'Intérieur et des Cultes, *Législation sur les aliénés et les enfants assistés*, Paris, 1880-1884, t. III, *Discussion de la loi sur les aliénés à la Chambre des députés et à la Chambre des pairs (1837-1838)*, p. 397.

vaste réseau ramifié d'instances de définition des normes et d'élaboration du cadre d'action des agents sociaux [31] ». Il élargit du même coup le cercle de ses auxiliaires en associant à son action l'expert social et le médecin hygiéniste qui se muent par là même en hommes de gouvernement d'un type nouveau.

L'État utopiste

En inscrivant son action dans un projet de gestion des conduites, l'État manifeste sa dimension utopique. L'État instituteur du social est par essence un utopiste : sa raison d'être ne peut être formulée en dehors d'une référence à un projet sur la société. Il ne peut pas seulement envisager de gérer des procédures et des règles ou d'avoir une action correctrice et compensatrice comme un simple État de droit. Il se conçoit fondamentalement comme un acteur du social et non pas comme un juge ou un arbitre. L'idée qu'il puisse y avoir une société civile autonome et autosuffisante lui est étrangère. La spécificité de l'État français par rapport à l'État anglais ou américain trouve là son origine la plus profonde. Elle ne tient pas à une « tradition interventionniste » datant de Colbert, mais à sa dimension institutrice affirmée par la Révolution. Les expressions de sa dimension utopique peuvent varier considérablement. Il y a loin des ambitions naïvement totalitaires des théoriciens révolutionnaires de la fête et de l'éducation publique au paternalisme modéré des notables de la Société de la morale chrétienne. Un abîme sépare Thiers ou Jules Ferry de Jean-Baptiste Godin ou de Cabet, mais ils participent tous au fond d'une même vision de l'État. Il ne sert à rien d'opposer les projets extravagants des utopistes patentés aux timidités et aux prudences des hommes de gouvernement. Pris dans leur radicalité, les grands projets utopiques du XIXe siècle n'ont certes pas été inscrits dans la réalité. Les villes rêvées par Boullée et Ledoux n'ont jamais été construites, la prison panoptique idéale de Bentham n'a jamais fonctionné, les fouriéristes n'ont pas fait de la société un vaste phalanstère. Boullée ou Bentham expriment cependant quelque chose d'essentiel quant à la nature de l'État. Comme l'État, ce sont des *utopistes d'en haut* qui cherchent à

---

31. *La Pratique de l'esprit humain, op. cit.,* p. 118.

réformer la société par la modification de son cadre. On a fait grief à Michel Foucault d'avoir confondu, en parlant des prisons, le projet rationalisateur de l'État avec ses pratiques, avec son action réelle. L'argument porte s'il invite à réfléchir sur le sens d'un échec de l'État, qui est de fait largement patent au XIXe siècle si les pratiques sont rapportées aux figures de l'utopie. Mais il égare s'il vise à suggérer que le discours utopiste et rationalisateur n'entretient pas de lien avec l'État concret. Ce rapport n'est naturellement pas un rapport d'identité, les résistances de la société et les prudences politiques l'empêchent.

La dimension utopique de l'État se manifeste d'abord au niveau du discours, il y va de sa légitimité même : l'État instituteur du social doit exprimer une forme de volontarisme, et l'exprimer d'autant plus qu'il sait les limites de son action. Son discours sur la société le constitue d'une certaine manière. Dans ses *Études administratives,* publiées en 1845, Vivien note : « Rien n'est plus trompeur que l'administration assise et toujours armée d'une plume. Trop souvent, celui qui a envoyé une lettre croit que son devoir est accompli et qu'un acte ordonné est un acte fait [32]. » Que de circulaires, en effet, restées lettre morte, d'ordres inappliqués, d'intentions détournées, de projets ratés dans les faits. Mais l'État instituteur est justement constitué par ce décalage continuel. Il est, à des degrés certes très divers, un utopiste contrarié en permanence, continuellement confronté aux limites de son projet. Il se refuse cependant à dissoudre cet écart, vivant d'une tension qu'il reconnaît comme telle [33]. Cette tension est d'ailleurs presque fonctionnelle,

32. Vivien, *Études administratives,* Paris, 1852, t. I, p. 350 (2e éd.).
33. A la différence de l'État totalitaire dont le langage s'emploie en permanence à recouvrir cet écart et à dissimuler cette tension. L'écart entre le dire et le faire invite à une très grande prudence dans la référence aux programmes et aux projets des administrateurs et des hommes politiques. L'historien ne saurait confondre sur ce point les intentions et les réalités. Cf. sur ce point le débat à propos de l'ouvrage de Michel Foucault, *Surveiller et Punir :* « On ne sait pas très bien si M. Foucault décrit une machinerie ou s'il dénonce une machination », observe très justement Jacques Léonard (in *L'Impossible Prison. Recherches sur le système pénitentiaire au XIXe siècle,* réunies par Michelle Perrot, Paris, Le Seuil, 1980, p. 14). Les limites de l'État à pénétrer la société ont trois origines : le

traversant l'administration elle-même. Pour reprendre l'exemple de la prison, on voit bien au XIXᵉ siècle la distance qui sépare les réformateurs et les magistrats philanthropes des administrateurs de prisons : le projet de requalification des condamnés des premiers se heurte en permanence au scepticisme des seconds. L'histoire de l'État est dans ce domaine celle de leur confrontation. L'opposition entre des gestionnaires prudents et des réformateurs audacieux est constitutive de l'action même de l'État. Ce ne sont pas tant deux conceptions qui s'affrontent que la tension structurante de l'essence de l'État qui se manifeste dans leur rapport conflictuel. On pourrait analyser dans cette perspective le rôle des urbanistes dans les années 1960 ou celui des travailleurs sociaux dans les années 1970. Ils ont incarné le pôle utopique de l'État et témoigné, par la place qui leur était faite et les demandes qui leur étaient adressées, de son rôle d'instituteur du social.

---

rationalisme théorique (croire qu'une circulaire règle les problèmes), les résistances directes de la société (cf. l'insoumission ou la résistance fiscale), la diversité et l'hétérogénéité de la société à laquelle s'appliquent des règles uniformes.

CHAPITRE V

L'État hygiéniste

L'hygiène publique

« L'hygiène publique, qui est l'art de conserver la santé des hommes réunis en société, est appelée à recevoir un grand développement et à fournir de nombreuses applications au perfectionnement de nos institutions. » Cette ambition, affirmée en 1829 dans le prospectus des *Annales d'hygiène publique et de médecine légale,* va constituer à partir du XIXe siècle un formidable vecteur de transformation des rapports entre l'État et la société.

Les progrès de la médecine modifient complètement à cette époque la façon dont on appréhende les maladies, et tout particulièrement celles qui se développent sous la forme d'épidémies. La théorie infectionniste suggère en effet un double cadre d'action à la lutte contre ces fléaux. La lutte contre les causes externes d'abord. On préconise par exemple la propreté des maisons, le renouvellement de l'air, l'assainissement des eaux pour combattre les ravages opérés par la suette miliaire. Le développement de techniques d'isolement ensuite, pour éviter la propagation des épidémies. Des mesures médicales de police antiépidémique sont ainsi mises en place pour lutter contre les risques d'extension du choléra : organisation de cordons sanitaires, diffusion d'instructions médicales populaires, etc. Dès 1802, le préfet de police institue dans cette perspective un *Conseil de salubrité de la Seine* et la loi du 16 septembre 1807, dite « loi de dessèchement des marais », pose, de façon encore modeste, les premiers principes d'un Code d'hygiène publique. L'épidémie de choléra de 1832 va renforcer ces préoccupations. Une circulaire du 13 avril 1835 communique ainsi aux préfets les observations présentées au gouvernement par l'Académie de médecine dans le but de l'éclairer sur les moyens à adopter pour prévenir la propagation des épidémies et en limiter les effets. Les préfets sont invités à étudier dans leurs départements, pour tenter d'y remédier, toutes les causes d'insalubrité favorisant la propagation des maladies : altérations de l'air, habitats insalubres, aliments avariés, travaux excessifs, ignorance même. Des institutions et des réglementations sont progressivement créées. Des comités consultatifs d'hygiène et de salubrité publique sont par exemple installés en décembre 1848 dans les départements. L'épidémie de choléra de 1849, encore plus meurtrière que celle de 1832, entraîne en 1850 le vote de la loi sur les logements insalubres, qui fixe les premières règles modernes de la salubrité publique. La préoccupation hygiénique amène ainsi l'État à reconsidérer son champ d'action, à pénétrer des domaines dans lesquels il n'aurait naturellement pas songé à intervenir. Un témoin de cette période, Martin Nadaud, va jusqu'à écrire, à ce propos : « Je crois que l'apparition du choléra dans notre vieille Europe, au lieu d'avoir été un malheur, a été au contraire un grand bienfait ; sans le choléra, en France comme à Londres, je doute que les pouvoirs publics eussent jamais songé à porter la pioche dans les quartiers pauvres [34]. »

La question de l'hygiène publique transforme les notions mêmes de privé et de public. Elle amène la constitution d'un point de vue, celui du médecin hygiéniste, pour lequel tous les éléments de la vie humaine et de son environnement ont potentiellement une dimension publique. La visée d'un État conservateur et instituteur de l'ordre social trouve ainsi un nouveau terrain d'exercice avec cette tâche de protection de la santé publique. Elle n'en continue pas moins de s'inscrire encore pour une large part dans le cadre assez traditionnel des activités de police. C'est la révolution pastorienne qui va en fait donner son plein essor à la démarche hygiénique.

34. M. Nadaud, *Léonard, maçon de la Creuse,* Paris, 1976, rééd. Maspero, p. 332.

La révolution pastorienne

Le passage de la théorie infectionniste à la médecine bactériologique n'opère pas simplement une révolution scientifique. La découverte du rôle des microbes et des virus entraîne en effet un bouleversement des représentations du lien social. En révélant le processus d'action microbien, Pasteur donne un fondement nouveau à la perception de l'interaction sociale. Il montre que les individus ne peuvent être appréhendés comme des monades isolées et que des liens invisibles — ceux du microbe — les relient à leur insu. La médecine pastorienne entraîne ainsi une nouvelle vision du rapport social ; elle enseigne qu'une interdépendance profonde existe entre tous les vivants, par-delà l'apparence de leur dissociation. Elle efface du même coup la distinction qui subsistait encore entre le médical et le social : tous les problèmes d'hygiène deviennent des questions immédiatement sociales, et tous les problèmes sociaux renvoient en conséquence à une dimension hygiéniste ; de même que la frontière entre la morale et la sociologie s'estompe dans ce même mouvement. La fonction d'institution du social par l'État se trouve complètement redéfinie dans ce cadre nouveau.

Avec Pasteur, toute maladie acquiert une dimension sociale ; lutter contre elle suppose, d'une manière ou d'une autre, que l'on recompose le social. On le voit bien en prenant l'exemple de la tuberculose. C'est autour de la lutte contre ce fléau que vont être mises en place, à partir de la fin du XIXe siècle, tout un ensemble d'institutions et de pratiques de prévention qui seront le vecteur d'une nouvelle extension des préoccupations de l'État. Le souci de prévention, qui est au cœur de la problématique pastorienne, engendre en effet un processus d'action bien différent de celui de la traditionnelle police médicale. La démarche de la police médicale, caractéristique de la lutte contre le choléra au milieu du XIXe siècle, relève d'une conception traditionnelle de la protection : elle sépare, cloisonne, isole des individus contaminés en même temps qu'elle se donne pour objectif d'assainir un milieu. Son programme est en ce sens relativement limité, même s'il marque déjà une forte extension des conceptions plus anciennes des activités de police. Le programme pastorien est au contraire illimité en son essence : il fait sa matière de toute la vie de l'individu, d'avant la naissance jusqu'à la tombe, et propose d'intervenir dans tous les domaines. Fusionnant avec la tâche de production de la nation par l'État, il a en effet pour objectif ultime, selon une expression de Léon Bourgeois, d'instaurer « une démocratie de gens bien-portants, bien-pensants et bien-voulant[35] ».

Les préoccupations démographiques qui s'expriment déjà après la guerre de 1870 et surtout après celle de 1914-1918 ne font qu'accroître l'importance accordée aux politiques de prévention. La « santé nationale » est perçue comme un facteur décisif de la puissance politique et militaire. L'urgence d'une « régénération », l'expression se trouve alors sous toutes les plumes, est partout affirmée. On découvre, après la victoire de 1918, que la nation doit rester mobilisée pour lutter contre ces véritables « ennemis intérieurs » que sont la dépopulation, l'alcoolisme, la tuberculose ou la syphilis. Ce combat, l'État n'est pas le seul à le mener. A la fin du XIXᵉ et au début du XXᵉ, les disciples de Pasteur ont fondé tout un ensemble d'associations destinées à propager la nouvelle entreprise hygiéniste : le *Comité national de défense contre la tuberculose* (créé par Léon Bourgeois), la *Société française de prophylaxie sanitaire et morale*, l'*Alliance d'hygiène sociale* (1905, présidée aussi par Léon Bourgeois), l'*Association française de climatothérapie et d'hygiène urbaine* (1904), l'*Alliance nationale pour l'accroissement de la population française* (fondée en 1902 par Bertillon et par Émile Cheysson, l'industriel promoteur des logements sociaux et des jardins ouvriers). L'hygiène a alors ses revues, ses journaux, ses congrès, ses comités. Elle a investi la société, ses thèmes et son langage ont fait tache d'huile. La grande loi du 15 février 1902 relative à la protection de la santé publique, qui remplace les vieilles dispositions de 1850, est l'œuvre de ces milieux qui ont investi l'État. La création du ministère de la Santé en 1920 consacre, en l'inscrivant dans les structures mêmes de l'État, l'assimilation définitive de l'approche pastorienne.

---

35. L. Bourgeois, *La Politique de prévoyance sociale,* Paris, 1914, t. I, *La Doctrine et la Méthode,* p. 61.

L'État hygiéniste

La volonté de prévenir le mal social — dont la tuberculose reste longtemps le symbole — réalise la fusion de l'idée de gouvernement avec celle de pouvoir technique dont Cabanis avait indiqué la voie un siècle plus tôt. Les hygiénistes deviennent des hommes de gouvernement dont l'action prolonge et accomplit à la fois le grand travail d'institution du social que l'État s'était fixé dès la fin du XVIIIe siècle. Avec eux, les figures de l'expert et du fonctionnaire se superposent, et le technicien, selon une expression forgée au début du XXe siècle par Maxime Leroy, se conçoit comme un « politicien dans l'ordre social[36] ». Les hygiénistes des années 1910 préfigurent les technocrates des années 1950. Les uns et les autres comprennent leur action à partir d'une vision de l'État qui transcende les clivages politiques usuels. L'intervention de l'État obéit pour eux à des principes — la santé publique ou la rationalité industrielle — qui effacent les distinctions traditionnelles entre les *agenda* et les *non agenda* de l'administration. L'avènement de l'État hygiéniste, comme celui de l'État keynésien cinquante ans plus tard, modifie les termes de l'affrontement entre le libéralisme et le socialisme. L'État n'a pas à faire « de la thérapeutique, mais de l'hygiène sociale » notait Jules Ferry en 1884 pour défendre la philosophie républicaine d'intervention de l'État[37]. Un économiste libéral comme Paul Leroy-Beaulieu peut écrire à la même époque, sans y voir le moindre problème, qu'en matière de lutte contre les maladies contagieuses « l'appareil coercitif est de rigueur ». Les hygiénistes s'appuieront d'ailleurs sur cette extension de l'idée d'intérêt général — certains d'entre eux soulignent que dans l'adage *salus populi suprema lex, salus* signifie d'abord santé — pour mener une offensive en règle contre la trop grande décentralisation des politiques sanitaires et sociales qui, des lois de 1850 à celle de 1902 en passant par la loi municipale de 1884, avaient été confiées pour l'essentiel aux municipalités et aux départements. Il leur faudra attendre Vichy et la promulgation d'un Code de la santé publique

36. Cité par Patrick Zylberman dans la Présentation du n° 4 de la revue *History of European Ideas*, vol. 7, 1986.
37. *Annales de la Chambre des députés*, 1884, t. 1, p. 277.

pour obtenir définitivement gain de cause. Ce n'est en effet qu'à partir de cette période que la médecine sociale s'institutionnalise vraiment en service public central, le ministère de la Santé mis sur pied en 1920 n'ayant été pendant vingt ans qu'une administration centrale sans services extérieurs, un corps sans troupe (les chefs des services médico-sociaux départementaux qui étaient nommés par le préfet échappaient en effet pratiquement à l'autorité du ministre). Le plan Debré, à la Libération, formalisera cette prise en charge nationale des problèmes sanitaires et sociaux.

Fondée sur une vision large des problèmes de santé et de prévention sociale, la perspective hygiéniste a largement débordé le seul cadre du dispensaire, institution cependant symbolique de son entreprise. En faisant de la ville — lieu par excellence de l'interaction des individus entre eux et avec le milieu — le véritable objet de son action, le laboratoire de son entreprise de recomposition du social, l'hygiéniste affirme sa vocation d'intervention globale. L'un d'entre eux, Henri Sellier, maire de Suresnes qui sera également ministre de la Santé publique dans l'entre-deux-guerres, fera de sa cité une ville pilote dans laquelle tout avait été envisagé de ce qui constitue, selon les termes de l'un de ses proches, la « biologie d'une ville » : écoles, dispensaires, jardins, habitations ouvrières, halles et marchés, cimetières, moyens de transport, circulation des eaux. On doit à ces « apôtres du social », pour reprendre une heureuse formule de Murard et Zylberman, le développement des habitations à bon marché (les HBM, ancêtres des HLM, dont le principe avait été créé dès 1884 par la loi Siegfried), les expériences des cités-jardins, bref, de tout ce qui pouvait réaliser à leurs yeux l'idéal de la cité antituberculeuse. Sous leur influence également se développent les premières formes de travail social et la médecine de masse autour desquelles se met en place un dispositif institutionnel qui deviendra progressivement équivalent à celui que le XIXe siècle avait édifié en matière scolaire. Les assistantes sociales et les médecins de dispensaire élargissent ainsi le cercle des auxiliaires de l'État instituteur du social dont les maîtres d'école avaient formé au XIXe siècle le bataillon central.

L'État hygiéniste s'est développé sur le terrain de ce qu'il est convenu d'appeler le « social ». Il n'a pourtant presque aucun point commun avec l'État-providence. Tout en gérant pareillement des problèmes de santé, ce dernier renvoie en effet à une modalité très différente du rapport de l'État à la société. L'État-providence est fondé sur la détermination de règles de justice et de normes de redistribution qui fixent les devoirs de la société envers chaque individu et les formes de la solidarité. Il renvoie à l'État de droit et à l'individu comme sujet. L'État hygiéniste a, au contraire, pour objet la société prise comme un tout : il se donne comme finalité de produire le social et non pas de protéger l'individu. Contrairement à l'État-providence, son histoire n'est pas liée au progrès du droit et de l'idée démocratique dans le monde moderne, elle ne renvoie qu'à la formalité et à la fonctionnalité de l'État dans sa tâche d'institution du social.

Le privé et le public

Les conditions dans lesquelles le pastorisme a entraîné la prise en charge de nouvelles tâches par l'État montrent que ses transformations sont fortement articulées avec des ruptures intellectuelles dans la perception de l'interaction sociale. On pourrait de ce point de vue écrire une histoire de l'État liée à la transformation des catégories de privé et de public. L'histoire de la croissance de l'État, en effet, n'est pas tant celle de l'extension de la sphère du public au détriment de la sphère du privé — ces deux « domaines » étant supposés clairement et invariablement délimités — que celle de la transformation des notions de privé et de public à laquelle l'État s'adapte. La distinction n'a aucun sens au Moyen Age, le public et le privé sont alors complètement imbriqués l'un dans l'autre. Elle se forme avec la modernité elle-même qui l'institue en reconnaissant l'autonomie de l'individu dans le même temps que l'État s'érige comme une forme sociale séparée. Si la conquête des droits de l'individu est la grande affaire jusqu'à la fin du XVIIIᵉ siècle, la séparation rigoureuse du privé et du public sur laquelle elle se fonde manifeste en permanence ses limites au XIXᵉ siècle. La culture politique de la Révolution française en radicalise les conditions d'expression. Elle tend en effet en permanence à simplifier la distinction du privé et du public en une dissociation de l'individuel et de l'universel. Le « social » est toujours en fait ramené à une de ces deux catégories. Il est par exemple significatif que l'entreprise ait longtemps été considérée comme l'équivalent d'une « famille », le droit civil étant supposé suffire à régir les rapports patrons-ouvriers. C'est ce qui explique la rapidité avec laquelle des pans entiers de l'activité sociale basculent à certaines périodes pour faire l'objet d'une prise en charge, ou du moins d'une préoccupation tutélaire, de l'État. A la manière d'un ressort, qui se détend brutalement pour avoir été trop comprimé.

LA PROVIDENCE

CHAPITRE I

Les paradoxes de la continuité entre le XVIIIᵉ et le XIXᵉ siècle *

L'État protecteur comme programme...

« Aucun État n'a considéré les pauvres dans la Constitution ; beaucoup se sont occupés de leur procurer des secours, beaucoup ont cherché les principes de cette administration ; quelques-uns en ont approché, mais dans aucun pays les lois qui l'établissent ne sont constitutionnelles. On a toujours pensé à faire la charité aux pauvres, et jamais à faire valoir les droits de l'homme pauvre sur la société, et ceux de la société sur lui ; voilà le grand devoir qu'il appartient à la Constitution française de remplir, puisqu'aucune n'a encore autant reconnu et respecté les droits de l'homme[1]. » Cet objectif, affirmé en 1790 par La Rochefoucauld-Liancourt dans le premier rapport du Comité de mendicité à l'Assemblée constituante, résume bien la manière dont les hommes de 1789 envisagent les problèmes de l'indigence. L'État de droit qu'ils entendent instaurer est par définition un État protecteur : protecteur des libertés fondamentales et des propriétés individuelles, mais protecteur aussi des individus en situation matérielle de détresse. Point de

---

* La troisième et la quatrième partie de cet ouvrage reprennent l'essentiel de ma contribution au volume *L'État et les Pouvoirs* de l'*Histoire de la France,* publiée sous la direction d'André Burguière et Jacques Revel, Le Seuil, 1989.

1. La Rochefoucauld-Liancourt, *Premier Rapport du Comité de mendicité,* présenté le 15 juillet 1790 à l'Assemblée constituante, *Le Moniteur,* t. 5, p. 134.

vue qui n'a, en lui-même, rien d'original à l'époque. Il s'inscrit dans la ligne de la philosophie politique libérale la plus classique. Hobbes et Locke avaient déjà défini l'État comme un *réducteur d'incertitudes,* la réunion des hommes en société ayant à leurs yeux pour but d'accroître la sécurité des personnes et des biens. La lutte contre l'arbitraire d'un régime despotique et la lutte contre l'aléa qui plonge un individu dans la misère participent en ce sens d'un même mouvement. L'indigence est en effet pensée dans cette perspective comme un fait social, une situation accidentelle dans laquelle l'individu se trouve placé malgré lui. D'où les devoirs de la société à son égard. Si une constitution a pour objet d'établir un ordre fixe et régulier dans la manière de gouverner en garantissant à chacun ses droits et ses libertés, elle doit donc également contribuer à instituer une véritable société civile, c'est-à-dire une association dont personne ne soit de fait exclu. La notion de constitution a ce double sens en 1789[2], ce qui explique l'insistance avec laquelle le Comité de mendicité suggère de traiter l'indigence comme un problème constitutionnel. D'importantes divergences se feront certes jour pendant la Révolution quant aux conditions à mettre en œuvre pour réaliser ces principes — Robespierre ira par exemple jusqu'à suggérer de limiter le droit de propriété dont la majorité des constituants sont d'intransigeants défenseurs —, mais un même socle philosophique sous-tend l'ensemble des points de vue qui s'expriment sur la question de l'indigence. Tout le monde s'accorde avec Dufourny de Villiers qui écrit en avril 1789 dans ses *Cahiers du quatrième ordre* que « le but principal, la condition nécessaire de la société a été la protection, la conservation des faibles et des indigents [...]. C'est pour le faible, le pauvre et l'infirme que la société s'est créée et c'est une des clauses fondamentales du pacte de la société que de préserver tous les individus de la faim, de la misère et de la mort[3] ».

L'ancien édifice d'assistance aux pauvres et de traitement de la mendicité est donc logiquement démantelé dans les premières

2. Cf. P. Duclos, *La Notion de constitution dans l'œuvre de l'Assemblée constituante de 1789,* Paris, 1932.

3. Cité par C. Bloch, *L'Assistance et l'État en France à la veille de la Révolution,* Paris, 1908, p. 420.

années de la Révolution. Le système des dépôts de mendicité, qui avait été institué en 1764, est abandonné dès l'été 1789. Déjà jugé trop sévère par de nombreux philanthropes sous l'Ancien Régime, il symbolise en 1789 l'arbitraire royal (de nombreuses personnes jugées dangereuses y étaient conduites abusivement) et le principe d'exclusion sociale. Les hôpitaux et les hospices, qui constituent au XVIIIᵉ siècle la base de l'assistance aux pauvres, sont également violemment critiqués. Pour la même raison, Barère traduit le sentiment général lorsqu'il en dénonce la forme à la Convention. « Laissons à l'insolent despotisme, dit-il, la fastueuse construction des hôpitaux pour engloutir les malheureux qu'il a faits et pour soutenir momentanément des esclaves qu'il n'a pu dévorer. Cette horrible générosité du despote aide encore à tromper les peuples et à les tenir sous le joug. Quand les mendiants se multiplient chez le despote, quand ils lui choquent la vue ou qu'ils lui donnent quelque inquiétude, des maréchaussées, des édits, des prisons sont sa réponse aux besoins de l'humanité malheureuse[4]. » « Plus d'aumônes, plus d'hôpitaux ! », réclame-t-il en conséquence, puisque rien ne doit exister qui ne soit de droit dans une société où règne l'égalité civile. « Tout ce qui peut établir une dépendance d'homme à homme doit être proscrit dans une république », dit-il. Les moyens matériels de fonctionnement des hôpitaux sont en tout état de cause obérés par la vente des biens du clergé à la fin de 1789. De leur côté, les anciens bureaux de charité, qui accordaient des secours au niveau des paroisses, sont de fait également dissous après la dispersion des biens ecclésiastiques et la suppression des maisons religieuses. Le Comité de mendicité de la Constituante, surtout préoccupé de formuler les nouveaux principes d'une prise en charge de l'indigence, n'avait guère songé à définir précisément des institutions de remplacement. Il s'était contenté de suggérer la création d'un *Établissement général de secours public* qui aurait eu pour tâche d'élever les enfants abandonnés, de soulager les pauvres infirmes et de fournir du travail aux pauvres valides qui n'auraient pu s'en procurer. La Constitution de 1791 reprend cette proposition,

---

4. Barère, *Rapport sur les moyens d'extirper la mendicité et sur les secours que doit accorder la République aux citoyens indigents* fait à la Convention le 22 floréal an II (13 mai 1794), *Le Moniteur*, t. 20, p. 445.

mais sans qu'aucune suite concrète y soit donnée. Ce sont les lois du 19 mars 1793 et du 22 floréal an II qui définirent une nouvelle organisation de l'assistance sociale. Décrétant que le secours aux indigents constituait une « dette nationale », ces textes prévoyaient que la législature vote chaque année les fonds nécessaires pour y subvenir, ces fonds étant ensuite répartis entre les départements en fonction de leurs besoins estimés. Financement public et égalité de traitement sur tout le territoire étaient ainsi les deux principes clefs de la réforme décidée (le système des hôpitaux financés par des donations privées était également critiqué du fait de la très grande inégalité de moyens qui existait entre les différents établissements). La loi du 19 mars 1793 décidait en conséquence de disperser en tant que biens nationaux la totalité du patrimoine des hospices, des hôpitaux et des autres fondations charitables, le financement public rendant leur existence inutile. Tous les secours, qui pouvaient consister en travaux, secours à domicile, aide aux malades dans des maisons de santé, aux vieillards et aux infirmes dans les hospices, devaient être gérés au niveau de chaque canton par une agence spécialisée. Il était en outre prévu qu'une Caisse nationale de prévoyance couronne l'édifice en encourageant les citoyens à se ménager des ressources pour leur avenir. C'était un programme d'État protecteur moderne.

… Le retour au passé comme réalité

Les urgences politiques et militaires et l'incapacité de dégager les ressources nécessaires empêchèrent qu'il soit pratiquement mis en œuvre. De 1790 à 1795, le désordre le plus complet règne ainsi en matière d'assistance. L'ancien système avait largement été démantelé sans que rien vienne le remplacer. Les municipalités, sollicitées par plusieurs décrets, prennent de fait la relève en gérant les biens des anciens établissements charitables auxquels elles se substituent. Pour faire face au vide résultant de cette situation, le Directoire prend à l'automne 1796 des mesures d'urgence. Il abandonne le projet d'organiser l'assistance sur une base nationale et promet de restituer aux hospices et aux hôpitaux les biens qui leur avaient été confisqués et dont ils tiraient l'essentiel de leurs ressources. C'est le retour au principe du financement local des hospices et des hôpitaux par le biais des fondations qui avaient été annulées ou supprimées dans les années précédentes (l'institution des fondations, très favorisée dans l'ancien droit français, reposait sur des dons — terres, immeubles, capital financier — dont le revenu était affecté à une œuvre déterminée). Des *bureaux de bienfaisance* sont en outre mis en place par la loi du 7 frimaire an V (fin 1796). Ils organisent sur une base communale l'assistance à domicile, c'est-à-dire les secours aux pauvres valides. Les ressources de ces bureaux proviennent d'une taxe de 10 % sur les spectacles et surtout des dons des particuliers, les subventions municipales n'intervenant généralement que pour une faible part. L'État, quant à lui, ne leur apporte aucun subside. C'est un retour au passé, mais un retour assez lent. Il faut en effet attendre la fin de l'Empire pour effacer les conséquences des décisions prises au début de la Révolution, la liquidation et la vente des biens du clergé et de nombre d'institutions charitables ayant créé un vide que pratiquement rien n'avait remplacé dans un premier temps. Dotés de la personnalité civile, les hospices, hôpitaux et bureaux de bienfaisance ne se verront que très progressivement rétrocéder les propriétés et les rentes des anciennes institutions charitables. Symbole plus fort encore du passé : des dépôts de mendicité furent rouverts sous l'Empire (on en comptait encore 22 en 1862).

D'abord considérées comme des mesures d'urgence, prises dans un esprit conservatoire, les institutions mises en place sous le Directoire seront maintenues tout au long du XIXe siècle. Les hôpitaux et les hospices constitueront pendant encore un siècle le pilier central de la prise en charge des pauvres et des exclus[5]. Les premiers accueillent les indigents malades et les seconds abritent les vieillards, les infirmes, les incurables, les enfants abandonnés et les enfants trouvés (dans la pratique, la distinction entre ces deux types d'institutions est pourtant souvent difficile à opérer, tant elles se ressemblent par leurs buts, leurs règles d'admission — qui ne sont

5. La fonction des hôpitaux au XIXe siècle n'est ainsi que partiellement médicale. En témoigne la structure de leurs dépenses : en 1847, le traitement des personnels, y compris les médecins et les chirurgiens, n'en représente que 14 %, et les médicaments 4 % (contre 56 % pour les seules dépenses d'alimentation).

soumises à aucune obligation légale — et leur mode d'administration). A la fin du XIXe siècle, les recettes des hospices et des hôpitaux proviennent toujours pour l'essentiel de leurs revenus propres. Les subventions de tous ordres ne représentent ainsi que 8,6 % de leurs ressources en 1873. L'essentiel de l'infrastructure hospitalière de cette période est toujours constitué d'établissements datant de l'Ancien Régime. En 1869, 1 224 hospices et hôpitaux, sur un total de 1 557, ont été créés avant 1790[6].

La principale transformation qui a affecté le système hospitalier est d'ordre réglementaire : elle concerne leur mode de gestion. La loi du 16 vendémiaire an V (septembre 1796) confie la direction des hospices et des hôpitaux aux autorités communales. Mais le pouvoir central dispose dès cette période d'un droit de regard sur la nomination des membres des commissions administratives. Ce contrôle ne fait ensuite que se renforcer sous la Restauration et la monarchie de Juillet. La loi du 7 août 1851 précise cette tutelle : le maire préside la commission dont les membres sont nommés par le préfet. Malgré quelques assouplissements ultérieurs, ce mode de direction des hôpitaux ne sera guère modifié jusqu'à nos jours pour la plupart des établissements. L'assistance aux pauvres à travers les hospices et les hôpitaux reste donc largement du ressort des communes au XIXe siècle. L'État exerce un pouvoir de contrôle, mais il ne participe que marginalement aux dépenses. Seul un petit nombre d'établissements, concernant par exemple les aveugles et les sourds-muets, ont un caractère national à la fin du XIXe siècle (on en compte 10). Les asiles d'aliénés, institués par la loi de 1838, ont quant à eux un statut départemental. Les hôpitaux et les hospices restent en tout cas globalement liés à l'indigence et au paupérisme. Cet état de choses ne change que très tard vers la fin du XIXe siècle, lorsque l'évolution des technologies médicales (asepsie, antisepsie, anesthésie) et les modifications de l'art chirurgical font venir à l'hôpital, dans des chambres payantes, des malades qui étaient auparavant soignés à domicile. Les hôpitaux ne commencent à perdre leur caractère d'institutions d'assistance pour devenir des établissements généraux de soins qu'au début du XXe siècle.

6. Chiffres donnés par L. Lallemand, *Étude sur la nomination des commissions administratives et des établissements de bienfaisance,* Paris, 1887.

Les bureaux de bienfaisance subsistent aussi au XIXe siècle. Comme dans le cas des hôpitaux, l'État ne fait que réglementer leur mode de gestion. Dès l'Empire, une Commission centrale de bienfaisance, dont les membres sont nommés par le pouvoir politique, est ainsi installée dans chaque département. La loi du 29 janvier 1849 prévoira un statut particulier pour Paris en instituant un directeur général de l'Assistance publique chapeautant l'ensemble des bureaux de bienfaisance de la capitale ainsi que les hôpitaux et les hospices de son ressort.

Un système hétérogène et inégalitaire

Si les hôpitaux et les bureaux de bienfaisance sont au XIXe siècle les principales institutions d'assistance, ils ne sont pas les seuls. Une foule d'associations charitables, souvent d'essence confessionnelle, prolongent par ailleurs leur action. A Mulhouse, en 1852, le Bureau légal de bienfaisance et le Bureau communal d'extinction de la mendicité ne versent par exemple que 60 % des aides qui sont globalement distribuées aux pauvres[7]. De nombreux patrons ont institué de leur côté des systèmes d'assistance sociale au profit de leurs ouvriers. C'est le cas de beaucoup de grandes entreprises. Dès le début du XVIIIe siècle, la Compagnie de Saint-Gobain avait ainsi mis en place un système d'assistance médicale pour les ouvriers et d'aides matérielles pour les retraités. Le XIXe siècle développe cette ancienne tradition du patronage en la modernisant. En 1838, les frères Schneider innovent en instaurant un prélèvement de 2 % sur les salaires de leurs ouvriers pour alimenter une Caisse de prévoyance destinée à distribuer des indemnités aux ouvriers malades ou blessés, à donner des pensions aux veuves et aux orphelins, à entretenir un service médical, à financer une école[8]. Tout un

7. Cf. M.-C. Vitoux, *Paupérisme et Assistance à Mulhouse au XIXe siècle,* Association des publications près les Universités de Strasbourg, s.l., s.d. (*circa* 1985).

8. Cf., par exemple, Ron Melchers, « La cigale et la fourmi, assistance et prévoyance au Creusot 1836-1870 », *Milieux,* juin-septembre 1982. H. Hatzfeld, *Du paupérisme à la Sécurité sociale,* Paris, Colin, 1971, consacre de bons chapitres à ces politiques sociales du patronat au XIXe siècle.

courant patronal, dont Le Play se fera le théoricien à la fin du Second Empire, affirme la nécessité d'une prise en charge générale de la vie de l'ouvrier dans laquelle les éléments de philanthropie traditionnelle rejoignent les impératifs d'un contrôle social et moral. Dans certains cas, la loi rend d'ailleurs obligatoires ces formes de patronage. Dès 1813, un décret contraint par exemple les exploitants de mines à assurer les secours médicaux à leurs ouvriers. Il est difficile dans ces conditions d'évaluer de façon simple et globale le système d'assistance au xixe siècle. Un grand nombre d'institutions se chevauchent et s'entrecroisent, tantôt préconisées par la loi, tantôt fruit d'initiatives ponctuelles et localisées.

Hétérogène, le système l'est aussi du fait même de sa décentralisation. En 1837, le ministre de l'Intérieur, Adrien de Gasparin, attire l'attention sur l'extrême diversité des secours qui sont alloués aux pauvres selon les communes ainsi que sur le caractère fort variable des règles d'attribution. Dans son célèbre ouvrage *De la bienfaisance publique,* publié en 1839, le baron de Gérando déplore également le fait qu'aucune règle fixe et précise ne conditionne l'admission aux secours publics. Dans un *Rapport sur la situation du paupérisme en France de* 1855[9], Watteville fournit des indications chiffrées qui donnent la mesure des inégalités qui règnent dans ce domaine. Il n'y a tout d'abord que 9 336 bureaux de bienfaisance qui fonctionnent en 1855. Plus de la moitié de la population vit ainsi dans des communes où aucun établissement de bienfaisance n'existe. A cette inégalité première, qui touche principalement des communes rurales, s'ajoutent d'énormes disparités tant à l'intérieur de chaque département qu'entre les départements. Les sommes attribuées annuellement à chaque indigent varient selon les communes de 1,26 franc à 449,90 francs dans la Mayenne, de 1,27 franc à 406 francs dans la Côte-d'Or, et de 1,40 franc à 899 francs dans le Doubs. Des bureaux de bienfaisance n'ont même été capables que de verser des sommes inférieures à 10 centimes ! Tout concourt à produire ces disparités : l'absence de règles, le caractère très variable des ressources, le caractère fluctuant de la durée de séjour

9. A. de Watteville, *Rapport à M. le ministre de l'Intérieur sur la situation du paupérisme en France et sur l'administration des secours à domicile,* Paris, 1855.

au bout de laquelle une ville devient « domicile de secours », les différences touchant au nombre d'indigents inscrits (un indigent sur 42 habitants dans le Var contre un sur 5 dans le Nord). La mesure de l'aide apportée au 1 329 659 indigents inscrits en 1855 sur les listes des bureaux de bienfaisance n'a ainsi aucun sens si elle n'est rapportée qu'à un chiffre moyen (12,70 francs par an et par indigent). Ces inégalités jugées choquantes subsisteront jusqu'au début du xxᵉ siècle. Une enquête de 1874[10] montre qu'elles vont encore de 1 à 100 et la *Statistique annuelle des institutions d'assistance* qui est publiée à partir de 1899 fait toujours état de disparités du même ordre (ces disparités doivent naturellement s'interpréter vers le bas). Durant la seconde moitié du xixᵉ siècle, le nombre de bureaux de bienfaisance croîtra cependant : 15 250 bureaux en 1877 ; 16 118 en 1908.

L'engagement financier des communes dans les bureaux de bienfaisance comme dans les hospices et les hôpitaux est également très disparate. En 1855, il n'y a que 1 484 communes qui subventionnent le bureau de bienfaisance de leur ressort (sur 9 336). En 1847[11], Sedan affecte 28 % de son revenu communal à l'hôpital, et Rouen 25 %, alors que Besançon, Le Havre et Clermont-Ferrand se contentent de 3 %, Nancy de 2 % et Roubaix de 1 % (Paris 7 %, Lyon 10 %, Marseille 9 %).

Par-delà ces disparités, les dépenses d'assistance et de prévoyance ne représentent qu'une très faible partie du revenu national tout au long du xixᵉ siècle. Un calcul fait pour l'année 1873 indique ainsi que l'addition des dépenses faites par les hospices, les hôpitaux, les bureaux de bienfaisance et les indemnités versées par les caisses de secours mutuel atteignent à peine 120 millions de francs, soit approximativement 0,3 % du produit national[12]. C'est très peu,

---

10. Cf. L. Lallemand, *op. cit.*
11. Cf. A. de Watteville, *Rapport à M. le ministre de l'Intérieur sur l'administration des hospices et des hôpitaux,* Paris, 1851.
12. D'autres modes de calcul aboutissent à des chiffres sensiblement différents, mais l'ordre de grandeur reste voisin. N. Delefortrie et J. Morice estiment ainsi que, en 1863, les dépenses d'assistance de l'État représentent 0,5 % du revenu total perçu par les particuliers (*Les Revenus départementaux en 1864 et 1954,* Paris, Colin, 1959).

surtout si l'on rapporte ces sommes aux besoins sociaux de la période.

Le désengagement de l'État

Si le montant des dépenses « sociales » reste très faible au XIXe siècle, le fait le plus notable réside dans le désengagement financier de l'État. En 1885, l'État ne prend à sa charge que 3 % environ du total des dépenses d'assistance[13]. Celles-ci sont essentiellement financées par les collectivités locales, départements et communes, à hauteur de 45 %, et surtout par l'effort privé (52 % des dépenses). La structure du budget des hôpitaux, qui constituent au XIXe siècle la pièce centrale du dispositif d'assistance, témoigne de l'engagement très limité de l'État.

STRUCTURE DES REVENUS
DES HÔPITAUX EN 1847 ET 1899[14]

	1847	1899
Dotations privées (rentes et biens-fonds)	45 %	38 %
Subventions communales	15 %	22 %
Remboursement de frais par l'État et les collectivités publiques (pour l'essentiel)	25 %	24 %
Privilèges (droits d'octroi, taxe sur les spectacles) et produits intérieurs (vente de produits agricoles notamment)	15 %	16 %

Tout le système d'assistance repose donc pour l'essentiel sur les municipalités et les initiatives privées, les départements prenant directement en charge les asiles d'aliénés. L'intervention de l'État est principalement d'ordre réglementaire[15] : il définit le statut et le

13. Cf. H. Monod, *Statistique des dépenses publiques d'assistance en 1885,* Paris, 1889.
14. Sources : pour 1847, *Rapport* cité de Watteville ; pour 1899, *Statistique annuelle des institutions d'assistance* (1899), publiée en 1902 par la Statistique générale de la France.
15. Mais il y avait néanmoins déjà des formes de contrôle de la puissance publique qui existaient sous l'Ancien Régime (un officier de justice et le

mode de gestion des diverses institutions d'assistance. Dans les départements, les préfets exercent une action générale de contrôle, n'ayant qu'une tâche d'encouragement et de régularisation des entreprises que le gouvernement juge socialement utiles.

Continuité et stabilité

Dès que l'on dépasse les simples apparences, le fait le plus frappant reste l'extraordinaire continuité avec le XVIIIe siècle. Les hospices et les hôpitaux, tant décriés, se sont maintenus, et les bureaux de bienfaisance municipaux ont succédé aux bureaux de charité paroissiaux. Aucun des grands principes affirmés de 1789 à 1793 — l'égalité de traitement des indigents, l'égalité d'accès aux secours par l'universalité des règles et la bonne répartition des institutions sur le territoire, le financement par les fonds publics — n'a été réalisé.

Les changements qui s'opèrent, l'humanisation des conditions d'hospitalisation par exemple, tiennent plus à l'évolution générale de la société qu'à la réforme du statut des institutions. Il faut en fait attendre 1893, avec le vote d'une loi sur l'assistance médicale gratuite aux personnes sans ressources, pour qu'un premier droit social soit officiellement consacré.

Comment expliquer qu'il ait fallu un siècle pour rompre avec la logique traditionnelle d'assistance ? Comment expliquer que la révolution démocratique ait produit des effets si tardifs dans ce domaine alors même qu'il avait été considéré comme intellectuellement et politiquement décisif de 1789 à 1794 ? Ce « retard » en matière d'assistance fait presque figure d'exception. Dans la plupart des autres domaines, en effet, l'avènement de la société démocratique a conduit à bouleverser durablement les rapports de l'État et de la société, qu'il s'agisse de l'instauration du suffrage universel, de la réalisation de l'égalité civile ou de l'introduction d'un gouvernement représentatif et parlementaire. La difficulté n'est pas à priori

---

procureur du roi de la localité étaient par exemple membres de droit du Bureau ordinaire de direction de l'hôpital ; cf. sur ce point la déclaration royale du 12 décembre 1698 qui résume l'essentiel des principes d'administration hospitalière antérieurs à 1789).

financière. A la fin de la monarchie de Juillet, le budget de tous les hôpitaux et hospices de France est en effet de 54 millions de francs [16] : c'est une somme qui représente à peine 3 % du budget de l'État ; l'État aurait donc eu matériellement la possibilité de prendre en charge leur financement s'il l'avait voulu. Il ne suffit pas non plus d'invoquer l'indifférence de la bourgeoisie aux souffrances du peuple pour rendre compte de cette situation. Le problème est donc plus complexe. L'inertie du XIXe siècle en matière de prise en charge de l'indigence tient plutôt à une sorte de blocage intellectuel : les hommes du XIXe siècle n'arrivent pas à traiter la question sociale dans son rapport à la modernité libérale et démocratique.

16. Cf. A. de Watteville, *Rapport...* 1855, *op. cit.*

CHAPITRE II

Les tensions de la modernité démocratique

Si les institutions de prévoyance et d'assistance fonctionnant au XIXᵉ siècle restent globalement proches de celles qui existaient au XVIIIᵉ siècle, ce n'est pas par simple indifférence. Ces questions ont au contraire été extraordinairement réfléchies et débattues. De nombreux débats parlementaires leur ont été consacrés, de multiples commissions d'enquête sur le paupérisme et la bienfaisance se sont succédé pendant tout le siècle et des milliers d'ouvrages et de brochures ont été publiés sur le sujet : la « question sociale » reste en permanence à l'ordre du jour. L'inertie institutionnelle contraste singulièrement avec cet extraordinaire bouillonnement intellectuel. Mais ce décalage n'est contradictoire qu'en apparence. Les deux phénomènes sont cohérents : l'espèce d'impossibilité de rompre avec le modèle de l'assistance aux indigents du XVIIIᵉ siècle s'explique en effet par la difficulté exprimée de façon lancinante et répétée qu'ont ressentie les philosophes et les hommes politiques du XIXᵉ siècle pour traduire en termes de *politique sociale* les principes révolutionnaires. C'est dans ce domaine que les tensions et les contradictions de la modernité démocratique se sont fait sentir de la manière la plus vive. Elles se nouent au XIXᵉ autour de la conjonction d'un problème juridique et philosophique — la détermination du statut des droits de l'indigent — et d'un contexte économique et social — le développement du paupérisme lié à l'industrialisation.

La notion de droit social

La Révolution avait estimé que le secours aux indigents était une « dette nationale ». C'était présupposer l'existence d'une créance de l'indigent sur la société. En termes généraux, elle était facile à formuler : la société civile étant instituée pour la protection de tous ses membres, les plus faibles d'entre eux avaient un droit à la subsistance équivalant à celui qu'avait le propriétaire de voir le fruit de son travail préservé. Le droit de l'indigent à être secouru n'est alors qu'une simple traduction du droit fondamental à la vie que tout individu détient du fait même de son appartenance à la société. Mais il ne peut être formulé que pour autant que l'on reconnaisse que l'indigence est un fait social subi, une situation relativement extérieure aux individus, qui leur est imposée par la malchance. Et c'est bien dans ces termes « objectifs » que pensaient les philanthropes du xviiie siècle, et les hommes de 1789 à leur suite, lorsqu'ils estimaient que « la misère est fille de l'état social », pour reprendre une expression largement répandue à cette époque. Mais cette vision de l'indigence comme un état social (au sens ancien du terme) n'était-elle pas contradictoire avec l'appréhension moderne de l'individu comme un être libre, responsable et autonome, propriétaire de ses actes comme du fruit de son travail ? Si l'individu se construit par son activité, sans plus être prisonnier à priori d'un état auquel il serait assigné, l'indigence devient en effet susceptible d'être considérée comme une situation résultant d'une *conduite,* situation dans laquelle l'individu aurait donc une part de responsabilité. Les constituants et les conventionnels s'étaient déjà heurtés à cette question. C'est pourquoi ils avaient explicitement lié le droit à l'assistance à un devoir d'intégration sociale par le travail et repris la vieille distinction entre l'indigent (pauvreté subie) et le mendiant (pauvreté voulue). En même temps qu'il consacrait les droits sociaux de l'indigent, le Comité de mendicité de la Constituante considérait ainsi logiquement et symétriquement le fait de mendier comme un délit social. « L'homme qui exerce ce métier, notait ainsi le Comité, semble dire au milieu de la société : 'Je veux vivre oisif ; cédez-moi une portion de votre propriété ; travaillez pour moi' ; proposition antisociale sous tous les rapports ; car celui qui consomme et ne produit pas absorbe la subsistance d'un homme utile [...]. En ne faisant rien pour l'utilité commune, le mendiant qui pourrait travailler, non seulement appauvrit la société par son oisiveté, il l'inquiète encore par l'incertitude où il se trouve de satisfaire à ses propres besoins [...]. Cet état de fainéantise et de vagabondage, conduisant nécessairement au désordre et au crime, et les propageant, est donc véritablement un délit social ; il doit donc être réprimé [17]. » Cette sévérité avait cependant une contrepartie de taille aux yeux du Comité : l'individu ne devait être tenu pour un oisif responsable de son triste sort que s'il pouvait effectivement exercer un travail. La Rochefoucauld-Liancourt a donné à cette analyse une formulation restée célèbre : « Si celui qui existe a le droit de dire à la société, *faites-moi vivre,* la société a également le droit de lui répondre, *donne-moi ton travail* [18]. » Tout semblait apparemment dit, en théorie du moins, sur le sujet : l'assistance procède d'un *droit-limite* dont l'exercice est doublement contraint : par le principe de la responsabilité individuelle et par le devoir d'intégration sociale par le travail. Mais c'est ce statut de droit-limite qui va justement poser problème au XIXe siècle pour des raisons indissociablement théoriques et pratiques.

Les contradictions du XIXe siècle

La limitation du droit aux secours publics par le principe de responsabilité individuelle présupposait d'abord que la sphère d'application de celle-ci pût être clairement identifiée dans la vie sociale. Or c'est tout le contraire qui s'est passé : l'évolution économique et industrielle a en effet progressivement manifesté les limites d'un système de régulation sociale régi par les seuls principes de la responsabilité individuelle et du contrat. Il est devenu de plus en plus difficile de discerner dans le champ de la responsabilité ce qui pouvait être imputé à l'individu et ce qui relevait d'autres facteurs. François Ewald l'a montré en analysant la question des

---

17. *Sixième rapport du Comité de mendicité,* reproduit in *Procès-verbaux du Comité de mendicité de la Constituante,* publiés par Bloch et Tuetey, Paris, 1911, p. 512-513.
18. *Premier rapport...* du 15 juillet 1790, *Le Moniteur,* t. 5, p. 134.

accidents du travail[19] : la complexification des processus de production a entraîné au XIXᵉ siècle une inadaptation des catégories juridiques mises en place par le Code civil de 1804. Il n'était en effet pas possible, dans de nombreux cas, d'identifier une faute localisée entraînant la responsabilité directe d'un individu pour déterminer à qui devait incomber la réparation d'un dommage. Lorsqu'on célébrera en 1904 le centenaire du Code civil, les juristes feront ainsi une longue liste de tous les domaines et de tous les objets qui ne pouvaient plus être adéquatement traités dans son cadre[20]. Dans l'ordre proprement économique, le développement des crises a joué un rôle identique de perturbation de la vision philosophique révolutionnaire-libérale. Les hommes de 1789 avaient formulé un *droit-limite,* en ce double sens qu'ils estimaient à la fois qu'il était à la limite de ce qui pouvait être garanti par une règle automatique et qu'il était de portée limitée, n'ayant qu'un caractère résiduel, presque temporaire. Les progrès de la civilisation, fondée sur le développement de la division du travail et une extension de la propriété, devaient en effet à leurs yeux confirmer ce caractère ; ils n'étaient pas loin de considérer en outre l'oisiveté comme un vice encouragé par le despotisme, donc également promis à un certain recul.

Les faits montrent au contraire au XIXᵉ siècle que ce droit-limite s'inscrit dans une sphère d'application *en extension.* La distinction de l'individu victime d'une infortune (le bon indigent) et de l'oisif imprévoyant ou calculateur se révèle d'abord de plus en plus difficile à opérer, le critère de responsabilité devenant d'un maniement souvent hasardeux. Les problèmes, à priori circonscrits, d'assistance tendent en permanence à se dissoudre dans le cadre plus vaste de la politique globale de l'État. Ce facteur, lié au constat de la croissance du paupérisme, est probablement le plus important. Alors que les constituants et les conventionnels avaient réfléchi la question de l'assistance comme un problème philosophiquement central mais

19. Cf. F. Ewald, *L'État-providence,* Paris, Grasset, 1986.
20. Cf. *Le « Code civil » (1804-1904). Livre du centenaire,* publié par la Société d'études législatives, Paris, 1904, 2 vol. (fondamental). Cf. notamment dans le t. 1 « Le Code civil et la méthode historique », et dans le t. 2 « Le Code civil et la nécessité de sa révision ».

économiquement marginal, les hommes de 1830 et d'après doivent faire face à un développement du paupérisme qui s'identifie avec le mouvement même de l'industrialisation. Traiter le paupérisme dans l'optique révolutionnaire de l'indigence conduit alors à un bouleversement complet de perspective. Cela revient en effet à poser la question de la propriété et du droit au travail dans des termes inédits.

La législation de 1793 en matière de secours publics présupposait qu'il n'y avait que deux catégories d'adultes concernées : les invalides qui ne pouvaient travailler et les valides qui ne trouvaient pas de travail. Ils n'imaginaient pas un seul instant qu'un homme ayant du travail pût avoir un niveau de revenu si bas qu'on puisse presque le considérer comme un indigent. C'est pourtant ce phénomène, reproduit à grande échelle, que l'on découvre au xixe siècle. Si l'indigent était un individu, le paupérisme est un *fait social* massif, dominant dans la classe ouvrière : il figure l'avènement d'un nouveau type d'état social collectif. État social qui ne peut être traité par de simples secours : il tend à remettre en cause les fondements mêmes de l'organisation de la société, menaçant de briser l'ancienne cohérence entre le droit de propriété et le droit à l'assistance. D'où la perplexité des libéraux du xixe siècle. Perplexité « de classe » si l'on veut, mais perplexité également philosophique.

Le droit au travail

Les principes de 1789, d'un autre côté, avaient lié le droit à l'assistance à un devoir de travailler. Mais son exercice n'imposait-il pas en retour qu'il fût lui-même constitué en un droit ? La question n'a pas été vraiment débattue sur le fond pendant la Révolution. Dans un premier temps pourtant, la formule des *ateliers de charité,* lancés vingt ans plus tôt par Turgot, avait été reprise. Les « ateliers de secours » qui avaient fonctionné à Paris durant le rude hiver 1788 pour offrir du travail aux ouvriers sans emploi furent ainsi élargis. En 1790, près de 27 000 personnes étaient inscrites dans les ateliers de la capitale. On improvisait de tous côtés des travaux de terrassement à effectuer pour occuper cette population. Des chantiers de travail étaient également ouverts dans de nombreux départements. Mais l'organisation de ces ateliers n'allait pas sans difficulté. Il n'était tout d'abord pas toujours facile de trouver des tâches à faire réaliser par ces ateliers, dont la structure était peu adaptée à la gestion de véritables « grands travaux » qui requièrent une organisation à long terme. Les ateliers attiraient surtout une population difficile à contrôler et à encadrer, aux compétences de surcroît limitées. L'institution, en 1790, d'un mode de paiement à la tâche, avec un salaire au-dessous du cours normal, ne permit guère de réduire les dysfonctionnements du système qui restait par ailleurs coûteux. Le Comité de mendicité fut ainsi amené à préconiser en mai 1791 la fermeture des ateliers. S'ils furent officiellement seulement suspendus, l'assistance par le travail était de fait abandonnée. La loi du 24 vendémiaire an II sur l'assistance stipulera que les secours pour les personnes valides devront être organisés sous la forme d'ateliers et de travaux sédentaires. Mais rien ne fut mis concrètement sur pied, pour les hommes du moins. Seuls des ateliers de filature destinés aux femmes fonctionnèrent effectivement, sur une échelle de toute façon très modeste.

La conception de l'assistance formulée par les hommes de 1789 reposait sur l'articulation du droit à la subsistance et de l'obligation de travailler. De là découlait l'idée que l'État devait proposer du travail à ceux qui en étaient dépourvus. « Le devoir de la société, notait le Comité de mendicité dans son premier rapport, est de chercher à prévenir la misère, de la secourir, d'offrir du travail à ceux auxquels il est nécessaire pour vivre, de les y forcer s'ils refusent, enfin d'assister sans travail ceux à qui l'âge ou les infirmités ôtent tout moyen de s'y livrer. Tel est le sens qui est donné à cet axiome politique que tout homme a droit à sa subsistance, et à cette vérité incontestable que la mendicité n'est un délit que pour celui qui la préfère au travail[21]. »

L'expérience montra la difficulté de mettre pratiquement en œuvre ces principes. Devenaient-ils pour autant caducs ? La réponse à cette question a été laissée en suspens pendant la Révolution française. La notion d'assistance par le travail apparaissait philosophiquement incontournable, en même temps qu'on la reconnaissait impraticable en fait. La Rochefoucauld-Liancourt, l'âme du Comité

21. Cité par M. Lecocq, *L'Assistance par le travail,* Paris, 1906, p. 79.

de mendicité, a lui-même parfaitement illustré cette difficulté. Il n'a cessé d'analyser l'indigence comme résultant d'une disproportion entre le travail et la population, invitant ainsi l'État à susciter par tous les moyens des offres de travail. Le gouvernement, disait-il, « s'il ne doit pas être prévoyant pour chaque individu a le devoir de l'être pour tous ». Mais il finit lui-même par militer pour la suspension de l'expérience des ateliers de travail. « Les ateliers même utiles, notera-t-il, ont le funeste effet d'entretenir les ouvriers dans la dangereuse opinion que le gouvernement doit les débarrasser du soin et de la prévoyance nécessaires pour chercher du travail [22] ». La question de l'assistance par le travail présente ainsi un caractère dissymétrique : les devoirs de l'État et les droits des individus ne coïncident pas. Les comités de mendicité de la Constituante et de la Convention n'ont pas cherché à approfondir les termes de cette contradiction. Ils espéraient surtout que la vente des biens nationaux diffuserait la propriété et que la suppression des corporations permettrait à chacun d'exercer un travail. Le contexte militaire et les exigences de la levée en masse avaient en outre momentanément réduit l'actualité du problème.

Le problème de l'assistance par le travail revient à l'ordre du jour sous la monarchie de Juillet. Il est au cœur des débats de 1848. Reprenant les formules révolutionnaires, des socialistes et des républicains demandent que soit organisé le droit au travail, et Louis Blanc fait autoriser par le gouvernement provisoire le lancement d'un programme d'*ateliers nationaux,* directement calqué sur l'ancien modèle des ateliers de charité (travail imposé et bas salaires, à peine supérieurs au montant de l'aide aux indigents versée par les municipalités pendant cette période). La Constitution de 1848 se limite, après de longues et âpres discussions, à une formulation prudente de l'offre publique de travail, refusant de poser que le travail est un droit. La République, stipule son préambule, « doit, par une assistance fraternelle, assurer l'existence des citoyens nécessiteux, soit en leur donnant du travail dans les limites de ses ressources, soit en donnant, à défaut de la famille, des secours à ceux qui sont hors d'état de travailler ». Le grand débat qui a lieu en septembre 1848 sur le droit au travail montre bien les

22. Discours du 25 septembre 1791.

conditions dans lesquelles la question des droits sociaux a été posée au xixe siècle[23]. L'opposition de Ledru-Rollin et de Thiers en traduit les enjeux. Ledru-Rollin plaide pour l'inscription du droit au travail dans la Constitution. Tout en défendant un rôle économique actif de l'État, il dissocie l'affirmation de ce droit, qu'il juge nécessaire tant pour des motifs d'opportunité que pour des raisons de fond, de son application, qu'il reconnaît impossible à court terme. Thiers, à l'inverse, se montre partisan d'une politique de lutte contre le chômage, tout en refusant énergiquement de voir reconnaître le droit au travail. « Je ne crois pas impossible, dit-il ainsi, que l'État puisse venir au secours des ouvriers dans les temps de chômage. Je pense qu'il doit réserver certains travaux publics pour les substituer aux travaux privés, quand les travaux privés viendront à manquer ; mais tout cela est borné, tout cela est accidentel, tout cela tient à des combinaisons qui peuvent réussir ou ne pas réussir [...]. C'est un secours que l'État peut donner et pas autre chose. Il ne faut donc pas l'appeler droit[24]. » Oui au développement d'une politique sociale, mais non à la reconnaissance d'un droit social, dit Thiers. Priorité à la reconnaissance du droit social, même si les politiques ne suivent pas, réplique Ledru-Rollin. L'enjeu politique est évident : il pose directement la question des rapports du socialisme et de la démocratie, de leur tronc commun et de leur point de séparation (la révolution sociale de la propriété est-elle le simple prolongement, logique et naturel, de la révolution des droits civils). Mais l'affrontement est également exemplaire de la difficulté devant laquelle les hommes de 1848 se trouvent pour formuler juridiquement la notion de droit social dès lors qu'il est dissocié du simple énoncé d'une politique à finalité sociale. En 1848, le droit à l'assistance, s'il est prolongé par le droit

23. Cf. *Le Droit au travail à l'Assemblée nationale,* « Recueil complet de tous les discours prononcés dans cette mémorable discussion », Paris, 1848.
24. Cité in *Le Droit au travail à l'Assemblée nationale, op. cit.*, p. 217. Dans son *Rapport au nom de la Commission de l'assistance et de la prévoyance publiques,* présenté à l'Assemblée le 26 janvier 1850, Thiers envisage même que l'État puisse créer une « Direction des travaux réservés » pour lutter contre le chômage en temps de crise ; mais il s'agit seulement pour lui d'une mesure de politique économique et sociale et non de la mise en œuvre d'un droit.

au travail, sort en effet visiblement de son statut de droit-limite pour devenir un droit réorganisateur, sur de nouvelles bases, de l'État et de la société.

Le débat philosophique de fond n'a pourtant pas véritablement eu lieu à cette occasion. C'est surtout une politique et une expérience que l'on a discutées, celles de l'intervention économique de l'État et des ateliers nationaux. Et ce sont les conséquences de cette intervention, en termes d'emprise de l'État sur la société, que l'on a redoutées ou auxquelles on s'est résolu : Tocqueville brandit le spectre d'un État tutélaire alors que Ledru-Rollin relativise la figure d'un « État protecteur intelligent ». Mais le problème de fond — celui des limites — n'est pas tranché. On le maintient en quelque sorte à distance, en le réduisant à des arguments d'opportunité ou d'efficacité.

La crainte des effets pervers que pourrait entraîner la reconnaissance d'un véritable droit à l'assistance est enfin constamment présente. Les libéraux rappellent sans cesse que l'Angleterre a dû faire machine arrière en 1834 devant le constat des abus entraînés par la législation antérieure sur les pauvres[25] qui garantissait depuis 1795 une sorte de salaire minimum, que l'on touchait si l'on était chômeur et qui servait de base pour le versement d'un complément de revenus si le salaire était plus faible[26]. Tous ces éléments se conjuguent au XIXe siècle avec les plus banales peurs de classe pour mettre les libéraux du XIXe siècle en posture de retrait par rapport à

---

25. Cf., par exemple, le *Mémoire sur le paupérisme* rédigé en 1835 par Tocqueville (reproduit in *Commentaire*, nos 23 et 24, 1983-1984). Dans la même veine, Gérando systématise cette approche en termes d'effets pervers. Dans son ouvrage *De la bienfaisance publique*, il établit ainsi une corrélation entre le niveau de l'assistance et le développement de l'indigence déclarée dans les départements. « Si l'excès des libéralités fait surgir de faux indigents, il fait germer aussi une indigence réelle, note-t-il en outre ; il prolonge celle qui existe ; car il fait de l'état de l'indigent une situation digne d'envie ; ceux que la misère menace, n'y voyant plus un danger, ne cherchent plus à s'en défendre » (nlle éd., Bruxelles, 1839, t. 1, p. 202). Cette argumentation ne fait que reprendre celle qui était développée dès la fin du XVIIIe siècle en Angleterre par les adversaires de la loi sur les pauvres (cf. Malthus en particulier).

26. Sur la loi de Speenhamland (1795), cf. K. Polanyi, *La Grande Transformation*, Paris, Gallimard, 1982 (trad. fr.).

leurs prédécesseurs de 1789 et leur faire repousser une approche en termes de droits sociaux.

La critique du droit

Comment définir alors le régime de l'assistance juridique aux pauvres dès lors que l'on se refuse à ne l'appréhender que dans les anciennes catégories de la charité fondée sur la compassion ? Car de cela tout le monde convient : une approche en termes de charité individuelle n'est plus suffisante dans une société démocratique fondée sur l'égalité civile et la reconnaissance de l'individu comme sujet porteur de droits. Les libéraux se contentent pourtant souvent d'une appréhension purement négative du problème, en montrant les difficultés que soulève la notion d'un droit social à l'assistance. Le raisonnement de Thiers est très représentatif de cette manière d'aborder la question. Comment, explique-t-il en 1848, parler de droit à propos de l'assistance aux indigents dès lors que l'on reconnaît implicitement que son application est nécessairement liée à une appréciation de la situation concrète dans laquelle se trouvent les individus ? Un droit est forcément universel, automatique, d'application indifférenciée. « Il faut, dit-il aux députés, que vous vous réserviez le jugement des cas ; que vous disiez : je donne aujourd'hui, je ne donne pas demain ; je donne en hiver, je ne donne pas en été ; je donne en temps de crise, je ne donne pas en temps de prospérité. Et vous appelleriez cela un droit, quand vous restez maîtres de décider des cas ? Non, ce n'est pas un droit, ou vous avez oublié la langue [...]. Un droit, messieurs, ne fait pas d'exception entre les classes des citoyens, un droit s'applique à tous[27]. » Le raisonnement de Thiers est logiquement indiscutable. Mais il a pour inconvénient de dissiper trop brutalement le flou juridique, au regard du droit positif, qui est constituant du problème même à résoudre. Il permet mal de comprendre pourquoi il y a, au fond des choses, une situation en quelque sorte irréversible dans l'investissement de toutes les sphères de l'activité sociale d'une société démocratique par la langue du droit, et les exigences qui en découlent. La critique du privilège et la recherche de l'égalité civile

27. Thiers, discours cité de 1848, *op. cit.*, p. 215-216.

marquent en permanence la façon qu'a la société d'appréhender le rapport social, même si c'est parfois pour l'obscurcir.

Le baron de Gérando a exploré une autre voie, cherchant à élaborer, dans des termes qui seront ensuite constamment repris, la distinction entre la morale et le droit positif dans le domaine de l'assistance. L'indigence, explique-t-il en substance, a des droits. Les titres du pauvre sont inscrits dans son malheur même. Mais ces droits, tout en étant sacrés, ne sont que des droits naturels. Le droit à l'existence est donc d'une essence particulière : c'est un droit moral et non un droit positif. « Il n'a rien d'analogue, écrit Gérando, aux droits de la propriété, aux droits du créancier, aux droits qui naissent des obligations positives. Le droit à être secouru n'est pas de même nature que le droit à être respecté dans sa vie, sa liberté, ses biens, son honneur : sans être moins sacré, il est moins positif, moins rigoureux, moins absolu. Ce n'est pas le droit de requérir, d'exiger une prestation, d'exercer une action, de se faire attribuer tel ou tel avantage : c'est une espérance légitime ; c'est une recommandation puissante ; c'est une sollicitation digne des plus grands égards. Ce n'est pas la réclamation d'une dette ; c'est la juste attente d'un service[28]. » Gérando tente ainsi de régler la question du statut juridique de l'assistance aux pauvres en la considérant comme un devoir moral de la société qui ne constitue pas une obligation, qui serait absolue et rigoureuse par nature. Tous les libéraux s'inspireront ensuite de cette analyse pour refuser l'idée même de droits sociaux, de « charité légale » pour reprendre l'expression de l'époque, tout en reconnaissant la légitimité d'un système de bienfaisance publique. Claire et défendable en son principe, une telle opposition laissait cependant complètement ouverte la question de la moralité effective de l'État et de la société !

La délimitation d'une catégorie de droits sociaux susceptibles d'être appréhendés comme des droits positifs n'en demeure pas moins possible dans le cadre d'une pensée libérale. Mais ils doivent alors reposer sur une *créance* clairement identifiable pour être reconnus comme tels. Le titre sur lequel se fonde le droit s'inscrit en effet dans une arithmétique de la réciprocité et de la compensation. On peut ainsi considérer que l'invalide ou la veuve de guerre a une

---

28. *De la bienfaisance publique, op. cit.*, t. 1, p. 214.

créance sur la société puisqu'ils ont de fait donné pour elle quelque chose. La dette que la société contracte à leur égard est juridiquement de même nature que l'indemnité versée à une personne expropriée pour des motifs d'utilité publique. Les libéraux ont en ce sens toujours reconnu la légitimité des droits sociaux-créances. Mais la difficulté est de déterminer l'origine de créances indiscutables dans une société complexe. Juridiquement pertinent, le principe de la créance devient de plus en plus difficile à différencier des simples droits moraux dans un contexte de socialisation. Il est donc pratiquement aussi fragile que celui de la distinction entre les droits moraux et les droits positifs.

Le consensus antimoderniste

Du constat de ces contradictions juridiques et philosophiques qui traversent l'idéal libéral-démocratique à la mise en cause de la modernité qui les porte, il n'y a qu'un pas. Dès la monarchie de Juillet, on observe ainsi un glissement d'une approche juridique et philosophique de l'assistance à une problématique sociologique. La plupart des auteurs qui écrivent sur le paupérisme — Buret, Villeneuve-Bargemont, Gérando notamment — commencent alors à s'interroger sur les conséquences de l'avènement d'une société d'individus. Ils prennent conscience que l'autonomie et la protection sont antinomiques et que l'accroissement de la liberté individuelle a pour corollaire le recul de la sécurité. Gérando a parfaitement exprimé ce dilemme de la modernité dans *De la bienfaisance publique*. « Il n'est, écrit-il, qu'un état de société dans lequel on pût fermer tout accès à l'indigence : ce serait celui où, comme dans le régime d'esclavage des anciens, dans le servage féodal, dans le régime des corporations, partout où le travail est asservi, la classe inférieure de la société abdiquerait son indépendance, achèterait à ce prix sa sécurité par la protection obligée de ses maîtres, au prix de sa dignité morale et même d'une forte portion de son bien-être matériel. Là, il n'y aurait pas en effet d'indigents, parce qu'il n'y aurait aucune chance d'adversité ou de prospérité [29]. » Le thème du paupérisme et de l'insécurité sociale comme produits de la liberté du

29. *Ibid.*, p. 165.

travail est alors omniprésent. Il prolonge le procès de la société en poussière, instruit depuis le début du XIXᵉ siècle. On ressent que la question de l'assistance se noue autour de la rupture introduite par la Révolution dans le social. La destruction des ordres et des corporations a créé un vide d'où procèdent toutes les tensions nouvelles qui se manifestent au XIXᵉ siècle. La victoire de 1789 n'a-t-elle pas été en un sens trop complète, se demande-t-on de plus en plus souvent sous le Second Empire ? La loi Le Chapelier de 1791 est progressivement perçue comme la cause principale de tous les problèmes. Des économistes comme Michel Chevalier ou Émile Laurent voient en elle l'origine de la contradiction moderne en matière de protection sociale : la destruction des anciennes corporations et des formes d'entraide qui leur étaient liées fait de l'État le seul pôle organisateur possible de la solidarité. La protection offerte par l'État devient la seule réponse aux situations d'insécurité. Le terme d'*État-providence* est d'ailleurs forgé dans le contexte de cette réflexion. Il exprime la crainte qui se fait alors jour de voir l'État occuper, de manière irrésistible et mécanique, le vide de sociabilité engendré par la destruction de l'ancien ordre social (de la même façon que Royer-Collard dénonçait dans les années 1820 le développement de la centralisation politique comme une conséquence de l'atomisation sociale). Pour freiner ce mouvement et l'inverser, il n'y a pas d'autre solution, estime-t-on, que de trouver la voie d'une *recomposition du social*. « La grande affaire de notre temps, explique ainsi Émile Laurent, est la découverte des garanties sociales à substituer à celles que la Révolution a détruites et dont le régime industriel rend l'absence encore plus saillante[30]. » La solution du problème de l'assistance devient donc sociologique. Le thème ouvrier de l'association part des mêmes prémisses et aboutit à la même conclusion. Mais comment recomposer le social alors que le développement de l'industrie et le mouvement de l'urbanisation tendent au contraire à poursuivre le travail de désagrégation revendiqué en 1789 comme une œuvre d'émancipation ? A cette question, beaucoup n'hésitent pas à répondre par une condamnation sans appel de l'industrie comme symbole de la modernité.

30. É. Laurent, *Le Paupérisme et les Associations de prévoyance*, Paris, 1865, t. 1, p. 23 (2ᵉ éd.).

« L'industrie, dit par exemple Ledru-Rollin en 1848, est secondaire ;
l'industrie, pour la France, ne doit être que ce que serait la marine à
la force militaire, un auxiliaire, mais non pas le pivot fondamental. »
La solution ? « Vous comprenez bien, poursuit-il, que je ne
demande pas qu'on rétablisse les jurandes, mais ce que je demande,
c'est qu'on renvoie à l'agriculture, par protection, par l'anoblisse-
ment de cet art, la grande quantité d'ouvriers qui pullulent et se
corrompent dans nos villes[31]. » Tocqueville et de nombreux libéraux tiennent le même langage[32]. Puisque le paupérisme apparaît
comme indissociable de l'entrée dans une ère industrielle, c'est cette
forme de « progrès » qu'il faut refuser. Si, selon une boutade
britannique souvent citée à l'époque, « une manufacture est une
invention pour fabriquer deux articles : du coton et des pauvres »,
c'est la société industrielle elle-même qu'il faut remettre en cause.
De là procède tout un courant agrarien français, anti-industriel et
anticapitaliste à la fois, qui trouvera une profonde résonance sociale
et intellectuelle dans les milieux conservateurs comme dans les
cercles républicains. Il apparaît à beaucoup comme la seule voie de
conciliation entre la modernité politique et les impératifs de la prise
en charge de la pauvreté, l'indépendance individuelle et la protection sociale. Mais un tel programme est-il réaliste ? On en doute
finalement, en même temps qu'on l'énonce, même s'il constitue une
sorte d'horizon obligatoire pour une grande partie de la société
française, de Le Play aux socialistes.

Le triomphe du pragmatisme

De quelque côté qu'on la saisisse — philosophiquement, juridiquement, sociologiquement —, la question de l'assistance reste ainsi
largement ouverte. D'où le pragmatisme qui règne en la matière. Ce
sont surtout des impératifs d'ordre social, des peurs et des méfiances
qui guident l'action. Faute de pouvoir traduire en règles et en
institutions compatibles avec le principe individualiste les idées de
1789 dans ce domaine, on se contente de gérer un héritage. La

31. Ledru-Rollin, discours de 1848 in *Le Droit au travail à l'Assemblée
nationale, op. cit.*, p. 119-120.
32. Cf. son *Mémoire sur le paupérisme, op. cit.*

dénonciation des effets pervers d'une assistance trop développée — elle encourage le pauvre à rester dans son état — permet de masquer toutes les contradictions intellectuelles auxquelles on ne voit pas d'issue. On se préoccupe seulement d'éviter que les classes pauvres ne deviennent trop dangereuses. D'où l'extraordinaire décalage entre les politiques concrètes d'assistance et la nature des discussions théoriques auxquelles elles donnent lieu pendant le XIXᵉ siècle. On le voit bien par exemple en matière d'hôpitaux et d'hospices. De nombreux ouvrages dénoncent l'entreprise de désocialisation à laquelle ils participent. Moreau-Christophe reproche ainsi à l'hospice d'entretenir la misère et même de la féconder[33]. Rémusat, ministre de l'Intérieur, écrit en 1840 aux préfets que l'hôpital détruit les liens de famille[34]. Ces jugements vigoureux sont largement admis. Mais ils n'entraînent aucune réforme, ne donnent naissance à aucune institution de rechange (sauf à Paris, où un arrêté pris par Haussmann en 1853 institue un service de médecine gratuite à domicile). L'inertie des pratiques voisine avec l'âpreté extrême des débats. A tel point même que l'on se demande parfois si on ne rêve pas en lisant de nombreux textes de cette époque. Alors que les dépenses sociales représentent environ 0,3 % du revenu national, on lit des descriptions apocalyptiques sur l'emprise de l'État sur la société. La menace d'un État-providence et tutélaire est brandie alors même que ses premiers éléments n'ont pas encore fait leur apparition. Et de ce fantasme, tout le monde est victime : il hante les têtes républicaines comme les esprits conservateurs. Les écrits ont presque un siècle d'avance sur la réalité en matière de protection sociale. Et tout se passe en fait comme si cette avance, parfois prophétique, justifiait l'inertie des institutions, la difficulté

33. Cf. L.-M. Moreau-Christophe, *Du problème de la misère et de sa solution chez les peuples anciens et modernes*, Paris, 1851, 3 vol. « L'hospice, écrit-il, entretient la misère et ne la guérit pas. Il fait plus, il la fomente, il la féconde, il la multiplie. L'hospice a plus engendré de pauvres que les pauvres jamais n'ont peuplé d'hôpitaux. L'hospice est un appeau qui attire le pauvre » (t. 2, p. 244).

34. Il note dans une *Circulaire aux préfets* de 1840 que « l'expérience tend chaque jour à démontrer que le système des hôpitaux relâche, s'il ne les détruit pas, les liens de famille » (cité par É. Laurent, *op. cit.*, t. 1, p. 150).

de penser l'assistance dans une société moderne se masquant derrière l'évocation de son visage futur.

Si le pragmatisme domine, il est cependant en permanence contrarié et freiné par le spectre de la notion de droit social. Comme s'il était au fond impossible de ne penser qu'en termes de *politique sociale* et de n'agir qu'en fonction d'impératifs politiques et d'équilibres sociaux. D'où le retard de la France sur l'Angleterre et sur l'Allemagne dans ce domaine au XIXe siècle. Dès 1883, l'Allemagne est ainsi dotée d'un régime d'assurance-maladie obligatoire, et un système d'assurance-vieillesse est mis sur pied en 1889 dans ce pays (le Code des assurances sociales de 1911 étendant le champ de ces lois sociales). L'Angleterre se dote de son côté en 1911 d'un régime d'assurances couvrant les risques de maladie et de chômage dont Lloyd George dira qu'il permet de protéger l'individu des aléas de l'existence « du berceau à la tombe ». Les progrès sociaux sont très directement indexés dans ces deux pays sur les données immédiates de la lutte sociale, les impératifs de justice et de protection sociale étant politiquement intégrés à un souci d'ordre comme à des préoccupations électoralistes. Les choses ne se passent pas de cette manière en France. La question du progrès social y est en effet constamment rapportée à un problème philosophique — celui de la nature de la démocratie française — dont l'irrésolution paralyse l'action en permanence. Dans ce domaine comme dans d'autres, la société française n'a cessé d'osciller entre l'amour des grandes idées et la réalité des petits arrangements.

CHAPITRE III

Le tournant social-républicain

L'essor de la mutualité

La question du paupérisme se substitue peu à peu à celle de l'assistance aux indigents dans les priorités sociales vers le milieu du XIXᵉ. La naissance d'un mouvement ouvrier y contribue fortement : la question sociale se déplace pour se polariser sur le problème de la condition ouvrière. On parle moins des hôpitaux et des bureaux de bienfaisance et on se préoccupe davantage du niveau des salaires, des crises et de l'emploi. Les thèmes de la prévoyance et de l'association prennent racine dans ce cadre. Les libéraux préconisent la première pour remédier au paupérisme et encouragent le développement des caisses d'épargne, surtout à partir de 1835, le vote d'une loi ayant facilité leur mise sur pied. Le succès de l'institution est indéniable, surtout sous le Second Empire. Le nombre de livrets passe ainsi de 742 889 en 1852 à 2 079 141 en 1870, tandis que la valeur moyenne du livret décroît légèrement (330 F en 1852, 304 F en 1870), ce qui traduit une indéniable démocratisation de l'institution [35]. Beaucoup d'ouvriers comptent plutôt sur l'association pour améliorer leur sort et lutter contre le « fléau de l'individualisme et de la concurrence » auxquels ils attribuent les ravages du paupérisme. Des sociétés de secours mutuel commencent à s'organiser dans ce but sous la monarchie de Juillet, provenant tantôt d'initiatives philanthropiques, tantôt d'initiatives ouvrières. Tout en reconnaissant leur utilité, le gouvernement reste

---

35. Chiffres cités par G. Duveau, *La Vie ouvrière sous le Second Empire*, Paris, 1946, p. 403.

pourtant très réservé à leur égard. Il craint d'abord qu'elles ne servent de base à la constitution d'associations ouvrières et ne représentent un foyer potentiel d'agitation (la liberté d'association est alors strictement limitée). Mais on redoute également qu'elles ne tendent à déresponsabiliser les individus en les détournant de la préoccupation prioritaire de la prévoyance personnelle. On se méfie enfin de leur connotation corporative et anti-individualiste [36]. De nombreux travaux ont d'ailleurs montré que les premières caisses de secours mutuel mises en place pendant la Restauration se sont effectivement organisées sur la base de métiers artisanaux traditionnels, traduisant la réémergence d'une tradition ouvrière corporative toujours vivace, bien que légalement refoulée [37].

En consacrant la liberté absolue d'association, la révolution de février 1848 va permettre leur essor, consacré par la loi du 15 juillet 1850 qui leur donne un statut juridique et financier. Bien que soumises à l'autorisation préfectorale, les sociétés de secours mutuel se multiplient cependant sous le Second Empire : 2 438 sociétés de toutes natures regroupaient 271 000 membres en 1852 ; en 1863, leur nombre s'élèvera à 4 721 avec 676 000 membres. Pour importante qu'elle soit, cette croissance n'a pourtant qu'un impact économique et social limité. Une très faible partie de la population est couverte, et les indemnités versées (maladie, honoraires de médecin, médicaments, etc.) restent très basses. Les chiffres donnés par Émile Laurent dans son ouvrage de référence sur le sujet, *Le Paupérisme*

36. Cf. Le Chapelier dans son discours du 14 juin 1791 : « Il n'est permis à personne d'inspirer aux citoyens un intérêt intermédiaire, de les séparer de la chose publique par un esprit de corporation. Les assemblées dont il s'agit ont présenté, pour obtenir l'autorisation de la municipalité, des motifs spécieux ; elles se sont dites destinées à procurer des secours aux ouvriers de la même profession, malades ou sans travail ; ces caisses de secours ont paru utiles ; mais qu'on ne se méprenne pas sur cette assertion : c'est à la nation, c'est aux officiers publics, en son nom, à fournir des travaux à ceux qui en ont besoin pour leur existence, et des secours aux infirmes. Les distributions particulières de secours, lorsqu'elles ne sont pas dangereuses par leur mauvaise administration, tendent au moins à faire renaître les corporations » (*Le Moniteur*, t. 8, p. 661).

37. Cf. sur ce point W. Sewell, *Gens de métiers et Révolutions*, Paris, Aubier, 1983, et également M.-C. Vitoux, *Paupérisme et Assistance à Mulhouse au XIXᵉ siècle, op. cit.*

et les Associations de prévoyance (1865), permettent de calculer que ces indemnités ne représentent que 0,02 % du PNB de l'époque et 10 % à peine des dépenses des hôpitaux. C'est quantitativement peu. Mais cela marque un tournant qualitatif. Le développement de ces sociétés correspond certes d'abord à une sorte de calcul politique. Dans sa proclamation du 2 décembre 1851, Louis Napoléon Bonaparte avait estimé que sa mission consistait « à fermer l'ère des révolutions en satisfaisant les besoins légitimes du peuple ». C'est parce qu'il est un régime autoritaire que le Second Empire est paradoxalement soucieux de réformes : sa légitimité ne repose en effet que sur un consentement pratique du pays, elle n'a pas de fondements juridiques ou philosophiques (la politique sociale de Bismarck pourrait d'ailleurs être analysée dans des termes voisins). D'où la plus grande indifférence de ce régime aux débats philosophiques du passé. Napoléon III favorise par exemple en 1864 le vote d'une loi qui met fin à l'interdiction des coalitions ouvrières, espérant ainsi se concilier les milieux populaires, alors que la notion de coalition avait précédemment toujours été considérée comme contradictoire avec les fondements mêmes de la France nouvelle, la loi Le Chapelier étant au cœur du credo politique de la Révolution française.

Si le Second Empire favorise l'essor des sociétés de secours mutuel pour des raisons politiques, ce mouvement correspond cependant également à une certaine mutation culturelle : l'individualisme radical de la fin du XVIIIe siècle est de plus en plus sérieusement remis en cause pendant cette période. Les débats qui entourent le vote de la loi de 1864 le montrent bien. Émile Ollivier, qui rapporte le projet de loi devant la Chambre des députés, n'hésite pas à dire que la théorie exprimée par Le Chapelier constitue « l'erreur fondamentale de la Révolution française ». La Constituante, explique-t-il, a confondu les conditions de destruction de l'ancien ordre corporatif avec la définition de nouveaux principes d'organisation sociale. « De là, estime-t-il, sont nées les mauvaises lois sur l'association, les décrets rigoureux contre les compagnies financières, les caisses d'escompte, les compagnies d'assurance, de commerce ou de manufactures. De là sont sortis les excès de la centralisation, l'extension démesurée des droits sociaux, les exagérations des réformateurs socialistes ; de là procède Babeuf, la conception de l'État-providence, le despotisme révolutionnaire sous toutes ses formes [...]. Il n'est pas vrai qu'il n'y ait que des individus, grains de poussière sans cohésion, et la puissance collective de la nation. Entre les deux, comme transition de l'un à l'autre, comme moyen d'éviter la compression de l'individu par l'État, existe le groupe, formé par les libres rapprochements et les accords volontaires[38]. » La mutualité apparaît dans ce contexte comme un moyen de freiner la demande d'État et de conjurer ainsi le spectre de la poussée socialiste de 1848. On voit en elle le moyen de régler sur un mode sociologique les problèmes d'assistance qui n'avaient pu trouver auparavant de solution satisfaisante lorsqu'ils étaient exprimés dans les termes du droit ou de la philosophie morale. Parallèlement, le développement des sociétés de secours mutuel accompagne l'émergence d'une nouvelle approche de la régulation sociale fondée sur le principe de l'assurance.

Assurance et régulation sociale

Longtemps accusé d'être immoral et déresponsabilisant, le principe de l'assurance, appliqué aux personnes, et non plus seulement aux biens, fait son chemin sous le Second Empire. Dans son ouvrage *La Politique universelle,* publié en 1854, Émile de Girardin suggère de donner un rôle accru aux mécanismes assuranciels[39]. C'est un signe : le fondateur de *La Presse* a toujours été un bon traducteur des idées dans l'air de son temps. Quelques années plus tard, en 1865, Émile Laurent systématisera cette intuition dans des termes qui annoncent une nouvelle approche des problèmes sociaux. « Le

38. É. Ollivier, *Commentaire de la loi du 15 mai 1864 sur les coalitions,* Paris, 1864, p. 52-53.
39. Parlant de cet ouvrage, le philosophe E. Caro souligne le caractère révolutionnaire des thèses qu'il développe. « La thèse de M. de Girardin dépasse singulièrement les timides hardiesses de la morale indépendante et fait pâlir les paradoxes de M. Proudhon, écrit-il [...]. Ce que propose M. de Girardin n'a plus à aucun degré le caractère d'une morale ; c'est simplement la théorie raisonnée d'une société d'assurances contre les risques divers qui peuvent assiéger la vie, sans que la considération du *bien* ou du *mal* intervienne à aucun moment dans les préliminaires du programme (*Problèmes de morale sociale,* Paris, 1876, p. 100).

chômage lui-même, et les progrès de l'industrie, et les industries abandonnées ou ruinées, la misère enfin combattue sous toutes ses faces, qui sait où pourra ne pas aller un jour le génie de l'association et de l'assurance, s'exclame-t-il. L'assurance! nous l'avons placée, plus haut, au rang qui lui revient dans l'ordre des remèdes sociaux [...] Incendies et intempéries, épizooties et grêles, sinistres maritimes et débordement de fleuves, tous les fléaux du monde physique peuvent être amortis par l'assurance ; et les crises industrielles aussi, et l'être humain lui-même considéré comme un véritable capital productif par l'usage de ses facultés et destiné à disparaître un jour par un événement sinistre indépendant de sa volonté : la mort. L'assurance peut pénétrer partout ; partout en se fondant sur la loi des grands nombres, elle peut faire fructifier l'épargne, arriver à ce que les chances de réussite l'emportent de beaucoup sur les chances d'insuccès et de perte, introduire l'ordre dans le désordre, supprimer le hasard, régulariser enfin l'incertitude, sinon la faire disparaître [40]. » C'était reconnaître que nombre de tâches de réduction de l'incertitude, jadis envisagées du point de vue de l'État comme État protecteur, pouvaient désormais être opérées de façon presque technique par des mécanismes assuranciels. Une voie nouvelle était désormais ouverte pour appréhender les politiques sociales, sans plus avoir aucunement besoin de recourir à une problématique de nature juridique ou morale pour les fonder.

Le solidarisme

L'avènement d'une nouvelle philosophie sociale dérivée du pastorisme — le solidarisme — va permettre à cette approche assurancielle de produire ses pleins effets. La révolution pastorienne entraîne un regard différent de la société sur elle-même, modifiant complètement la représentation antérieure des rapports entre l'individuel et le social. Dans son traité *La Politique de prévoyance sociale,* Léon Bourgeois en a bien résumé les termes. « C'est grâce à Pasteur, écrit-il, que la notion d'une humanité nouvelle a pu se révéler et a passé dans les esprits. C'est lui qui a fait concevoir plus exactement les rapports qui existent entre les hommes ; c'est lui qui

40. É. Laurent, *op. cit.,* t. 1, p. 89-90.

a prouvé d'une façon définitive l'interdépendance profonde qui existe entre tous les vivants, entre tous les êtres ; c'est lui qui en formulant d'une façon décisive la doctrine microbienne, a montré combien chacun d'entre nous dépend de l'intelligence et de la moralité des autres. C'est lui qui nous a fait comprendre comment chacun de nos organismes individuels par l'innombrable armée des infiniment petits qu'il recèle monte, pour ainsi dire, à l'assaut de tous les organismes du monde, c'est lui qui, par suite, nous a appris notre devoir mutuel [...]. Quand il a fait cette démonstration merveilleuse qui est le mot suprême de son œuvre, il a fait non seulement une révolution scientifique mais une révolution morale[41]. » Toute une génération va tenter de construire une politique nouvelle en partant de cet enseignement de la révolution pastorienne. Lorsqu'il publie en 1896 *Solidarité*, Léon Bourgeois s'engouffre dans cette brèche. Il s'appuie sur la leçon du biologiste pour montrer qu'il est possible de dépasser les antinomies antérieures entre l'indépendance et la protection, l'autonomie et l'assistance. Les contradictions de la modernité dans lesquelles les générations précédentes étaient restées inextricablement empêtrées peuvent trouver leur solution dans ce nouveau cadre. Les notions de droit et de devoir, de liberté de l'individu et d'intervention de l'État sont en effet transformées : elles tendent à s'estomper dans leur opposition pour céder la place à un nouveau concept qui les dépasse en les englobant : celui de *solidarité*. Toute la question de la dette et de la créance change de sens dans ce cadre. Elle n'obéit plus seulement à des principes d'échange ou de compensation : elle est intégrée au fait même du lien social. Une conception de la société comme *système d'interaction et d'interdépendance* succède aux visions antérieures en termes de composition et d'agrégation. On reconnaît en quelque sorte que le social n'est pas seulement la forme résultante de l'action des individus mais qu'il a une consistance propre. On a pu parler à juste titre à ce propos d'une véritable « invention du social[42] ». D'où l'expression de solidarisme à

41. L. Bourgeois, *La Politique de prévoyance sociale*, t. 1, *La Doctrine et la Méthode*, Paris, 1914, p. 57-58.
42. Cf. J. Donzelot, *L'Invention du social, essai sur le déclin des passions politiques*, Paris, Fayard, 1984.

laquelle Bourgeois a eu recours pour qualifier cette doctrine. En repoussant la notion abstraite et à priori de l'individu, Léon Bourgeois déplace la question des droits sociaux.

Il n'est pas le seul à développer de telles idées à la fin du XIXe siècle. Des philosophes comme Fouillée et Secrétan relisent Kant dans cette optique et cherchent également à ouvrir la voie d'une philosophie sociale en rupture tant avec le vieil individualisme qu'avec sa tentative de dépassement socialiste. En sociologie, Durkheim s'attelle à la même tâche. Son œuvre ne peut être comprise que si on la lit aussi comme une réponse aux paradoxes du rapport État-individu auxquels le XIXe siècle s'était douloureusement confronté. Son livre *De la division du travail social* en témoigne : il n'est au fond qu'une longue réponse argumentée à un siècle de débats sur la société moderne. Il propose une issue pour dépasser l'opposition d'Adam Smith et de Rousseau, de Tocqueville et de Proudhon, en cherchant aussi à formuler les conditions d'un nouvel exercice de la solidarité. Durkheim est fondamentalement un moraliste. Comme Pasteur, son ambition scientifique est indissociable d'un impératif moral. Des juristes comme Saleilles, Hauriou ou Duguit reprendront également ces mêmes questions dans le langage de leur spécialité pour élaborer un *droit social* résultant d'une imbrication de la sociologie dans le droit, permettant par là même de lever les difficultés qu'il y avait à aborder le problème des droits sociaux en termes de droit positif (le constat par Duguit de l'incapacité des hommes de 1789 à fonder juridiquement l'assistance a d'ailleurs significativement joué un rôle moteur dans sa réflexion[43] ; il en avait déduit l'impossibilité de fonder des obligations étatiques autres que négatives à partir des doctrines subjectivistes).

C'est autour de cette constellation intellectuelle — il serait d'ailleurs fort utile d'en retracer l'histoire — que se formule une nouvelle philosophie sociale qui va permettre à la IIIe République

43. Cf. son développement sur les obligations positives de l'État dans son *Manuel de droit constitutionnel*, Paris, 1907, p. 645-651. Duguit s'oppose sur ce point à H. Michel (*L'Idée de l'État*, Paris, 1898) qui estimait que la doctrine individualiste devait conduire l'État à reconnaître le droit à l'assistance et le droit à l'enseignement.

d'appréhender différemment la protection sociale. Les déceptions nées du fonctionnement du suffrage universel — on s'aperçoit rapidement qu'il ne tient pas les promesses d'intégration sociale que deux générations de républicains avaient mises en lui — confortent ce mouvement. Ce retour au social, qui s'opère naturellement sur un mode différent de celui des années 1840, quand certains opposaient l'association au suffrage universel, a pour principale conséquence de déplacer complètement l'approche des problèmes d'assistance. De centraux, ils deviennent presque périphériques : c'est la *régulation sociale globale* qui polarise dorénavant l'attention. D'une approche en termes de droit-limite concernant des populations particulières (les pauvres), on passe à une optique de gestion de la société tout entière. L'assistance n'est plus qu'un élément parmi d'autres d'une perspective englobante de type hygiéniste, de même que la mutuellité n'est plus qu'un aspect d'un mouvement général de socialisation des responsabilités. La technologie de l'assurance prend dans ce cadre un statut élargi, en correspondance avec l'idée solidariste : elle répartit les risques et produit du lien social en même temps[44]. Un socialiste réformiste comme Benoist Malon va même jusqu'à réinscrire son idéal dans ce cadre en faisant de la création d'un *ministère de l'Assurance sociale* une clef essentielle de la transformation sociale[45].

*Les lois sociales
de la fin du XIXe siècle*

Les lois sociales de la IIIe République s'inscrivent dans le cadre de cette révolution de l'assurance. La première d'entre elles, que l'on peut considérer comme la première loi sociale française moderne, concerne les *accidents du travail*. Elle est votée en 1898, après presque vingt ans de débats. Son objet ? Garantir à l'ouvrier une indemnité en cas d'accident, quelles qu'en soient les circonstances,

---

44. É. Laurent notait dès 1865 à propos de l'assurance : « Quelle lacune, au point de vue d'une démarcation trop tranchée entre les diverses classes de la société, et de l'absence des points de contact, elle vient combler dans l'état social résultant de la révolution de 1789 » (*op. cit.*, t. 1, p. 91).
45. Cf. B. Malon, *Le Socialisme intégral*, Paris, 1891, t. 2, p. 162-168.

que la faute directe du patron soit prouvée ou non. Elle est déjà importante à ce seul titre. Mais la véritable rupture qu'elle marque est ailleurs : cette loi opère une grande brèche dans le droit civil de 1804, déjà mis à mal dans d'autres domaines[46]. C'est la reconnaissance officielle et solennelle du fait que la société industrielle appelle des modes de régulation qui ne peuvent plus simplement reposer sur le principe de la responsabilité individuelle. La notion de risque est en même temps dissociée de celle de faute. La durée du débat qui a précédé le vote de la loi — c'est en 1880 que Martin Nadaud avait déposé à la Chambre le premier projet — montre bien que cette rupture ne s'est pas faite sans difficulté. C'est le temps qu'il a fallu pour qu'une majorité soit prête à accepter de franchir ce pas intellectuellement et pratiquement symbolique. D'autres lois également importantes, comme celle de 1841 sur le travail des enfants par exemple, avaient donné lieu à moins d'interrogations. Pourquoi ? Tout simplement parce qu'il ne s'agissait que d'exprimer juridiquement une *interdiction* et non de fonder un droit. Plus paradoxal peut-être est le fait que les lois de 1893 sur l'aide médicale obligatoire aux personnes sans ressources et de 1905 sur l'assistance obligatoire aux vieillards, aux infirmes et aux incurables ont été votées sans soulever de débats passionnés. Il s'agissait pourtant, au sens strict du terme, des deux premiers textes de lois qui reconnaissaient formellement un droit social[47]. Mais elles n'étaient en fait apparues que comme un mode de normalisation et de régularisation des politiques antérieures d'assistance[48] : elles ne constituaient pas, en outre, un droit « menaçant » car il restait lié à des situations spécifiques, et n'était à priori guère susceptible de s'inscrire dans

46. Cf. *Le « Code civil » (1804-1904)*, *op. cit.*, qui présente un bilan très complet de tous les domaines de la vie sociale dont la régulation n'a pu être assurée par les principes initiaux du Code civil.

47. L'article premier de la loi du 15 juillet 1893 stipule : « Tout Français malade, privé de ressources, reçoit gratuitement de la commune, du département ou de l'État, suivant son domicile de secours, l'assistance médicale à domicile ou, s'il y a impossibilité de le soigner utilement à domicile, dans un établissement hospitalier. »

48. La gestion de l'assistance médicale gratuite reste d'ailleurs opérée au niveau du département, et les budgets à cet effet se confondent pratiquement avec ceux des bureaux de bienfaisance des municipalités.

une dynamique d'extension. La loi de 1898, tout en n'ayant que des incidences limitées en termes financiers, était d'un autre ordre : chacun sentait bien qu'elle ouvrait la voie à une nouvelle appréhension des relations de travail et qu'elle était, dans un autre domaine, d'une importance aussi capitale que celle de la question du droit au travail discutée en 1848. La loi sur les accidents du travail ne consistait pas seulement, en effet, à combler une lacune du droit ou à arbitrer entre deux principes juridiques : elle modifiait la rationalité juridique elle-même en proposant, de façon pratique, de remédier à un problème par la mise en place d'une institution et de procédures beaucoup plus qu'en essayant de formuler une règle générale de droit à partir de laquelle il faudrait ensuite appréhender les faits. C'est en ce sens que le droit du travail est spécifique : il est indexé sur une sociologie ou, si l'on préfère, il élabore ses dispositions en fonction d'un résultat recherché, d'un objectif poursuivi. A partir de là, la voie était ouverte à la prise en compte d'autres risques sociaux. Dans son ouvrage *La Politique de prévoyance sociale,* Léon Bourgeois formulera tout un programme de prévention du risque social qui visait à prendre en charge l'individu de sa naissance à sa mort, à son domicile comme à son atelier. Le tournant essentiel était pris. La philosophie solidariste — qui avait fait de la notion de risque social un concept clef — allait trouver dans les mécanismes de l'assurance le vecteur de son triomphe discret. Une question subsistait cependant : celle de l'*obligation* de s'assurer. La loi de 1898 n'avait pas osé aller jusque-là.

L'obligation

Ce sont les discussions sur les premiers projets de loi concernant les retraites qui constituent le cadre du grand débat sur l'obligation. L'idée mutuelliste, qui préservait le principe libéral d'un acte volontaire d'adhésion à un système de prévoyance collective, restait alors dominante. Une loi du 1er avril 1898, supprimant les réglementations antérieures restreignant la liberté de constitution des sociétés de secours mutuel, avait d'ailleurs été saluée comme une véritable « charte » de reconnaissance du principe mutuelliste. La coïncidence de date avec la loi sur les accidents du travail est significative.

Si la notion de risque social commençait à faire son chemin, personne n'en tirait encore toutes les conséquences (l'obligation en étant une dès lors que le risque est défini comme participant en son essence du rapport social). Léon Bourgeois lui-même considérait en 1895 que l'obligation universelle n'était pas à l'ordre du jour. La logique de l'assurance-régulation sociale poussait cependant inéluctablement dans cette direction. Une loi du 29 juin 1894 avait effectué un premier pas dans ce sens, mais elle ne concernait que la retraite des mineurs. Le débat est lancé en 1901 lorsque le ministère Waldeck-Rousseau soutient un projet général de retraites ouvrières fondé sur l'obligation. Il est repoussé. Une deuxième tentative, effectuée en 1905, débouche également sur un échec. Une majorité de députés redoute un système que l'on qualifie d' « allemand ». La *loi des retraites ouvrières et paysannes* (ROP) est cependant finalement votée le 5 avril 1910. Mais son contenu est beaucoup moins avancé que celui des projets de 1901 et 1905. Les cotisations prévues sont faibles (9 francs par an pour la part ouvrière et pour la part patronale) et les pensions prévues restent donc très médiocres, leur montant est à peine supérieur aux allocations d'assistance aux vieillards prévues par une loi de juillet 1905 ; il n'est en outre prévu de les verser qu'à partir de soixante-cinq ans. C'est d'ailleurs pourquoi la CGT de l'époque y sera opposée : elle conteste le système de la capitalisation [49], estimant que seulement 5 % des ouvriers atteindront l'âge requis pour obtenir une pension, et dénonce le mode de gestion des fonds recueillis (« l'argent des ouvriers servira à leur exploitation », dit-elle). La CGT, de plus, est radicalement hostile à l'obligation, dans laquelle elle voit une atteinte à l'autonomie ouvrière, un accroissement de la mainmise de l'État et du capital sur les travailleurs. Les socialistes, à l'exception de Jaurès, s'opposent également à la loi. Minimaliste dans son contenu, le texte de 1910 ne satisfait ni la droite ni la gauche. Il n'a d'ailleurs qu'un effet limité, plusieurs arrêts de la Cour de cassation ôtant dans les faits à la loi son caractère d'obligation. Le nombre de cotisants décroît en conséquence : 3 437 000 en 1913 et seulement 1 728 000 en 1922 (alors que le nombre théorique aurait dû être de

49. De là provient l'attachement des syndicats ouvriers au système de la répartition.

7 millions). C'est donc un échec politique et une date symbolique à la fois.

Le débat sur l'obligation montre en outre que les questions posées à propos des droits sociaux se sont encore une fois déplacées. Pendant les années 1900-1930, c'est en effet autour de ce problème que se polarise la discussion. On reproche à l'obligation de porter en germes des effets pervers équivalant à ceux des anciennes lois anglaises sur les pauvres. L'économiste Paul Leroy-Beaulieu écrit ainsi en 1901, dans un article intitulé « Le prochain gouffre : le projet de loi sur les retraites [50] » : « S'il existe un système d'assurances sociales, l'individu n'aura plus à prendre souci de lui-même, ni la famille d'elle-même. Énergique ou non, actif ou somnolent, capable ou borné, il aura un sort fixé d'avance, ne variant que dans d'étroites limites [...]. Nous considérons ce projet comme détestable, propre à transformer en perpétuels enfants, en êtres engourdis et somnolents les membres des nations civilisées. » La question de la responsabilité continue ainsi de faire son travail de taupe, même si son champ d'application tend de fait à reculer, comme si elle cristallisait en elle-même l'essence de la société libérale-démocratique, son éviction menaçant d'en saper les bases et d'en modifier le principe. Un même fil relie de ce point de vue toutes les réflexions du xixe et du xxe siècle sur les politiques sociales : la crainte d'atteindre un point invisible de basculement, celui qui marquerait l'inversion de la société démocratique en son envers totalitaire. Faute d'en analyser les termes philosophiquement, on se contente d'en exorciser préventivement et maladroitement le spectre. Des emportements de Tocqueville en 1848 contre la « société d'abeilles ou de castors [51] » aux dénonciations contemporaines de l'État-providence comme un « totalitarisme larvé » s'exprime la difficulté de penser les droits sociaux sur un mode non trivial ou non fantasmagorique.

---

50. *L'Économiste français*, mai 1901.
51. Cf. son discours du 11 septembre 1848 reproduit in *Le Droit au travail à l'Assemblée nationale*, op. cit.

Les assurances sociales

Malgré ses limites, la loi sur les retraites ouvrières et paysannes traduit en tout cas l'influence et la capacité d'initiative des républicains de progrès qui, de Léon Bourgeois à Millerand, ont cherché la voie d'un *nouveau contrat social* appuyé sur des institutions d'assurance. Ce sont eux qui ont pensé et organisé l'œuvre sociale de la IIIe République.

Leur victoire n'est définitive qu'en 1928, avec le vote de la première *loi sur les assurances sociales*. Jusqu'à cette date, le risque maladie n'était couvert que par les sociétés de secours mutuel, dont le nombre d'adhérents avait d'ailleurs régulièrement progressé. Une commission parlementaire est nommée dès 1920 pour étudier un projet d'assurances sociales. Plusieurs éléments se conjuguent alors pour mettre cette question à l'ordre du jour. Le choc de la guerre d'abord. Plus de 3 millions de soldats ont été blessés, et les veuves de guerre se comptent par centaines de milliers. La société se reconnaît une dette à leur égard, et le sens de la solidarité collective s'en est trouvé raffermi. Le fait de l'interdépendance sociale est mieux ressenti. De nombreux textes reconnaissent les droits des anciens combattants et de leurs familles, et les problèmes sociaux tendent du même coup à se dissocier des anciennes problématiques d'assistance. L'État, surtout, apparaît en pareil cas comme l'*assureur naturel*. Les faits rapprochent ainsi insensiblement les Français des théories élaborées en Allemagne à la fin du xixe siècle par l'économiste Wagner pour justifier les lois sociales introduites par Bismarck. Ils confirment en tout cas la légitimité de son intervention comme force d'impulsion et de réglementation dans ce domaine. Les positions des principales forces sociales ont évolué vis-à-vis du problème de l'assurance obligatoire. Le syndicalisme révolutionnaire, ardent défenseur dans les années 1900 du dogme de l'autonomie ouvrière, a cédé la place à la CGT de Léon Jouhaux, plus réformiste, que l'intervention de l'État et les compromis institutionnels n'effraient pas. Les patrons sont plus ouverts au principe des assurances sociales. Les vieux motifs paternalistes de certains se fondent avec la nécessité de plus en plus ressentie de fixer une classe ouvrière encore très instable et d'écarter le spectre de la révolution sociale. S'ils restent idéologiquement hostiles à l'obligation et s'ils dénoncent le risque d'étatisation, ils n'en sont pas moins prêts à bouger. Le retour à la France de l'Alsace et de la Lorraine pose enfin le problème de l'harmonisation des politiques sociales, ces régions ayant bénéficié des lois bismarckiennes des années 1880. De nombreux députés parlent alors de la « nécessité d'assimiler la législation française à la législation de ses frères retrouvés ». En 1920, Millerand, le président du Conseil, venait juste de quitter ses fonctions de commissaire en Alsace-Lorraine, et le ministre du Travail, Jourdain, était député du Bas-Rhin. A l'inverse, il est vrai, les adversaires des assurances sociales vilipenderont un système « allemand » en répétant que « l'Allemagne a perdu la guerre pour avoir endommagé son système nerveux avec les assurances sociales » ! Le projet, malgré cette conjonction favorable, mettra pourtant près de dix ans à aboutir. Présenté à la Chambre des députés en 1921, il est adopté par celle-ci en 1924, mais la lenteur de la discussion sénatoriale retardera jusqu'au 5 avril 1928 son vote définitif. Cette lenteur, qui n'est pas sans rappeler celle du vote de l'impôt sur le revenu, traduit bien les réticences qui subsistent face au principe de l'obligation. Les arguments traditionnels sur la déresponsabilisation et la supériorité moralisatrice du système de la prévoyance volontaire sont encore largement repris dans les cercles conservateurs alors que la CGT-U communiste parle de « bluff démocratique » et de « lois fascistes ».

La loi de 1928, complétée le 30 avril 1930 par un deuxième texte, prévoit l'affiliation obligatoire de tous les salariés de l'industrie et du commerce à un régime général d'assurances sociales, laissant cependant leur autonomie à certains régimes spéciaux comme celui des mineurs. Le financement consiste en une cotisation de 8 % du salaire, partagée entre le patron et l'ouvrier. La contribution financière de l'État est très faible, sauf dans l'agriculture où elle doit compenser des cotisations réduites à 2 %. La loi prévoit la couverture du risque maladie (création d'une indemnité journalière de 50 % du salaire de base et remboursement tarifé, avec ticket modérateur, des soins médicaux et des frais d'hospitalisation) ; l'allocation-maternité (avec indemnité journalière également) ; la couverture du risque invalidité ; la garantie d'une pension de retraite avec fixation d'un minimum vieillesse. Un texte du 11 mars 1932 complète ce dispositif en obligeant les employeurs à s'affilier à des caisses distribuant des *allocations familiales* à partir du premier enfant (le principe en sera violemment contesté par les économistes libéraux pour qui ces allocations détruisaient le rapport salaire-travail en établissant un lien salaire-besoins familiaux).

Les fonds provenant des cotisations sont gérés librement, chaque assuré pouvant choisir sa caisse (d'où la floraison d'institutions et la dispersion qui en résulta). En 1935, 10 millions de salariés sont couverts : les mailles du filet retiennent effectivement toute la population concernée. Le système mis en place n'a, toutefois, pas détruit l'édifice mutualiste. Il a d'abord consisté en une sorte de prolongement et d'extension de celui-ci, opération facilitée par la très forte croissance des effectifs des mutuelles au début du XXᵉ siècle (1,3 million d'adhérents en 1890, 2 millions en 1898 et 5,4 millions en 1913). Il a ensuite été conçu comme une structure de base sur laquelle des mécanismes contractuels complémentaires pouvaient se greffer. Le système français d'assurances sociales des années 1930 représente ainsi globalement une sorte de compromis entre le régime d'assurance obligatoire à l'allemande et le mutuellisme à l'anglaise. Le caractère hybride des assurances sociales correspond en outre à une synthèse historique dans la culture ouvrière et syndicale française : il préserve une certaine dimension d'autonomie de classe, à laquelle toute une partie du syndicalisme français avait viscéralement été attachée à la fin du XIXᵉ siècle, tout en consacrant la reconnaissance de l'État comme arbitre et moteur du progrès social.

Avant les lois de 1928 et de 1930, la prise en charge des chômeurs avait déjà fourni l'occasion d'une telle combinaison. A partir des années 1880, des formes de secours aux chômeurs avaient commencé à s'organiser sous diverses formes : certains syndicats, dans le Livre en particulier, avaient renoué avec la vieille tradition du « viaticum » empruntée aux compagnonnages (système de secours de route destiné à favoriser la recherche d'un travail en changeant de ville) ; des sociétés de secours mutuel avaient prévu des aides à leurs membres en cas de perte de travail, etc. Dans un rapport de 1896, le Conseil supérieur du travail (mis en place en 1891) avait suggéré que l'État intervînt dans le développement de ces caisses de chômage par des encouragements et des subventions. Alexandre

Millerand faisait sienne cette proposition, et un décret de 1905 prévoyait que l'État prendrait à sa charge une partie des indemnités de chômage distribuées par les différents types de caisses mutuelles. La réforme, qui permettait de repousser la discussion sur le problème d'une assurance-chômage obligatoire, ouvrait la voie à une combinaison de l'effort public et de la responsabilité personnelle. « Toute la philosophie de ce système, son principe essentiel, notait Millerand, est le suivant : proportionner les subventions de l'État à l'effort de l'initiative privée [52]. » L'économie de ce dispositif devait rester en vigueur, dans ses grandes lignes, jusqu'à la Seconde Guerre mondiale.

La réduction du champ de l'assistance

Si le développement de procédures assurancielles a permis de transformer pratiquement les termes du débat philosophique sur la notion de droits sociaux, la classification de plus en plus affinée des situations de pauvreté a également joué un rôle clef pour fonder une nouvelle approche des problèmes sociaux. Le phénomène de paupérisation de la classe ouvrière, rappelons-le, avait en effet perturbé à partir des années 1830 la distinction que l'on avait auparavant crue claire et simple entre l'indigent involontaire, qui méritait d'être secouru sous une forme ou sous une autre, et le mendiant oisif qui ne saurait avoir quelque droit que ce soit. Le débat sur les droits sociaux avait été en permanence marqué par le *flou sociologique* croissant de la catégorie d'indigence : il était devenu de plus en plus difficile de discerner les pauvres « méritants » des individus qui ne cherchaient qu'à vivre aux crochets de la société. C'est pourquoi toute une partie de l'effort des réformateurs républicains s'articulera sur un travail de réduction de ce flou. En distinguant d'abord certaines catégories indiscutablement sans possibilités de se prendre en charge elles-mêmes. C'est le sens de la loi de 1905 qui prévoit une assistance obligatoire pour les vieillards, les

---

52. Cité par C. Topalov, *Aux origines de l'assurance-chômage, l'État et les secours de chômage syndicaux en France, en Grande-Bretagne et aux États-Unis,* Paris, Centre de sociologie urbaine, novembre 1985 (recherche réalisée pour le Commissariat général du Plan).

infirmes et les incurables (de 500 000 à 600 000 personnes sont prises en charge à ce titre avant la Première Guerre mondiale). En précisant aussi l'objet de l'aide garantie : la loi du 15 juillet 1893 organise ainsi l'assistance *médicale* aux personnes privées de ressources. L'évolution des catégories employées pour recenser la population témoigne de ce mouvement de clarification sociologique à la fin du XIXᵉ siècle. Au recensement de 1891 subsiste encore un important bloc social indifférencié rangé sous les rubriques « individus non classés », « sans profession » ou « professions inconnues » : vagabonds, chômeurs, indigents se trouvent ainsi mêlés, leurs situations étant implicitement rapportées à une commune indétermination de leur rapport au travail. Les choses évoluent en 1896 : à partir de cette date, les recensements incluent la catégorie statistiquement neuve de « chômeur[53] » dont on reconnaît d'ailleurs, en même temps qu'on la forge, l'impossible détermination objective (c'est à son propos que le rapport d'une suspension de travail « temporaire » à une situation durable d'indigence est le plus délicat à fixer).

Cet effort classificatoire, malgré ses inévitables limites, permet dans tous les cas de simplifier le débat droits sociaux/assistance, en restreignant de fait le champ de cette dernière. Plus nettement dissociée des autres formes de gestion de la solidarité (lois de 1893, de 1905, assurances sociales, systèmes d'indemnisation du chômage), l'assistance change du même coup de nature. Elle n'a plus en charge que les cas marginaux et gère seulement des problèmes résiduels. Tous les débats du siècle passé sur les droits du pauvre peuvent ainsi être pragmatiquement restitués dans le cadre de ce droit-limite limité que les hommes de 1789 avaient posé. Même les socialistes reconnaîtront à l'assistance ce caractère dans son nouveau contexte.

---

53. Cf. B. Reynaud-Cressent, « L'émergence de la catégorie de chômeur à la fin du XIXᵉ siècle », *Économie et Statistique,* nº 165, avril 1984, et R. Salais, N. Baverez et B. Reynaud, *L'Invention du chômage,* Paris, PUF, 1986.

CHAPITRE IV

De la Sécurité sociale
à l'État-providence

La naissance de la Sécurité sociale

« Il est institué une organisation de la Sécurité sociale destinée à garantir les travailleurs et leurs familles contre les risques de toute nature susceptibles de réduire ou supprimer leur capacité de gain, à couvrir les charges de maternité et les charges de famille qu'ils supportent. » L'article 1er de l'ordonnance du 4 octobre 1945 traduit une nouvelle approche des problèmes de la protection sociale : le terme d'assurances sociales est mis de côté pour céder la place à la notion de *sécurité sociale.* Sur le fond, pourtant, la loi du 22 mai 1946 qui institue le système de Sécurité sociale ne marque pas une rupture fondamentale avec les principes mis en œuvre en 1930. Le mode de financement, par des cotisations ouvrières et patronales, reste le même, et la nature des risques couverts (maladie, vieillesse, maternité) n'est pas modifiée. Les dispositions de 1946 entraînent principalement un changement d'échelle. Le niveau des prestations offertes est considérablement revalorisé (avec naturellement une révision correspondante des taux de cotisation) : le montant des dépenses de sécurité sociale dans le PIB est d'un seul coup décuplé (0,9 % du PIB en 1938, 8,1 % en 1947). Le système de 1930, parcellisé à l'extrême, est d'autre part unifié et étendu. La loi de 1946 prévoit l'assujettissement de tous les Français à la Sécurité sociale et propose l'établissement d'un régime général unique. Ce mouvement d'universalisation et d'amélioration quantitative représente en ce sens l'aboutissement du programme social-républicain amorcé de 1898 à 1930. Il opère pourtant une *rupture d'ordre culturel,* que l'adoption du terme de sécurité sociale symbolise, en réintroduisant la vieille notion de droits sociaux à laquelle l'idée d'assurance obligatoire s'était progressivement substituée. Le Préambule de la Constitution de 1946 note ainsi : « La nation assure à l'individu et à la famille les conditions nécessaires à leur développement. Elle garantit à tous, notamment à l'enfant, à la mère et aux vieux travailleurs, la protection de la santé, la sécurité matérielle, le repos et les loisirs. Tout être qui, en raison de son âge, de son état physique ou mental, de la situation économique, se trouve dans l'incapacité de travailler a le droit d'obtenir de la collectivité des moyens convenables d'existence. » Plus explicite encore, la Déclaration universelle des droits de l'homme, promulguée par les Nations unies le 10 décembre 1948, stipule que « toute personne, en tant que membre de la société, a droit à la Sécurité sociale » (article 22).

Ce basculement intellectuel, dont les conséquences seront fondamentales dans l'avenir, n'a curieusement fait l'objet d'aucun débat, d'aucun approfondissement, lors du vote de la loi de 1946. Trois facteurs permettent d'expliquer cette situation. Le contexte, tout d'abord. L'expérience de la guerre de 1939-1945 a constitué une nouvelle épreuve collective et le lien social s'en est du même coup trouvé raffermi. Tout s'est passé en 1945 comme si la France vivait un moment de refondation sociale, de reformulation symbolique du contrat social. De multiples textes de l'époque en attestent. Dans l'Angleterre de 1942, le célèbre rapport Beveridge, dont la plupart des pays occidentaux se sont ensuite inspirés, avait explicitement fait ce lien. Il s'agissait pour lui de donner un sens au combat en préparant un nouvel ordre social. « Chaque citoyen, écrivait-il, sera d'autant plus disposé à se consacrer à l'effort de guerre qu'il sentira que son gouvernement met en place des plans pour un monde meilleur. » La Charte de l'Atlantique inscrira aussi cette préoccupation dans l'une de ses clauses, et le programme du Conseil national de la Résistance, en France, partagera cette vision. Lors du vote de la loi, Ambroise Croizat, le ministre communiste du Travail, résumera l'opinion générale en parlant de la Sécurité sociale « née de la terrible épreuve que nous venons de traverser ». Cette sécurité est une sorte de dette morale de guerre. C'est pourquoi elle n'est pas, en son essence, philosophiquement réfléchie : les droits sociaux qu'elle veut affirmer se confondent avec des droits-créance, ils s'inscrivent dans une arithmétique de la dette sociale. Le contexte économique a aussi contribué à ce basculement. Un énorme effort de reconstruction est entrepris après 1945. Il faut réparer les dommages de guerre, et les ressources sont limitées. Seul un système de rationnement permet de les allouer, de façon relativement égalitaire. Le pain, le lait ou la viande ne sauraient être distribués selon les seuls critères du marché, estime-t-on : une répartition en fonction des *besoins* est seule légitime. Cette expérience de rationnement, qui durera plusieurs années, a joué un rôle idéologique fondamental dans la constitution d'un nouveau sentiment de l'égalité économique et sociale. L'institution de la Sécurité sociale correspond pour une large part à la volonté de soustraire la satisfaction d'un certain nombre de besoins primaires des régulations de marché. Le constat de l'entrée dans une ère de croissance n'a fait ensuite que valider cette approche. Le développement de politiques keynésiennes a enfin permis de légitimer économiquement une telle ambition, la socialisation de l'investissement et de certaines dépenses collectives étant analysée comme un facteur de l'équilibre économique et de la croissance. Le développement de l'État-providence et le dynamisme économique pouvaient dorénavant être pensés comme non contradictoires. Le progrès social n'était plus seulement envisagé comme un coût supporté par l'économie. Les politiques keynésiennes permettaient de dépasser le vieil antagonisme entre les défenseurs de la doctrine de l'équilibre et les partisans d'une « économie sociale » qui, à la suite de Sismondi, se contentaient d'affirmer la nécessité morale de compenser les effets socialement destructeurs de la pure logique de marché. Keynes mettait *pratiquement* fin à cent cinquante ans de débats juridiques et de réflexions morales en proposant une vision non séparée de l'économique et du social, réalisant ainsi dans l'ordre économique une révolution équivalant à celle du pastorisme dans l'ordre sociologique.

La fin d'un programme ?

Ces trois facteurs ont donné à l'institution de la Sécurité sociale une signification qui débordait largement son simple contenu pratique. L'histoire même de la Sécurité sociale allait d'ailleurs contribuer ensuite à conserver à la loi de 1946 sa dimension symbolique. Pour plusieurs raisons. La généralisation de la couverture sociale qu'elle annonçait ne s'est tout d'abord réalisée que de manière très progressive. En 1953, il y a encore 25,3 % des Français qui ne bénéficient pas de la Sécurité sociale, le refus, en 1952, des professions indépendantes d'intégrer le système expliquant en grande partie ce chiffre (ceux que l'on a appelés les « non-non » n'accéderont à l'assurance-maladie qu'en 1966). Cette proportion décroît à 4,4 % en 1970 et à 0,8 % en 1980. L'unification prévue est d'autre part restée lettre morte : de nombreux régimes spéciaux ont continué à subsister à côté du régime général. Si ce dernier a successivement intégré des populations qui n'en faisaient pas partie au départ (les étudiants en 1948, les veuves et les orphelins de guerre en 1954), il ne regroupait en 1980 que 80 % des assurés, les agriculteurs, commerçants, artisans, mineurs, cheminots, marins, clercs de notaire, militaires, bénéficiant de régimes particuliers. Aussi Jean-Pierre Dumont pouvait-il à juste titre publier en 1981 un ouvrage sous le titre : *La Sécurité sociale toujours en chantier.* En supprimant l'élection des représentants des salariés aux Caisses de Sécurité sociale et en réduisant le nombre de ces derniers dans les conseils d'administration, les ordonnances d'août 1967 ont enfin renforcé à posteriori l'aura des principes de 1946 (il faudra attendre 1983 pour qu'un retour au système de l'élection soit décidé). Ces différentes raisons ont fortement contribué à mythifier la loi de 1946, lui donnant un double statut d'acquis et de modèle d'avenir. Comme si elle constituait l'horizon indépassable d'un programme de conquête, la reconnaissance seulement théorique de principes pour l'application desquels il fallait ensuite lutter de façon permanente. L'analyse des revendications syndicales dans ce domaine montre d'ailleurs bien ce caractère : les luttes pour empêcher les « reculs », ou les annuler, alternant avec les revendications en termes de perfectionnement du modèle (accroître la nature et le champ des soins remboursés, revaloriser les prestations, etc.)[54].

La loi de 1946 n'avait par ailleurs pas traité d'un risque fondamental : celui du *chômage*. Le phénomène était certes limité à la Libération, l'économie étant même confrontée à une forte pénurie de main-d'œuvre. Le seul chômage de l'époque avait été d'ordre strictement conjoncturel, lié aux destructions provoquées par les bombardements et les combats qui se déroulaient sur le territoire national. Au 15 octobre 1945, on recensait ainsi 565 000 personnes au chômage pour ce motif. Celles-ci étaient d'ailleurs fort bien indemnisées puisqu'une loi du 20 mai 1944 leur avait garanti une indemnité pouvant atteindre 75 % du salaire. Ce chômage conjoncturel avait été résorbé au début de 1946 et on ne recensait alors que 18 000 chômeurs secourus! Les motifs de cet oubli ne tiennent cependant pas seulement à cette situation de fait. La reconnaissance de nouveaux droits sociaux était aussi implicitement liée à l'exercice d'un devoir collectif : celui de la reconstruction. Chacun était exhorté à « retrousser ses manches » et à participer à la « bataille de la production ». Tout concourait ainsi à réaliser dans les faits l'équation droit à l'assistance-devoir de travailler énoncée en 1789 et à assurer le fameux droit au travail réclamé en 1848. En 1946, celui qui ne travaillait pas tout en étant valide pouvait effectivement être considéré comme une sorte de parasite social. Aussi personne ne s'était alors préoccupé de reprendre le vieux projet d'assurance-chômage que le Sénat avait bloqué en 1927. Le grand débat que Jacques Rueff avait lancé, en publiant en mars 1931 dans la *Revue d'économie politique* son retentissant article sur « L'assurance-chômage, cause du chômage permanent », n'avait ainsi pratiquement plus d'objet. C'est pourquoi il faut attendre le 12 mars 1951 pour qu'un décret se préoccupe de cette question. Mais il ne raisonne pas vraiment en termes de droits. Le décret se contente de mettre en place un régime d'*assistance-chômage,* lié à de très strictes conditions d'âge, de résidence et de ressources. Seuls les chômeurs résidant dans une commune dotée d'un fonds de chômage reçoivent une allocation : le chômage reste ainsi fondamentalement appré-

54. Cf. sur ce point les positions des différents syndicats annexées à IRES, « La protection sociale », *Cahiers français*, n° 215, mars-avril 1984.

hendé en termes d'assistance. Cette situation ne se modifie qu'en décembre 1958 avec l'institution, négociée entre le patronat et les syndicats, d'un système d'*assurance-chômage*. Des Associations pour l'emploi dans l'industrie et le commerce (ASSEDIC) sont créées ; gérées paritairement, elles sont regroupées dans une union nationale (UNEDIC) qui assure la compensation entre les caisses. Leur financement est assuré par une cotisation sur les salaires. Le caractère contractuel et assuranciel de la protection sociale en matière de chômage est ensuite confirmé par toute une série d'accords interprofessionnels : 21 février 1968 pour l'indemnisation du chômage partiel ; 10 février 1969 sur la sécurité de l'emploi ; 27 mars 1972 sur la garantie de ressource (préretraite) pour les salariés licenciés après 60 ans ; 14 octobre 1974 sur l'allocation supplémentaire d'attente pour les personnes faisant l'objet d'un licenciement économique. L'État n'intervient que de façon complémentaire, par le biais du versement d'une aide publique s'ajoutant aux allocations ASSEDIC (ordonnance du 13 juillet 1967) et par la création en décembre 1963 d'un fonds budgétaire pour encourager la mobilité de l'emploi (le FNE). Son engagement financier, cependant, s'est accru à partir de la fin des années 1970 devant la montée du chômage, pour assurer des indemnités à des chômeurs n'ayant jamais cotisé (jeunes cherchant un emploi, femmes voulant reprendre une activité), pour contribuer par des mesures fiscales au financement de l'assurance-chômage ou pour aider à la reconversion professionnelle des salariés.

En matière de retraites, les dispositions issues de la loi de 1946 ont également été complétées par des mesures contractuelles. Un régime de retraites complémentaires est institué pour les cadres en 1947. Par un accord du 8 décembre 1961, le CNPF et les syndicats mettent sur pied l'ARRCO, un organisme de coordination des caisses de retraites complémentaires pour les salariés non cadres qui joue principalement un rôle de compensation (certaines caisses ayant beaucoup de cotisants et peu de pensionnés alors que d'autres se trouvent dans la situation inverse). L'affiliation de tous les salariés à un régime complémentaire est enfin rendue obligatoire par une loi du 29 décembre 1972. L'État, en matière de retraite comme dans le domaine de l'emploi, se contente en fait de jouer le rôle d'une *voiture-balai* : il généralise par la loi, en les rendant obligatoires, des dispositions d'origine contractuelle, tout en assumant en outre parfois une fonction d'incitation à l'ouverture de négociations interprofessionnelles.

L'État-providence existe-t-il ?

Dispositifs contractuels, systèmes d'assurances obligatoires : le système français de protection sociale ne peut pas être considéré juridiquement comme d'essence étatique. Est-il alors légitime de parler à son propos d'*État-providence* ? La question, on le sent bien, n'est pas seulement d'ordre sémantique. Elle conduit à s'interroger sur les représentations contemporaines de l'État comme sur la nature actuelle du rapport de l'État à la société. Pour tenter d'y voir plus clair, on peut d'abord noter que la désignation d'une situation d'État-providence renvoie en fait à trois phénomènes très différents.

1. *L'État-providence comme figure paradigmatique de l'extériorité sociale.* La Sécurité sociale est financée en France par un système de cotisations. Ce n'est pas le cas dans d'autres pays où la part du financement par l'impôt est prédominante. Mais cette distinction juridique n'a qu'un sens limité. Ayant le caractère de versements obligatoires, les cotisations sociales sont économiquement parlant des quasi-impôts. D'où la pertinence du concept de *prélèvements obligatoires* qui agrège les impôts et les cotisations sociales, et permet ainsi les seules comparaisons internationales valables. Le caractère mutualiste d'un système d'assurances sociales tend à s'effacer dès lors qu'il s'universalise. Et la distinction entre l'État et ce système s'estompe du même coup. Car qu'est-ce que l'État sinon l'institutionnalisation d'une agence monopolistique de protection des droits et de l'intégrité physique des personnes ? Les démonstrations ultra-libérales d'un philosophe comme Nozick peuvent être inversées sur ce point [55]. Alors qu'il cherche à montrer que l'État n'est qu'une institution comme les autres, ne tenant sa spécificité que de la nature de son « produit » — la sécurité — qui conduit au monopole, on peut au contraire soutenir que les institutions qui

55 R. Nozick, *Anarchy, State and Utopia,* New York, Basic Books, 1974.

tendent à s'universaliser socialement deviennent « quelque chose qui est de l'État ». Le langage n'a fait ici que suivre une vision profondément ancrée de l'État comme figure de l'extériorité protectrice du social. La nature juridique des institutions, qu'elles soient privées, publiques, mutuellistes, n'y change rien. Les assurances privées deviennent aussi « de l'État », dans la mesure où elles perçoivent des cotisations pour un risque qui doit obligatoirement être assuré. Les conditions qui ont par exemple abouti à rendre obligatoire en 1958 la couverture du risque automobile reproduisent très exactement celles qui ont conduit en 1898 à la loi sur les accidents du travail[56]. Si c'est initialement la responsabilité civile du conducteur que l'on a voulu assurer, de façon que ses victimes éventuelles puissent toujours être dédommagées, le système de réparation des dommages a aussi été conçu comme une sorte de transaction légale, distincte des purs principes énoncés par le Code civil. Depuis la loi de 1983 qui efface totalement, pour les piétons, la notion de faute en regard de l'ouverture d'un droit au dédommagement, on peut dire que l'accident de circulation a aussi été banalisé pour devenir un risque social. Si la tendance est sur ce point irréversible, on peut estimer qu'il se crée de plus en plus d'État, les cotisations d'assurances devenant de véritables *prélèvements quasi obligatoires*. Le libre choix par l'individu d'une compagnie, avec les éléments de concurrence tarifaire qui peuvent en résulter, rendent certes moins perceptible le processus. Mais, sur le fond, l'imbrication croissante de l'État et du système assuranciel obéit à une même forme de la régulation du social. Les procédures de réassurance entre compagnies constituent à leur manière un mode d'universalisation, alors qu'à l'autre bout de la chaîne l'État joue le rôle de grand réassureur ou d'assureur direct ultime, par exemple lorsqu'il se reconnaît — en matière de dommages liés au terrorisme ou à des actions criminelles — un devoir d'indemnisation des citoyens concernés. D'un autre côté, les compagnies d'assurance se mettent pratiquement à légiférer, c'est-à-dire à édicter — comme l'État — des normes sociales contraignantes : il est obligatoire de

56. Cf. sur ce point F. Ewald, *L'Accident nous attend au coin de la rue ; les accidents de la circulation, histoire d'un problème,* Paris, La Documentation française, 1982.

s'assurer, mais les assureurs imposent en retour à leurs clients des normes qui ne sont que fictivement contractuelles[57]. A cette extériorité mécanique liée à la socialisation qui produit de *l'État-providence comme forme de régulation,* et non obligatoirement comme système juridique, s'ajoute une extériorité morale, liée à la complexité et à l'opacité des procédures de socialisation. Les opérations de redistribution auxquelles ces systèmes procèdent deviennent en effet illisibles, et perdent du même coup jusqu'à leur légitimité technique[58]. A tel point même que la nature par essence redistributive des mécanismes assuranciels finit par n'être plus perceptible, comme en témoigne l'opposition fréquemment faite entre assurance et redistribution[59].

2. *L'État-providence comme effacement de la distinction entre assurance et assistance.* La mise en place de la Sécurité sociale, comme déjà l'instauration des assurances sociales, avait aussi pour finalité de réduire au minimum le champ de l'assistance, et de pouvoir ainsi considérer celle-ci comme une procédure résiduelle de protection sociale. C'est seulement en 1953 que l'on songe à rompre avec l'ancien langage en la matière, comme pour marquer symboliquement une rupture : un décret du 29 novembre transforme l'assistance en *aide sociale.* A partir de cette date, une succession d'initiatives et de mesures vont intervenir dans ce domaine : création en 1956 du Fonds national de solidarité ; mise en place en 1958 de la protection judiciaire de l'enfance en danger ; création en 1964 des directions départementales de l'action sanitaire et sociale (DDASS). Toute une série de populations à risques, menacées de pauvreté ou « en danger moral », ont été successivement distinguées — personnes âgées, handicapés, mères célibataires, adolescents en difficulté —, des institutions spécialisées animées par des

57. En matière d'assurance contre le vol par exemple, les compagnies prescrivent de fait des comportements obligatoires en matière de sécurité.
58. Sur ce thème de la visibilité, cf. P. Rosanvallon, *La Crise de l'État-providence,* Paris, Le Seuil, 1982.
59. On laisse ici de côté le problème de la nature des redistributions qui sont de fait opérées ; l'essentiel est de souligner qu'il n'y a pas d'assurances sans normes, implicites ou explicites, de redistribution entre des populations.

travailleurs sociaux eux-mêmes spécialisés étant mises en place pour chacune d'entre elles. Presque inexistante au début des années 1950 — le « social » restait alors encore principalement traité au niveau municipal —, l'action sociale financée par l'État représentait en 1980 27 milliards de francs, soit environ 5 % du budget total de l'État. Somme globalement limitée si on la rapporte au budget social de la nation, qui inclut toutes les dépenses de Sécurité sociale, mais considérable si on la compare avec le montant des dépenses d'assistance du XIXe ou du début du XXe siècle. A cette aide sociale, qui a pour but de réinsérer des populations, même si on lui a souvent reproché de contribuer à pérenniser des situations, se sont ajoutées toute une série d'aides financières aux ménages — allocation-logement, allocation de parent isolé, de rentrée, etc. — dont le versement est lié à un plafond de ressources (ce système d'aides a été fortement développé dans les années 1970, lorsque le principe de l'aide à la personne a commencé à supplanter l'aide plus indifférenciée aux équipements). Cette forme d'aide sociale a la caractéristique de constituer *de fait* un droit, puisque le versement de ce type d'allocation est automatique, mais un droit particulier parce que non universel. Elle s'oppose ainsi à des droits sociaux comme les allocations familiales qui sont versées indépendamment du revenu de l'allocataire (le principe du droit égal est symboliquement si fortement ressenti que toutes les tentatives d'introduire en ce domaine un plafond de ressources ont jusqu'à présent été écartées). Bien qu'ayant changé de nom, l'assistance sociale demeure ainsi fondamentale. Mais son extension quantitative et la constitution d'une zone intermédiaire entre l'assistance et les droits sociaux ont progressivement tendu à effacer la frontière avec les institutions de Sécurité sociale. D'où la perception globale d'une situation d'État-providence qui en résulte, la distinction des régimes juridiques et des formes sociologiques de la solidarité devenant de fait indiscernable du point de vue du bénéficiaire final.

3. *L'État-providence et l'extension des assurances obligatoires.* Le débat sur l'obligation, si vif au début du XXe siècle, s'est trouvé de fait totalement dépassé dans les années 1960. Au-delà même des dispositions prévues par la Sécurité sociale, l'évolution du droit moderne des assurances a en effet contribué à bouleverser les

conditions de la régulation sociale. Dès 1894 (loi Siegfried), l'État avait institué une obligation d'assurance pour les acquéreurs d'un logement à bon marché. Le but était autant de protéger le prêteur que de sauvegarder l'acquisition de la propriété pour les descendants de l'emprunteur. L'essor de l'automobile et des moyens de transport a conduit l'État à développer dès les années 1930 le régime de l'assurance obligatoire dans certains domaines (jusqu'à l'instauration d'une assurance obligatoire pour les automobilistes en 1958). Ces obligations n'ont cessé de se multiplier dans les années 1960, constituant même à partir de 1976 un chapitre séparé du *Code des assurances.*

ÉVOLUTION DU NOMBRE DES OBLIGATIONS

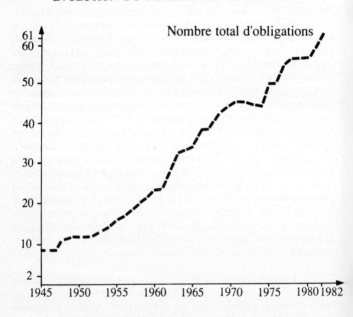

Source : C. Renaudot de Lebriar et J. Roussel, *Typologie des assurances obligatoires,* Paris, L'Argus, 1984.

L'idée de protection sociale et d'indemnisation garantie des victimes a constitué le ressort de ce mouvement qui a conduit à l'émergence progressive de ce qu'on pourrait appeler une *société assurancielle,* dans laquelle les objectifs d'utilité sociale tendent à prévaloir sur le maintien d'une totale liberté contractuelle. Les différentes catégories d'aléas finissent ainsi par être couvertes par tout un ensemble de procédures à finalité identique. La société assurancielle et l'État-providence deviennent de ce fait progressivement indiscernables, même s'ils reposent en théorie sur des normes redistributives distinctes.

Il n'est pas étonnant dans ces conditions que le terme même d'État-providence ait émergé avec force au moment précis où l'on s'interrogeait sur sa crise. Ce n'est pas tant l'accomplissement d'un progrès social qui est dénoncé que la réapparition dans le moment de sa réalisation de la question de son fondement. La crise de l'État-providence, ou plutôt ce qui est appréhendé comme tel, exprime indissociablement une réaction face à une gestion de la solidarité jugée trop bureaucratique et une interrogation sur les normes légitimes de celle-ci. Ni l'adoption de la Sécurité sociale ni la banalisation de l'assistance n'ont ainsi éliminé les questions philosophiques qui se posent depuis la Révolution française pour élaborer juridiquement les droits sociaux. Mais peut-être la démocratie se définit-elle justement par l'acceptation d'une interrogation active et sans fin sur les formes de l'égalité et les normes de la justice ,

LE RÉGULATEUR DE L'ÉCONOMIE

CHAPITRE I

Questions de méthode

L'État et l'économie ? Une interprétation historique simple et forte de leur rapport domine : le XIXe siècle « libéral » d'un côté, le XXe siècle « interventionniste » de l'autre. Aucun historien ne décrit naturellement les faits de manière aussi brutale et tranchée. Chacun sait qu'une situation de pur laisser-faire, dans laquelle l'État serait un simple spectateur, à distance respectueuse de l'activité économique, n'a jamais existé ; et qu'un tel projet n'a d'ailleurs jamais été formulé, même par les économistes libéraux les plus radicaux. Chacun sait également que le XIXe siècle ne constitue pas un tout homogène et qu'il faut appréhender en termes d'évolution progressive la transformation des fonctions économiques de l'État. Chacun sait encore que l'État est structuré par un réseau complexe d'institutions et de procédures qui sont soumises à des influences contradictoires, et que son action résulte presque toujours d'un compromis empirique entre des objectifs affichés et des contraintes financières ou sociales. De tout cela les historiens conviennent généralement. Leur métier est après tout un long apprentissage de l'art de la nuance, et leur travail ne saurait se concevoir sans une certaine attirance pour la découverte des faits perturbateurs des idées reçues. L'histoire des rapports de l'État et de l'économie au XIXe siècle semble pourtant faire exception. L'art professionnel de la nuance s'est en effet normalement exercé dans ce domaine sans que la pertinence de la notion de « l'État-libéral-du XIXe siècle » soit vraiment mise en doute, comme si aucun fait n'avait été de taille à ébranler sérieusement ses fondements. La discussion s'est polarisée sur l'analyse des causes d'un phénomène — le passage graduel du

« libéralisme » à l'« interventionnisme » — tenu pour indiscutable dans ses grandes lignes.

Cette manière d'aborder les rapports de l'État à l'économie, très largement dominante, n'est guère éclairante. Elle repose sur deux notions trop globales pour être opératoires. Trop indéterminées aussi. Car comment réfléchir sur la nature même de ce libéralisme ou de cet interventionnisme s'ils sont seulement définis de façon réciproquement négative (le libéralisme comme non-interventionnisme, et l'inverse)? Le libéralisme pur n'ayant jamais existé, la question du rôle économique de l'État finit par n'être appréhendée qu'en termes relatifs, et les notions de libéralisme et d'interventionnisme ne peuvent du même coup plus fonctionner comme des idéaux types. On se condamne en fait pratiquement à raisonner en termes de degrés d'intervention, l'action des gouvernements étant implicitement rapportée à une échelle graduée simple qui irait du laisser-faire le plus total à la planification intégrale. C'est pourquoi la mesure des dépenses publiques constitue généralement le principal indicateur à partir duquel le développement du rôle économique de l'État est pris en compte[1] : l'historien se contente alors de commenter et d'interpréter les séries d'indicateurs élaborées par les statisticiens. Le fait de distinguer les différents domaines d'intervention de l'État est certes fort utile, mais cela ne suffit pas à changer les données du problème : le flou de la notion d'interventionnisme subsiste toujours. Les historiens « révisionnistes[2] » qui critiquent le mythe d'un XIXe siècle libéral en insistant sur toutes les mesures de contrôle et les formes de réglementation que ne permettent pas de saisir les seules données budgétaires retombent finalement dans le même travers. Ils se contentent de réévaluer les rapports de l'État à l'économie sans remettre en cause la notion d'interventionnisme elle-même.

---

1. Ce biais est particulièrement net chez L. Fontvieille, « Évolution et croissance de l'État français de 1815 à 1869 », *Économies et sociétés*, Cahiers de l'ISEA, Série AF, nº 13, 1976 ; il marque également la démarche de C. André et R. Delorme, *L'État et l'Économie, un essai d'explication de l'évolution des dépenses publiques en France, 1870-1980*, Paris, Le Seuil, 1983.

2. Cf. l'ouvrage collectif *Administration et Contrôle de l'économie, 1800-1914*, Genève, Droz, 1985.

Si le rôle économique de l'État ne connaît que des variations quantitatives, en termes de dépenses budgétaires ou de volume de réglementation, *il n'y a pas de compréhension historique possible du problème*. L'État égyptien du IIe millénaire avant Jésus-Christ, l'État français de la fin du XVIIe siècle ou les États contemporains sont considérés comme directement comparables à partir de ces critères. Tous les efforts pour spécifier la nature particulière de l'État moderne se trouvent du même coup suspendus quand on aborde la question économique. De là provient cette incapacité de distinguer clairement des continuités et des ruptures, que l'opposition trop simple libéralisme/interventionnisme a pour fonction de refouler.

Il n'y a pas d'autre solution, pour sortir de ce cercle vicieux, que de désagréger la notion trop globale d'interventionnisme. On ne peut le faire qu'en cessant d'appréhender l'économie comme un simple « domaine » séparé de la vie sociale qui constituerait un champ spécifique, bien délimité, des actions de l'État. Contentons-nous donc, dans un premier temps, de parler des interventions de l'État « à incidence économique » et distinguons trois formes de l'État moderne auxquelles ces interventions peuvent renvoyer :

– L'État moderne comme *État-souverain* est à la fois un *État de police* (dans son rapport à l'intérieur) et un *État de défense* (dans son rapport à l'extérieur). Toute une série d'actions qualifiées d'« économiques » renvoient à ces deux figures.

– L'État moderne comme *État-protecteur* a par ailleurs une fonction de conservation sociale. Les interventions à incidence économique ne sont là que des conséquences de la poursuite d'objectifs sociaux et politiques. La fonction d'institution du social, qui prolonge et modifie les termes de la conservation sociale, comporte également des interventions du même ordre.

– Ces fonctions doivent se distinguer de la *régulation* économique proprement dite qui implique des politiques macro-économiques d'organisation industrielle, de contrôle monétaire, d'orientation générale tant en matière d'évolution des structures que de maîtrise de la conjoncture. Ces interventions ne renvoient pas tant à une forme particulière de l'État moderne qu'à une nouvelle perception, par l'État et par la société, du champ et du statut de l'économie dans son rapport à la vie sociale globale.

Ces distinctions peuvent servir de base à un découpage historique qui s'appuie sur une analyse cohérente de l'évolution de l'État moderne dans ses différentes dimensions. Analysons maintenant ses trois figures successives : l'État conservateur-propulsif, l'État de mobilisation, l'État keynésien.

CHAPITRE II

L'État conservateur-propulsif *

L'État de police

Aux XVIIe et XVIIIe siècles, la notion de police se confond avec celle de gouvernement. Dans son célèbre *Traité de la police,* publié pour la première fois en 1705, Nicolas de La Mare note ainsi que le domaine de la police est constitué par l'ensemble des lois qui permettent de conserver la société civile et de contribuer au bonheur commun. Bien au-delà des simples préoccupations de maintien de l'ordre, la police embrasse à cette époque tout le champ de l'organisation sociale. « En quelque état que l'homme se trouve, et en quelque parti qu'il prenne, note de La Mare dans l'introduction de son ouvrage, la police veille continuellement à sa conservation, et à lui procurer tous les biens dont il peut être capable, soit de l'âme, soit du corps, soit de la fortune. » Cette conception très extensive de la police ne fait alors que renvoyer à l'idée que l'on se fait de l'État comme protecteur du corps social. Il n'y a sur ce point aucune spécificité française. La manière dont l'État intervient aux XVIIe et XVIIIe siècles dans la vie sociale est de même nature en France et en Angleterre. Le « colbertisme » n'a rien de singulier à cet égard. C'est à la figure de l'État moderne, dans sa généralité, qu'il faut se référer pour comprendre l'intervention économique ou sociale de l'État français avant la Révolution.

Au début du XVIIIe siècle, de La Mare décompose l'action de la police en 11 objets : la police pour elle-même ; la religion ; la discipline des mœurs ; la santé ; la police des vivres ; la police du logement et de la voirie ; la tranquillité publique ; les sciences et les

---

* J'emprunte cette expression à Paul Leroy-Beaulieu.

arts libéraux ; le commerce ; les manufactures et les arts mécaniques ; la situation des serviteurs, des domestiques et des manouvriers ; la pauvreté. Un grand nombre d'actions à caractère économique se trouvent ainsi incluses dans la notion générale de police. L'exemple le plus frappant est celui de la police des grains (qui constitue l'une des principales sections de la police des vivres) : c'est pour tenter d'éviter les révoltes liées aux disettes que l'État s'est préoccupé dès la fin du Moyen Age de contrôler le marché du blé, en surveillant les prix, en organisant le stockage et en contrôlant les transports.

L'État du XIXe siècle ne marque aucune rupture par rapport à cette philosophie et à cette pratique de l'intervention publique. Le *Dictionnaire de police moderne pour toute la France* qu'édite Alletz en 1820 semble par exemple tout à fait contemporain du *Traité de la police* de 1705 : une même conception de la police traverse les deux ouvrages et c'est toujours dans les anciens termes de la préservation de l'ordre social que l'action de l'État est appréhendée. Le champ de cette intervention tend, il est vrai, à se réduire, en matière de commerce et de subsistances tout particulièrement. Mais ce « désengagement » n'accompagne pas, sur le fond, l'avènement d'une nouvelle approche des rapports entre l'État et la société. On conçoit toujours que la puissance publique a une fonction générale de mise en forme et de protection du social, et c'est uniquement pour des motifs d'efficacité, et non pas d'opportunité, que la réglementation du commerce intérieur devient plus faible. Dès le milieu du XVIIIe siècle, la question de la police des grains était débattue dans ces termes, que ce soit par Turgot ou Adam Smith. Dans les *Lectures on Jurisprudence* de 1762-1763[3], Adam Smith part significativement de l'ouvrage de De La Mare, mais il montre que les buts de la police (le bien-être de la société) seront mieux atteints dans un contexte de liberté du commerce. A l'inverse, l'État libéral du XIXe siècle peut se montrer plus interventionniste qu'au XVIIIe siècle dans d'autres domaines. C'est particulièrement net en matière de santé publique ou de conditions de travail par exemple. Si l'État du XIXe siècle reste un État de police, au sens ancien du terme, les nouvelles moda-

3. A. Smith, *Lectures on Jurisprudence,* éd. par R.L. Meek, D.D. Raphael et P.G. Stein, Oxford, Clarendon Press, 1978.

lités de son rapport à la société résultent des transformations qui affectent la structure sociale elle-même : l'avènement d'une société individualiste sur les décombres de l'ancienne société de corps.

Police sociale et régulation économique

Avant d'être une doctrine positive, la revendication de liberté économique qui s'exprime dès le milieu du xviiie siècle traduit une aspiration sociale : celle de voir supprimés tous les privilèges professionnels qui réglementent l'accès aux métiers. Les économistes comme Turgot, Quesnay ou Mirabeau vont certes plus loin. Ils ont montré que le cadre corporatif, soutenu par l'administration, opposait une inertie considérable à l'innovation et au progrès technique, toute apparition de produit nouveau ou toute technologie nouvelle rencontrant l'hostilité des professions dont le domaine réservé se trouvait menacé. La rigidité des frontières professionnelles se doublait en outre d'une très stricte définition des normes de qualité pour les produits (Colbert publia plus de 38 règlements et 150 édits en la matière). Mais l'homme de la rue voit les choses de façon plus immédiate. La corporation et le monopole de production sont pour lui des facteurs de vie chère : l'abolition des privilèges et la liberté de l'industrie se confondent donc à ses yeux. D'où l'importance symbolique de la loi du 2 mars 1791, dite loi d'Allarde, qui supprime les corporations, les jurandes, les maîtrises et les manufactures bénéficiant d'un privilège royal, c'est-à-dire d'un monopole. « A compter du 1er avril prochain, stipule l'un de ses articles, il sera libre à tout citoyen d'exercer telle profession, art ou métier qu'il trouvera bon. » D'autres mesures étaient prises en même temps pour supprimer les entraves à la liberté du commerce, dénoncées comme irrationnelles par les économistes mais également détestées par la population comme facteur essentiel de la cherté des produits. Tout le système réglementaire mis en place pour contrôler l'activité des manufactures est démantelé. La liberté économique est alors une conquête populaire avant d'être une victoire d'experts économiques, même si les deux mouvements se rejoignent. L'intervention économique et sociale de l'État en matière d'industrie et de profession apparaît comme un symbole de l'Ancien Régime en tant que société fondée sur le privilège.

Toutes les réglementations ne sont pourtant pas supprimées. L'Assemblée maintient des normes professionnelles contraignantes pour les pharmaciens, les orfèvres et la fabrication des poudres par exemple, lorsque l'ordre et la sécurité publique sont jugés concernés. Pour des motifs analogues, le Consulat décide quelques années plus tard la reconstitution des corporations de boulangers et de bouchers (ces deux professions ne seront déclarées libres qu'en 1857 pour la première et 1858 pour la seconde). De nouvelles lois économiques destinées à protéger les droits des individus, en matière de brevets d'invention notamment, voient le jour. Les transformations de la notion d'intérêt général, qui n'est plus seulement considéré comme le produit naturel de l'activité d'une société bien ordonnée, entraînent aussi l'adoption de nouvelles règles : en matière d'expropriation pour cause d'utilité publique (1791), d'assèchement des marais (1807), de régime de la propriété et de la concession des mines (1810). Si l'on compare les réglementations économiques de 1810 à celles de 1750, les premières apparaissent certes beaucoup moins développées. Mais l'important est de comprendre qu'elles relèvent dans les deux cas d'une préoccupation de police, au vieux sens du terme. Elles ont un objectif d'ordre public, seule change la forme de la société à laquelle elles s'appliquent.

La disparition des corporations crée cependant un vide. Tout le monde en est bien conscient. C'est d'ailleurs sur cette base que plusieurs professions proposent au début du XIXe siècle de se reconstituer sur l'ancien modèle. 300 marchands de vins parisiens élaborent par exemple, en 1805, un projet de statuts corporatifs en faisant valoir les avantages de police commerciale et sanitaire qui en résulteraient. Le *Rapport sur les jurandes et maîtrises* que Vital-Roux rédige à propos de ce projet montre bien les conditions nouvelles dans lesquelles les impératifs de police économique sont repris en compte. Vital-Roux célèbre d'abord les vertus en elles-mêmes régulatrices des lois du marché, tout en reconnaissant qu'elles ne sauraient suffire à organiser la vie économique. Mais pour l'essentiel, c'est à la loi de corriger ou de compléter le marché. « C'est dans la législation, écrit-il, qu'il faut chercher des remèdes contre les désordres[4]. » « Nous savons, poursuit-il, que le commerce des vins en détail exige des précautions et qu'il doit être soumis à des règles ; mais il nous semble que c'est à des lois de police que doit être réservée cette attention et qu'il n'y a pas besoin pour exercer cette surveillance qu'il y ait une police spéciale pour les marchands de vins, une autorité à côté de celle déjà établie[5]. » A une police en quelque sorte décentralisée, appuyée sur des réglementations spéciales, on oppose l'universalisme de la loi. C'est dans cet esprit qu'est rédigé le Code général de commerce promulgué en 1807.

Il est ainsi difficile d'établir un bilan comparatif en matière de réglementation économique entre le XVIIIe et le XIXe siècle, tant est modifié leur cadre d'inscription. Raisonner en termes d'interventionnisme plus ou moins grand n'a, en tout cas, pas grand sens : la différence n'est pas de degré, mais de nature. On peut certes opposer le nouveau principe de la liberté d'entreprendre (qui n'est d'ailleurs pas totale : il faut attendre les grandes lois de 1863 et de 1867 pour que les sociétés anonymes puissent être constituées sans l'autorisation de l'État) et l'ancienne règle de l'autorisation privilégiée. Mais cela ne suffit pas. Si l'on prend l'exemple de l'ancienne « police des manufactures », on voit qu'elle a en fait éclaté en trois morceaux. Le contrôle de la qualité des produits et la garantie de capacité professionnelle, d'abord : ils ne sont plus réglementés, on estime que c'est au marché de jouer. Les conditions générales d'exercice de l'activité, ensuite : elles ne relèvent plus de mesures particulières mais sont fixées par le Code général de commerce. L'organisation intérieure des fabriques, enfin : on considère qu'elle relève de l'autorité propre du patron. Le marché, le Code de commerce et les règlements d'ateliers se sont ainsi substitués à ce qui était organisé de façon unifiée et spécialisée par les règlements et les édits formant la police des manufactures : les fonctions de

4. Vital-Roux, *Rapport sur les jurandes et maîtrises ; et sur un projet de statuts et de règlements pour MM. les marchands de vin de Paris*, Paris, 1805, p. 98. Cf. aussi sur cette question les *Délibérations des conseils généraux du commerce et des manufactures établis près du ministère de l'Intérieur, sur le rétablissement demandé des corps de marchands et des communautés d'arts et métiers*, Paris, 1821.

5. Vital-Roux, *ibid.*, p. 176.

régulation économique se dissocient et les règles s'universalisent dans leur champ d'application. C'est la notion même de droit public, et donc les rapports entre le privé et le public, qui ont en fait évolué.

Caractériser le rôle de l'État au XIXᵉ implique d'autre part de prendre en compte la vision que l'on avait à cette époque de l'économie. Celle-ci est alors une « science » neuve, et les lois qu'elle décrit sont considérées comme naturelles, donc intangibles. On le voit bien dans le domaine des salaires : on déplore souvent leur bas niveau, mais on estime que leur fixation procède de « lois » contre lesquelles on ne peut rien. La naïveté de l'énoncé des concours que l'Académie des sciences morales et politiques lance sur ce thème pendant la monarchie de Juillet en témoigne. On se sent largement impuissant pour traiter de ces problèmes que l'on qualifie alors d'industriels. L'intervention de l'État dans le domaine monétaire montre aussi que ses limites procèdent souvent plus d'un défaut de connaissance que d'une volonté d'abstention. Si l'on n'a pas cessé de chercher à contrôler les emprunts étrangers sur le marché français et si l'on a essayé en permanence d'agir sur le taux d'intérêt, dans la mesure où il influait sur la rente, la politique monétaire connaît de singulières lacunes au XIXᵉ siècle [6]. Avant 1848, on ne voit par exemple pas de motifs à l'interdiction de l'émission de billets de banque par les banques privées. Le mauvais souvenir des assignats et une conception extrêmement archaïque des mécanismes de la création monétaire se conjuguent pour expliquer dans ce domaine les hésitations de l'État. Ce sont très souvent des considérations d'ordre social qui guident l'action à incidence économique de l'État. Présentant en 1830 un projet de loi prévoyant l'ouverture d'un crédit de 30 millions pour prêts et avances au commerce, le ministre de l'Intérieur insiste par exemple sur le fait que « la question n'est pas purement une question d'économie politique ». Il balaie les arguments des partisans du laisser-faire en disant : « Le premier résultat que le gouvernement doit chercher à atteindre, c'est le maintien constant, permanent, de l'ordre matériel, de la tranquillité matérielle dans la société. L'ordre matériel

6. Cf. sur ce point G. Thuillier, *La Monnaie en France au début du XIXᵉ siècle*, Genève, Droz, 1983.

peut être troublé par le défaut d'emploi de la population laborieuse[7]. » A d'autres reprises, c'est la troupe et non pas le vote de crédits qui sert à restaurer l'ordre. Mais l'objectif est le même dans les deux cas.

La législation du travail, dans ses aspects protecteurs — rares — comme dans ses aspects répressifs, obéit également pour l'essentiel à des considérations d'ordre social et politique. L'instauration du *livret ouvrier* par la loi du 22 germinal an XI est une mesure de police qui a pour but de stabiliser la main-d'œuvre (progressivement tombé en désuétude, l'usage du livret ne sera officiellement supprimé qu'en 1890). Là aussi, la loi se substitue aux formes de régulation sociale autrefois assurées par les corps et communautés (ceux-ci exerçaient depuis le XVIe siècle une fonction de police du travail en contrôlant sévèrement la mobilité des compagnons). La création en 1806 des conseils de prud'hommes visait le même but · résoudre les conflits que les anciennes corporations arbitraient auparavant.

Le protectionnisme

A cette dimension classique de police s'ajoutent au XIXe siècle d'autres formes d'intervention économique dont la finalité est également sociale. L'État, écrit à la fin du XIXe siècle l'économiste libéral Leroy-Beaulieu, est « le représentant de la perpétuité sociale[8] ». Il est en ce sens *protecteur de la nature.* Tout un ensemble d'actions de l'État s'inscrivent au XIXe siècle dans ce cadre : protection du littoral, dessèchement des marais, maintien du sol, entretien des forêts. Il n'y a pas sur ce point de rupture avec l'État d'Ancien Régime : la protection de la nature apparaît toujours comme un attribut essentiel de la souveraineté. Lors des grandes inondations de 1910, Leroy-Beaulieu reproche ainsi avec véhémence au ministre de l'Agriculture de ne pas avoir fait face au sinistre, l'accusant d'avoir détruit « la belle ordonnance de Colbert sur les eaux et forêts ».

---

7. Guizot, *Histoire parlementaire de France,* Paris, 1863, t. 1, p. 126-128.
8. P. Leroy-Beaulieu, *L'État moderne et ses fonctions,* 3e éd., Paris, 1900, p. 120.

Le domaine de la politique douanière reste cependant au XIXe siècle la clef essentielle de compréhension du sens profond de l'intervention économique de l'État. Jusqu'en 1914, la législation française est fortement protectionniste. Seul le traité de commerce franco-anglais de 1860 marque une rupture. Suivi de 1861 à 1866 par la signature d'autres accords avec la Belgique, la Suisse, les Pays-Bas, l'Espagne, l'Autriche, le Zollverein, il ouvre une période de relatif libre-échange. Mais celle-ci est de courte durée puisqu'elle prend fin en 1870 avec la chute du Second Empire. Le retour de Thiers en 1871, qui s'effectue dans un contexte de fort nationalisme, se traduit par l'adoption d'un programme très protectionniste (tarif du 26 juillet 1872). La IIIe République reste fidèle à ce programme, tendant même à l'intensifier (institution du double tarif douanier par Méline en 1892). Cette permanence de la politique protectionniste, de la Restauration à la IIIe République, peut certes s'expliquer en partie par des raisons fiscales. Durant le XIXe, la structure des impôts donne une place importante au prélèvement douanier : il assure par exemple près de 20 % des rentrées fiscales sous la monarchie de Juillet. L'administration des Douanes est en contrepartie très développée : elle compte 35 000 agents dès 1812 (ce chiffre ne variera guère ultérieurement). C'est donc une administration puissante, qui fonctionne comme un groupe de pression efficace. Les motifs d'ordre stratégique ont également leur part dans cette tendance autarcique. C'est très net pendant le Premier Empire. La défense du protectionnisme à laquelle se livre Ferrier dans *Du gouvernement considéré dans ses rapports avec le commerce* (1805) renvoie largement à cette préoccupation qui ne sera jamais absente par la suite [9]. L'économie politique de la puissance, théorisée au XVIIe siècle, séduit toujours les gouvernements du XIXe

---

9. François-Louis-Auguste Ferrier fut nommé directeur général des Douanes par Napoléon en 1812. Son ouvrage *Du gouvernement considéré dans ses rapports avec le commerce* fut réédité à plusieurs reprises (1re éd. en 1805, 3e en 1822). Il fut violemment critiqué par tous les économistes libéraux. Blanqui le traita d' « économiste de bureau » et Daire stigmatisera sa « suffisance bureaucratique » (cf. Coquelin et Guillaumin, *Dictionnaire de l'économie politique*, Paris, 1873, t. 1, p. 767). Il est le premier économiste du XIXe siècle à avoir esquissé une théorie globale du protectionnisme.

siècle. Mais ces éléments ne permettent pas à eux seuls de prendre la véritable mesure du protectionnisme français. Les débats auxquels cette question donne lieu pendant la monarchie de Juillet l'éclairent par contre de façon très intéressante. Pendant toute cette période, et au-delà sous la IIe République, les gouvernements successifs ont en effet dû faire face à une importante campagne libre-échangiste. Voulant propager les doctrines de Cobden et de son *Anti Corn Law League* et inciter la France à suivre l'exemple anglais, des économistes comme Dunoyer et Bastiat se font les apôtres de la suppression des barrières douanières. En 1844, Bastiat lance ainsi avec l'appui du maire de Bordeaux l'*Association pour la liberté des échanges*. Moins absolus, des saint-simoniens comme Michel Chevalier font cependant aussi campagne pour l'ouverture des frontières à partir de la signature de traités de commerce bilatéraux. Une grande partie de la presse politique parisienne soutient leurs thèses. *Le Temps, Le Siècle, le Journal des débats* publient leurs analyses. De nombreuses réunions publiques propagent ces idées, et Richard Cobden est reçu en 1846 par des cercles parisiens enthousiastes. Le gouvernement soutient bien un moment (en 1840) un projet de traité commercial avec l'Angleterre, mais son objectif est surtout de sceller matériellement l'Entente cordiale et il y renonce très vite. Comme il renonce en 1842 à l'idée d'une union douanière franco-belge dont le but était aussi principalement politique.

Thiers et Guizot furent alors les champions du protectionnisme. Le premier mit au point de 1832 à 1837 le renforcement des barrières douanières déjà assez fermement dressées pendant la Restauration et le second résista pied à pied à la croisade libre-échangiste lancée en 1846. « Je suis d'avis, explique Guizot, que le principe conservateur doit être appliqué aux intérêts industriels et commerciaux comme aux autres intérêts sociaux. Je ne suis point de ceux qui pensent qu'en matière d'industrie et de commerce les intérêts existants doivent être aisément livrés, exposés à toute la mobilité de la concurrence extérieure et illimitée. Je crois au contraire que le principe conservateur doit être appliqué à ces intérêts-là, qu'ils doivent être efficacement protégés. C'est là la légitimité du principe protecteur appliqué aux intérêts industriels et commerciaux. J'adopte ce principe ; tout gouvernement sensé doit le pratiquer [10]. » L'intervention de l'État, contraire dans ce domaine aux canons les plus élémentaires du libéralisme économique, a une finalité de conservation sociale. Son but est de protéger la société des perturbations risquant de modifier ses équilibres. C'est encore un objectif exprimé en termes d'ordre public, mais il concerne des classes et des équilibres sociaux globaux et non plus seulement des individus. Et il y a de fait une large majorité pour un *compromis protectionniste* dans la France du XIXe siècle. La plupart des industriels redoutent la concurrence, et leurs premières associations professionnelles ont pour objet de faire échec aux prétentions libre-échangistes des économistes. Dès 1835, les industriels textiles de Mulhouse (les Schlumberger, Dollfus, Koechlin) fondent ainsi un *Comité des industriels de l'Est* pour plaider en faveur du maintien des droits de douane élevés sur les tissus de coton. Un *Comité des intérêts métallurgiques* se forme en 1840 dans la même intention. Et on peut voir dans l'*Association pour la défense du travail national*, créée en septembre 1846 par Mimerel pour combattre l'association de Bastiat, le lointain ancêtre du CNPF dont le nom indique assez clairement le programme. Les ouvriers, de leur côté, redoutent également l'entrée des marchandises étrangères et aspirent, selon l'expression de Ledru-Rollin, à un « État protecteur intelligent ». Les antagonismes de classe trouvent donc sur ce terrain un lieu de réconciliation, et les divergences sur l'action proprement sociale de l'État cèdent le pas à une célébration consensuelle de l'État protectionniste. On reprochera d'ailleurs significativement à Napoléon III d'avoir pris des mesures d'ouverture des frontières sous la seule pression d'une poignée d'intellectuels comme Michel Chevalier, jugés peu soucieux des sentiments du pays profond. Le fait que le traité de 1860 avec l'Angleterre n'ait pas été présenté pour ratification au Parlement accréditera largement l'opinion que le libre-échange n'avait pu être instauré que contre la volonté de la nation, imposé par un gouvernement autoritaire.

La question du protectionnisme a d'ailleurs ceci d'intéressant qu'elle ne peut pas être abordée seulement à partir de la notion

---

10. Discours du 25 mars 1845 à la Chambre des députés dans la discussion du projet de loi sur les douanes, *Histoire parlementaire, op. cit.* t. 4, p. 544.

d'intervention économique de l'État. Intervenir par des tarifs douaniers élevés constitue certes une « action » du gouvernement, mais prôner leur suppression représente aussi une sorte d'action, à finalité également sociologique : en accélérant le bouleversement du mode de production, l'ouverture du commerce international transforme les rapports de production. Dans le cas de l'Angleterre de Robert Peel, le libre-échange était surtout un moyen de régulariser la situation de la classe ouvrière, de la stabiliser par un prix moins élevé des grains. La question de la conservation sociale était appréhendée dans des termes très voisins en France et en Angleterre à cette époque. Peel et Guizot représentent deux types de conservatisme politique extrêmement proches. Mais les équilibres sociaux qu'ils avaient à gérer n'étaient pas de même nature. Les hommes politiques de la monarchie de Juillet feront de cette différence la clef de leur opposition à ceux qui souhaitaient, autour de Bastiat et de Dunoyer, appliquer à la France la nouvelle politique anglaise. Thiers et Guizot se sont longuement expliqués sur ce point[11]. La France, ont-ils répété de façon continue, n'est pas l'Angleterre. La raison de cette différence ? Elle réside essentielle-ment dans le caractère fondamentalement agricole de l'Hexagone. En 1847, 44 % du revenu national proviennent de fait toujours de l'agriculture alors que les objets manufacturés n'en représentent que 29 %. La faiblesse relative de la population agricole anglaise permet de procéder à une modification du rapport entre le revenu agricole et le revenu industriel — puisque c'est à cela que procède en fin de compte la suppression des taxes sur l'importation des grains — qui serait impossible en France. Et ce d'autant plus que la propriété agricole y est beaucoup plus largement distribuée. Le libre-échange consolidait en Angleterre une structure sociale qu'il aurait grave-ment perturbée en France. A la fin du xixe siècle, Jules Ferry, alors président de la Commission des douanes au Sénat, dira, en

11. Pour Guizot, cf. en particulier son grand discours du 1er avril 1846 (dans le t. 5 de son *Histoire parlementaire, op. cit.*) ; les positions de Thiers sur le protectionnisme sont bien résumées dans ses *Discours sur le régime commercial de la France,* prononcés à l'Assemblée nationale les 27 et 28 juin 1851, Paris, 1851 (le bureau de l'« Association pour la défense du travail national » écrit dans la Préface à l'édition de ces discours qu'ils constituent « la justification la plus éclatante du régime protecteur »).

s'adressant à Léon Say dont les propositions avaient été repoussées : « Le mouvement protectionniste actuel a ses racines dans la démocratie qui cultive la vigne, le blé. C'est pour cela qu'il a réussi[12]. » La politique coloniale de la République sera d'ailleurs justifiée par Jules Ferry pour ce même motif de maintien des équilibres sociaux. « Le système protecteur, écrivait-il en 1890, est une machine à vapeur sans soupape de sûreté s'il n'y a pas pour correctif et pour auxiliaire une saine et sérieuse politique coloniale [...]. La paix sociale est, dans l'âge industriel, une question de débouché[13]. » L'action économique des pouvoirs publics restait bien subordonnée à des impératifs sociaux et politiques[14].

La priorité à l'agriculture

Étant donné l'importance économique de l'agriculture, l'action de l'État dans ce domaine préoccupe beaucoup plus les gouvernements que l'intervention dans le champ industriel. Dès 1836, l'Agriculture cesse ainsi d'être une simple direction du ministère de l'Intérieur pour devenir, jumelée avec le Commerce, un ministère à part entière, alors qu'il faut attendre le XXᵉ siècle pour qu'un ministère de l'Industrie soit créé. Dès la Révolution, l'État avait marqué son intérêt pour l'agriculture en décrétant la création de chaires spécialisées d'enseignement. Il fallut cependant attendre 1818 pour

12. Cité par J.-M. Mayeur in *Les Débuts de la IIIᵉ République (1871-1898)*, Paris, Le Seuil, coll. « Points Histoire nᵒ 110 », 1973, p. 205.
13. Préface de J. Ferry à Léon Sentapéry, *Le Tonkin et la Mère patrie*, Paris, 1890.
14. Après 1870, la critique du libre-échange est également liée au constat du fait que les exportations de biens manufacturés avaient été stationnaires de 1860 à 1870 (période de relatif libre-échange) alors que le volume des importations avait été multiplié par 5 pendant la même période. Cf. sur ce point S. B. Clough, *France, a History of National Economics 1789-1939*, New York, 1939. On notera en contrepoint que certains économistes contemporains estiment que les politiques tarifaires n'infléchissent que marginalement les tendances longues et structurelles en matière d'échanges extérieurs. J. Weiller parle dans ce sens de « préférences de structures ». Cf. J. Weiller, « Échanges extérieurs et politique commerciale de la France depuis 1870 », *Économies et Sociétés*, Cahiers de l'ISEA, t. III, nᵒ 10, octobre 1969, et nᵒ 11, novembre 1969.

que le premier établissement d'instruction agricole soit fondé par Mathieu de Dombasle dans la Meurthe. D'autres suivront. Un décret du 3 octobre 1848 ordonnera plus tard l'établissement dans tous les départements de fermes-écoles et d'un Institut agronomique national. Ces initiatives publiques jouèrent un grand rôle pour diffuser les techniques d'assolement, l'usage des engrais chimiques ou le développement de nouveaux instruments (c'est par exemple Dombasle qui inventa la première charrue moderne). Le *Conseil général de l'agriculture,* créé en 1831, stimulera le développement des sociétés départementales pour aider les agriculteurs à améliorer les races d'élevage, à adopter des instruments aratoires plus perfectionnés, à sélectionner les espèces. L'organisation sous leur égide de multiples concours et comices jouera un rôle fondamental dans l'agriculture au XIXe siècle. Des propriétaires entreprenants ont certes leur part dans cet effort, et l'on voit sous la monarchie de Juillet des propriétaires légitimistes retournés à la terre jouer un rôle équivalent à celui des agriculteurs éclairés du milieu du XVIIIe siècle. Mais c'est néanmoins l'État qui exerce la fonction d'impulsion décisive. A partir de la monarchie de Juillet, les préfets ont une action motrice dans ce domaine, et les départements subventionnent largement les sociétés locales et départementales. L'établissement en 1851 des chambres consultatives d'agriculture au niveau des arrondissements, reconnues d'utilité publique, renforcera l'organisation du milieu rural. L'État se veut *propulsif,* pour reprendre une expression de l'époque. On voit bien là que l'on ne peut confondre le degré d'intervention de l'État dans un domaine et le montant des dépenses qu'il y affecte. Au milieu du XIXe siècle, l'État ne consacre que 1 % de son budget à l'agriculture, mais son rôle est pourtant déterminant. Guizard, préfet de l'Aveyron à la fin de la monarchie de Juillet, parle des encouragements à ce secteur comme l'objet de ses prédilections. « L'agriculture, explique-t-il, est la branche du grand atelier humain dont le conseil général s'est le plus préoccupé et pour laquelle il a le plus fait depuis quelques années, moins par les faibles sommes qu'il a pu lui consacrer que par le mouvement qu'il a contribué à lui imprimer [15]. »

15. Guizard, *Aperçu des progrès administratifs introduits dans les services départementaux de 1830 à 1845, particulièrement dans l'Aveyron,* Paris, 1846, p. 234.

L'attention portée à l'agriculture tient aussi à des motifs pratiques. C'est un secteur économique morcelé, propice à des actions locales d'encouragement, alors que l'industrie apparaît en regard comme un bloc compact, dominé par des grandes entreprises et mû par d'énormes masses de capitaux. Guizard note que cette dernière est pour cette raison « peu susceptible d'encouragement ». Mais cette attention obéit aussi à d'autres motifs : elle doit également être rapportée à la méfiance culturelle qu'inspire l'industrie moderne, accusée de briser les liens familiaux et de déchirer le tissu social. La défense de l'agriculture ne procède donc pas seulement d'un état de fait — la prépondérance économique de ce secteur —, elle renvoie également à une vision globale de l'avenir du pays et de la stabilité sociale. La IIIe République inscrira son action dans cette perspective d'une France rurale peuplée d'artisans et de petits propriétaires agricoles. Jules Méline donnera son expression la plus forte à ce mouvement de célébration de la « terre nourricière » dans ses deux livres *Le Retour à la terre et la Surproduction industrielle* (1905) et *Le Salut par la terre et le Programme économique de l'avenir* (1919). Il y dénonce les enchantements apparents de la vie urbaine qui fait éclater les solidarités sociales et isole les individus pour prôner le retour vers l'agriculture de tous ceux qui ont été attirés à la ville par le mirage industriel. Si le trait est forcé, il correspond à une sensibilité largement répandue pendant tout le XIXe siècle, dans les rangs de la droite comme dans ceux de la gauche. L'anticapitalisme culturel profondément ancré dans la société française trouve là son origine profonde. Du jugement de Rousseau, estimant dans l'*Émile* que « les villes sont le gouffre de l'espèce humaine », aux analyses de Méline, la continuité est totale.

L'histoire de France, contrairement à l'histoire anglaise, est loin de se confondre avec celle du capitalisme. La lenteur de la modernisation économique de la France au XIXe siècle s'explique largement par ces traits protectionnistes et anticapitalistes. Alors qu'aucun élément technique ou scientifique n'aurait dû opposer le processus d'industrialisation en France et en Grande-Bretagne, la croissance est beaucoup plus rapide dans le second pays. En avance de l'Angleterre en 1800, à tous les points de vue, la France accuse un retard notable à l'aube du XXe siècle. La différence d'attitude face à la modernisation industrielle et l'ambiguïté de l'action de l'État, à la fois désireux d'aider la France à accroître sa puissance mais paralysé par la crainte des effets moralement et socialement perturbateurs de la croissance industrielle, en sont les deux causes essentielles [16].

La critique de l'économie politique

Les termes dans lesquels l'État français a envisagé son action dans l'ordre économique renvoient également à la suspicion dans laquelle l'économie politique est tenue au xixᵉ siècle [17]. Les socialistes lui reprochent de n'être que la science immorale de l'égoïsme et les traditionalistes rejettent le matérialisme philosophique qu'elle véhicule. Mais le fait le plus notable est que la plupart des hommes politiques de la période, qu'ils soient libéraux, conservateurs ou républicains, aient également constamment combattu ses prétentions à pouvoir servir de guide à l'action des pouvoirs publics. Que ce soit pendant la monarchie de Juillet ou la IIIᵉ République, les économistes et les responsables de l'action gouvernementale, y compris les plus conservateurs, n'ont pas cessé de s'opposer. Guizot

16. Cf. sur ce point D. Sherman, « Governmental Responses to Economic Modernization in Mid-nineteenth Century France », *The Journal of European Economic History*, hiver 1977. Cf. aussi les analyses d'A. Gerschenkron, *Economic Backwardness in Historical Perspectives*, New York, Praeger, 1965, sur les facteurs culturels de l'industrialisation. Dans *De la supériorité de l'Angleterre sur la France. L'économique et l'imaginaire, xviiᵉ-xxᵉ siècle* (Paris, Librairie académique Perrin, 1985), François Crouzet développe de manière parfois schématique l'argumentation classique sur le retard français. On notera cependant que des travaux récents tendent à relativiser cette thèse du retard économique de la France par rapport à l'Angleterre. Cf. notamment M. Lévy-Leboyer, « Les processus d'industrialisation : le cas de l'Angleterre et de la France », *Revue historique*, avr.-juin 1978. Se référer également de façon plus générale à M. Lévy-Leboyer et F. Bourguignon, *L'Économie française au xixᵉ siècle*, Paris, Economica, 1985.

17. Cf. L. Epsztein, *L'Économie et la Morale au début du capitalisme industriel en France et en Grande-Bretagne*, Paris, Colin, 1966, et L. Le Van-Mesle, « La promotion de l'économie politique en France au xixᵉ siècle, jusqu'à son introduction dans les facultés », *Revue d'histoire moderne et contemporaine*, avr.-juin 1980.

et Thiers ont combattu Bastiat, Dunoyer, Passy ou Blanqui. Ferry et Waldeck-Rousseau seront en désaccord presque permanent avec Léon Say ou Paul Leroy-Beaulieu. L'objet de la querelle ? Il est de savoir ce qui doit commander et orienter l'action de l'État. Pour les économistes libéraux, l'économie politique seule peut indiquer la voie de l'intérêt général. Dans son ouvrage *De la liberté du travail* (1845), Dunoyer avait clairement posé le problème. « Quelle est, des deux sciences, de la politique ou de l'économie, celle à laquelle il appartient le plus naturellement et le plus convenablement de traiter la société ? », demandait-il. Sa réponse : « C'est incontestablement à l'économie politique que ce rôle doit appartenir [...] ; l'économie politique seule s'occupe essentiellement de la société, de sa nature, de son objet, de sa fin, des travaux qu'elle embrasse, des lois qui gouvernent le travail ; qu'elle seule, par conséquent, peut bien parler de la société d'une manière générale [...]. Partout, en effet, la politique devient économique de plus en plus et se confond de plus en plus avec l'économie politique [18]. » Pour les hommes politiques, elle ne saurait au contraire être qu'une science auxiliaire modeste. Guizot ou Thiers s'opposeront à de nombreuses reprises à ces prétentions des économistes. « Les gouvernements, écrit le premier, ne sont pas des écoles philosophiques [...] ; ils ont tous les intérêts, tous les droits, tous les faits entre les mains ; ils sont obligés de les consulter tous, de tenir compte de tous, de les ménager tous. C'est leur condition très difficile. Celle de la science est infiniment plus commode [19]. » L'économie politique n'est pas pour eux la science universelle, elle n'est qu'une science circonscrite, dont le champ est limité : elle ne peut donc éclairer l'action politique que sur des points particuliers. Seuls les saint-simoniens réduiront pendant le Second Empire cet écart entre l'économie politique et la politique, en accédant à des positions d'influence. Mais pendant tout le reste du XIXe siècle, l'économie politique libérale n'a pas joué de rôle véritablement décisif dans l'orientation de l'action des pouvoirs publics. Le bouleversement de la conception du rôle de l'État par l'économie ne s'opère que beaucoup plus tard. C'est pourquoi il est préférable de ne parler pour le XIXe que d'interven-

---

18. Ch. Dunoyer, *De la liberté du travail*, Paris, 1845, t. 1, p. 172-173.
19. Guizot, *Histoire parlementaire, op. cit.*, t. 5, p. 132.

tions à incidence économique, le rôle de l'État étant toujours prioritairement rapporté à des fonctions d'ordre social.

Ce rôle ne se différencie donc de celui de l'État du xviiie siècle que dans la mesure des changements qui ont affecté la structure sociale et politique : avènement de gouvernements parlementaires confrontés à l'opinion, développement d'une société d'individus, etc. Ce sont la notion même d'État ainsi que les conditions de l'art de gouvernement qui s'en trouvent changées. Pas le rapport *en soi* de l'État à l'économie.

Les grands travaux

La politique des grands travaux, qui constitue un domaine essentiel de l'action de l'État, présente le même caractère d'intervention à incidence économique qui ne marque pas de rupture *qualitative* avec les pratiques des xviie et xviiie siècles. Les préoccupations stratégiques et la volonté d'unifier le territoire, qui guidaient déjà Colbert, restent en effet dominantes. Le bilan de l'Ancien Régime en matière de grands travaux est pourtant modeste. Mise à part la construction d'un embryon de réseau routier national (4 000 kilomètres ouverts en 1789), les réalisations avaient principalement été liées à l'effort militaire : construction des arsenaux de Brest et de Rochefort, poursuite de l'œuvre de Vauban en matière de fortifications, canaux du Nord à incidence stratégique. L'État du xviiie siècle n'avait investi que peu d'argent dans ces entreprises. S'il finance les réalisations militaires, c'est à coup de corvées et de règlements qu'il bâtit le réseau routier, et une grande partie de la construction des canaux, à l'exception de ceux du Nord, a été prise en charge par des initiatives privées. Sous la Révolution et pendant l'Empire, ne sont entrepris qu'un petit nombre de travaux à usage directement militaire (comme la mise en place d'un système de télégraphe optique). L'impulsion décisive, en matière de travaux publics, est donnée par la monarchie de Juillet. La création, en 1831, d'un ministère des Travaux publics témoigne de cette préoccupation. L'effort financier consenti est relativement considérable, surtout à partir de la loi du 17 mai 1837 qui décide d'affecter plus de 225 millions de francs au lancement d'un programme routier et fluvial. De 1830 à 1848, près de 1,5 milliard de francs a été consacré à des travaux publics extraordinaires, sommes financées soit directement par le budget (les travaux publics absorbent, en 1848, 4,7 % du budget de l'État), soit par l'emprunt ; les dépenses dans ce domaine ont ainsi quintuplé entre 1815 et 1848. Le bilan des réalisations est à la hauteur de cet effort financier : construction de 25 000 kilomètres de routes royales et de 60 000 kilomètres de routes départementales, achèvement du réseau des canaux entrepris au XVIIIe siècle, début du réseau des chemins de fer (2 059 kilomètres en exploitation en 1848 et 2 144 kilomètres en chantier). Le Second Empire ne fera que poursuivre cette œuvre (tout particulièrement dans le domaine ferroviaire) que le plan Freycinet relancera ensuite en 1877.

Ces grands travaux n'impliquent cependant pas une véritable insertion de l'État dans l'économie. Leur réalisation ne traduit pas de bouleversement dans la vision du rôle de l'État. Elle ne fait que s'inscrire dans la vision la plus traditionnelle d'une intervention liée à des objectifs d'intérêt général et à des contraintes de rentabilité à très long terme que les financements privés ne peuvent qu'exceptionnellement assurer. Le préfet Guizard écrit en 1846 que « de bonnes voies de communication et de transport sont, après des institutions généreuses et un bon gouvernement, le premier besoin d'un peuple [...]. Elles sont plus qu'aucune autre branche de l'administration une source d'éclat et de grandeur. Elles frappent les imaginations et satisfont l'amour-propre non moins que les intérêts les plus positifs d'une nation [20]. » C'est encore un langage du XVIIe siècle ou du XVIIIe siècle. Les conditions dans lesquelles la loi de 1842 sur les chemins est votée témoignent paradoxalement de cette continuité. Le grand débat sur les règles de concession et le partage des engagements financiers entre l'État et les compagnies montre que les limites de l'intervention de l'État proviennent surtout des hésitations sur le caractère de véritable infrastructure de transport des chemins de fer. C'est une réticence technologique sur l'avenir de ce moyen de transport et une perplexité globale sur les conditions de mise en place d'un système qui combine de façon nouvelle l'industrie et les grands travaux traditionnels qui expliquent le système de 1842. Il se résume d'ailleurs en fin de compte à

20. Guizard, *Aperçu des progrès administratifs...*, *op. cit.*, p. 54-55.

un schéma très simple : l'État construit des voies, c'est-à-dire l'équivalent de routes — ce qu'il a l'habitude de faire —, sur lesquelles il autorise les compagnies à poser des rails et à faire circuler des convois. Le mécanisme de la concession, de son côté, démocratise par la politique des appels d'offre le vieux principe du monopole privilégié.

Les grands travaux financés par l'État au XIXᵉ siècle continuent ainsi pour l'essentiel à renvoyer à une vision traditionnelle du rôle de la puissance souveraine. Ils répondent à des impératifs de grandeur, de défense nationale, d'ordre social (les économistes de la fin du XVIIIᵉ siècle avaient insisté sur les rapports entre les crises frumentaires et les difficultés de communication), d'unification du territoire (l'espace français ne commence à être unifié que vers 1860), ces différents éléments étant naturellement mis en relation avec la richesse générale du pays. Le rôle qu'on entend parfois leur faire jouer en matière de conjoncture, pour lutter contre le chômage par exemple, renvoie aussi à des préoccupations d'ordre social. S'ils divergent sur les conditions et le statut de cet usage des grands travaux, Thiers et Louis Blanc s'accordent sur la légitimité de leur rôle dans ce domaine. Loin d'être un signe d'innovation, le développement de grands travaux est au XIXᵉ siècle une marque de la continuité avec le XVIIᵉ et le XVIIIᵉ siècle. Continuité dont témoigne également le rôle dévolu aux grands corps techniques, ceux des Mines et des Ponts et Chaussées tout particulièrement. La politique des grands travaux est en effet portée par ces corps. C'est à eux, *dans l'État,* que l'on doit la constance de l'effort mené pour bâtir un réseau routier et ferroviaire. C'est Legrand, le directeur des Ponts et Chaussées, qui met méthodiquement au point les éléments du programme lancé en 1837. Freycinet, dont l'action marquera la fin des années 1870, était lui un ingénieur des Mines.

Du contrôle à l'impulsion

L'analyse du fonctionnement des grands corps techniques, et leur existence même, permet de comprendre une inflexion fondamentale de la relation de l'État français aux réalités économiques qui commence à s'exprimer durant le XIXᵉ siècle : elle est caractérisée par un rapport de nature pédagogique beaucoup plus que de type dirigiste. Les ingénieurs des grands corps de l'État (Mines, Ponts, Génie civil, etc.) ont alors d'importantes responsabilités administratives[21]. Le statut des ingénieurs des Mines n'est, par exemple, définitivement stabilisé qu'avec la refonte de la législation minière en 1810. Leur tâche officielle consiste à surveiller la bonne marche des mines, carrières et installations métallurgiques qui sont gérées par des entreprises privées, de répartir les concessions et de percevoir les redevances (l'État étant propriétaire du sous-sol). Les ingénieurs du Génie civil sont chargés d'examiner et d'approuver des projets présentés par des entreprises privées pour des contrats publics, dans des domaines jugés stratégiques. Une fois les projets acceptés, ils ont pour mission de surveiller les travaux et sont ensuite responsables de l'entretien des installations et des réparations éventuelles. Mais ces actions de contrôle débordent très vite leur strict cadre technique et réglementaire : les ingénieurs des grands corps essaient aussi de s'ériger en tuteurs de fait du développement industriel.

Le rôle des ingénieurs des Mines[22] est particulièrement exemplaire à cet égard. Dès le début du XIXe siècle, leur tâche de contrôle qui est liée à des impératifs de sécurité s'élargit à de nouvelles fonctions. Ils se considèrent implicitement comme dépositaires de l'intérêt général et entendent veiller à ce titre à l'efficacité de l'exploitation d'un patrimoine collectif. Ils participent avec cet objectif à la formation des cadres de l'industrie métallurgique et minière, s'attachent à introduire et à diffuser les innovations techniques. Face à des maîtres de forges qu'ils jugeaient inexpérimentés ou incompétents, les ingénieurs des Mines prolongent ainsi leur rôle administratif et technique en mettant en place les éléments d'une sorte de capacité informelle d'intervention dans le développement d'un secteur industriel. Certains iront même jusqu'à se faire

21. Cf. T. Shinn, « Des corps de l'État au secteur industriel : genèse de la profession d'ingénieur », *Revue française de sociologie,* janv.-mars 1978.
22. Cf. A. Thépot, « Les ingénieurs des Mines dans les sciences et les techniques sous la Restauration », *Bulletin du Centre d'histoire de la France contemporaine,* n° 6, 1985, et « Les ingénieurs du corps des Mines, le patronat, et la seconde industrialisation », *Le Patronat de la seconde industrialisation,* Cahiers du *Mouvement social,* n° 4, Paris, Éd. ouvrières, 1979.

détacher pour diriger directement les entreprises qu'ils étaient préalablement chargés de contrôler (cette pratique est instaurée dès 1820). Après 1842, ils assurent le contrôle du service des chemins de fer et constituent le moteur de leur développement.

L'importance des grands corps techniques repose sur une base objective : jusqu'au milieu du xixe siècle, la profession d'ingénieur est pratiquement un monopole d'État. Les ingénieurs sont quasiment tous des fonctionnaires, civils ou militaires, servant dans l'un de ces grands corps. La figure de l'ingénieur militaire représente une sorte d'incarnation technique de la souveraineté étatique. D'où l'importance du statut militaire de l'École polytechnique. Il ne résulte pas seulement des conditions de création de l'École; il correspond en profondeur à toute une vision du rôle de l'État. Ce monopole des grands corps publics sur la science et la technologie n'a été que très progressivement ébranlé, ce qui a contribué à assurer leur prestige et leur pouvoir (si l'École centrale des arts et manufactures est créée sur une initiative privée en 1829, les ingénieurs civils restent en fait marginaux jusque dans les années 1880).

L'effort d'impulsion industrielle de ces grands commis de l'État fut-il couronné de succès? Il faut se garder de confondre dans ce domaine les projets et les réalités. L'ambition d'éducation industrielle de la nation se réduit dans bien des cas à peu de chose. Certains historiens ont même rendu les grands corps techniques responsables du retard industriel français au xixe siècle, les accusant d'avoir été plus soucieux de maintenir leur pouvoir administratif que de rendre les industriels vraiment efficaces, soulignant de surcroît les effets néfastes du caractère trop théorique de leur formation[23]. Le débat reste encore ouvert. Mais il est difficile de ne pas reconnaître le caractère très opératoire de leur intervention dans quelques secteurs clefs, ceux des mines et des chemins de fer tout particulièrement. Dans ce dernier secteur, ce sont les ingénieurs du corps des Mines qui ont contribué à unifier des projets financiers souvent divergents, permettant d'articuler les initiatives privées autour de la réalisation d'un réseau pensé par l'État. Dans ce domaine, l'État a imposé ses tarifs, défini le mode de partage des

23. C'est la thèse de T. Shinn. Cf. art. cité *supra*.

bénéfices, imaginé la forme du réseau, réglementé les normes de fonctionnement : il a été un agent de cohérence, exerçant une fonction décisive d'arbitrage et de soutien[24]. On ne saurait cependant tirer aucune conclusion d'ensemble à partir de cet exemple. Le modèle d'impulsion industrielle qu'il incarne est en effet loin d'avoir été généralisé au XIXe siècle. L'action de l'État ne se réduit pas à celle de ces élites modernisatrices. Les hauts fonctionnaires saint-simoniens, chantres de l'industrie et du développement du crédit, sont restés numériquement minoritaires et culturellement marginaux au XIXe siècle. Mais leur action préfigure l'émergence d'un État rationalisateur et modernisateur qui s'épanouira avec la montée en puissance des idées keynésiennes au milieu du XXe siècle.

Le polytechnicien annonce dès le début du XIXe siècle le techno-crate planificateur du XXe siècle. Nombreux sont d'ailleurs les jeunes polytechniciens à se sentir proches de la doctrine saint-simonienne et à rêver à sa suite d'un « nouveau monde industriel ». On les trouvera en 1830 et en 1848 sur les barricades, pressés de secouer le vieux monde. Ce sont eux qui commencent à édifier les premières structures d'un État modernisateur et d'une administration gardienne de l'intérêt général. Comme les hygiénistes et les institu-teurs, ils se conçoivent comme des missionnaires. Dans *Le Curé de village,* Balzac décrit remarquablement cet esprit en faisant le portrait de Gérard, un jeune ingénieur des Ponts et Chaussées, dont les initiatives révolutionnent un canton du Limousin. Gérard — dont le seul plaisir, dit-il lui-même, est d'être utile à son pays — explique d'ailleurs qu'il aurait voulu être instituteur s'il n'était pas entré à l'École polytechnique !

S'ils restent mus par les mêmes valeurs que les grands ingénieurs militaires du temps de Vauban, leur conception de l'action de l'État s'élargit ainsi. La manière dont les ingénieurs publics se comportent montre que l'intervention économique de l'État ne peut pas seulement être comprise à partir de la notion de dirigisme. Les membres des grands corps techniques, peut-être du fait de leur position minoritaire, se préoccupent avant tout d'avoir un rôle d'impulsion et de propulsion. Il ne s'agit pas d'une intervention

24. Cf. l'excellent ouvrage d'Y. Leclerq, *Le Réseau impossible,* Genèv-Droz, 1987.

réglementaire, mais plutôt d'une sorte de *pratique articulée de l'intérêt général,* d'une action continue de persuasion ou de chantage discret fondée sur un habile maniement des pouvoirs de contrôle et sur l'établissement de réseaux transversaux entre l'État et l'économie fondés sur les rapports personnels entre les membres du corps. De la même façon que les intendants du XVIIIᵉ siècle, les ingénieurs publics ont le sentiment de constituer une élite, ils se représentent volontiers eux-mêmes comme des « bienfaiteurs éclairés » de la nation, soucieux de son progrès matériel et moral. Dans le domaine industriel, ils ne cherchent pas tant à se substituer aux entrepreneurs qu'à suppléer leurs défaillances et à orienter leur action[25]. Comme le maître d'Émile, ils cherchent à disposer les choses autour de ceux qu'ils conçoivent implicitement comme des élèves immatures de telle sorte que ces derniers apprennent « naturellement » à bien se conduire. La création en 1801 par Chaptal de la *Société d'encouragement pour l'industrie nationale* illustre bien cette vision du rapport des élites modernisatrices à la société[26]. Comme les hygiénistes à partir du domaine social, elles contribuent à édifier l'*État pédagogue* dans l'ordre économique.

25. Il n'est pas non plus indifférent de rappeler que Le Play était ingénieur des Mines : les figures du technicien éclairé et du sociologue paternaliste se superposaient chez lui dans une même vision pédagogique ; le rapport de l'État à la société était à ses yeux de même nature que celui du patron à ses ouvriers.

26. Cf. *Cent cinquantième anniversaire de la Société d'encouragement pour l'industrie nationale (1801-1951)*, Paris, 1952.

CHAPITRE III

1914-1918 :
problèmes et leçons

Les impératifs de la mobilisation

« La guerre, notait Tocqueville dans *De la démocratie en Amérique,* ne peut manquer d'accroître immensément les attributions du gouvernement civil ; elle centralise presque forcément dans les mains de celui-ci la direction de tous les hommes et l'usage de toutes les choses [27] ». C'est ce qui s'est passé de 1914 à 1918. Aucune mobilisation industrielle particulière n'avait cependant été programmée par les autorités militaires. Tous les plans de l'état-major étaient fondés sur la perspective d'une guerre courte faisant seulement appel aux stocks de matériel constitués en temps de paix. La mobilisation de tous les hommes valides était certes prévue, mais on imaginait qu'un conflit n'aurait qu'un effet temporaire, de mise entre parenthèses des activités économiques régulières. Dès la fin de 1914, la prolongation des hostilités change les données du problème. Il faut réviser tous les programmes d'approvisionnement en armes et en munitions, gérer des situations de pénurie, organiser des réquisitions, assurer la subsistance quotidienne de la population dans un contexte de désorganisation de la production. Les activités militaires du « front » deviennent inséparables de l'organisation de l'« arrière ». C'est le pays tout entier qui doit mobiliser ses ressources pour l'effet de guerre et l'État est le seul à pouvoir organiser la mobilisation industrielle qui est requise. D'où une

27. Tocqueville, *De la démocratie en Amérique,* Paris, Gallimard, 1961, t. 2, p. 274.

« explosion d'étatisme sans précédent », selon l'expression de Trustee[28]. La liberté du commerce est pratiquement supprimée : l'État fixe les prix, répartit les denrées, réquisitionne les produits, organise les transports, contrôle complètement les importations. La production est également sous le contrôle des pouvoirs publics qui disposent des matières premières, décident des allocations de main-d'œuvre, surveillent la qualité des biens. Si le régime des usines directement réquisitionnées est le plus contraignant, c'est en fait l'ensemble de l'industrie qui est soumis aux exigences de la mobilisation. L'État prend ainsi progressivement en charge, sous la houlette de Clémentel, ministre de l'Industrie et du Commerce de 1915 à 1919, l'ensemble de l'économie nationale. Dans son *Bilan de l'étatisme,* publié en 1922, Antoine Delemer note : « A la veille de l'armistice, l'État en était arrivé à absorber pour les besoins de la guerre la presque totalité des ressources matérielles disponibles. La réquisition captait sur le territoire la production française subsistante. » Cet envahissement de l'étatisme, comme on y a insisté[29], n'a été le fait d'aucun plan d'ensemble, il n'a nullement été réfléchi de façon globale. Il s'est progressivement construit de façon pragmatique, comme une addition de mesures prises au jour le jour, sous la pression des événements, au fur et à mesure que des problèmes apparaissaient.

L'extension des activités de l'État a été gérée de façon également empirique, tantôt dans le cadre des services publics existants, tantôt par la formation de nouveaux organismes. Des ministères sont créés pour l'armement et le ravitaillement ; une foule d'offices, de comités, de commissariats, de commissions sont mis en place pour prendre en charge des problèmes spécifiques ; des consortiums de branche servent de base à l'organisation de la collaboration entre l'État et les industriels. Ces multiples institutions, mises en place au gré des besoins et des urgences, croissent de façon anarchique, leurs compétences se superposant et s'entrecroisant dans de nombreux cas. Pour résoudre les problèmes posés après 1916 par la pénurie de sucre, on ne compte par exemple pas moins de 5 commissions, sans

28. Trustee, *Le Bilan de la guerre,* Paris, 1921, p. 31.
29. Cf. P. Renouvin, *Les Formes du gouvernement de guerre,* Paris, 1925.

lien réel entre elles, qui interviennent ! En 1918, on recense ainsi 291 offices, comités ou commissions dont 80 placés auprès du seul ministre de la Guerre [30].

Un tournant ?

Doit-on considérer à partir de ces faits que la guerre de 1914-1918 marque une étape décisive dans la transformation des rapports entre l'État et l'économie ? C'est ce que soutiennent notamment de nombreux économistes marxistes [31]. Les faits invitent cependant à donner une réponse beaucoup plus nuancée à cette question. Moins d'un an après la fin de la guerre, l'édifice étatique qui s'était élaboré de 1915 à 1918 est en effet presque totalement démantelé. Tous les organismes liés à la production d'armements ont été dissous dès la cessation des hostilités, et la plupart des autres offices, comités et commissariats sont supprimés au fur et à mesure que s'opérait la « démobilisation économique » du pays, même si des offices de liquidation restent un moment en place dans certains ministères. Les derniers services créés pour les besoins de guerre qui survivent à cette première vague de liquidation — ceux du charbon, du pétrole, de l'alcool industriel et de la marine marchande — disparaissent dans l'année 1921. Deux nouveaux ministères font cependant leur apparition à la fin de 1918 pour organiser le retour à la paix : le *ministère des Régions libérées* et le *ministère de la Reconstitution industrielle* (un *Office de la reconstitution agricole* est parallèlement mis sur pied). Mais le premier n'a qu'une existence éphémère et le second est principalement chargé de répartir les indemnités dues au

30. Cf. le *Tableau général de la composition des ministères*, de 1918.
31. Le *Traité d'économie politique* du PCF note par exemple : « Les toutes premières formes du capitalisme monopoliste d'État apparaissent dès le début du stade impérialiste ; cependant c'est au cours de la Première Guerre mondiale que son empreinte apparaît nettement sur l'ensemble des pays belligérants. La lutte sans merci alors engagée entre les groupes capitalistes nécessite un accroissement très important de la production dans le cadre de l'économie de guerre, une mobilisation de toutes les forces productives que le capital monopoliste ne put obtenir sans le concours de l'État. Le rôle de celui-ci va, en conséquence, s'élargir et sa puissance grandir » (Paris, Éd. sociales, 1971, t. 1, p. 22).

titre des dommages de guerre. Les transformations du rôle économique de l'État qui dérivent *directement* de l'expérience de guerre sont en fait très limitées[32]. On peut citer : le maintien des services de placement public et de recrutement de la main-d'œuvre étrangère (rattachés aux ministères du Travail et de l'Agriculture) ; la mise en place d'un nouveau régime des chemins de fer qui institue un Conseil supérieur des chemins de fer coiffant les différents réseaux (loi du 29 octobre 1921) ; la modification du régime de concession des mines ; quelques offices nouveaux (aviation, forces hydrauliques, service des essences et pétroles), mais ils viennent moins de la guerre que de la nécessité d'adapter d'anciens bureaux aux données du progrès scientifique ; et la création de quelques sociétés d'économie mixte.

L'analyse des dépenses de l'État pour la période 1920-1924 fait certes apparaître une très forte croissance des dépenses à caractère économique (commerce, industrie, transports, aménagement du territoire). Mais il s'agit surtout de dépenses exceptionnelles effectuées dans un but de reconstruction. Le montant très élevé des indemnités versées par l'État s'explique en outre par le fait que tout le monde semblait alors sûr que l'Allemagne paierait. A partir de 1925, les dépenses de l'État accuseront de façon logique une nette décroissance.

Les conséquences de la guerre de 1914-1918 pèsent surtout durablement en matière de dépenses sociales. La reconnaissance d'un devoir de solidarité envers les victimes de la guerre a été officialisée par la loi, et les droits sociaux des anciens combattants, des veuves et des orphelins entraînent d'importants flux de dépenses à long terme. Les effets de déplacement à partir desquels certains économistes ont cherché à expliquer la rigidité à la baisse du montant des interventions publiques[33] ont indéniablement joué

---

32. Même chose en Angleterre, cf. K. Burk (éd.), *War and the State, the Transformation of British Government, 1914-1919,* Londres, Allen and Unwin, 1982.

33. La théorie des effets de déplacement — qui a pour but d'expliquer la rigidité à la baisse de la dimension du secteur public après une perturbation ayant entraîné sa croissance conjoncturelle — a été formulée par A.T. Peacock et J. Wiseman, *The Growth of Public Expenditure in the United Kingdom,* Londres, Allen and Unwin, 1967.

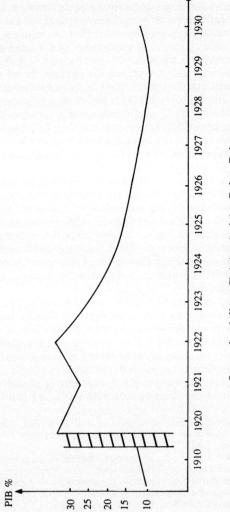

POURCENTAGE DES DÉPENSES PUBLIQUES
PAR RAPPORT A LA PRODUCTION INTÉRIEURE BRUTE
DE 1920 A 1930
à prix constants 1938

Source des chiffres : Christine André et Robert Delorme,
L'État et l'Économie, Paris, Éd. du Seuil, 1983.

dans ce domaine social, traduisant l'apparition, dans l'épreuve de la guerre, d'une nouvelle conception de la solidarité. Mais ils sont restés beaucoup plus limités en matière économique. La guerre a finalement eu davantage d'impact sur la structure industrielle proprement dite que sur les rapports de l'État à l'industrie. L'expérience des consortiums de branche, de 1915 à 1918, a en effet amené les industriels à dépasser le caractère principalement défensif des cartels traditionnels. Les organisations patronales connaissent après 1920 un fort développement, que ce soit sous forme de comptoirs, de holdings, ou d'ententes. La création en 1919 de la *Confédération générale de la production française,* qui préfigure le CNPF, s'inscrit dans ce mouvement. René Duchemin, son premier président, note à ce propos : « C'est à M. Clémentel, ministre du Commerce et de l'Industrie, que l'on doit la création de la Confédération générale de la production française [...]. Il s'agissait par la création d'un vaste organisme syndical constitué à la demande du gouvernement, mais rigoureusement indépendant de lui, de permettre au Département du commerce de trouver les renseignements et les indications qui lui seraient indispensables pour résoudre les innombrables problèmes économiques de l'heure et pour concourir, efficacement, au redressement naturel. Il s'agissait aussi, dans l'esprit du ministre du Commerce, de donner aux producteurs l'habitude de travailler en commun et, en leur apprenant à concilier leurs conflits, de les aider à assurer un développement harmonieux de leurs productions [34] ». La constitution de corps professionnels apparaît ici une fois de plus comme une alternative à l'intervention directe de l'État. Mais c'est une création qui prend ses racines dans la réflexion du XIXe siècle sur l'impossible face-à-face des individus et de l'État beaucoup plus qu'elle n'annonce l'avènement d'une nouvelle conception de l'organisation économique. Les années 1920 ne marquent sur ce point aucune rupture de fond. Dans un essai sur la mobilisation industrielle en 1914-1918 [35], Gert Hardach estime à

34. René P. Duchemin, *Organisation syndicale patronale en France,* Paris, 1940, p. 1-2.
35. Gert Hardach, « La mobilisation industrielle en 1914-1918 : production, planification et idéologie », in *1914-1918, L'Autre Front,* Cahiers du *Mouvement social* n° 2, Paris, Éd. ouvrières, 1977.

juste titre, à contre-courant de bien des idées reçues, que toutes les formes d'étatisme expérimentées pendant la guerre n'ont constitué qu'une parenthèse sans lendemain immédiat. Un témoin de cette période, Antoine Delemer, écrit en 1922 dans *Le Bilan de l'étatisme* en ce sens : « Durant la guerre, l'État a tout envahi, il s'est gonflé comme un fleuve. Mais c'était un phénomène d'un ordre spécial. Le filet d'eau de l'ancien étatisme doctrinal a continué de couler de son côté, dans son lit de plus en plus sec [36]. » L'étatisme conjoncturel de 1914-1918 ne constitue en aucune façon le prodrome de l'État régulateur et planificateur contemporain. La proximité de l'événement avec l'apparition des premières théories planistes ne doit pas faire illusion. Il faudra d'autres chocs et d'autres ruptures — ceux de la grande crise et de la Seconde Guerre mondiale surtout — pour provoquer la transformation décisive.

L'État rationnel

Si l'épreuve de la guerre n'a laissé que peu de traces dans l'édifice de l'organisation administrative et gouvernementale et n'a pas entraîné de modification significative des rapports entre l'État et l'économie, elle a cependant conduit à une profonde réflexion sur les structures de l'État. Dans ses *Lettres sur la réforme gouvernementale,* publiées de façon anonyme en 1917, Léon Blum écrivait déjà : « Je me rendais compte que la machine gouvernementale était mal conçue et mal montée, qu'à force d'à-coups et de frottements le travail produit restait sans rapports avec l'énergie consommée. Mais il a fallu la guerre — et cette guerre — pour me faire saisir ce qu'avait de redoutable cette erreur de jeu et cette insuffisance de rendement [37]. » Comme après 1870, les Français doutent d'eux-mêmes en 1918. Ce n'est plus le choc de la défaite, mais le coût énorme pour le pays d'une victoire durement acquise qui les interroge. Au premier rang des accusés, l'État, que l'on taxe d'imprévision et d'incapacité. Des dizaines d'ouvrages sont publiés sur ce thème et célèbrent l'énergie de la nation tout en dénonçant la

36. *Op. cit.,* p. 16.
37. L. Blum, *Lettres sur la réforme gouvernementale (1917),* Paris, 1918, p. 57.

mauvaise organisation de la mobilisation du pays par les pouvoirs publics. Les leçons de la guerre sont toutes tirées de façon convergente sur ce point : lenteur, irrationalité, mauvaise répartition des tâches entre les institutions, prolifération excessive d'organismes dont les attributions se chevauchaient, gaspillages multiples. « Nous avons été sauvés *malgré l'État*[38] » : le mot résume bien le sentiment général de la période. Les débats sur le poids de l'État restent certes toujours sous-jacents, mais la question la plus urgente à résoudre apparaît alors principalement celle du fonctionnement et de la structure des pouvoirs publics. Les mêmes termes — « industrialiser l'État », « réorganiser l'administration » — se retrouvent sous de nombreuses plumes. Fayol, le principal disciple français de Taylor, publie deux ouvrages, *L'Incapacité industrielle de l'État : les PTT* (1921) et *La Doctrine administrative dans l'État* (1923), ainsi qu'une brochure intitulée *L'Industrialisation de l'État* (1921), qui donnent le ton d'une réflexion qui traverse de manière diffuse l'ensemble de la société française. Après avoir étudié pendant un an le fonctionnement des PTT, il rend un verdict accablant sur les vices d'administration du système : présence à la tête de l'entreprise d'un sous-secrétaire d'État instable et incompétent, interventions excessives des parlementaires, absence de programmation à long terme, manque d'indicateurs de gestion et de stimulants pour le personnel. Mais les PTT ne sont pour lui que le symbole d'un mal qui atteint l'ensemble de l'appareil d'État. Le remède à cet état de fait ? Il faut pour Fayol « introduire dans l'État les procédés qui favorisent le succès des entreprises industrielles[39] », c'est-à-dire organiser l'État selon les nouveaux principes d'administration rationnelle dont il s'était fait le théoricien dans son *Administration industrielle et générale* (1916). L'organisation est pour lui la variable stratégique clef du XXe siècle naissant. Cet impératif de rationalisation — l'expression fait fureur dans les années 1920 — est partout affiché à cette époque comme une nécessité absolue pour maintenir une France puissante. S'il divise le mouvement syndical, qui craint

---

38. A. Schatz, *L'Entreprise gouvernementale,* Paris, 1922, p. 90 (ouvrage préfacé par Fayol).
39. H. Fayol, *L'Industrialisation de l'État,* Paris, 1921, p. 89 (publié à la suite de *L'Incapacité industrielle de l'État : les PTT*).

qu'elle ne s'accompagne d'une exploitation accrue des travailleurs, il n'en est pas moins largement affirmé. Tout un mouvement de la société française s'opère dans cette direction. Il s'exprime dans des milieux très divers. Un ouvrier, Hyacinthe Dubreuil, publie en 1929 *Standards,* le récit d'une expérience de travail dans les usines américaines qui fait découvrir à un large public de nouvelles formes d'organisation. Des industriels et des hauts fonctionnaires créent en décembre 1925 autour d'Ernest Mercier le *Mouvement du redressement français.* Fayol et Léon Blum se rejoignent pour souhaiter que le président du Conseil se comporte comme un véritable chef d'entreprise sans s'encombrer de la gestion supplémentaire d'un département ministériel, se consacrant uniquement à la coordination d'un nombre restreint de ministères (« le rôle d'un chef de gouvernement, écrit Blum, ne doit pas être conçu autrement que celui d'un chef d'industrie[40] »). Peu de réformes découlent dans l'immédiat de toute cette réflexion, à l'exception de l'institution en 1934 d'un président du Conseil sans portefeuille ministériel[41]. Mais les rapports de l'État et de la société s'en trouvent durablement modifiés, les mots d'ordre d'organisation et de rationalité conduisant à une nouvelle appréhension de l'État dans sa *légitimité fonctionnelle.* Les critiques traditionnelles sur l'efficacité de l'État, sa lenteur, sa propension bureaucratique s'appuient dorénavant sur un nouveau modèle de référence : celui de l'administration rationnelle, dont l'entreprise figure un meilleur exemple de mise en œuvre. La dénonciation de la bureaucratie n'est plus liée comme au XIXe siècle à un problème de représentation (le thème de l'État à bon marché dans son rapport avec le principe du suffrage universel) ou à un problème d'autonomie de l'administration par rapport au pouvoir politique. Elle s'opère sur un mode plus technique, plus instrumental. Elle prend sens en elle-même, sans avoir besoin de référent externe. D'où un renversement possible de la vision antérieure des rapports entre l'administration et la politique,

40. L. Blum, *Lettres sur la réforme gouvernementale, op. cit.,* p. 90.
41. Antérieurement, en effet, le président du Conseil était toujours en même temps ministre d'un département particulier (les finances, la politique étrangère, etc.). Chaque département ministériel était alors assez autonome et le rôle du chef du gouvernement était surtout de nature politique.

redonnant une légitimité nouvelle à l'idée de gouvernement rationnel.

Tout un courant technocratique se forme sur cette base dans les années 1920. Un de ses représentants les plus notables, Henri Chardon, conseiller d'État, voit dans l'exagération du pouvoir politique le « vice organique de la République française ». « L'exagération de ce que nous appelons la politique, écrit-il, a rongé la France comme un cancer : la prolifération des cellules inutiles et malsaines a étouffé la vie de la nation[42]. » Sans nier, pour la plupart, la légitimité du suffrage universel, les partisans de ce courant technocratique appellent de leurs vœux une administration rationnelle, forte et autonome. La France, estime par exemple Chardon, a besoin d'une « force permanente d'action ou force administrative, constituée par la sélection d'une élite, assurant la régularité, le progrès et la clarté de la vie journalière de la nation[43]. » Projet qui rejoint, dans sa démarche, la préoccupation des théoriciens de l'idée de service public. Cette nouvelle génération de modernisateurs, qui n'arrivera au pouvoir qu'après 1945, ne se distingue pas culturellement et psychologiquement des générations antérieures, représentées au XIXᵉ siècle par les membres des grands corps techniques des Mines et des Ponts et Chaussées. Mais ce sont des « généralistes », des experts en gestion globale et plus seulement des techniciens. Ils entretiennent un rapport différent à la société et au politique, revendiquant une sorte de version démocratique de l'ancien idéal saint-simonien.

La naissance de l'idée de planification

D'un point de vue plus économique, l'idée d'économie organisée apparaît comme le pendant de la réflexion sur l'État rationnel. Un de ses premiers chantres est Étienne Clémentel, le ministre du Commerce et de l'Industrie, qui avait commandé à Fayol le rapport sur la gestion des PTT. « Le ministère du Commerce et de

42. H. Chardon, *L'Organisation de la république pour la paix,* Paris, 1927, p. XXVII ; cf. aussi, du même auteur, sur ce thème, *Le Pouvoir administratif,* Paris, 1912.
43. *Ibid.,* p. 1.

l'Industrie, écrit-il en 1919, doit orienter l'activité du pays dans le sens le plus favorable aux intérêts généraux ; arbitre légal des conflits inévitables entre branches diverses de la production et du commerce, il devra indiquer aux industriels, aux commerçants ou plutôt aux gouvernements qui les représentent, le plan général suivant lequel ils doivent diriger leurs efforts pour que l'action des particuliers vienne aider et non entraver celle de l'État. Une nation doit avoir, comme une maison de commerce ou une industrie, un programme, un plan d'action dans l'ordre économique, programme établi avec méthode et réalisé avec persévérance[44]. » Une telle approche reste très minoritaire à cette époque. Même les technocrates qui écrivent dans les *Cahiers du redressement français* ne vont pas encore jusque-là. C'est la crise de 1929 qui va contribuer à modifier les attitudes dans ce domaine. Deux secteurs de la société française se sont montrés particulièrement actifs pour tenter de redéfinir dans ce contexte les formes d'intervention de l'État : les technocrates modernistes d'un côté et les syndicalistes réformateurs de l'autre. Les premiers se sont regroupés à partir de 1931 autour du groupe X-Crise, du Centre polytechnicien d'études économiques et des *Nouveaux Cahiers*. Polytechniciens pour la plupart d'entre eux, ils incarnent le second souffle du courant technocratique né dans les années 1920. Ils souhaitent appliquer à l'économie globale les principes d'organisation qui régissent le monde industriel. Gens d'esprit pratique, ils estiment que la crise sonne le glas d'une vision de l'économie centrée sur la figure de l'entrepreneur individuel. Le sens de leur démarche est bien exprimé par le titre d'un article que publie en 1936 l'un des leurs, Auguste Detœuf, président de la Thomson : « La fin du libéralisme ». Detœuf n'est pourtant pas un étatiste, il ne souhaite nullement un État omniprésent et croit aux vertus de la concurrence. Ce qu'il propose, c'est une sorte de *libéralisme orienté* qui prenne en compte le fait que l'intervention de l'État est devenue inéluctable dans une économie complexe[45].

44. É. Clémentel, *Rapport général sur l'industrie française, sa situation, son avenir*, Paris, 1919, t. 1, p. xx.

45. « Le libéralisme, écrit en ce sens Detœuf, a été tué, non par la volonté des hommes ou à cause d'une libre action des gouvernements, mais par une *inéluctable évolution interne* » (je souligne), « La fin du libéra-

L'idéal de ces technocrates modernistes est indissociablement moral et scientifique. Moral, car ils critiquent le principe d'une société dont les mécanismes reposeraient sur l'égoïsme individuel. Scientifique, car ils raisonnent en termes de gestion de la complexité. Ingénieurs-économistes, ils insistent sur la nécessité impérative de lier l'action à la connaissance et d'introduire de la rationalité là où il n'y a à leurs yeux que spéculations littéraires et idées reçues. Ils se définissent en ce sens de manière volontairement apolitique. Les membres les plus notables de ce groupe — Alfred Sauvy, Jean Ullmo, Jean Coutrot, Jules Moch, Louis Vallon, Jacques Branger — s'inscrivaient d'ailleurs dans un éventail politique qui allait de la droite ouverte aux socialistes modérés. La conscience d'appartenir à une même élite, entreprenante et capable, constituait le ciment de leur groupe. « Si l'ordre doit être changé, disait significativement Detœuf, il faut donc que ce soit nous, tous ceux qui, à des degrés divers, sommes des chefs qui en prenions l'initiative[46]. »

En partant de préoccupations fort différentes, des syndicalistes réformistes de la CGT et un petit nombre de responsables socialistes aboutissent à une conception assez proche du rôle de l'État. Séduits par la démarche du Parti socialiste belge et de son leader Henri de Man, ils font de l'idée de plan le pivot d'une nouvelle vision de l'action de l'État. L'idée de plan apparaît alors comme quelque chose de très neuf, et la référence à l'expérience poursuivie en URSS depuis 1928 avec le lancement d'un plan quinquennal n'est pas dissociée de l'intérêt pour la politique menée aux États-Unis par le président Roosevelt. Mais la dimension de technique d'organisation anti-crise s'inscrit aussi pour eux dans une tentative, politique et idéologique, de définir une nouvelle conception de la transformation sociale. Le plan est à la fois un outil de régulation et une méthode de transition au socialisme. Comme de Man l'avait exprimé dans ses ouvrages *Socialisme constructif* (1932) et *Au-delà du marxisme* (1926), ils font des idées de plan et de réforme de structures la clef d'une redéfinition de la problématique révolutionnaire traditionnelle. Le groupe *Révolution constructive* et le *Centre*

---

lisme » in X-Crise, *De la récurrence des crises économiques* (son cinquantenaire 1931-1981), Paris, Economica, 1982.

46. *Ibid.*

confédéral d'études ouvrières de la CGT constituèrent les deux pôles principaux de cette réflexion. Elle devait aboutir en 1934 à l'adoption d'un *Plan de la CGT* qui proposait une nouvelle organisation économique fondée sur des principes d'économie dirigée (nationalisations, politique du crédit) et la reconnaissance de la nécessité d'un régime d'économie mixte. Outre Jouhaux, secrétaire général de la CGT, et Lacoste, secrétaire de la puissante fédération CGT des fonctionnaires, qui sont les promoteurs politiques de l'opération, toute une nébuleuse d'intellectuels et de jeunes fonctionnaires prennent part à cette entreprise[47].

Le statu quo

Le milieu des ingénieurs-économistes et celui des syndicalistes planistes se développent parallèlement. Ils sont pratiquement sans contacts. Mais ils contribueront à former la matrice des milieux technocratiques, modernistes et réformateurs, qui marqueront la France d'après 1945, développant un terrain favorable à la réception des idées keynésiennes. A court terme, leurs idées n'ont pratiquement pas d'influence sur les politiques économiques de l'entre-deux-guerres. Les thèses qu'ils propagent suscitent la double méfiance de la majorité des socialistes et de toute la droite traditionnelle. On comprend aisément les réticences de la droite. Reconnaître à l'État une tâche de régulation et d'orientation de l'économie équivaut pour elle à mettre le doigt dans l'engrenage du collectivisme.

Mais l'opposition des socialistes à l'idée d'économie organisée qui se manifeste principalement par une critique assez vive du Plan élaboré par la CGT en 1934, peut paraître plus surprenante. Elle s'explique d'une double manière. Elle relève tout d'abord de facteurs politiques liés à la bataille contre les néo-socialistes de Marcel Déat. Ceux-ci prônaient comme les syndicalistes réformistes le plan et l'économie mixte. D'où la réticence presque instinctive de la majorité des socialistes devant les idées planistes. Nombreux même étaient ceux qui craignaient alors qu'elles ne mènent au fascisme : l'intérêt porté par les planistes à la politique menée en

---

47. Cf. G. Lefranc, « Le mouvement planiste dans le mouvement ouvrier français de 1933 à 1936 », *Le Mouvement social,* janvier 1966.

Allemagne par le Dr. Schacht paraissait à priori suspect ; on comprenait mal un ensemble d'idées qui semblaient indifféremment faire référence à cette expérience et aux politiques menées en URSS et aux États-Unis[48]. Mais le rejet des conceptions planistes par les socialistes a surtout à cette époque un fondement doctrinal. On leur reproche de rompre avec la perspective révolutionnaire de l'anéantissement du capitalisme. « Les études et projets de Plan, note en ce sens le rapport moral présenté en mai 1934 au Congrès socialiste, n'amèneront pas le Parti à poursuivre cette chimère folle de réalisations partielles et progressives du socialisme par tranches au sein d'un capitalisme maintenu[49]. » Les communistes ont le même point de vue : ils rejettent ce qui leur apparaît comme un simple procédé d'aménagement du capitalisme. La question de l'État et de son intervention ne peut pas être posée en tant que telle pour les socialistes et les communistes : elle n'a de sens à leurs yeux que rapportée à la nature de classe de cet État. La culture politique de la gauche reste sur ce point fidèle à l'héritage guesdiste. Jules Guesde s'était en effet opposé au Congrès socialiste de Lyon, en 1910, aux premières formulations de l'idée de nationalisation sur cette base. « L'État, disait-il, c'est l'ennemi, c'est l'arsenal et la forteresse de la classe ennemie, que le prolétariat devra avant tout emporter, s'il veut s'affranchir, pour s'affranchir. Et lorsque vous voulez étendre le domaine de cet État, doubler l'État-gendarme de l'État-patron, je ne comprends plus, c'est un véritable suicide que vous nous provoquez[50]. » Les propos de Blum, en 1935, ne seront pas substantiellement différents.

La redéfinition du rôle de l'État se heurtait ainsi dans les années 1930 à un double obstacle intellectuel, prise entre une approche « globaliste », ne raisonnant qu'en termes de système (capitalisme/socialisme), et une approche « économiste » figée sur le dogme de la régulation globale par le marché. Ces deux points de vue

48. La planification, ne l'oublions pas, n'a été qu'assez tardivement liée à l'idéal socialiste. Les problèmes du contrôle de la production et du plan étaient ainsi encore étrangers aux théoriciens russes de 1917 (cf. sur cette question C. Bobrowski, *Formation du système soviétique de planification*, Paris, 1956).

49. Cité par G. Lefranc, art. cité.

50. Discours au Congrès socialiste de Lyon en 1910.

convergeaient en fait. Si les socialistes et les communistes souhaitaient opérer une rupture avec le capitalisme, ils ne doutaient pas en effet que celui-ci obéît à des lois intangibles. Les crises, pensaient-ils, sont inévitables en régime capitaliste. L'idée d'un capitalisme organisé et d'une économie dirigée qui pourrait les éliminer leur paraissait donc absurde. Ils rejoignaient paradoxalement ainsi à court terme le diagnostic des économistes classiques. Il n'y avait aucun lien entre les théories de l'équilibre et les analyses globales de l'économie comme système social de production. Les raisonnements de type keynésien, dont les idées régulatrices et organisatrices étaient connues, étaient donc inaudibles. La réticence des économistes traditionnels (Colson, Rueff, Rist) se cumule ainsi avec les méfiances politiques et doctrinales pour expliquer la difficile et tardive pénétration des idées keynésiennes en France. Avec la victoire du Front populaire, les milieux des ingénieurs-économistes et des syndicalistes réformistes espérèrent pourtant trouver l'occasion d'appliquer leurs méthodes. Mais ils n'obtiennent gain de cause que sur des points de détail. La création de la *Caisse nationale des marchés de l'État,* confiée à Wilfrid Baumgartner, le gendre d'Émile Mercier, et à Jacques Branger, et l'institution du *Centre national d'organisation scientifique du travail,* dirigé par Coutrot, furent les seules réalisations issues des réflexions du groupe X-Crise. Toute une pléiade de jeunes fonctionnaires issus de ces milieux — Michel Debré, Alfred Sauvy, Georges Boris, Robert Marjolin — furent certes appelés à participer à certains cabinets, ceux de Vincent Auriol et de Charles Spinasse en particulier. Mais leur influence fut extrêmement réduite. Ils virent, impuissants, Léon Blum, guidé par le principal souci du maintien des principaux équilibres financiers, nommer Jacques Rueff, un libéral intransigeant, à la tête de la Direction du mouvement général des fonds (la direction la plus stratégique du ministère des Finances) et reculer plusieurs mois devant la décision de dévaluer le franc. Ils ne réussirent pas à empêcher de nombreuses erreurs de politique économique, Blum étant tiraillé entre un souci de générosité sociale et un désir de se conformer aux canons traditionnels de l'orthodoxie monétaire et financière. Ils purent constater que la création, qu'ils avaient ardemment souhaitée, d'un ministère de l'Économie nationale n'avait pas eu de conséquences pratiques sur la gestion de l'activité économique. La prudence de Blum obéissait certes à des impératifs politiques. Il souhaitait ne rien entreprendre qui pût conduire la France sur la voie de l'autoritarisme et ne se considérait pas, par scrupule démocratique, élu pour réaliser le socialisme. Mais elle était également commandée par un mélange de cécité économique et de réticences doctrinales. En 1936, il s'était par exemple fermement opposé à la mise en place d'un *Haut-Commissariat au chômage et aux grands travaux* que proposait Jouhaux, inspiré par l'exemple belge (Henri de Man avait été nommé en Belgique ministre de la Résorption du chômage), craignant que cela ne conduise à une forme d'économie dirigée.

L'idée que l'économie fonctionne comme un circuit et que les systèmes de la répartition et de la production sont interdépendants reste ainsi très marginale dans les années 1930. La notion de macro-économie n'est pas perçue de façon claire. Le rôle régulateur de l'État reste donc classiquement cantonné aux interventions monétaires et budgétaires et à la gestion de la dette. Dans le meilleur des cas, l'action contre la crise est envisagée par le biais d'une politique de grands travaux, comme au XIXe siècle. Le *Plan des travaux d'outillage national* présenté en juillet 1930 par le gouvernement Tardieu relève de cette approche traditionnelle beaucoup plus qu'il ne représente la première ébauche d'une politique keynésienne [51]. En 1938, pourtant, un basculement semble s'opérer. Devant les difficultés intérieures et les menaces extérieures, le second gouvernement Blum présente le 5 avril un projet de loi « tendant à donner au gouvernement les pouvoirs nécessaires pour mettre la nation en état de faire face aux charges qui lui incombent et spécialement aux besoins de sa défense ». Le projet est rédigé par Pierre Mendès France, aidé de Georges Boris et de Georges Cusin, tous les deux liés aux milieux planistes et à la jeune technocratie réformatrice. Le *Financial Times* le présente comme la première tentative de mise en pratique des idées exposées par Keynes. Le texte étant repoussé par le Sénat, Blum doit démissionner le 10 avril. S'agissait-il vraiment d'un projet keynésien ? Indéniablement, au sens le plus large du terme dans la mesure où il s'appuyait sur la théorie du circuit

---

51. Cf. la très bonne mise au point de P. Saly, *La Politique des grands travaux en France, 1929-1939,* New York, Arno Press, 1977.

monétaire (bouclé par le contrôle des importations et le contrôle des changes) et l'idée de relance par la dépense, (avec la défense). Mais ce caractère novateur n'était en fait perçu que par ses rédacteurs. Les sénateurs n'y virent qu'une esquisse de dirigisme classique. Et Léon Blum, de son côté, ne le considérait que comme un programme de mobilisation économique et industrielle, avec la référence implicite à 1914-1918 en mémoire. Il dira en effet de ce projet devant la cour de Riom : « Il sort résolument de l'économie libérale. Il se place sur le plan d'une économie de guerre. Il vise le contrôle des changes, la création de moyens intérieurs, un contrôle des devises qu'il permet d'affecter précisément à l'achat des matières premières, des machines-outils et des produits finis nécessaires au réarmement [52]. » C'est un langage que Clémentel aurait pu tenir vingt ans plus tôt. Ce qu'on pourrait être tenté à posteriori de comprendre comme une rupture n'est en fait qu'un signe paradoxalement éclatant de la permanence d'une certaine vision des rapports entre l'État et l'économie. Si les débats sur le rôle de l'État dans l'entre-deux-guerres ont manifesté l'apparition d'idées nouvelles, les pratiques sont restées inscrites dans une large continuité avec les formes de l'État conservateur-propulsif du XIXe siècle.

52. Devant la Commission d'enquête de l'Assemblée nationale, il dira significativement, le 30 juillet 1947, que ce plan aurait permis de « fournir en économie fermée une aide à l'industrie de guerre par des moyens analogues à ceux que le Dr. Schacht avait mis en œuvre en Allemagne ».

CHAPITRE IV

L'État keynésien modernisateur

Le tournant de 1945

1945-1946 : en deux ans, le rôle économique de l'État s'accroît de manière considérable. L'État devient le principal investisseur du pays ; il se fait à la fois banquier et industriel, met en place un système de planification. Cette mutation correspond certes à des impératifs conjoncturels. Il faut, comme après la guerre de 1914-1918, relever le pays de ses ruines et relancer l'activité économique. Mais la façon dont l'État intervient alors dans l'économie marque une rupture fondamentale par rapport à la période 1918-1920, quantitativement et qualitativement. Quantitativement, parce que le bilan de la guerre de 1939-1945 diffère totalement de celui de la guerre de 1914-1918. Si les pertes humaines ont été moins importantes, les destructions matérielles ont été beaucoup plus amples : 74 départements ont été touchés, contre seulement 13 en 1914-1918 ; des régions entières ont été dévastées ; les productions agricoles et industrielles ont plus souffert qu'en 1914-1918 (l'indice de la production industrielle est tombé à 38 en 1945 contre 100 en 1938) ; près de 1 200 000 immeubles ont été détruits ou endommagés. Globalement, on estime que plus du quart de la fortune nationale a été détruit (contre 10 % environ pour la Première Guerre mondiale). La situation de pénurie est ainsi beaucoup plus marquée en 1945 qu'elle ne l'était en 1918, et les tâches de la reconstruction apparaissent d'une ampleur inédite. Le nouvel engagement de l'État, en tant qu'agent économique, répond d'abord à ces urgences matérielles sans précédent historique. Mais il traduit également une rupture culturelle : l'épreuve de la guerre a transformé le regard que la société française porte sur l'État. De multiples facteurs y ont contribué : l'anticapitalisme affirmé des mouvements de Résistance, nourri par la dénonciation des « féodalités économiques » et par le mépris des anciennes classes dirigeantes disqualifiées ; la dissipation des méfiances de la gauche vis-à-vis de l'État-patron opérée par les réformes de 1945-1946 dans le domaine social ; la pénétration d'une vision keynésienne de l'économie dans les rangs de toute une génération de jeunes hauts fonctionnaires. Tous ces éléments se conjuguent avec les impératifs de la reconstruction pour faire de l'État une force incarnant l'esprit de la Libération. Jean-Pierre Rioux a souligné que le sens de l'État a constitué après 1945 le principal ciment d'une France éparse et épuisée, prolongeant en unanimité nationale l'unité de la Résistance[53]. Le rôle économique de l'État s'accroît ainsi pour des raisons que l'on peut qualifier de « politiques », il est indexé sur un consensus autour duquel se retrouvent les principales familles politiques françaises. On célèbre en 1945 l'État comme on célébrait en 1789 la souveraineté de la nation. Le rapprochement correspond à quelque chose de très profond : il y a indéniablement dans les thèmes de la Libération une sorte de retour à l'origine de la culture politique française, une nostalgie du consensus fondateur. L'action de l'État n'est du même coup plus seulement appréhendée en termes d'intervention temporaire et réversible, comme cela avait été le cas au lendemain de la Première Guerre mondiale. Elle s'insère dans une perspective à long terme. En témoigne la mise en œuvre de deux grandes réformes de structures, les nationalisations et la planification.

Les nationalisations

Le principe des nationalisations avait été retenu par le programme du Conseil national de la Résistance. Il renvoyait à une exigence de rationalisation et à une volonté d'écarter des élites industrielles jugées défaillantes beaucoup plus qu'à un projet strictement économique. Tout en donnant lieu à d'âpres débats sur leur champ et leurs modalités, la réalisation des nationalisations de

53. Cf. son Prologue à J. Bouvier et F. Bloch-Lainé, *La France restaurée, 1944-1954,* Paris, Fayard, 1986.

la Libération participe d'un large accord en tant qu'elle symbolise la réappropriation par le pays d'éléments de souveraineté confisqués par des oligarchies incapables et des féodalités égoïstes. Elles renvoient culturellement, pour cette raison, beaucoup plus à l'idée générale de souveraineté de la nation développée en 1789 qu'au modèle de nationalisation dite « industrialisée » proposé au début des années 1920 par la CGT réformiste. On nationalise en 1944-1946 les banques ou l'électricité comme on voulait nationaliser l'État en 1789 (le verbe « nationaliser », ne l'oublions d'ailleurs pas, est d'origine révolutionnaire [54]). « La nation, expliquait ainsi de Gaulle à Alger, le 14 juillet 1943, saura faire en sorte que toutes les ressources économiques de son sol et de son Empire soient mises en œuvre, non d'après le bon plaisir des individus, mais pour l'avantage général. *S'il existe encore des bastilles, qu'elles s'apprêtent de bon gré à ouvrir leurs portes ! Car, quand la lutte s'engage entre le peuple et la Bastille, c'est toujours la Bastille qui finit par avoir tort.* » C'est cette conception culturelle de la nationalisation qui donne son unité à des réalisations à priori disparates : nationalisations « sanctions » de l'automne 1944 et du printemps 1945 dans des entreprises dont les patrons étaient accusés de collaboration (Renault, Charbonnages du Nord, Gnome et Rhône qui devient la SNECMA) ; nationalisations « instrumentales » d'outils généraux du développement économique (la Banque de France et les 4 grandes banques de dépôt en décembre 1945 ; 60 % des compagnies d'assurance en avril 1946) ; nationalisations « stratégiques » destinées à moderniser et à contrôler des secteurs jugés vitaux pour la production et l'équipement du pays (les compagnies de gaz et d'électricité en avril 1946, les mines de combustible en mars 1946). L'extension du rôle économique de l'État qui s'opère à travers cette vague de nationalisations est

54. A partir de 1792, le verbe « nationaliser » connaît le même succès que l'épithète « national » en 1789. Dubois-Crancé parle par exemple de « nationaliser l'armée » dans son discours à la Convention du 7 février 1793 ; il entendait par là que le régime des volontaires permettrait de l'identifier à la nation dont elle serait issue. On parle à la même époque de « nationaliser les biens du clergé ». Le terme n'indique pas un rapport juridique de propriété, mais une forme d'utilité sociale et un mode de concordance au niveau des finalités. Cf. sur ce point de langage F. Brunot, *Histoire de la langue française*, t. IX, 2e partie, Paris, Colin, 1967.

considérable. Même si la forme tripartite des conseils d'administration maintient la fiction d'une gestion autonome, il s'agit en effet d'une véritable étatisation de plusieurs pans de l'économie : les entreprises nationalisées emploient dès 1946 1 200 000 salariés et réalisent le quart des investissements industriels du pays.

NATIONALISATIONS DE L'APRÈS-GUERRE

Crédit et assurances	Transport	Énergie
Nationalisation des principales entreprises d'assurances, 1946	RATP, Usines Renault, 1945	Gaz et Électricité, 1946
	Compagnie des messageries maritimes, SNCF, 1945	Houillères du Nord et du Pas-de-Calais, 1944
Banque de France et 4 banques de dépôt, 1946 • Crédit lyonnais • Société générale • BNCI • Comptoir national d'escompte	Compagnie générale transatlantique, 1948	
	Création d'Air France, 1948	
	Gnome et Rhône, 1945 (future SNECMA)	

Hormis la nationalisation de Nord-Aviation et de Sud-Aviation (qui forment en 1970 la SNIAS) et les prises de participation chez Dassault et dans la sidérurgie, la taille du secteur public et nationalisé ne variera plus ensuite jusqu'en 1982. L'avènement de cet *État-patron*, tant le mot que la chose sont relativement neufs en 1946, s'opère sans que des contestations majeures surgissent. Le contexte de la Libération, tant d'un point de vue politique que d'un point de vue culturel, l'explique pour une large part. Mais ce consentement de la société française au fait des nationalisations tient également à une addition d'ambiguïtés quant à la perception de leur usage. Les syndicats, d'abord, espèrent qu'elles pourront être le vecteur de nouvelles avancées sociales. L'ordonnance qui nationalise les Houillères du Nord-Pas-de-Calais note à leur intention qu'il s'agit « d'assurer au mieux la sauvegarde des intérêts et de la santé des travailleurs, apaiser les conflits qui opposent trop souvent les patrons et les ouvriers, faire droit aux justes revendications, faire

246

participer les travailleurs à la gestion des entreprises ». Même si les illusions cogestionnaires s'envolent rapidement, il n'en reste pas moins que les nationalisations accompagnent la formation de solides bastions syndicaux (surtout CGT) dans une part non négligeable de l'économie. La dimension affichée de modernisation contribue aussi à faire accepter les nationalisations comme un outil de rationalisation économique. Les hauts fonctionnaires, enfin, ne peuvent que se réjouir de voir leur champ d'action élargi. Les entreprises nationalisées, et surtout les banques, constituent à partir de cette période une extension de leurs possibilités de carrière. Mais les nationalisations constituent surtout de puissants instruments de politique économique, à un moment où le pilotage de l'économie commence à être compris comme celui d'un système global et articulé. La politique des prix dispose d'un puissant appui avec l'administration de fait des prix des transports et de l'énergie, et la politique du crédit est directement impulsée par le contrôle des grandes banques. Pendant trente ans, les politiques conjoncturelles pourront ainsi s'appuyer sur le maniement des investissements du secteur public et nationalisé.

Mais les nationalisations ne font pas que modifier les conditions de la politique économique, elles accompagnent aussi l'émergence d'une nouvelle approche de l'industrie, en considérant certains « secteurs de base » dans les termes avec lesquels on appréhendait au XVIIIe ou au XIXe siècle les grandes infrastructures routières : toute une partie de l'industrie devient considérée *en elle-même* comme une infrastructure du développement économique. On ne peut pas comprendre le nouveau rôle économique de la puissance publique qui se dessine après 1945 si on ne le rapporte pas à l'émergence de cette catégorie.

La planification

La mise en place d'un système de planification s'inscrit aussi dans cette perspective. Voté en 1947, le premier *Plan de modernisation et d'équipement* a pour objectif d'organiser la reconstruction du pays. Élaboré sous la houlette de Jean Monnet, il concentre l'effort public sur 6 secteurs de base : électricité, charbon, sidérurgie, ciment, machines agricoles et transports intérieurs. Prolongé jusqu'en 1953 pour s'accorder au calendrier des crédits américains versés dans le cadre du plan Marshall, il assure la bonne répartition des fonds publics qui sont consacrés à l'investissement (ils représentent pendant cette période entre la moitié et les deux tiers du montant total des investissements).

**Contribution de l'État au financement
des investissements productifs
de 1948 à 1951**
y compris l'aide du Plan Marshall

1948	58 %
1949	62 %
1950	64 %
1951	44 %

Source : F. Bloch-Lainé et J. Bouvier,
La France restaurée, 1944-1954, Paris, Fayard, 1986.

La situation de pénurie étant pour l'essentiel surmontée, le IIe Plan (1954-1957) est plus tourné vers l'avenir. S'appuyant sur les premières études des économistes du ministère des Finances, il propose la réalisation d'un certain nombre d'actions de base qui ont pour but de stimuler le développement économique en accentuant l'effort public dans des domaines comme ceux de la recherche ou en aidant la société française à se mobiliser pour améliorer la productivité de son industrie (un Commissariat spécial est créé à cet effet). Bénéficiant des apports méthodologiques et techniques de la comptabilité nationale, le IIIe Plan (1958-1961) peut proposer une vision articulée de la croissance en indiquant des goulots d'étranglement productif à résorber, en suggérant des modifications dans la structure des revenus. Il offre surtout pour la première fois un cadre prospectif aux agents économiques et sociaux, et fait des prévisions globales, calculant, secteur par secteur, les échanges, les variations probables et possibles de la production et de la consommation. Il apprend ainsi à la société française à concevoir son développement de manière cohérente : le Plan est, dans les années 1960, le professeur d'économie de toute une génération de syndicalistes, de fonctionnaires et de responsables patronaux. Ses multiples commissions, où siègent côte à côte l'élite des fonctionnaires et des « socioprofessionnels », sont à la fois de petites assemblées où s'expérimente un certain sens de la démocratie sociale et des salles de classe fondées sur la pédagogie de l'enseignement mutuel. Aussi a-t-il joué une fonction sociale beaucoup plus large que ce que laissent indiquer ses seules attributions économiques (fonction qui a longtemps survécu au déclin de son rôle économique effectif).

Parallèlement à l'effort de globalisation de l'approche des problèmes économiques qu'entreprend le Plan, une attention croissante est portée au début des années 1960 à l'aménagement du territoire. La DATAR (Délégation à l'aménagement du territoire) est créée en 1963 pour déconcentrer Paris et aider au développement équilibré des régions. L'État planificateur se double de l'*État aménageur*. Par le biais de procédures dirigistes (il faut, par exemple, une autorisation administrative pour construire des bureaux d'une certaine dimension dans la région parisienne) ou d'incitations fiscales, les pouvoirs publics interviennent pour remodeler le territoire. Tout un ensemble de procédures, de projets et d'institutions sont ainsi mis en place pendant les années 1960 : réforme régionale de 1964, lancement des villes nouvelles en 1965, plans d'aménagement de certaines zones métropolitaines en 1966, projets de promotion touristique ou agricole. C'est alors l'âge d'or de multiples agences d'urbanisme et de développement local.

Ces actions ont-elles été efficaces ? C'est indéniable du point de vue de l'aménagement du territoire. Le signal d'alarme lancé en 1948 par la publication de *Paris et le Désert français* de Jean-François Gravier a été entendu : en matière de recherche et d'enseignement supérieur, comme en termes de localisations industrielles, le rapport Paris-province a effectivement été rééquilibré, et l'action des pouvoirs publics y a beaucoup contribué. Mais à quoi la planification française a-t-elle réellement servi ?

Une énorme littérature a été consacrée à cette institution et de nombreux historiens ont voulu voir en elle la clef de voûte de l'interventionnisme à la française. L'examen des faits amène pourtant à relativiser considérablement son importance. Le Plan a surtout servi à planifier l'État lui-même et à organiser son effort d'équipement. Le premier Plan mis à part, il n'a pas véritablement commandé l'orientation de l'économie, y compris dans les secteurs de base. Si l'on prend l'exemple symbolique de la sidérurgie, on voit bien que c'est ailleurs que les choses se sont passées. Dès 1946, ce sont des négociations directes entre la profession et le gouvernement qui ont décidé de l'aide financière de l'État ; le rôle des commissions du Plan n'a été que secondaire. Les rapports de l'État et de l'économie ont certes été profondément bouleversés après 1945, mais le Plan n'a été en fait que l'*image symbolique* de tout un ensemble de transformations qui s'opéraient ailleurs, le point de convergence mythique d'une floraison de rêves et de projets. Les fonctions que l'on peut qualifier de *latentes* de la planification — la réalisation d'alliances entre l'État et certains secteurs pour procéder à des réorganisations industrielles, l'apprentissage du changement social, entre autres — ont été beaucoup plus importantes que ses fonctions théoriques de coordination économique[55]. C'est le déclin du prestige de l'institution dans les années 1970 ainsi que la publication des Mémoires de ses principaux responsables qui ont contribué à une sorte de vaste reconstruction rétrospective de son rôle dans les années 1940-1950 qui est souvent loin de correspondre à la réalité. Il faut, au moins un moment, oublier le Plan et tous les discours qui se sont développés autour de lui pour comprendre le changement dans la nature des relations qui se sont établies après 1945 entre l'État et l'économie. Deux principaux facteurs ont soustendu cette évolution : la révolution introduite par les thèses keynésiennes dans la vision de l'économie, d'une part, et l'arrivée au pouvoir d'une nouvelle génération de hauts fonctionnaires modernisateurs, d'autre part.

La révolution keynésienne

Le grand tournant de l'après-guerre repose d'abord sur une véritable révolution intellectuelle : celle que les idées de Keynes ont introduite dans la vision de l'économie. L'économie cesse d'être considérée comme un donné, pour être appréhendée comme un construit. La transformation du rôle économique de l'État qui

---

55. Se reporter sur ce point aux remarques très justes de Peter A. Hall, *Governing the Economy. The Politics of State Intervention in Britain and France,* Cambridge, Polity Press, 1986.

s'opère à partir de cette période trouve là son origine. Ce n'est pas l'État qui évolue en lui-même, comme si son nouveau mode d'intervention économique n'était qu'une conséquence d'une redéfinition plus globale de son rapport à la société : *c'est bien plutôt la redéfinition de l'économie qui amène l'État à s'adapter.* La croissance, l'emploi et le pouvoir d'achat ne sont plus compris comme des résultats et des soldes ; ils deviennent des objectifs. D'où la notion, fondamentale, de politique économique : elle traduit le projet d'un rapport volontariste et articulé à la conjoncture. L'économie est perçue comme un système de variables et de flux à optimiser. C'est une rupture considérable avec les visions du passé. Pour les économistes libéraux classiques du XIXᵉ siècle, la notion artificialiste de politique économique ne pouvait être que vide de sens puisque tous les ajustements étaient sensés être régis par les lois « naturelles » de l'équilibre. Leur seule préoccupation était d'engager l'État à ne pas abuser de sa position institutionnelle en suivant une politique monétaire adéquate et en respectant le principe de l'équilibre budgétaire. Les idées de « relance » ou de « stabilisation » n'avaient aucune place dans ce cadre. Tout au plus admettait-on que l'État puisse contrecarrer les cycles du chômage en lançant des travaux publics pendant les périodes de dépression (à condition qu'ils soient financés par une épargne préalable de précaution). Les économistes d'obédience marxiste pensaient au fond la même chose. Les crises étaient à leurs yeux inévitables dans le capitalisme : seul un changement de régime, le passage au socialisme, pouvait modifier cet état de fait.

Si l'économie est considérée comme un système de variables et de flux à optimiser, elle constitue du même coup un *objet pour l'action.* Toutes les variables économiques peuvent être actionnées : la monnaie, le budget, les revenus, les prix, l'offre, la demande. Le langage lui-même traduit d'ailleurs cette évolution : l'application du terme de « politique » s'étend à tous ces domaines. C'est seulement à partir de la révolution keynésienne que l'on peut parler de politique des prix, de politique des salaires, de politique fiscale, etc. Interventions conjoncturelles et actions structurelles deviennent à partir de là complémentaires et indissociables à la fois. L' « économique » et le « social » ne sont en outre plus séparés ; les deux domaines sont totalement imbriqués l'un dans l'autre. Une nouvelle fonction apparaît ainsi : celle de la *régulation*. Sa particularité est de modifier toutes les approches antérieures de l'intervention de l'État. Elle n'est, en effet, ni un « domaine » d'intervention, ni une « valeur sociale ». Or c'est bien dans ces termes que le problème du rôle de l'État avait toujours été discuté jusqu'à 1945. La distinction des *agenda* et des *non agenda* obéissait à des considérations touchant à la nature, privée ou publique, des domaines ou des problèmes envisagés (l'État doit-il intervenir dans le domaine de la pauvreté, des transports, de l'école, etc.) ou à des principes philosophiques (doit-il ou non, et quand, se substituer à l'individu ? S'il doit assurer l'égalité sociale, peut-il se préoccuper de l'égalité des conditions ?). La notion de régulation sort de ces cadres d'analyse : elle appelle fonctionnellement l'existence d'un agent central, d'une force combinatoire qui ne peut être que l'État. Le keynésianisme a aussi modifié le regard que l'on portait sur les éléments les plus traditionnels de la vie de l'État. « De ce système théorique, écrit Pierre Mendès France dans *La Science économique et l'Action* (1954), découlèrent un ensemble de solutions pratiques. Toutes les institutions financières, le budget, le crédit, la monnaie, l'impôt, en reçurent une signification et une fonction nouvelles. » Les variables dépendantes de la vie quotidienne de l'État sont érigées en instruments de politique globale.

La régulation ne peut être, par définition, que globale. Les images du capitaine de navire ou du conducteur automobile, qui sont devenues à partir de l'introduction des politiques keynésiennes les références sans cesse utilisées pour traduire pédagogiquement le rôle de l'État, traduisent bien ce lien. Il n'y a pas plus de régulation sans État régulateur qu'il ne saurait y avoir de navire sans capitaine ou de véhicule sans conducteur. Les conditions de mise en œuvre de cette régulation et la nature des paramètres à maîtriser peuvent varier — selon le jugement que l'on porte sur les capacités autorégulatrices de certains éléments (les prix par exemple) —, mais l'approche globale subsiste. C'est d'ailleurs pourquoi pendant trente ans, de 1945 à l'aube des années 1980, le keynésianisme pratique a estompé dans les faits les différences entre les pays à tradition libérale et ceux à tradition plus interventionniste, comme il a réduit l'écart entre les politiques menées par des gouvernements socialistes et celles menées par des conservateurs. La matrice des interventions publiques pour réguler l'économie a été la même, à peu de variantes près, dans les différents pays industriels.

La comptabilité nationale
et la prévision économique

Tout un nouvel appareil de connaissance de l'économie et de la société a été mis en place pour rendre possible cette régulation. Lorsqu'il avait dirigé, de septembre 1944 à avril 1945, son grand ministère de l'Économie nationale, Pierre Mendès France avait constaté qu'il n'y avait pas de direction possible de la politique économique si de nouveaux instruments statistiques et méthodologiques n'étaient pas élaborés. Les formes d'intervention de l'État et les outils de savoir progressent toujours de pair : le savoir permet l'action et l'action s'adapte en retour au savoir. Le développement d'un État instituteur du social avait été lié au progrès des enquêtes sociales : l'État keynésien se met en place parallèlement au développement d'un nouveau système de *comptabilité nationale*. L'État régulateur est un grand dévoreur d'indicateurs statistiques. Son action présuppose qu'il puisse évaluer en permanence l'évolution des salaires et des prix, les variations de la production, les données de la croissance. La modernisation et l'extension de l'appareil statistique après 1945 témoignent à elles seules des transformations du rôle de l'État. La vieille Statistique générale mise en place en 1840 est complètement rénovée par la création en avril 1946 de l'INSEE dont la mission est beaucoup plus large. L'Institut national d'études démographiques est fondé en 1945 par Alfred Sauvy. Les indices mensuels, trimestriels ou annuels, sont désormais au cœur de la vie publique, ils sont érigés en faits essentiels d'information. Parallèlement à la production de ces matériaux chiffrés, une nouvelle méthodologie d'analyse de la vie économique se met progressivement en place.

En 1947, une équipe de hauts fonctionnaires et d'économistes publie un premier *Bilan national*. Son objectif était de permettre une analyse des goulots d'étranglement qui entraînaient alors une inflation galopante. Un travail d'élaboration méthodologique conduit peu à peu à la mise au point des premiers *Tableaux d'échanges interindustriels* (TEI). Stimulé par les demandes du

Commissariat au Plan et du ministère des Finances, ce travail débouche en 1952 sur la création du Service des études économiques et financières, le SEEF, qui se transformera en 1962 en Direction de la prévision. Des Comptes annuels de la nation sont élaborés sous sa responsabilité. Le gouvernement dispose avec eux d'un précieux instrument de pilotage de l'économie nationale : les modèles macro-économiques deviennent désormais d'indispensables moyens de gestion de la politique économique. Ils se complexifient et s'affinent naturellement progressivement. Si le premier TEI officiel, qui a pour base l'année 1956, est une matrice encore fruste qui croise 65 branches et produits, l'introduction de nouveaux moyens de calcul au début des années 1960 permet de traiter des milliers d'équations et des centaines de paramètres. Le passage de la règle à calcul à l'ordinateur améliore considérablement les conditions de la régulation économique. Des modèles aux appellations poétiques ou ésotériques — ZOGOL, FIFI, DMS — permettent d'élaborer des scénarios, de tester des politiques, d'effectuer des simulations de tous ordres, d'établir des projections. Le débat public est lui-même conditionné par l'usage de ces instruments. La politique économique connaît alors son âge d'or. Les catégories de PNP, PIB, de revenu national entrent dans le langage courant, consacrant la banalisation d'une vision globale de l'économie, figurée comme un circuit : les idées keynésiennes, au sens large du terme, sont intégrées au sens commun.

La qualité des travaux élaborés par des institutions comme l'INSEE ne doit cependant pas faire oublier une caractéristique majeure du système français de production de l'information économique : la position hégémonique de l'administration dans la collecte et le traitement des statistiques. Non contente de centraliser ses propres opérations et, par l'intermédiaire de la Banque de France et du Conseil national du crédit, celles des banques, l'administration rassemble la plus grande part des sources d'information économique grâce à l'INSEE ou aux divisions spécialisées de certains ministères (Industrie, Agriculture, Travail, Santé publique). Même s'il s'appuie parfois sur des données fournies par des organismes professionnels (en matière de production par exemple), l'appareil statistique d'État est le seul à pouvoir élaborer des synthèses sous forme d'indicateur. Cette situation contraste singulièrement avec celle de la plupart des autres pays industrialisés. En Allemagne ou aux États-Unis, l'État n'est pas le seul producteur de statistiques de base : des instituts privés de conjoncture et des établissements universitaires sont capables de fournir des chiffres propres, qui peuvent être confrontés à ceux des organismes publics. Rien de tel en France. Le monopole statistique de l'INSEE y est tellement bien enraciné qu'il n'y a que peu de voix pour le critiquer et estimer qu'il est démocratiquement préjudiciable. Cette situation n'a pas que des inconvénients de principe ; elle a également d'importantes conséquences sur la discussion publique des politiques économiques. Le monopole statistique engendre en effet un quasi-monopole en matière d'études et de prévisions qui rend parfois difficile le dialogue des acteurs économiques et sociaux avec l'État. C'est en effet ce dernier qui reste maître de l'usage des modèles économétriques de prévision, circonscrivant ainsi à priori les termes des choix, en fonction des hypothèses d'action qu'il privilégie. Ce phénomène déborde d'ailleurs largement le problème statistique : l'État se trouve de fait en position de *monopole de l'expertise* dans de très nombreux domaines, ce qui explique la spécificité française des termes du débat, ou de l'absence de débat, sur certaines questions (en matière d'énergie électronucléaire ou de politique de défense par exemple). On a souvent préféré chercher à rendre plus « démocratique » la machine publique (en faisant siéger par exemple des syndicalistes ou des industriels dans les comités de l'INSEE) plutôt que d'aller dans le sens d'un pluralisme des données. Les caractères historiques de la conception française de la démocratie sont là aussi bien visibles.

L'impératif de modernisation

Au centre et à l'origine de cette révolution keynésienne, tout un groupe de hauts fonctionnaires a joué un rôle central. Simon Nora, Pierre Uri, Claude Gruson, Jean Saint-Geours, Robert Marjolin, Pierre Massé, Jean Monnet, Jean Sérisé, Jean Denizet, Robert Hirsch : ce sont toujours les mêmes noms que l'on rencontre de 1945 à 1954 aux commandes du Plan et du SEEF, à l'INSEE et à la Commission des comptes de la nation. Ils formeront l'ossature intellectuelle de ce qui allait devenir le mendésisme. Par leur dynamisme et leurs exceptionnelles qualités, ces grands commis de l'État ont fourni aux historiens le modèle du haut fonctionnaire modernisateur dans la France de l'après-guerre. Cette génération s'est elle-même mise en scène dans de nombreux ouvrages : François Bloch-Lainé a publié *Profession fonctionnaire* (1974), Claude Gruson, *Origines et Espoirs de la planification française* (1968), Pierre Massé, *Le Plan ou l'Anti-hasard* (1965), Jean Monnet a livré ses *Mémoires* (1976). Des historiens comme Kuisel ou des sociologues comme Fourquet[56] ont retracé leur saga. S'ils sont fort utiles pour comprendre ce qui faisait agir de tels hommes et quels étaient leurs projets, ces livres peuvent pourtant conduire à une vision trop étroite des rapports de l'État et de l'économie pendant les Trente Glorieuses en polarisant l'attention sur les seules institutions de la planification et de la comptabilité nationale. Si la mise en place d'un État régulateur de la conjoncture constitue une évolution majeure, elle ne suffit pas à caractériser les nouvelles formes d'intervention de l'État qui se mettent en place après 1945.

Un mot peut servir de fil conducteur pour appréhender celles-ci : *modernisation*. Les interventions économiques de l'État ont ainsi deux volets : le volet keynésien et le volet modernisateur. En tant qu'État keynésien-régulateur, l'État français des années 1945-1980 se distingue peu de la plupart des autres États occidentaux (à d'importantes nuances près en matière de régulation monétaire, il est cependant vrai). C'est surtout en tant qu'État modernisateur qu'il présente des caractéristiques propres. L'impératif de modernisation ? Il s'appuie tout d'abord sur la dénonciation des retards et des archaïsmes de la société française. L'idée n'est pas neuve en 1945. Après la Première Guerre mondiale, et même dès la fin du XIXᵉ siècle, de nombreuses voix s'étaient déjà élevées pour dénoncer le malthusianisme patronal, l'infériorité des capitalistes français sur leurs homologues étrangers et l'insuffisante rationalisation de l'industrie nationale. Des industriels, des syndicalistes et des hommes politiques avaient tenu ce langage. De minoritaire, il

---

56. Cf. F. Fourquet, *Les Comptes de la puissance, histoire de la comptabilité nationale et du Plan*, Paris, Recherches, 1980, et R. F. Kuisel, *Le Capitalisme et l'État en France, modernisation et dirigisme au XXᵉ siècle*, Paris, Gallimard, 1981.

devient cependant dominant à la Libération. L'analyse qu'il véhicule n'est pas sans fondements. Mais elle est pourtant loin d'être complètement fidèle aux faits. On comprend l'agacement de Jean Bouvier qui n'hésite pas à écrire que « c'est par imitation, paresse d'esprit et ignorance que, de discours dépassés en allusions sans analyses, on a fait de notre prétendu malthusianisme économique une longue malédiction, une sorte de vice national de construction[57] ». S'il s'agit d'un cliché, il n'en reste pas moins à comprendre ce à quoi il renvoie, car c'est un cliché qui a été efficace. Plusieurs éléments semblent avoir concouru après 1945 à sa formation. Il participe d'abord d'une réinscription dans les circonstances de l'après-guerre du vieux fonds anticapitaliste de la culture politique française. Ne pouvant pas s'exprimer dans sa variante anti-industrialiste antérieure à un moment où toutes les énergies sont mobilisées pour la bataille de la production, cette culture anticapitaliste se maintient sur la base d'une opposition implicite entre le capitalisme réel (archaïque) et l'idée d'un « bon capitalisme » (moderne) qui transcenderait ses tares historiques. Le cliché sert également à élargir le consensus idéologique de la Libération. La dénonciation des archaïsmes et l'éloge de la modernisation offrent un terrain d'entente aux réformateurs modérés et à ceux qui raisonnent en termes de « système » capitaliste : ils peuvent au moins partager une critique. La notion de malthusianisme joue en 1945 le même rôle que celle d'Ancien Régime en 1789 : elle dissimule les tensions du présent par un exorcisme global et sans nuances du passé, comme si la dénonciation du vieux suppléait l'indétermination du neuf. Retrouvailles, là encore, avec le grand consensus fondateur.

Si l'on peut comprendre dans ces termes le leitmotiv moderniste des années de l'après-guerre, il faut aussi noter sa valence sociologique. Il trouve un écho particulier dans les milieux de la technocratie qui légitiment ainsi leur interventionnisme. Au vieil antagonisme État (bureaucratique)/société civile, ils substituent le clivage modernes/archaïques, donnant une nouvelle jeunesse à l'élitisme capacitaire. « Nous étions, écrit ainsi rétrospectivement Simon Nora, le petit nombre qui savions mieux que les autres ce qui était bon pour le pays — et ce n'était pas complètement faux. Nous étions

---

57. J. Bouvier et F. Bloch-Lainé, *op. cit.*, p. 36.

les plus beaux, les plus intelligents, les plus honnêtes et les détenteurs de la légitimité. Il faut reconnaître que pendant trente ou quarante ans, le sentiment que j'exprime là, de façon un peu ironique, a nourri la couche technocratique [58]. » La spécificité française du rapport de l'État à la société tient pour une large part à cette variable sociologique. La génération de hauts fonctionnaires qui émerge après la Libération se sent d'une certaine façon *au-dessus* de la société, jugée retardataire, archaïque, dans une position de guide et de pédagogue. La création de l'ÉNA, en 1945, justifie cette prétention. C'est peut-être par ce trait que la France se distingue le plus profondément des pays anglo-saxons : l'éthique anticapitaliste et le sacre des hauts fonctionnaires comme élites centrales se sont conjugués pour relégitimer un État fort contesté dans l'entre-deux-guerres.

Le thème de la modernisation simplifie la vision du social, traçant une frontière simple entre les forces de progrès et les suppôts du conservatisme. Michel Winock a retracé avec beaucoup d'humour l'état d'esprit de ces années dans *La République se meurt.* « La France, note-t-il, fut alors déchirée, non point entre la droite et la gauche, mais entre les adeptes de la modernité et les défenseurs de la société précapitaliste et malthusienne [...]. Dans le premier camp, on comptait tous les sectateurs du progrès, les ingénieurs saint-simoniens, les polytechniciens, les amis du genre humain, les curés progressistes, les femmes savantes, les élèves de l'ÉNA, les constructeurs d'automobiles, les syndicalistes, les lecteurs de Fourastié, les économistes de la croissance, les chanteurs marxistes, les professeurs keynésiens, les sidérurgistes, les fonctionnaires de l'INSEE, les journalistes du *Monde,* les éditions du Seuil et les militants du *birth control* [...]. Dans l'autre camp, s'épanouissaient les chantres de la vie villageoise [...], les petits commerçants, les bistrots qui faisaient la fortune de M. Paul Ricard, la France du XIXe siècle, radicale, protectionniste, pavillonnaire, avec sa traînée de notaires, d'avoués, d'huissiers, de curés traditionalistes, de boulistes à béret basque, de chiens méchants, de murs sertis de tessons de bouteilles, de membres actifs de l'association Guillaume-

58. S. Nora, « Servir l'État », *Le Débat,* n° 40, mai-septembre 1986, p. 102.

Budé, de bouilleurs de cru, d'administrateurs coloniaux, d'anciens tenanciers de bordels, à quoi s'ajoutaient les fidèles du maréchal Pétain [59]. »

Publié en 1960, un rapport rédigé par Jacques Rueff et Louis Armand écrivait la version savante de cet inventaire à la Prévert en dressant à la demande du gouvernement la liste des « obstacles à l'expansion économique [60] ». Il mettait nommément en cause tout un ensemble de professions protégées par des systèmes de *numerus clausus* (des taxis parisiens aux notaires, en passant par les meuniers et les pharmaciens). L'idéologie modernisatrice était alors à son apogée.

Les figures de l'État modernisateur

Trois traits caractérisent les rapports de cet État modernisateur à l'économie de 1945 aux années 1970 : un travail d'éducation industrielle de la nation ; un système d'intervention économique par le biais du lancement de grands projets industriels ; un mode de gestion étato-corporatiste.

1. *L'éducation économique et industrielle de la nation :* c'est l'État instituteur appliqué à l'industrie. Son action se fonde sur le présupposé d'une incapacité globale de l'économie française à se diriger et à se moderniser elle-même ; elle ne répond pas seulement à des motifs d'harmonisation ou de mise en conformité des intérêts particuliers des entreprises avec l'intérêt général. En même temps qu'ils mettent en place un Commissariat général au Plan, les pouvoirs publics confient par exemple à Gabriel Ardant la tâche d'animer un *Commissariat général à la productivité.* Institution qui n'a aucun équivalent dans les autres pays industrialisés et qui témoigne de la défiance de l'État français envers les industriels. Une loi du 22 juillet 1948 définit dans ce cadre un vaste programme de missions de productivité qui ont pour objectif d'inciter les responsa-

59. Cité dans l'article très suggestif de J. Donzelot, « D'une modernisation à l'autre », *Esprit,* n° 8-9, 1986.
60. *Rapport sur les obstacles à l'expansion économique,* Paris, Imprimerie nationale, 1960.

bles économiques et sociaux à se mettre à l'école des entreprises étrangères les plus performantes. De 1949 à 1952, 267 missions sont organisées (dont 211 à destination des États-Unis), faisant voyager par petits groupes 2 610 patrons accompagnés de syndicalistes et de fonctionnaires. Si cette expérience ne doit pas être surestimée quant à ses effets pratiques, elle n'en a pas moins une dimension symbolique essentielle : l'État modernisateur a vis-à-vis du milieu des entreprises le même type de comportement que l'État républicain de Jules Ferry manifestait vis-à-vis des masses sans éducation à la fin du XIXe siècle. L'éducation industrielle apparaît en 1945 comme l'équivalent de l'instruction publique dans les années 1880 : elle est la béquille du libéralisme économique, au sens où l'instruction publique était la béquille du libéralisme politique et du suffrage universel. Un même type de rapport pédagogique s'établit dans les deux cas entre l'État et la société. La politique française de lutte contre l'inflation obéit, de 1945 aux années 1980, à un même type de défiance. On présuppose que les entreprises ne « méritent pas » la liberté des prix et qu'une longue tutelle est indispensable, au-delà même des contraintes particulières que font peser à certains moments les impératifs d'une politique de régulation conjoncturelle. Cette politique de contrôle est, là encore, sans équivalent dans les autres pays industrialisés. Ce comportement de l'État ne s'explique ni par une vague « tradition interventionniste », ni par l'existence d'une sorte de « socialisme camouflé ». Il se manifeste d'ailleurs avec une remarquable constance, transcendant les différentes orientations des gouvernements qui se sont succédé pendant quarante ans. La continuité repose sur la vision capacitaire d'un État tutélaire.

L'ouverture de l'économie française dans les années 1960 provoque une accentuation de ce rapport pédagogique. La nécessité d'organiser à partir de la signature du traité de Rome (1957) une économie compétitive prend le relais des impératifs de la reconstruction pour légitimer la tutelle industrielle de l'État. Cette ouverture s'opère en deux étapes. Dans un premier temps, les effets de la création de la CEE se cumulent avec les conséquences de la perte de l'empire colonial qui constituait un débouché garanti pour l'industrie française (de 1959 à 1970, la part des exportations vers les anciennes colonies passe de 34 % à 12 % du total des exportations, et les importations en provenance de ces pays chutent de 25 % à 10 % du total des importations). Pendant cette période, l'État joue un rôle moteur pour stimuler la concentration des entreprises industrielles et aider ainsi à la formation de groupes plus compétitifs. La plupart des concentrations qui s'opèrent dans les années 1960 ont lieu sous son impulsion : formation de PUK dans la chimie par la fusion de Péchiney, d'Ugine et de Kuhlmann ; réunion de Saint-Gobain et de Pont-à-Mousson ; concentration de l'industrie sidérurgique autour de Wendel Sidelor, Denain Nord-Est Longwy et Creusot-Loire ; regroupement des constructions aéronautiques nationalisées dans la SNIAS. D'une moyenne de 32 fusions annuelles d'entreprises entre 1950 et 1958, on passe à une moyenne de 74 de 1959 à 1965 et de 136 de 1966 à 1972[61].

C'est à Matignon, voire à l'Élysée, et rue de Grenelle, au ministère de l'Industrie, que se décident les opérations de restructuration industrielle. L'intervention de l'État ne repose pourtant sur aucun pouvoir réglementaire, mais elle résulte pour l'essentiel d'une capacité de pression financière. En contrôlant les prix, l'État est en effet indirectement maître du niveau des profits des entreprises ; il régit en outre les conditions d'accès des entreprises au marché obligataire, est souvent leur premier client, distribue des subventions et des aides à la recherche. A la fin des années 1960, pour ne donner qu'un seul chiffre significatif, les aides publiques directes à l'industrie représentent 15 % du total des investissements, et 6 groupes (Dassault, la SNIAS, la CGE, Thomson-Brandt, Empain-Schneider et CII-Honeywell) recueillent la moitié de ces aides. Ce sont des négociations État-entreprises, sous forte contrainte financière, qui constituent le véritable lieu du pouvoir industriel ; négociations dont le principe est facilité par l'homogénéité sociologique du milieu des hauts fonctionnaires avec celui des dirigeants des grands groupes industriels (les uns et les autres appartiennent aux mêmes grands corps : les Mines, les Ponts et Chaussées, l'Inspection des finances).

Dans les années 1970, l'ouverture de l'économie subit une brutale accélération, surtout après le premier choc pétrolier de 1973 qui

61. Source : J.-C. Asselain, *Histoire économique de la France,* Paris, Le Seuil, 1984, t. 2.

fait de l'impératif d'exportation une nécessité de plus en plus vitale.

L'OUVERTURE DE L'ÉCONOMIE

	Part des importations dans le PIB	Part des exportations dans le PIB
1958	9,7 %	8,9 %
1967	13,6 %	13,4 %
1973	21,7 %	21,3 %
1980	26,5 %	24,2 %

Source : INSEE

Une nouvelle vague de concentrations s'opère dans ce contexte. Les difficultés financières que connaissent alors de nombreuses entreprises ne font qu'accroître la capacité d'intervention industrielle de l'État. Il commande de fait les restructurations en maîtrisant l'appareil de leur accompagnement social. Il devient aussi un État-providence appliqué à l'industrie à travers des outils comme le CIASI (Comité interministériel d'adaptation des structures industrielles, créé en 1974) qui gèrent tous les dossiers difficiles. L'objectif d'éducation industrielle de la nation trouve dans cette conjoncture une nouvelle justification. Si les circonstances ont évolué, la continuité est ainsi totale sur ce plan de la fin des années 1940 aux années 1980.

2. *La stratégie des grands projets* constitue le deuxième volet de l'intervention économique de l'État. Elle est aussi assez spécifiquement française. Cette stratégie est à la jonction d'une conception du développement industriel et d'un volontarisme technocratique. Les grands projets s'inscrivent dans une vision hiérarchisée du tissu industriel qui distingue les secteurs de base et les secteurs dépendants. Les premiers sont supposés commander l'ensemble de la dynamique industrielle par leur effet d'entraînement. Les considérations d'indépendance nationale et les données militaires se greffent sur cette vision pour amener l'État à définir tout un ensemble de secteurs stratégiques dans lesquels il entend jouer un rôle préémi-

nent, considérant que ces secteurs ne sauraient être soumis aux règles ordinaires de fonctionnement des entreprises. « S'agissant d'une industrie de base, explique ainsi Michel Debré en parlant de la sidérurgie devant l'Assemblée nationale le 9 octobre 1978, la règle dite de la compétitivité ne peut être notre seule loi. La France, en effet, a besoin d'une industrie sidérurgique puissante [...]. L'acier est un impératif de la France et la sidérurgie doit recevoir des pouvoirs publics les moyens d'une ambition qui n'est ni une ambition professionnelle, ni une ambition régionale, mais une grande ambition nationale [62]. » Des communistes aux conservateurs, ce jugement n'a cessé de faire l'unanimité, dans ce domaine comme dans ceux de l'aéronautique, des chantiers navals, de l'électronique ou de la chimie lourde. Toute une série d'ouvrages publiés sous des plumes de droite et de gauche dans les années 1970 sur la politique industrielle reprennent ce thème. *L'Impératif industriel* de Lionel Stoleru (1967) et *La Grande Menace industrielle* (1978) de Christian Stoffaës disent pratiquement la même chose que *Le Socialisme industriel* (1977) d'Alain Boublil ou *Restructuration de l'appareil productif français* (1976) publié par l'IRIS de Jacques Attali. Si ces auteurs peuvent diverger sur l'utilité et l'opportunité de nationaliser les entreprises des secteurs de base, ils expriment une même conception des fondements de l'intervention industrielle de l'État centrée sur la notion d'industrie stratégique.

Indépendamment du flux des aides financières concentré sur ces secteurs, cette appréhension des problèmes industriels a conduit l'État à développer à partir des années 1960 des *grands projets* et des *plans sectoriels* destinés à produire des effets industriels d'induction autant qu'à protéger une industrie menacée par la concurrence étrangère. Le sommet de l'État, à savoir la présidence de la République, intervient à chaque fois directement. La liste est impressionnante : programme Caravelle à la fin des années 1950, puis Concorde et Airbus, dans l'aéronautique civile ; Plan calcul lancé en 1966 en réponse au refus des Américains de livrer un gros ordinateur commandé par le Commissariat à l'énergie atomique (l'État crée alors la CII avant de s'attaquer au problème de Bull) ; programme électronucléaire lancé en 1974 avec un vaste projet de

---

62. Cité par J. Padioleau, *Quand la France s'enferre*, Paris, PUF, 1981.

restructuration industrielle des entreprises fabriquant les équipements nécessaires ; projet sidérurgique de Fos-sur-Mer décidé en 1967 ; grandes opérations d'aménagement à La Villette ou à la Défense ; Plan machine-outil de 1976 ; Plan électronique de 1982 ; construction du RER et du TGV, etc. Ce volontarisme a presque toujours payé techniquement. Mais le bilan économique d'ensemble est beaucoup plus incertain. Si cette méthode a probablement été une réussite dans le domaine de l'électronucléaire et des télécommunications, le coût en a parfois été très élevé (on chiffrait par exemple en 1980 à 35 milliards de francs le déficit net de l'opération Concorde). Le fait majeur reste que l'État a toujours favorisé les grands projets par rapport à des formes d'aides plus diffuses à l'industrie. La théorie — économiquement fort contestable — des « secteurs stratégiques » a beaucoup contribué à cette forme d'intervention ; les préoccupations politiques de visibilité ont également joué leur rôle (« Nos pyramides », titrait en 1986 un journaliste de *L'Expansion* à propos de ces grands projets). Mais le système des grands projets s'explique surtout par le sentiment d'efficacité qu'il donne à l'action de l'État. Il est au cœur de la rhétorique volontariste des pouvoirs publics, car il abolit la distance entre la décision et l'exécution. Le grand projet a en effet ceci de remarquable qu'il permet d'incarner directement des objectifs dans une réalisation. Face à des actions « ordinaires » toujours menacées d'enlisement, de déviation, dont la réussite est conditionnée par un patient effort d'accompagnement, il donne l'impression de supprimer l'aléa auquel toute intervention de l'État est soumise du point de vue de ses résultats. *Le lancement d'un grand projet simplifie ainsi le rapport de l'État à la société :* il exorcise la possibilité d'un échec en réduisant la distance entre le dire et le faire ; il érige un monument destiné à témoigner de la maîtrise de l'État sur les choses. D'où d'ailleurs la relative indifférence finale au bilan économique réel d'une opération, comme si l'essentiel consistait à manifester symboliquement que l'État peut quand il le veut.

3. *La gestion étato-corporative* est la troisième figure du rapport de l'État modernisateur français à l'économie. Elle se caractérise par un type d'intervention fondé sur des compromis entre l'État et

les professions organisées. Deux exemples symbolisent cette gestion : l'agriculture et la sidérurgie.

L'ouverture progressive de l'économie dans les années 1950 et la création du Marché commun posent dès la fin des années 1950 le problème de la modernisation de l'agriculture française. L'État a joué dans ce cas la carte d'une prise en charge par la profession de ses problèmes, d'importantes contreparties financières étant versées. La loi d'orientation agricole du 5 août 1960 fixe les règles du jeu. L'État entame à partir de cette date un très net mouvement de désengagement. Ses services agricoles, jadis omniprésents sur le terrain par l'intermédiaire des ingénieurs départementaux des services agricoles, prennent de la distance : ils se contenteront ensuite de gérer des procédures et des règles mais n'agiront plus comme des forces d'encadrement direct du milieu agricole. Rien à voir pourtant avec un retrait de type « libéral ». Il s'est en effet seulement agi d'un transfert de compétences à la profession dans le cadre d'une institutionnalisation qui se trouvait en fait globalement accrue. Une foule d'« associations » et de « fonds » ont ainsi été mis en place, financés par des subventions ou des taxes parafiscales : Fonds national de développement agricole, Centre national pour l'aménagement des structures des exploitations agricoles, etc. Bien avant les premiers exemples de gestion des mutations industrielles, dont la Convention sociale de la sidérurgie donne en 1966 le modèle, se met ainsi en place dans l'agriculture tout un ensemble de procédures destinées à moderniser le secteur et à faciliter la reconversion des agriculteurs. Favorisée par la croissance industrielle, la mutation de l'agriculture française a ainsi pu s'opérer sans heurts trop prononcés alors que le pourcentage d'agriculteurs dans la population active passait de 28 % en 1946 à 8 % dans les années 1970. Le Plan professionnel de la sidérurgie, élaboré en 1966, participe du même modèle : l'État accorde une aide financière considérable aux entreprises en contrepartie d'une politique de restructuration et d'une meilleure maîtrise de la production. La Chambre syndicale de la sidérurgie, alors dirigée par J. Ferry, est le partenaire de la négociation avec l'État, comme la FNSEA et le CNJA l'avaient été dans le cas de l'agriculture. Ces deux exemples participent d'un même modèle, la gestion étato-corporative, qui tente de définir une voie nouvelle entre le laisser-faire et l'étatisation. Il érige la profession en force d'autorégulation, l'État n'intervenant que comme agent d'impulsion. Fondé en grande partie sur la reconnaissance des limites de l'efficacité d'un interventionnisme direct, ce modèle témoigne de la persistance du phénomène des corps dans la société industrielle. Plus largement, toute l'organisation des branches professionnelles est en fait restée marquée par l'expérience des *comités d'organisation* mis en place pendant le régime de Vichy, et l'État a dans de très nombreux cas favorisé la mise en place d'organismes mixtes État-profession pour gérer des normes (dans le cas du bâtiment par exemple), impulser des progrès techniques ou répartir des aides.

Les trois figures de la gestion étato-corporative, de la stratégie des grands projets et de l'État éducateur industriel se sont combinées pour donner à l'État modernisateur français sa spécificité.

Le tournant des années 1980

Le thème de la modernisation est resté très présent dans la France des années 1980. Le réquisitoire contre les corporatismes dressé en 1982 par François de Closets dans *Toujours plus* en témoigne. Ce *best seller* des années 1980 ne diffère à première vue ni sur le fond ni dans la forme du célèbre rapport Rueff-Armand publié à l'aube des années 1960. Mais la notion de modernisation a pourtant changé de sens en vingt ans : elle est passée de l'économie à la politique. En 1960, la modernisation définissait une stratégie de l'État vis-à-vis de la société ; elle qualifiait à la fois une méthode et des objectifs de transformation des structures économiques et sociales. Bien que toujours présente, cette dimension s'est fortement estompée dans les années 1980. La notion de modernisation s'est déplacée, elle a constitué une sorte de substitut à la référence au socialisme, dans un contexte où le contenu et la spécificité de celui-ci apparaissaient de plus en plus difficiles à cerner. Laurent Fabius, nommé Premier ministre en 1984, en fit ainsi un slogan de gouvernement. Le thème de la modernisation a correspondu pendant cette période à une mutation de la culture politique française. Il a orchestré le déclin intellectuel du socialisme traditionnel et des visions simplificatrices de l'économie et de la société qu'il véhiculait, accompagnant, peut-être, l'entrée de la société française dans l'âge mûr de la modernité démocratique[63]. Une page de l'histoire des rapports entre l'État et la société se tournait indéniablement en même temps, sans que les deux mouvements soient d'ailleurs nécessairement liés.

Ce qui a changé ? La liste des mesures de libéralisation économique est de prime abord la plus spectaculaire : réforme des marchés financiers opérée par le gouvernement Fabius ; privatisations, retour à la liberté des prix décidés par le gouvernement Chirac. Le déclin de l'intervention économique de l'État a été permanent à partir de 1983. Il a correspondu à un mouvement de fond qui n'a été que superficiellement affecté par l'alternance politique, même si celle-ci a pu accentuer certaines évolutions ou conduire à multiplier les mesures symboliques. Il n'y a aucune spécificité française sur ce point. L'État keynésien a reculé partout dans le monde du fait de l'ouverture croissante des économies, du ralentissement de la croissance et de l'effritement des compromis sociaux qui le fondaient. Cette évolution est-elle irréversible ? Force est en tout cas de constater que cette inflexion des politiques économiques, trop simplement qualifiée de « libérale », se superpose en France à une profonde mutation culturelle qui affecte les rapports entre l'État et la société. On peut la caractériser assez simplement : le comportement pédagogique et paternaliste de l'État vis-à-vis de la société a perdu sa légitimité et sa raison d'être. Dans les années 1960, la force de l'État modernisateur était fondée sur sa capacité d'anticipation sur la société[64]. Celle-ci s'est effritée. Le pantouflage croissant des jeunes énarques les plus brillants et le déclin du prestige de l'ÉNA en constituent un indicateur qui ne trompe pas. « Servir l'État, c'était peu ou prou se mettre au service de la réforme », note Pierre Grémion en parlant des années 1960[65]. Ce n'est plus vrai dans les années 1980. Quelque chose de très profond s'est joué dans cette transformation.

« Aujourd'hui, résume Simon Nora, le grand changement c'est

---

63. Cf. sur ce point P. Rosanvallon, « Le consensus archaïque », *Le Nouvel Observateur,* 22 janvier 1988, et l'article déjà cité de J. Donzelot, « D'une modernisation à l'autre ».

64. Sur ce renversement, cf. l'excellent article de Pierre Grémion, « L'échec des élites modernisatrices », *Esprit,* novembre 1987.

65. S. Nora, « Servir l'État », art. cité ci-dessus.

qu'une fonction publique hautaine et dominatrice est devenue positivement insupportable dans un pays qui n'est plus celui de la Libération. Avec les progrès de la formation et de l'information, le pays, adulte, ne supporte plus qu'on lui explique, de haut, ce qu'il faut faire et ne pas faire[66]. » L'État keynésien, nous l'avons souligné, avait été d'autant plus développé en France qu'il s'était greffé sur une culture sociale de l'État instituteur. L'érosion de cette dernière a ainsi rendu plus vive et plus brutale que dans les autres pays la remise en cause de l'État régulateur. L'État a de surcroît peut-être été victime de sa propre efficacité, le bon instituteur ayant formé des élèves dorénavant capables d'autonomie. Quelles que soient les formes que prendront dans l'avenir les interventions économiques de l'État, elles ne retrouveront jamais, pour cette raison, le sens qu'elles avaient durant les Trente Glorieuses.

66. *Ibid.*

RÉFLEXIONS FINALES

Continuités et ruptures
dans l'histoire de l'État
La spécificité française
L'avenir de la forme étatique

On ne saurait vraiment conclure un travail qui dessine un programme de recherche et suggère une méthode plus qu'il ne propose une synthèse, à bien des égards encore prématurée. Mais, du moins, peut-on essayer de reprendre transversalement le fil de quelques questions qui l'ont sous-tendu en permanence : où sont les continuités et les ruptures dans l'histoire de l'État moderne ? Quelle est la spécificité du cas français ? Comment réfléchir, à partir du cadre d'analyse qui a été proposé, l'avenir de la forme étatique ? Il ne s'agit certes pas de prétendre apporter en des pages trop brèves des réponses à ces questions. L'objet de ces notes finales est plus modestement d'ordre méthodologique ; il est de fournir quelques points de repère, nécessairement schématiques, pour prolonger la réflexion entreprise.

Sur la genèse de l'État

La principale difficulté à laquelle on se trouve confronté quand on parle de l'État est celle de la pauvreté du langage que l'on utilise pour le décrire. Le seul terme d' « État moderne », voire d' « État » tout court, sert à qualifier des types de puissance publique si disparates que son usage même tend à ruiner toute entreprise de clarification. Nous nous sommes limités dans cet ouvrage à l'analyse de la période postérieure à 1789 en décrivant les grandes figures du rapport État-société en France. Pour appréhender de façon plus large la question de la forme politique étatique il faudrait faire un double effort : distinguer conceptuellement la notion d'État d'autres types de puissance publique, d'une part, et, d'autre part, décomposer plus clairement qu'on ne le fait habituellement les différentes phases de constitution de l'État de type occidental. Il me semble que l'on pourrait avancer sur ce dernier point en distinguant trois moments politiques et juridiques bien spécifiques.

● *Le moment de la laïcisation du politique.* Il marque l'apparition de l'État comme forme politique originale et inédite dans l'histoire de l'humanité. Cette émergence s'opère au sein d'un double processus de sécularisation et de territorialisation du pouvoir politique qui est lié à la crise du modèle impérial à la fin du Moyen Age. Au Moyen Age, l'idée d'empire était indissociable de celle de chrétienté : les pouvoirs politiques et religieux étaient imbriqués, le spirituel et le temporel n'étant pas séparés ; l'espace politique de référence de l'empire était par ailleurs non délimité en principe puisqu'il avait vocation à régir l'ensemble du monde connu. La forme étatique apparaît aux XIIIe et XIVe siècles comme une façon de résoudre les tensions et les contradictions de cet universalisme théologico-politique. Les rivalités entre le pape et l'empereur conduisent d'abord à l'élaboration d'une vision sécularisée des fondements du pouvoir politique. La séparation du temporel et du spirituel amène à autonomiser et à valoriser la sphère du droit comme source de légitimation et de régulation du pouvoir. D'où le rôle capital des légistes laïcs pendant cette période. La territorialisation de la puissance politique provoque par ailleurs sa concentration et son renforcement. Le pouvoir impérial était par nature relativement lâche, bien des formes d'autorités plus ou moins autonomes coexistaient en son sein (royaumes, principautés, cités affranchies, etc.). L'empire était un espace politico-culturel à géométrie variable aux limites relativement floues. L'État incarne un type de puissance plus concentrée et plus restreinte à la fois : il organise le pouvoir sur un territoire délimité à partir de frontières clairement définies, mais il y exerce l'ensemble des attributions qui étaient auparavant dispersées et divisées. La notion de *souveraineté* a été utilisée pour traduire ce double processus de concentration des moyens et de limitation territoriale de la puissance politique qui caractérise la formation des États en Occident.

● *Le moment libéral.* Il consiste en une clarification de la nature juridique de l'État, en même temps qu'il approfondit la sécularisation du politique. Aux XIIIe et XIVe siècles, le processus de sécularisation était uniquement « *externe* », il modifiait les rapports de la puissance publique et de l'autorité spirituelle en tant que telles. A partir du XVIe siècle, la sécularisation « *interne* » devient la grande question. Elle concerne les rapports du privé et du public : reconnaissance de l'inviolabilité du for intérieur des individus, principe de la liberté de pensée, distinction de la morale et de la religion (la Réforme est naturellement au cœur de ce processus). Parallèlement, la juridification du politique se précise avec le développement des théories du droit naturel et du contrat social. Si la forme étatique émergeait à la fin du Moyen Age sous la forme d'un *État de règle* (puissance réglée par le droit dans son autonomie), le moment libéral marque le passage à ce qu'il convient d'appeler un *État de droit* au sens traditionnel : reconnaissance et protection des droits naturels des individus en tant qu'ils constituent le fondement du corps social.

● *Le moment démocratique.* Il accompagne l'avènement de gouvernements représentatifs qui visent à assurer le contrôle et la légitimation de l'État par la société civile (quelles que soient les modalités et les formes plus ou moins développées de ce contrôle). Ce n'est pas tant la nature de l'État que le mode de légitimation qui est ici concerné. Principalement amorcé au XVIIIe siècle, le moment démocratique marque la transformation de l'État de droit en un *État démocratique.*

Ces trois moments décrits à grands traits ne définissent pas des formes politiques radicalement différentes. Dès les XIIIe et XIVe siècles par exemple, la territorialisation et la sécularisation du pouvoir politique s'étaient appuyées sur les principes du droit naturel et la mise en place de formes de représentation, de même que l'individu commençait déjà à être reconnu. Il y a bien en ce sens une matrice unique de l'État moderne. Mais ce dernier ne se développe qu'à travers une série d'épreuves qui conduisent à réaliser pleinement des principes qui n'étaient présents qu'à l'état de germes. Pris globalement, dès le premier moment qui le constitue, l'État souverain, comme État de règle, a ainsi une histoire singulière que l'on a parfois trop tendance à oublier. Si l'État comme forme territorialisée de la puissance publique s'est imposé comme modèle politique universel, l'État comme expression réglée par le droit de la souveraineté reste une figure parmi d'autres de la puissance. Aujourd'hui dans le monde, il y a bien des formes politiques qui sont caractérisées par d'autres rapports de la puissance et du droit, non définis par la séparation du religieux et du politique et non fondés sur une philosophie du pluralisme et de la représentation.

Ces quelques réflexions suggèrent que l'histoire de l'État est liée à l'histoire de la démocratie et au développement de l'individualisme moderne. C'est la raison pour laquelle on ne peut la comprendre si l'on se contente de la rapporter à une histoire du capitalisme ou de la domination, comme on a eu coutume de le faire pendant des années dans une tradition intellectuelle de type marxiste.

La spécificité française

Le pastorisme puis le keynésianisme ont contribué depuis un siècle à gommer les différences entre les différents États occidentaux. En termes structurels, les particularités peuvent sembler mineures. Des années 1950 à la fin des années 1970, la forme des États a même semblé relativement indépendante des caractéristiques politiques, les pays conservateurs et les pays sociaux-démocrates ayant dans la plupart des cas poursuivi des politiques proches et adopté des structures d'intervention publique fort semblables. Pourtant, derrière cette apparente resynchronisation de l'histoire des États occidentaux au XXᵉ siècle, la forte spécificité française demeure, tant sont profondes ses racines. Quand on prend en compte les différents moments de constitution de l'État démocratique, il est en effet facile de constater la singularité du cas français. Le moment de la laïcisation du politique y a d'abord été plus précoce et plus marqué que dans la plupart des autres pays, la formation de l'État précédant ainsi assez largement celle de la nation. Le rapport de souveraineté a été pour cette raison affirmé de façon plus radicale et plus subjective à la fois. Cette précocité et cette radicalité liées à l'échec de la Réforme expliquent que le moment libéral se soit manifesté de manière comparativement très tardive, se télescopant finalement assez largement avec le moment démocratique en 1789. Avance d'un côté, retard de l'autre : ces deux faits suffisent à expliquer la centralité de la figure de l'*État instituteur du social* en France. L'État ayant précédé la nation, il s'est donné pour tâche dès le xıvᵉ siècle de la faire exister, de la produire en quelque sorte. La Révolution ne fera qu'accentuer cette dimension, les conditions de la rupture avec l'absolutisme ayant engendré un indéniable vide social qu'il fallait combler (l'absolutisme français étant caractérisé par la cohabitation de structures sociales féodales, de corps, et d'institutions politiques de nature moderne, individualistes-étatiques). C'est de cette histoire, et non d'un quelconque trait de caractère national (« l'amour de l'État », par exemple), que l'État français tire sa position de force.

Cette singularité apparaît d'autant plus marquée que l'on procède à une comparaison avec d'autres pays. En Allemagne, par exemple, c'est au contraire la nation qui a précédé l'État, et le moment démocratique a d'une certaine façon précédé le moment libéral (les formes du gouvernement parlementaire ne sont pleinement développées qu'en 1919 alors que le suffrage universel est introduit bien plus tôt). Dans le cas anglais, les trois moments se sont mêlés dès le xıııᵉ siècle, chacun d'entre eux s'approfondissant ensuite progressivement (le moment libéral s'accélérant cependant avec la révolution de 1688).

L'État français a donc bien une histoire spécifique, qui n'est pas seulement celle d'une croissance linéaire et progressive. C'est de ce point de vue que l'on peut critiquer la thèse tocquevillienne, toujours très largement partagée, de la *continuité*. L'État, explique Tocqueville dans *L'Ancien Régime et la Révolution,* a traversé comme un roc inébranlable l'histoire de France, incarnant un principe de gestion et de domination de la société jamais remis en cause, la centralisation jacobine n'étant que la poursuite des principes absolutistes de gouvernements. Tocqueville est dans le vrai quand il souligne les effets mécaniques du déficit de corps intermédiaires, au xvıııᵉ comme au xıxᵉ siècle. Bien des historiens et des sociologues du xıxᵉ siècle insisteront d'ailleurs avec lui sur le rapport entre le développement de l'individualisme, que la Révolution accélère, et le processus d'étatisation. Mais cette analyse a pour inconvénient majeur de réduire l'État au système administratif et de négliger l'État en tant que forme politique. Si la linéarité et la continuité peuvent caractériser à grands traits l'évolution de l'administration, l'histoire de la forme étatique est au contraire faite en France de ruptures. La Révolution française marque à cet égard une césure décisive que Tocqueville est conduit à occulter presque complètement, rendant du même coup relativement illisible la plus forte spécificité de l'État français : son caractère d'instituteur du social. Tocqueville s'est en fait emparé du thème de la continuité dans une optique directement politique. Il voulait montrer que la France n'avait pas encore appris le libéralisme au xixe siècle même si elle était gouvernée par le suffrage universel (*L'Ancien Régime et la Révolution* paraît, ne l'oublions pas, en 1856, au début du Second Empire), et que la rupture avec l'absolutisme, et sa version modernisée, le césarisme, restait à opérer.

L'avenir de l'État

Comment va évoluer le système administratif ? Est-il possible de donner de la souplesse à la gestion de l'État en faisant évoluer le Statut de 1946 ? Comment rendre plus effective la notion de service public ? En 1989, le gouvernement lançait un débat public qui a rencontré un large écho sur ces questions à propos des PTT. Le thème de la « modernisation » de l'État polarise cependant peut-être trop l'attention. Non pas qu'il soit secondaire ou négligeable. Il y a même probablement d'énormes « gisements de productivité » à exploiter en rendant l'administration plus flexible et plus rationnelle. Mais ce thème est trop souvent marqué par une ambiguïté : la présupposition que le poids de l'État, et donc son coût, résulte pour l'essentiel d'une série de dysfonctionnements et d'une accumulation de lourdeurs. S'il est indispensable de mieux gérer l'État, la question de l'État ne se réduit pas à un problème de *management* (même si l'État accuse en ce domaine un sérieux handicap par rapport à bien d'autres grandes organisations). La dénonciation rituelle de la bureaucratisation constitue à cet égard un véritable obstacle à une véritable réflexion sur l'avenir de l'État. Elle tend d'abord à faire perdre de vue que l'inflation des règles et la complication des procédures sont directement liées au développement de la démocratie.

Plus d'équité, plus de justice, plus d'impartialité signifient logiquement plus d'objectivité dans le traitement des situations et donc un caractère plus impersonnel de la gestion. Plus d'État de droit entraîne automatiquement plus de bureaucratie au sens technique et wébérien du terme. Limiter le domaine de la règle, c'est automatiquement accroître le pouvoir et l'autonomie des fonctionnaires, donc ouvrir la porte à un certain risque arbitraire. *Peut-on alors simplifier les règles et prévenir le danger d'arbitraire ?* Le modèle américain, dans lequel la régulation par le droit joue un rôle beaucoup plus important qu'en France, a souvent été évoqué dans les années 1980 pour suggérer la voie d'une réponse possible, celle d'un « droit sans État ». Le développement des « autorités administratives indépendantes » a d'ailleurs généralement été interprété comme la manifestation d'un certain déblocage. Mais on sait qu'il faut se garder à ce propos d'oppositions simplistes. Il n'y a pas d'un côté la bonne régulation par le droit, démocratique et bon marché à la fois, et de l'autre la mauvaise régulation par l'État, nécessairement inefficiente. On peut d'ailleurs se demander avec beaucoup d'observateurs américains si un certain usage du droit n'a pas conduit outre-Atlantique à une hypertrophie de la sphère juridique, l'univers des *lawyers* n'étant pas loin de constituer l'équivalent d'une quasi-bureaucratie sociale. Il faut en convenir : il n'y a pas d'alternative simple et globale aux effets pervers engendrés par la multiplication des règles dans les sociétés démocratiques. Dans ce domaine, seul un certain pragmatisme peut permettre d'avancer au cas par cas.

Cette première variable de l'avenir de l'État ne conduit donc pas à prévoir de bouleversements importants : avec ses contradictions et ses tensions, le *Léviathan démocratique* à la française n'évoluera qu'à petits pas. La figure de l'*État-providence* ne constitue probablement pas non plus une variable majeure de transformation. Quelle que soit l'évolution des techniques de gestion, du niveau des prestations et des cotisations, le principe clef de la régulation assurancielle globale des risques sociaux continuera à constituer l'épine dorsale de tout système de protection sociale. Les innovations ou les ruptures qui pourraient résulter de la modification du mode de financement, des frontières de l'obligation ou du statut des institutions gestionnaires ne joueront vraisemblablement qu'à la marge, tant est fort le consensus social sur les traits essentiels de l'État-providence à la française. A l'inverse de ces lignes de stabilité, quatre éléments sont susceptibles d'affecter fortement l'évolution des rapports entre l'État et la société : l'évolution de l'État instituteur du social ; la situation des divers corps intermédiaires ; le déplacement des frontières entre le privé et le public ; la déterritorialisation de l'État liée à la décentralisation d'une part et à la construction européenne de l'autre.

L'État instituteur du social est-il en train de s'effriter ? Sommes-nous dans cette mesure à la veille de voir s'estomper la spécificité de l'État français ? Plusieurs éléments peuvent suggérer une réponse positive à cette question. L'État paternaliste-pédagogue tend ainsi indéniablement à reculer sensiblement, comme le transfert d'une partie des élites publiques vers le secteur privé en a témoigné indirectement mais sûrement. L'ambition d'éducation nationale, de son côté, est clairement en déroute. Mais, en sens inverse, la permanence, voire même le développement des situations d'exclusion sociale crée une aspiration très forte pour que se renforcent les instruments d'intégration : l'avenir de l'État est sur ce point directement lié à l'évolution de sa fonction d'agent central de mise en forme du contrat social. Un *État de solidarité* peut ainsi s'édifier peu à peu à la place de l'État instituteur du social. Le problème des années 1990, on le sent bien à partir de cette question, n'est pas seulement, ni même principalement, de savoir si l'État s'accroîtra ou se dégonflera, il est beaucoup plus profondément d'estimer les chances de changement de l'État en tant que *forme politique du rapport social*. La question de l'État s'identifie sur ce point à celle de l'évolution de la démocratie française. La clarification des rapports entre l'esprit libéral et les exigences démocratiques fera plus pour modifier les rapports de l'État à la société que toutes les actions volontaristes de réduction des prélèvements obligatoires (dont on voit d'ailleurs les limites). La perception de l'État par la société sera directement liée au degré de légitimité qui sera le sien.

Depuis des siècles, l'État français s'est nourri de la faiblesse des corps intermédiaires. De façon presque mécanique, son rôle ne peut se réduire que si ces derniers voient leur rôle accru. Or, on peut se demander si ce n'est pas un processus justement inverse, dont la désyndicalisation serait le symptôme annonciateur, qui menace de s'opérer. Moins d'organisations représentatives implique en effet soit plus de relations marchandes, soit plus d'État. Si le syndicalisme se vide peu à peu de sa substance, toutes les institutions sociales de type paritaire sont du même coup menacées de basculer dans la sphère administrative. Ce facteur souvent négligé peut avoir des répercussions considérables dans le domaine social, entendu de façon globale, en radicalisant la polarisation entre le pôle étatique d'une part et les individus d'autre part.

Si l'État est d'abord une forme politique, et c'est en cela qu'il est historiquement pensable en sa singularité, il s'appuie nécessairement sur des techniques de gestion et d'organisation. Toutes les puissances publiques se ressemblent à cet égard, en ce sens qu'elles ont en commun de s'appuyer sur des bureaucraties. Si l'État que décrit Kantorowicz est spécifiquement occidental, celui qu'analyse Crozier est universel. Les structures administratives tendent ainsi à donner un air de ressemblance à des formes politiques fort dissemblables. Ces modalités de la gestion de la société sont liées à des types d'organisation et de rationalité (avec les effets pervers qu'ils engendrent), mais elles sont également fortement dépendantes de la représentation qu'une société se fait à un moment donné des rapports entre l'espace privé et l'espace public. L'histoire de l'État-administration est à cet égard indexée sur des ruptures que l'on peut qualifier d'épistémologiques. La révolution pastorienne et le keynésianisme ont produit des effets de cet ordre en amenant dans chaque cas à redéfinir les frontières entre le privé et le public. La perception d'une séparation claire entre ces deux espaces tend d'une certaine façon à reculer au fur et à mesure que la connaissance de la société, comme des mécanismes qui la régissent, progresse. Une grande tension traverse ainsi le développement de l'État. D'un côté, en tant qu'État de droit et État démocratique, il tend à affirmer de plus en plus radicalement le caractère inviolable de la sphère individuelle (on le voit bien par exemple dans le domaine des problèmes liés à la vie et à l'avortement). Mais, d'un autre côté, en tant que structure de gestion, il élargit son champ d'intervention au fur et à mesure que la découverte de la complexité du réel amène à étendre la vision que l'on a de la sphère publique comme sphère de l'interaction sociale. Les problèmes de la vie comme ceux de la politique sanitaire sont aujourd'hui au cœur de cette tension et c'est pourquoi ils constituent d'ailleurs un terrain d'observation privilégié des transformations qui travaillent en profondeur le rapport de l'Etat et de la société. La gestion du SIDA, par exemple, conduit dans certains cas à des propositions qui radicalisaient la figure de l'*État hygiéniste* en poussant très loin l'intrusion du public dans la sphère privée. L'indétermination du visage futur de l'État est peut-être plus liée qu'on ne le soupçonne à des facteurs de cette nature.

Jusqu'où la puissance publique va-t-elle se déterritorialiser, par le bas (la décentralisation) comme par le haut (l'Europe) ? Par le bas, la décentralisation n'a pas encore vraiment produit d'effets décisifs en France en termes de modification des rapports État-société. Le domaine de l'éducation constitue probablement en cette matière le test le plus significatif. C'est seulement si les politiques et les institutions éducatives sont décentralisées qu'une rupture décisive aura lieu dans la tradition française. Car, jusqu'à maintenant, la décentralisation a surtout procédé à une révolution sociologique en substituant le pouvoir de notables locaux à celui de hauts fonctionnaires. A moyen terme, c'est probablement davantage des perspectives européennes que viendront les changements les plus notables de la fonction étatique. La régulation économique s'opérera très vraisemblablement de plus en plus au niveau de la Communauté des douze. Des domaines aussi centraux que ceux de la défense ou de la politique étrangère sortiront aussi peu à peu du cadre national. Dans cet espace européen, les États-nations seront autant des *négociateurs* pour des populations nationales que des décideurs souverains au sens classique du terme. Les fonctions étatiques se trouveront du même coup disséminées à différents niveaux, dissociées des seules logiques nationales. Des formes politiques originales se dessineront ainsi en Europe, à distance des deux archétypes anciens de l'État-nation territorial et de l'empire à géométrie variable. Mais l'étatique ne disparaîtra pas pour autant, il ne fera que se recomposer et se redistribuer de façon plus complexe.

ANNEXES

1. La croissance quantitative de l'État,
problèmes de mesure et d'interprétation
2. L'évolution des structures ministérielles

La croissance quantitative de l'État
et son interprétation

Quelques données globales

L'histoire quantitative de l'État français depuis 1789 reste encore à écrire. Quelques travaux récents, ceux de Louis Fontvieille et de Christine André et Robert Delorme en particulier[1], ont commencé à défricher un terrain resté longtemps vierge, en essayant de reconstituer des séries statistiques retraçant l'évolution des dépenses publiques du XIXe siècle à nos jours. Si de tels efforts doivent être salués, force est cependant de constater que cette entreprise se heurte à de sérieuses difficultés d'ordre méthodologique principalement. Si les documents budgétaires constituent la base de référence en la matière, leur exploitation est en effet loin d'être simple, pour de multiples raisons : évolution des règles de la comptabilité publique, décalage entre les lois de finance et les lois de règlement, transformation des conditions dans lesquelles des déficits peuvent être camouflés, etc. La seule confection de données homogènes est

1. Cf. L. Fontvieille, « Évolution et croissance de l'État français de 1815 à 1969 », *Économies et Sociétés,* Cahiers de l'ISEA, série AF, n° 13, 1976; C. André et R. Delorme, *L'État et l'Économie, un essai d'explication de l'évolution des dépenses publiques en France 1870-1980,* Paris, Le Seuil, 1983. Pour resituer ces travaux dans l'histoire de l'économie, il est indispensable de se reporter à l'ouvrage fondamental de M. Lévy-Leboyer et F. Bourguignon, *L'Économie française au XIXe siècle,* analyse macro-économique, Paris, Economica, 1985, et à l'article de J. Bouvier, « L'État et les finances publiques : histoire financière et problèmes d'analyse des dépenses publiques », *Annales ESC,* mars-avril 1978.

ainsi beaucoup plus compliquée qu'il n'y paraît au premier abord. Si l'on songe qu'il faut ensuite disposer de séries fiables de prix et de production pour effectuer des comparaisons pertinentes, on mesure tous les obstacles qui se dressent sur la route de l'historien. Aussi ne doit-on pas s'étonner du caractère finalement, et inévitablement, approximatif de l'histoire quantitative de l'État. En témoignent les différences d'évaluation auxquelles aboutissent des méthodologies légèrement différentes. Fontvieille estime par exemple que les dépenses de l'État *(stricto sensu),* rapportées au produit physique du pays, ont triplé de 1815 à 1969, alors que Delorme et André indiquent le même accroissement pour la seule période postérieure à 1870[2]. Autant dire que les chiffres globaux doivent être maniés avec beaucoup de précaution.

Si l'on approche l'histoire quantitative de l'État en prenant comme indicateur le nombre de fonctionnaires et non plus les dépenses publiques, les problèmes méthodologiques apparaissent encore plus délicats. De nombreux facteurs y concourent : existence d'un fort surnumérariat (fonctionnaires stagiaires non rémunérés et n'apparaissant donc pas dans les documents budgétaires) au XIXe siècle, évolution de la notion juridique de fonctionnaire ou d'agent public, modification des frontières entre la fonction publique et les collectivités locales, distinction parfois difficile à opérer entre les fonctions d'ordre public à temps partiel qui donnent lieu à de simples indemnités et les véritables fonctionnaires à temps plein, etc. Selon les sources, les chiffres peuvent ainsi varier considérablement, surtout en ce qui concerne la première moitié du XIXe siècle (des écarts de 30 à 40 % ne sont pas rares pour cette période). Le préfet Vivien, souvent cité par les historiens, estime ainsi dans ses *Études administratives* (1845) qu'il y a 250 000 fonctionnaires en 1845 alors que d'autres évaluations conduisent au chiffre de 150 000. Les précautions les plus élémentaires — distinction des fonctionnaires civils et des militaires, comptabilité séparée du clergé qui est payé par l'État au XIXe siècle — sont loin de suffire à démêler l'imbroglio.

2. Le fait que Fontvieille se réfère au produit physique (sans les services marchands) et André et Delorme au produit intérieur brut ne suffit pas à expliquer la divergence notable de leurs résultats.

En prenant des évaluations moyennes[3] et en n'ayant pour but que de donner une image très imparfaite de la réalité, on peut cependant avancer quelques évaluations de référence sous forme de graphique.

ÉVOLUTION APPROXIMATIVE
DU NOMBRE DE FONCTIONNAIRES CIVILS

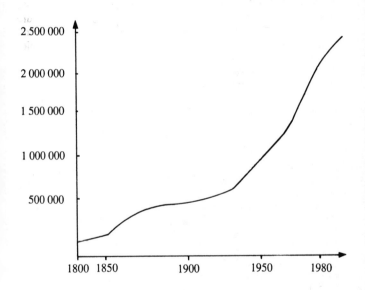

Sources : Ouvrages et articles cités dans la note 3 ci-dessous.

3. Les principales sources que nous avons utilisées sont les suivantes . Clive H. Church, *Revolution and Red Tape : The French Ministerial Bureaucracy, 1770-1850,* Oxford, Clarendon Press, 1981 (pour la Révolution et l'Empire ; statistiques assez douteuses tant à cause des sources que de leur mode de traitement) ; Benoiston de Châteauneuf, *Tableau de tous les*

Toutes ces réserves étant faites sur la difficulté d'une histoire quantitative globale de l'État, on peut au moins procéder à un double constat :

— La mesure du poids de l'État par rapport à la société varie beaucoup selon l'indicateur que l'on utilise. La part des dépenses publiques *stricto sensu* (c'est-à-dire hors collectivités locales et dépenses de Sécurité sociale) par rapport au produit intérieur brut a été multipliée par 3 ou 4 de 1815 à nos jours, alors que le nombre de fonctionnaires civils par habitant a été multiplié par 8 à peu près pendant la même période (1 fonctionnaire civil pour 200 habitants en 1815, 1 pour 24 aujourd'hui). Cela montre à quel point la notion de poids de l'État par rapport à la société doit être maniée avec précaution. Indépendamment même du problème de la cohérence et de l'homogénéité des chiffres qui servent de base aux comparaisons, se pose en effet la question de la pertinence de l'indicateur que l'on retient (indicateur absolu, relatif, etc.). De 1946 à 1986, par exemple, la part des dépenses de l'État dans le PIB n'a crû que très

traitements et salaires payés par l'État, Paris, 1831 (à partir des documents budgétaires) ; Vivien, *Études administratives,* Paris, 1845 (cf. surtout le chap. I du tome I, « Nomenclature générale des fonctionnaires publics ») ; M. Block, *Statistique de la France,* Paris, 1875, t. I (chiffres sur la monarchie de Juillet et le Second Empire : présente des données comparables pour 1846, 1858 et 1873) ; V. Turquan, « Essai de recensement des employés et fonctionnaires de l'État », *La Réforme sociale,* t. VI, 1898, et t. VII, 1899 (très bonne étude) ; L. March, « Contribution à la statistique des fonctionnaires », *Bulletin de la statistique générale de la France,* octobre 1913 (données pour 1906 et 1912) ; R. Rivet, « La statistique des fonctionnaires en France et en divers pays », *Bulletin de la statistique générale de la France* (données entre 1914 et 1931) ; l'*Annuaire statistique de la France* de 1966 a donné des indications rétrospectives remontant à 1941 ; après 1946, on se reportera aux *Rapports annuels* sur la fonction publique publiés par le Secrétariat général du gouvernement ainsi qu'aux chiffres fournis par l'INSEE. Pour une étude comparable avec des pays étrangers, on peut se reporter, pour la Grande-Bretagne, outre l'article cité de R. Rivet, aux ouvrages de M. Abramovitz et V. F. Eliasberg, *The Growth of Public Employment in Great-Britain* (Princeton, 1957) et E. W. Cohen, *Growth of the British Civil Service 1780-1939* (Londres, 1965).

faiblement (de 19 % à 23,5 %), alors que, pendant la même période, le nombre de fonctionnaires civils a presque triplé. Doit-on dire que le poids de l'État n'a guère varié ou, au contraire, qu'il a triplé ? Posée dans ces termes, on le sent, la question n'a guère de sens.

— La croissance de l'État ne peut être appréhendée sans être rapportée à celle de la société elle-même. Pendant les « Trente Glorieuses », de 1945 à 1974, la croissance économique a été en moyenne de 5 % par an. Le développement de l'État a été indexé sur cette croissance, de même qu'il a été fortement dépendant de l'évolution démographique (+ 15 % environ de la Libération au milieu des années 1960). L'accroissement du nombre d'enseignants, pour ne prendre qu'un exemple, est ainsi directement lié au baby-boom de l'après-guerre.

Les limites des approches globales

Si les approches trop globales du fait étatique sont peu intéressantes, c'est également parce qu'elles ne conduisent qu'à formuler des hypothèses trop générales sur l'évolution des rapports entre l'État et la société, à la fois peu falsifiables d'un point de vue scientifique et peu éclairantes d'un point de vue explicatif. Les chiffres sont trop souvent appelés à justifier des idéologies ou des grandes visions de l'histoire qui n'aident guère à comprendre l'essence et le mouvement du phénomène étatique moderne.

Un premier pas en avant consiste à distinguer les différents domaines d'intervention de l'État. Cette approche donne quelques indications précieuses : elle montre en particulier que les fonctions de souveraineté (justice, police, défense, affaires étrangères, finances) se sont développées beaucoup moins rapidement que les fonctions d'intervention économique, sociale ou culturelle. Qualifiant les dépenses dépendant des premières de « dépenses non liées » (sous-entendu : au développement du capitalisme et des rapports sociaux qui le structurent) et celles dépendant des secondes de « dépenses liées », Fontvieille a bien souligné que le développement de l'État était dû pour l'essentiel à la croissance des dépenses liées. Celles-ci représentaient 2,43 % du produit physique sur la période 1815-1819 et 24,25 % sur la période 1965-1969, alors que les dépenses non liées passaient seulement de 9,49 % à 12,53 % entre les mêmes périodes de référence. André et Delorme montrent également que la part de l' « État central » s'est progressivement réduite relativement au total des dépenses publiques.

Ce phénomène est particulièrement marquant si l'on considère la fonction de défense qui est historiquement au cœur des attributions de l'État souverain. Pendant longtemps, les dépenses militaires ont même représenté la plus grosse part des dépenses de l'État, y compris dans les périodes de paix. Au début des années 1830, avant donc que le coût de la conquête de l'Algérie ne commence à peser, les dépenses militaires absorbent encore 42 % du budget alors qu'elles ne comptent plus que pour 18 % à partir des années 1970. En 1830, l'État payait 236 000 militaires de carrière ; ils ne sont que 271 000 inscrits au budget 1985 de la Défense nationale. Si l'on prend en compte les différentes catégories de fonctionnaires, on voit que le nombre de ceux qui dépendent des Finances ou de la Justice a seulement quadruplé de 1830 à 1984, alors que les effectifs de l'Instruction publique ont été multipliés par 25 entre les deux mêmes dates, et ceux des Postes et Télécommunications par 30 (cf. tableau ci-contre).

Comment interpréter ces données ? Dans une perspective marxiste, elles s'intègrent dans une vision de l'État au service du Capital. L'État moderne, expliquent les théoriciens marxistes, joue le rôle de « béquille » du capital. Par-delà ses fonctions traditionnelles de souveraineté, il se manifeste comme un État de classe en prenant à sa charge les faux frais du développement économique : intervention dans la reproduction de la force de travail (santé, éducation, culture), prise en charge de dépenses d'infrastructures, etc. Cette analyse du rôle et de l'essence de l'État s'articule dans la théorie marxiste avec une interprétation des différentes phases du capitalisme. C'est la théorie de la suraccumulation-dévalorisation qui fait l'hypothèse que le développement de l'État correspond à une nécessité de « dévaloriser » le capital pour enrayer la tendance à la baisse du taux de profit engendrée par la suraccumulation du capital (qui résulte elle-même de la contradiction entre le développement des forces productives et les rapports de production). Louis Fontvieille explique de cette manière la croissance de l'État français depuis 1815 en soulignant que l'État se développe par paliers, son

ÉVOLUTION DU NOMBRE DE FONCTIONNAIRES
DE CERTAINES CATÉGORIES

	Finances	Justice	Instruction publique	PTT
1830	50 000	11 000		
1846	55 000	11 000	41 000	18 000
1873	52 000	11 000	120 000	33 000
1896	72 000	11 000	121 000	70 000
1914	71 000	14 000	160 000	
1941	93 000	14 000		
1952	105 000	18 000	252 000	201 000
1967	126 000	23 000		278 000
1984	208 000	47 000	1 050 000	513 000

intervention s'accélérant dans les phases de difficultés économiques alors qu'elle tend à se stabiliser pendant les périodes de prospérité. Outre qu'elle reste très fragile dans sa démonstration concrète, cette thèse a surtout l'inconvénient de n'envisager l'État que comme un simple appareil de régulation des rapports de classe (au service du Capital en l'occurrence). Si l'État est aussi un rapport social et politique, son développement ne peut cependant être compris à partir des seules données économiques : il participe également de tout un ensemble de représentations du social et de l'intérêt général ; il est aussi un phénomène d'ordre intellectuel en quelque sorte.

Dans une perspective plus large que la théorie marxiste, mais tout aussi globale, l'État est simplement appréhendé comme un fait de civilisation. L'économiste allemand Adolf Wagner a le premier systématisé cette approche. Dans ses *Fondements de l'économie politique,* il a exposé sa célèbre « loi de l'extension croissante de l'activité publique ou d'État chez les peuples civilisés qui progressent ». Il fait reposer cette loi sur un constat. « Des comparaisons dans l'histoire et dans l'espace, écrit-il, montrent chez les peuples civilisés en voie de progrès un développement régulier de l'activité de l'État et de l'activité publique exercée à côté de l'État par les diverses administrations autonomes.

» Cela se manifeste au point de vue extensif et intensif : l'État et lesdits corps autonomes se chargent de plus en plus d'activités nouvelles et exécutent de façon de plus en plus complète et plus parfaite ce qui est l'objet de leurs activités anciennes et nouvelles. Ainsi un nombre toujours croissant de besoins économiques du peuple, surtout de besoins collectifs, sont satisfaits et le sont de mieux en mieux par l'État et ces corps autonomes. Nous en avons la preuve manifeste et mathématique dans l'accroissement des besoins financiers de l'État et des communes. L'État, particulièrement, devient par là d'une façon absolue de plus en plus important pour l'économie nationale et les individus. Mais aussi son importance relative s'accroît : c'est-à-dire qu'une portion relative toujours plus grande et plus importante des besoins collectifs d'un peuple civilisé en progrès se trouve satisfaite par l'État[4]. » Dans cette vision positive, l'histoire de l'État se confond avec celle des besoins sociaux, le mouvement de la démocratie signifiant que le système des besoins devient de plus en plus intégré au système politique de régulation. Partant d'un constat voisin, la théorie économique de la bureaucratie voit au contraire dans le développement de l'État un effet pervers des régimes démocratiques et parlementaires (dissymétrie du rapport entre l'électeur et le contribuable) accéléré par les mécanismes de professionnalisation et de syndicalisation.

La thèse historique de Wagner et la théorie économique de la bureaucratie aboutissent aux mêmes impasses que la théorie marxiste. Ces différentes approches macro-explicatives du phénomène étatique présentent en effet trois limites communes :

— elles réduisent implicitement l'État à l'administration. Or, si l'administration est la forme agissante de l'État, elle ne s'identifie pas à lui. L'État est aussi une construction politique, une forme de souveraineté qui entretient avec la société un rapport qui n'est pas uniquement « fonctionnel ». Les approches en termes de dépense publique réduisent implicitement l'État à n'être qu'un appareil, une « chose » qui existerait indépendamment de la société et serait extérieure à elle en son principe ;

4. Adolf Wagner, *Les Fondements de l'économie politique*, Paris, 1909-1913, 5 vol. (trad. franç.). Le rôle de l'État et l'exposé de la loi se trouvent dans le tome III (p. 379).

— elles ne permettent guère de différencier les histoires des différents État nationaux, sauf à les ramener à quelques caractéristiques simples (le développement économique par exemple) ; elles ne permettent pas en outre de faire le lien avec l'histoire proprement politique de chaque pays (or comment comprendre l'État français du xixe et du xxe sans parler de la culture politique révolutionnaire ?) ;

— elles conduisent à négliger la dimension proprement réglementaire de l'État ou n'y voient que l'effet d'un groupe bureaucratique soucieux de manifester son existence et son pouvoir. La dimension d'interaction entre l'État et la société n'est du même coup pas du tout perçue.

Au fond, elles parlent de l'État sans vraiment répondre à la question « qu'est-ce que l'État ? ». Pour avancer dans cette direction, il est indispensable d'en finir avec une vision trop globale et de développer une approche à la fois plus sociologique, plus philosophique et plus spécifiquement historique.

D'autres indicateurs quantitatifs

Si les indicateurs de dépense et de nombre de fonctionnaires restent d'un intérêt limité, il en est d'autres qui mériteraient d'être davantage utilisés.

1. *L'évolution des structures administratives et ministérielles.* L'histoire de l'évolution des structures industrielles et administratives donne de très précieuses indications sur l'évolution du rapport État-société ; cf., par exemple, la thèse de Claude Poutier, *L'Évolution des structures ministérielles de 1800 à 1944,* thèse de droit, Paris, 1960 (4 vol.). Cf. Annexe ii.

2. *Les différends État-société.* La statistique thématique du contentieux État-société est également riche d'enseignements (cf. les travaux possibles sur l'activité des tribunaux administratifs et du Conseil d'État dans son activité contentieuse).

3. *Le volume de la réglementation.* Des statistiques sont disponibles sur ce point. Elles montrent de très importantes variations dans

le temps tant du point de vue de la réglementation prise dans son ensemble que dans sa répartition (lois, arrêtés, ordonnances, décrets, circulaires). C'est à la fois un indicateur du rapport État-société et du rapport entre le pouvoir législatif et l'administration.

L'évolution
des structures ministérielles

L'évolution des structures ministérielles constitue un excellent analyseur des transformations de l'État. Elles résument et symbolisent à la fois les modalités du rapport entre l'État et la société. Les chiffres bruts sont en eux-mêmes éloquents :

1791 et débuts de la Restauration : 6 ministres.
1836 (ministère Molé) : 8 ministres.
1890 (ministère Freycinet) : 10 ministres et 1 sous-secrétaire d'État.
1934 (ministère Doumergue) : 17 ministres.
1959 (ministère Debré) : 20 ministres et 6 secrétaires d'État.
1988 (ministère Rocard) : 31 ministres et 17 secrétaires d'État.

La multiplication du nombre des ministres semble ainsi parallèle à l'accroissement du poids de l'État. Pourtant, on ne peut pas se contenter de prendre en compte les chiffres globaux. Il faut là encore décomposer le phénomène pour le comprendre.

Premier constat : le noyau des ministères de type régalien reste stable dans le temps, et la continuité avec les structures de l'ancienne monarchie est totale. Par une ordonnance du 11 mars 1626, Louis XIII avait créé 4 secrétaires d'État : un à la *Maison du Roi* (l'Intérieur), un aux *Affaires étrangères*, un à la *Guerre* et un à la *Marine*. Au début de 1789, avant la Révolution, cette structure avait été précisée et il existait 6 ministères : la *charge de chancelier, garde des Sceaux*, les *Finances*, les *Affaires étrangères*, la *Guerre*, la *Marine*, la *Maison du Roi* (l'Intérieur). Ce découpage n'est pas modifié par la Révolution. La loi du 25 mai 1791 confirme ces 6 ministères, leur intitulé étant seul modifié (la Chancellerie devient la Justice, la Maison du Roi, l'Intérieur). Ils subsistent tout au long du XIXe et du XXe siècle, même si les Finances et la Guerre sont dans quelques cas fractionnés en plusieurs unités (Napoléon sépare ainsi la Guerre et l'Administration de la guerre, et les recettes et les dépenses sont à certains moments dissociées en deux ministères). Les trois grandes fonctions de l'État comme puissance souveraine (Défense, Finances, Justice) restent ainsi toujours exercées par le même nombre restreint de ministères.

Second constat : les logiques strictement politiques ont peu joué en faveur de l'inflation du nombre des ministères. La logique de la multiplication des « maroquins », liée à la volonté du chef du gouvernement de distinguer ou de remercier des alliés ou des amis, s'est paradoxalement faiblement manifestée au XIXe siècle et sous la IIIe, voire la IVe République, alors même que la nécessité de former des coalitions pour gouverner était très fréquente. Une autre force a en effet constamment joué en sens inverse : la nécessité d'avoir des cabinets relativement restreints pour constituer un pouvoir exécutif efficace. La fonction ministérielle reste en outre très politique pendant cette période : le ministre supervise le travail de l'administration, il indique des orientations mais il intervient relativement peu dans la gestion quotidienne du ministère. D'où l'usage relativement modéré qui est fait de la fonction de sous-secrétaire d'État au XIXe siècle (leur existence est créée par une ordonnance royale du 9 mai 1816). Ceux-ci sont seulement considérés comme les adjoints d'un ministre. Seul le ministère Gambetta de 1881 fait exception en nommant 9 sous-secrétaires d'État pour 12 ministres. La fonction parlementaire est d'autre part très importante à cette époque : le député exerce un vrai pouvoir et il n'y a pas l'abîme qui existe aujourd'hui entre le ministre et le député. C'est d'ailleurs, à l'inverse, la raison pour laquelle les postes ministériels se sont multipliés sous la Ve République. La dévalorisation de la fonction parlementaire crée en effet un accroissement de la « demande de portefeuilles » : sauf à être chef de parti dans l'opposition, il faut être ministre pour compter politiquement et médiatiquement[1]. Les

---

1. D'où, en retour, la création d'une structure ministérielle chargée de gérer le rapport entre le gouvernement et le Parlement. Un secrétaire d'État chargé des relations avec le Parlement est nommé dans le premier gouvernement Pompidou de 1962 (la personne qui occupe cette fonction a rang de ministre à partir de 1967).

élites politiques sont ainsi totalement polarisées par l'obtention d'un poste ministériel. Parallèlement, l'accroissement du pouvoir politique sur l'administration, dont le gonflement des cabinets est un indice, conduit à chapeauter de plus près les administrations et leurs directeurs, allant même parfois jusqu'à créer des situations de pure dualité (ministre du Plan et commissaire au Plan, ou ministre du Budget et directeur du Budget, pour prendre deux exemples frappants).

Même si les logiques politiques pèsent davantage sous la Ve République qu'auparavant, elles n'ont somme toute joué qu'un rôle secondaire dans l'évolution des structures ministérielles. Celle-ci résulte plutôt de l'action de quatre facteurs : la logique administrative de spécialisation, le développement de nouvelles figures du rapport État-société, le mode de gestion des urgences, les exigences du clientélisme et de la représentation.

La logique administrative de spécialisation

Au début du XIXe siècle, toutes les fonctions non régaliennes sont regroupées dans un seul ministère, celui de l'Intérieur. Quand on regarde ses attributions sous l'Empire, on peut constater qu'il est chargé d'accomplir ce qui relève aujourd'hui d'une douzaine de ministères (cf. l'encadré ci-après). Il est à lui seul une sorte de résumé de l'État-providence, de l'État instituteur du social et de l'État conservateur-propulsif. La majeure partie des ministères qui se forment au XIXe siècle et au début du XXe siècle sont des démembrements de ce grand ministère originel de l'Intérieur. Ce sont des directions administratives qui finissent par se scinder dès lors qu'elles atteignent une certaine dimension. La formation du ministère de l'Agriculture constitue un bon exemple de ce processus. En 1831, l'agriculture cesse de faire partie du ministère de l'Intérieur. Elle est alors placée au ministère du Commerce et des Travaux publics dont elle est une simple division. Elle accède au statut de direction en 1834 et forme en 1836 un ministère commun avec les Travaux publics et le Commerce. Le plus souvent associée ensuite au Commerce, l'Agriculture devient en 1881 un ministère définitivement autonome.

LES ATTRIBUTIONS
DU MINISTÈRE DE L'INTÉRIEUR
DE L'AN VIII

« Le Ministre de l'Intérieur est chargé de la correspondance avec les Préfets, de la surveillance administrative ; du maintien des lois relatives aux
Assemblées cantonales et électorales ; du personnel, des nominations, suspensions et destitutions
des préfectures, sous-préfectures et communes ; de
la comptabilité des départements et communes ;
des prisons, maisons d'arrêt, de justice et de réclu-
sion ; des hôpitaux civils, des dépôts de mendicité,
des établissements destinés aux sourds-muets et
aux aveugles ; des secours publics, établissements
de bienfaisance ; de la confection et l'entretien des
routes, ports marchands, ponts, canaux et autres
travaux publics ; des mines, minières et carrières ;
de la navigation intérieure, du flottage, du halage ;
de l'agriculture, des sèchements et défrichements,
du commerce, de l'industrie, des arts, des fabriques,
des manufactures, des aciéries ; des primes et
encouragements de l'instruction publique, des
musées ; des fêtes publiques ; des poids et
mesures ; de la formation des tableaux de population, d'économie politique et de statistiques ; des
produits territoriaux, des produits des pêches maritimes et de la balance du commerce ; des sociétés
savantes, des dépôts littéraires et des archives. »

Source : Extrait du chapitre IX du *Cérémonial de
l'Empire français* (1805).

Un processus de même nature aboutit en 1839 à l'autonomisation du ministère des Travaux publics (dont la mise en place précède le début du grand effort d'équipement ferroviaire), en 1879 à l'installation du ministère des Postes et Télégraphes (supprimé dix ans plus tard, il ne trouvera son autonomie définitive qu'en 1929).

Le développement de nouvelles techniques ou l'apparition de nouvelles contraintes conduit parallèlement à la création de nouveaux ministères. Un ministère de l'Air est ainsi formé en octobre 1928 (le cabinet Millerand, en janvier 1920, avait déjà institué un sous-secrétaire d'État à l'Aéronautique et aux Transports aériens « afin de développer l'aviation civile »). En 1974, le gouvernement Chirac institue un ministère du Commerce extérieur, marquant par là la prise de conscience de l'existence d'une dimension centrale de l'activité économique. En 1963, Georges Pompidou avait créé un ministère de la Recherche scientifique et des questions atomiques et spatiales pour souligner et organiser le rôle d'impulsion que l'État entendait jouer dans ces domaines.

Le développement de nouvelles figures du rapport État-société

Sous l'Empire, l'instruction publique n'est qu'une division peu étoffée du ministère de l'Intérieur, et l'effort administratif dans ce domaine reste faible (un grand maître de l'Université gère par ailleurs un domaine très limité). La création stable d'un ministère de l'Instruction publique, en 1830, symbolise le développement de l'État comme instituteur du social sous la monarchie de Juillet. Au début du XXe siècle, la mise en place d'un ministère de l'Hygiène et de la Prévoyance sociale (janvier 1920) marque la reconnaissance du caractère central de la dimension hygiéniste de l'action de l'État sur la société et la première préoccupation de mise en place d'un État-providence.

La reconnaissance de la fonction de régulation économique se traduit dès 1938 par un essai de dissociation des Affaires économiques et des Finances. Si un Commissariat au Plan est mis en place en 1945, il faudra pourtant attendre longtemps pour qu'un ministère du Plan et de l'Aménagement du territoire soit créé (mais la tâche de coordination que traduisent le Plan et l'Aménagement du territoire reste naturellement sous le contrôle direct du Premier ministre).

En juillet 1950, la perspective de la commercialisation de la télévision, jointe à une prise de conscience globale du rôle des médias dans la régulation politique, conduit le gouvernement de René Pleven à s'enrichir d'une nouvelle structure : le ministère de l'Information (plus récemment rebaptisé de la Communication). Il faut ensuite attendre les années 1970 pour que de nouveaux champs s'ouvrent à la dignité ministérielle (création par exemple du ministère de la Qualité de la vie en 1974, devenant plus tard ministère de l'Environnement et du cadre de vie). A partir de cette période, qui correspond au septennat de Valéry Giscard d'Estaing, la création de ministères ou de secrétariats d'État a de plus en plus une fonction d'affiche. Il s'agit avant tout de symboliser une *philosophie de l'État* ou de marquer une *intention politique*. On peut ranger dans cette catégorie pour le ministère Chirac de 1974 le secrétariat d'État à l'Action sociale, ceux chargés de l'Action pénitentiaire ou de la Formation professionnelle ainsi que l'éphémère mais significatif ministère des Réformes qui avait été confié à Jean-Jacques Servan-Schreiber. Douze ans plus tard, en 1986, Jacques Chirac nommait dans le même esprit un ministre de la Sécurité, rebaptisant le ministère des Finances en ministère de l'Économie, des Finances et de la Privatisation, et instituait des secrétaires d'État aux Droits de l'homme et du Pacifique Sud. En juin 1988, Michel Rocard créait de son côté un secrétariat d'État à l'Action humanitaire. La plupart de ces postes ministériels ne recoupent aucune structure administrative ; ils ne correspondent qu'au souci de valoriser la gestion de certains dossiers ou de manifester avec force une volonté d'action. Ce sont en quelque sorte des ministres sans vrais ministères.

La gestion des urgences

Dans une perspective proche de celle qui vient d'être évoquée, des structures ministérielles ont parfois été mises en place pour gérer de façon temporaire un problème aigu. A la Libération, en 1946, un ministère de la Reconstruction est ainsi instauré (la reconstruction étant achevée, il se transforme en 1959 en ministère de la Construction, ce domaine étant ensuite réduit à une simple direction du ministère de l'Équipement et du Logement). Un ministère du Ravitaillement a également eu une existence éphémère à la même époque.

Le processus de décolonisation est symptomatique de la formation de ce type de ministères liés à une intervention ponctuelle. Pierre Mendès France créa en juin 1954 un ministère des Affaires tunisiennes et marocaines qui devait coordonner la préparation de l'indépendance (il fut supprimé deux ans plus tard). Pour gérer le processus de décolonisation, Michel Debré met sur pied en 1960 un secrétariat d'État aux relations avec les États de la Communauté. Même type de structure avec l'Algérie : un ministre-résident en Algérie est nommé par Guy Mollet au début de 1956 et un ministère de l'Algérie est institué en 1957. De Gaulle supprime cette structure en 1958 pour signifier qu'il a lui-même en charge le dossier mais laisse Michel Debré nommer en 1959 un ministre d'État chargé des Affaires algériennes. Après l'indépendance, un secrétaire d'État aux Affaires algériennes gérera les grands dossiers bilatéraux jusqu'en 1965.

Les exigences du clientélisme et la représentation

L'État ne gère pas seulement des procédures. Il est également conduit, en tant que forme politique, à gérer des groupes sociaux particuliers, ce qui l'amène dans certains cas à instituer des ministères qui ont pour fonction principale de prendre en charge les problèmes de populations particulières. Le ministère de l'Agriculture a d'une certaine façon joué ce rôle depuis l'origine, un secteur économique et un groupe social se superposant parfaitement dans ce cas. Mais c'est peut-être surtout la formation d'un ministère du Travail, en 1906, qui illustre l'apparition d'un nouveau type de ministère. Son histoire mérite pour cette raison d'être très brièvement rappelée.

Dès 1848, des hommes comme Victor Considérant ou Louis Blanc demandent la création d'un ministère du Travail. Leur idée n'est pas tant d'ouvrir un nouveau domaine à l'action administrative que de mettre en place une instance qui représente et défend les intérêts des ouvriers au sein même du gouvernement. Camille Raspail (le

fils) reprend cette idée dans un débat parlementaire en juin 1891.
« Je pense, disait-il alors, que les travailleurs ont droit plus que tous
les autres de voir le mot ' travail ' inscrit sur la plaque d'un ministère,
et en même temps d'avoir des représentants qui pourront, comme
dans les autres ministères, soutenir leurs intérêts dans les conseils du
gouvernement [2]. » Les républicains et même les socialistes refusent
cette vision para-représentative. Pourtant lorsque Clemenceau crée
en 1906 ce ministère, il note : « Par là sera rendue plus cohérente la
législation ouvrière, plus rapide sa réforme, *plus tangible la sollicitude que le gouvernement de la République témoigne aux travailleurs.* » On mélange ainsi la gestion d'un domaine avec celle d'une
population.

Il y a beaucoup d'autres exemples de cette nature dans le
développement des structures ministérielles. En 1920, le cabinet
Millerand crée un ministère des Pensions, devant l'importance et le
volume du problème après la Première Guerre mondiale. En 1938,
ce ministère est transformé en ministère des Anciens Combattants
et des Pensions, traduisant avec éclat qu'il s'agit bien de prendre en
charge une population autant que d'administrer une procédure. En
novembre 1961, la création d'un secrétariat d'État aux Rapatriés,
qui restera en place jusqu'en 1965, participe de la même perspective
de gestion d'une clientèle. Créer un ministère, c'est dans ce cas
presque prouver que l'on tient une promesse électorale (cf. la
remise sur pied de ce secrétariat aux Rapatriés par Pierre Mauroy en
1981). Le mouvement s'amplifie à partir des années 1970 : création
de secrétariats d'État à l'Artisanat et aux PMI en 1972, aux Femmes
ainsi qu'aux Immigrés en 1974, aux Travailleurs manuels en 1976,
aux Handicapés et aux Accidentés de la vie en 1988.

L'évolution des structures ministérielles résulte de ces quatre
facteurs principaux et manifeste ainsi dans son mode de croissance
de données qualitatives irréductibles à une approche quantitative du
phénomène étatique.

2. Cité par J.-A. Tournerie, *Le Ministère du Travail (origines et premiers
développements),* Paris, Cujas, 1971, p. 104-105.

ORIENTATION BIBLIOGRAPHIQUE

Cette orientation bibliographique ne saurait viser à l'exhaustivité. Malgré son apparente ampleur, elle procède d'une rigoureuse sélection et a pour seule ambition de répertorier les références les plus utiles pour commencer une recherche ou procéder à un premier approfondissement sur un thème donné. Elle a été conçue dans un but essentiellement pratique.

N.B.
– Sauf indication contraire, les livres cités ont été publiés à Paris.
– Les indications concernant les éditeurs n'ont été données que lorsque les ouvrages n'étaient pas épuisés.
– Dans quelques cas, des thèses, facilement accessibles dans le réseau des bibliothèques universitaires, ont été citées.

Plan de
l'orientation bibliographique

1. Histoire de l'administration

11. Généralités
    111. Ouvrages généraux
    112. Bibliographies

12. Grands corps et hauts fonctionnaires
    121. Généralités
    122. Grands corps
        1221. Inspection des finances
        1222. Conseil d'État
        1223. Cour des comptes
        1224. Grands corps techniques
    123. Les préfets
        1231. Généralités
        1232. Monographies
    124. Formation des hauts fonctionnaires et des grands corps
        1241. ÉNA
        1242. L'enseignement des sciences administratives et politiques
        1243. L'École libre des sciences politiques
        1244. La formation des ingénieurs publics et des grands corps techniques

**13. Organisation de la fonction publique
et statut des fonctionnaires**
    131. Généralités
    132. La première moitié du XIXe siècle
    133. La IIIe République
    134. Partisans et adversaires d'un « statut » ; la syndicalisation des fonctionnaires
    135. Le Statut de la fonction publique de 1946
    136. Histoire comparée

1. Histoire de l'administration

11. Généralités

111. Ouvrages généraux

L'histoire de l'administration française reste encore balbutiante. Sur les raisons intellectuelles et universitaires de cette situation, cf. P. Legendre, « L'histoire de l'administration dans les facultés de droit et des sciences économiques : inventaire d'un héritage », in *Histoire de l'administration,* Cahier de l'Institut français de sciences administratives (IFSA), Cujas, n° 7, 1972, et « L'administration sans histoire. Les courants traditionnels de recherche dans les facultés de droit », *Revue administrative,* n° 124, 1968 ; G. Thuillier et J. Tulard, « Problèmes de l'histoire de l'administration », *Revue internationale des sciences administratives,* Bruxelles, n° 2, 1972. Les travaux dans ce domaine n'ont véritablement commencé à se développer que depuis une vingtaine d'années, notamment sur l'impulsion de l'Institut français de sciences administratives et de la IVe section de l'École pratique des hautes études (cf. les actes du premier colloque dessinant un programme de travail in *Histoire de l'administration française depuis 1800, problèmes et méthodes,* Genève, Droz, 1975, et le Cahier précité de l'Institut français de sciences administratives, *Histoire de l'administration,* 1972). A l'université de Paris-II, le CERSA (Centre d'études et de recherches de science administrative) a d'autre part commencé à faire réaliser des mémoires et des thèses sur ces questions.

Les ouvrages synthétiques restent donc encore peu nombreux. Deux références de base : P. Legendre, *Histoire de l'administration de 1750 à nos jours,* PUF, 1968 ; G. Thuillier et J. Tulard, *Histoire de l'administration française,* PUF, « Que sais-je ? », 1984. Consulter également P. Legendre, *L'Administration du xviie siècle à nos jours,* PUF, 1969 (intéressant recueil de textes). Quelques travaux portent sur des périodes plus limitées. C.H. Church, *Revolution and Red Tape : The French Ministerial Bureaucracy, 1770-1850,* Oxford, Clarendon Press, 1981 (utile, mais très discutable méthodologiquement) ; A. Gorgues, *Les Grandes Réformes administratives du régime de Vichy,* Poitiers, 1969 (thèse de droit) ; F. Ponteil, *Napoléon et l'Organisation autoritaire de la France,* Colin, 1965.

On trouvera de nombreuses indications éparses et partielles dans les manuels classiques d'histoire des institutions (de qualités très inégales) : P. BASTID, *Les Institutions politiques de la monarchie parlementaire française (1814-1848)*, 1954, et *Doctrines et Institutions politiques de la Seconde République*, 1945 (2 vol.) ; M. DESLANDRES, *Histoire constitutionnelle de la France de 1789 à 1870*, 1933 (2 vol.), et *L'Avènement de la IIIᵉ République. La Constitution de 1875*, 1937 ; J. GODECHOT, *Les Institutions de la France sous la Révolution et l'Empire*, PUF, 1968 (2ᵉ éd.) ; G. LEPOINTE, *Histoire des institutions et du droit public français au XIXᵉ siècle, 1789-1914*, 1953 ; F. PONTEIL, *Les Institutions de la France de 1814 à 1870*, PUF, 1966. Cf. également les dictionnaires de M. BLOCK : *Dictionnaire de l'administration française*, 1862, et *Dictionnaire général de la politique*, 1874 (2 vol.).

112. BIBLIOGRAPHIES

Depuis 1970, le Centre de documentation en sciences humaines (CDSH) du CNRS publie trimestriellement un très utile *Bulletin signalétique de science administrative* qui comporte une section d'histoire de l'administration (cf. également la *Bibliographie de science administrative, 1967-1970*, CNRS-CDSH, s.d. ([circa 1971]). Ces bulletins recensent aussi les thèses et les mémoires publiés dans le domaine. A consulter en outre : C.H. CHURCH, « Bibliographie pour l'histoire administrative : travaux de langue anglaise sur la France », *Bulletin de l'Institut international d'administration publique*, t. 30, 1974 ; P. LEGENDRE, « Bibliographie sommaire des trois dernières décennies », *Histoire de l'administration*, Cahier précité de l'IFSA, 1972 (avec une liste des mémoires de maîtrise dans les facultés de lettres) ; G. THUILLIER et J. TULARD, « L'histoire de l'administration du XIXᵉ siècle depuis dix ans. Bilan et perspectives », *Revue historique,* oct.-décembre 1977 ; J. TULARD fait par ailleurs un point récent des travaux en introduction à G. THUILLIER, *La Bureaucratie aux XIXᵉ et XXᵉ siècles*, Economica, 1988.

12. Grands corps et hauts fonctionnaires

121. GÉNÉRALITÉS

F. DE BAECQUE *et al.*, *Les Directeurs de ministère en France, XIXᵉ-XXᵉ siècles*, Genève, DROZ, 1976.

P. BIRNBAUM, *Les Sommets de l'État. Essai sur l'élite du pouvoir en France*, Éd. du Seuil, 1977.

C. CHARLE, *Les Hauts Fonctionnaires en France au XIXᵉ siècle*, Gallimard-Julliard, « Archives », 1980.

—, *Les Élites de la République, 1880-1900,* Fayard, 1987.

A. DARBEL et D. SCHNAPPER, *Morphologie de la haute administration française,* La Haye, Mouton, 1972 (2 vol.).

P. ESCOUBE, *Les Grands Corps de l'État,* PUF, 1976.

B. GOURNAY, « Un groupe dirigeant de la société française : les hauts fonctionnaires », *Revue française de science politique,* avril 1974.

M.-C. KESSLER, *La Politique de la haute fonction publique,* Presses de la FNSP, 1978.

—, *Les Grands Corps de l'État,* Presses de la FNSP, 1986.

J. SIWEK-POUYDESSEAU, *Le Personnel de direction des ministères,* Colin, 1969.

E.N. SULEIMAN, *Les Élites en France, grands corps et grandes écoles,* Éd. du Seuil, 1979.

Les Superstructures des administrations centrales, Cahier de l'Institut français de sciences administratives (IFSA), Cujas, n° 8, 1973.

A.-J. TUDESQ, *Les Grands Notables en France (1840-1849),* 1964 (2 vol.).

122. GRANDS CORPS

1221. *Sur l'Inspection des finances.* E. CHADEAU, *Les Inspecteurs des finances au XIXe siècle,* Economica, 1986 (la meilleure référence) ; P. LALUMIÈRE, *L'Inspection des finances,* PUF, 1959 ; N. CARRÉ DE MALBERG, « Le recrutement des inspecteurs des Finances de 1892 à 1946 », *Revue d'histoire,* n° 8, 1985.

1222. *Sur le Conseil d'État.* J. BOURDON, *Napoléon au Conseil d'État,* Berger-Levrault, 1963 ; *Le Conseil d'État, livre jubilaire* (publié pour commémorer son cent cinquantième anniversaire), 1952 ; *Le Conseil d'État, son histoire à travers les documents d'époque,* CNRS, « Histoire de l'administration française », 1974 (l'ouvrage général de référence) ; Ch. DURAND, *Les Auditeurs au Conseil d'État de 1803 à 1814,* Aix-en-Provence, La Pensée universitaire, 1958 ; Ch.E. FREEDEMAN, *The Conseil d'État in Modern France,* New York, 1961 ; M.-C. KESSLER, *Le Conseil d'État de la Constitution de l'an VIII à la loi du 24 mai 1872,* in *Le Conseil d'État,* Colin, 1968 ; V. WRIGHT, *le Conseil d'État sous le Second Empire,* Colin, 1972. Bonne bibliographie in V. WRIGHT, *Bibliographie des études relatives à l'histoire du Conseil d'État depuis l'an VIII,* refondue et mise à jour à la date du 30 mars 1971, Conseil d'État, 1971.

1223. *Sur la Cour des comptes. La Cour des comptes,* CNRS, « Histoire de l'administration française », 1984 (ouvrage général de référence, bonne bibliographie); *Cent cinquantenaire de la Cour des comptes*, 1957; *Centenaire de la Cour des comptes*, 1907; J. MAGNET, *La Cour des comptes et les Institutions associées*, 1965; U. TODISCO, *Le Personnel de la Cour des comptes, 1817-1830*, Genève, Droz, 1969.

1224. *Sur les grands corps « techniques »*. Les travaux sont relativement peu nombreux. Le corps des Ponts et Chaussées a été le plus étudié. Cf. A. BRUNO et R. COQUAND, *Le Corps des Ponts et Chaussées*, CNRS, « Histoire de l'administration française », 1982 (l'ouvrage de base); J. PETOT, *Histoire de l'administration des Ponts et Chaussées*, Librairie Marcel Rivière, 1958; A. QUERRIEN, « Écoles et corps : le cas des Ponts et Chaussées, 1747-1848 », *Annales de la recherche urbaine*, vol. 5, octobre 1979; J.-C. THOENIG, *L'Ère des technocrates : le cas des Ponts et Chaussées*, L'Harmattan, 1987 (n[lle] éd.) (sur la période récente); T. SHINN, « Des corps de l'État au secteur industriel : genèse de la profession d'ingénieur (1750-1920) », *Revue française de sociologie*, janv.-mars 1978. Sur le corps des Mines, J.A. THÉPOT, « Les ingénieurs du corps des Mines », in *Le Patronat de la seconde industrialisation*, Éd. ouvrières, *Cahiers du mouvement social*, n° 4, 1979, et D. DESJEUX et E. FRIEDBERG, « Fonctions de l'État et rôle des grands corps : le cas du corps des Mines », *Annuaire international de la fonction publique*, 1972-1973. Les corps d'inspection restent peu connus. Cf. cependant P. GERBOD, « L'Inspection générale de l'Instruction publique depuis 1802 », *Revue administrative*, n° 189, 1979, et G. CAPLAT, *Les Inspecteurs généraux de l'Instruction publique*, INRP CNRS, 1987 (dictionnaire biographique).

123. LES PRÉFETS

1231. *Généralités*. J. AMET, *L'Évolution des attributions des préfets de 1800 à nos jours*, Paris, 1954 (thèse de droit); B. CHAPMAN, *The Prefects and Provincial France*, Londres, 1955; P. HENRY, *Histoire des préfets. Cent cinquante ans d'administration provinciale, 1800-1950*, 1950; B. LE CLÈRE et V. WRIGHT, *Les Préfets du Second Empire*, A. Colin, 1973 (Cahiers de la FNSP); N. RICHARDSON, *The French Prefectoral Corps, 1814-1830*, Cambridge, Cambrige UP, 1966; J. SAVANT, *Les Préfets de Napoléon*, 1958 (médiocre); J. VIDALENC *et al.*, *Les Préfets en France (1800-1940)*, Genève, Droz, 1978 (bonne bibliographie); J. SIWEK-POUYDESSEAU, *Le Corps préfectoral sous la IIIe et la IVe République*, Colin « Travaux et recherches de sciences politiques », 1969; « Deux études pour servir à l'histoire du corps préfectoral (1958-1981) », *Administration*, numéro spécial, 1985, et « Sept études pour servir à l'histoire du corps préfectoral (1800-1940) », *Administration*, numéro spécial, 1983; V. WRIGHT et G. THUILLIER, « Note sur les sources de l'histoire du corps préfectoral (1800-1880) », *Revue historique*, n° 513, juill.-septembre 1975.

1232. *Monographies.* A côté des histoires générales, les monographies restent indispensables pour saisir pratiquement le rôle des préfets. Pour le Consulat et l'Empire, la période la mieux étudiée sur ce point, on peut consulter : R. Durand, *Le Département des Côtes-du-Nord sous le Consulat et l'Empire (1800-1815), essai d'histoire administrative,* 1926 (2 vol.) ; J. Chavanon et G. Saint-Yves, *Le Pas-de-Calais de 1800 à 1810,* 1907 ; G. Saint-Yves et J. Fournier, *Le Département des Bouches-du-Rhône de 1800 à 1810,* 1899 ; J.-F. Soulet, *Les Premiers Préfets des Hautes-Pyrénées (1800-1814),* Société des études robespierristes, 1966. Les travaux sont plus clairsemés pour les périodes postérieures. Cf. R. Bied, « La vie quotidienne d'un fonctionnaire préfectoral sous la Monarchie censitaire », *Revue administrative,* n° 160, 1974 ; Guizard, *Aperçu des progrès administratifs introduits dans les services départementaux de 1830 à 1845, particulièrement dans l'Aveyron,* 1846 (témoignage très intéressant) ; A. Chaper, *Un grand préfet de la Côte-d'Or sous Louis-Philippe : la correspondance d'Achille Chaper (1831-1840),* Dijon, Société des Analecta Burgundica, 1971 ; G. Thuillier, *Le Corps préfectoral en Nivernais de 1830 à 1848,* Bibliothèque nationale, 1971 ; F. Ogé, « Les préfets de la Haute-Garonne de 1848 à 1918 : fonction administrative, fonction politique », *Administration,* n° 134, 1986 ; P. Viard, *L'Administration préfectorale dans le département de la Côte-d'Or,* Paris et Lille, 1914. On peut également se reporter aux *Rapports annuels,* imprimés, des préfets devant les conseils généraux de chaque département qui permettent bien d'évaluer leur action administrative (la compréhension de leur action politique apparaît surtout dans leur correspondance avec le ministère de l'Intérieur et dans les circulaires qu'ils en reçoivent).

124. Formation des hauts fonctionnaires et des grands corps

1241. *Sur l'ÉNA et son histoire,* le meilleur ouvrage est celui de G. Thuillier, *L'ÉNA avant l'ÉNA,* PUF, 1983. Se reporter également, du même auteur, à l'article « La première École d'administration : Yves de Saint-Prest et l'Académie politique de 1712 à 1719 », *Revue administrative,* n° 235, 1987, ainsi qu'à V. Wright, « L'École nationale d'administration de 1848-1849 : un échec révélateur », *Revue historique,* n° 517, janv.-mars 1976 ; J. Savoye, « Le problème de la formation des fonctionnaires au XIXe siècle. Un précédent de l'École d'administration de 1848 : le projet de G. Lamé et E. Clapeyron », *Revue administrative,* n° 48, 1972 ; G. Langrod, « L'École d'administration française, 1848-1849 », *Annali della Fondazione italiana per la Storia administrativa, 1965 ;* M. Saurin, « L'École d'administration de 1848 », *Revue internationale des idées, des institutions et de la vie politique,* n°s 25-32, 1964-1965. Sur les problèmes actuels, se reporter à J.-F. Kesler, *L'ÉNA, la Société, l'État,* Berger-

Levrault, 1985, et à J.-L. BODIGUEL, *Les Anciens Élèves de l'ÉNA,* Presses de la FNSP, 1978.

1242. La question de la *formation des hauts fonctionnaires* est inséparable de l'*histoire de l'enseignement des sciences administratives et politiques.* Sur ce point essentiel, cf. D. DAMMAME, *Histoire des sciences morales et politiques et de leur enseignement,* Université de Paris-I, 1982 (thèse, 2 vol.) ; P. FAVRE, « La constitution d'une science du politique, le déplacement de ses objets et l'irruption de l'histoire réelle », *Revue française de science politique,* avril et juin 1983 ; G. LANGROD, « La science de l'administration publique en France aux XIXᵉ et XXᵉ siècles, I, aperçu historique », *Revue administrative,* 1961, et « Trois tentatives d'introduction de la science politique dans l'université française au cours du XIXᵉ siècle », *Revue internationale d'histoire politique et constitutionnelle,* nᵒˢ 25-26, 1957 ; E. LENOËL, *Des sciences politiques et administratives et de leur enseignement,* 1865 ; J. SAVOYE, *Quelques aspects de l'œuvre de Louis-Antoine Macarel (1790-1791). Contribution à l'étude de la naissance des sciences politiques et administratives,* Lille, 1970 (thèse, 2 vol.) ; Ch. TRANCHANT, *De la préparation aux services publics en France,* 1878 ; G. LAMEFLEURY, « De l'enseignement professionnel (sciences administratives et politiques) et du mode de recrutement des fonctionnaires civils », *Journal des économistes* (7 articles de décembre 1864 à novembre 1865) ; M. VENTRE-DENIS, *Les Sciences sociales et la Faculté de droit de Paris sous la Restauration,* Aux amateurs de livres, 1985 (important).

1243. Sur l'histoire de l'*École libre des sciences politiques.* P. FAVRE, « Les sciences de l'État entre déterminisme et libéralisme. Émile Boutmy (1835-1906) et la création de l'École libre des sciences politiques », *Revue française de sociologie,* juill.-septembre 1981. P. FAVRE, *Naissances de la science politique en France 1870-1914,* Fayard, 1989. Th. R. OSBORNE, *The Recruitment of the Administrative Elite in the Third French Republic, 1870-1905 : The System of the École libre des sciences politiques,* University of Connecticut, 1974 (thèse) (remanié in *A « Grande École » for the Grands Corps,* New York, Columbia UP, 1983) ; P. RAIN, *L'École libre des sciences politiques, 1871-1945,* Colin, 1963 ; G. VINCENT, *Sciences po, histoire d'une réussite,* Olivier Orban, 1987 ; « La fondation de l'École des sciences politiques en 1871 » (recueil de documents), *Commentaire,* nᵒ 37, printemps 1987.

1244. Sur la *formation des ingénieurs publics et des grands corps techniques,* quelques travaux importants : R. HAHN et R. TATON, *Écoles techniques et militaires au XVIIIᵉ siècle,* Hermann, 1986 (sur l'École du Génie de Mézières, la fondation de l'École royale des Ponts et Chaussées, la création du corps des Mines) ; F.B. ARTZ, *The Development of Technical Education in France, 1500-1850*, Cambridge, MIT Press, 1966 ; A. BLANCHARD, *Les Ingénieurs du « Roy » de Louis XIV à Louis XVI*, Montpellier, 1979 (sur le corps des fortifications) ; Cr. DAY, « The Making of Mechanical Engineers in France : The École d'Arts et Métiers », *French Historical Studies*, n° 3, 1978. Plusieurs ouvrages importants sur l'École polytechnique : J.-P. CALLOT, *Histoire de l'École polytechnique*, 1958 ; A. FOURCY, *Histoire de l'École polytechnique*, 1828 (réédité en 1987 par Belin) ; *École polytechnique : Livre du Centenaire, 1794-1894*, 1895 (3 vol.) (histoire de l'École et des grands corps qui en sont issus) ; J. LANGIS, *La République avait besoin de savants. Les débuts de l'École polytechnique et les cours révolutionnaires de l'an III*, Belin, 1987 ; T. SHINN, *Savoir scientifique et Pouvoir social : l'École polytechnique (1794-1914)*, Presses de la FNSP, 1980.

13. Organisation de la fonction publique et statut des fonctionnaires

131. GÉNÉRALITÉS

P. BOURETZ et É. PISIER, *Le Paradoxe du fonctionnaire*, Calmann-Lévy, 1988 (très bonne synthèse).

A. DARBEL, F. DUBOST et D. SCHNAPPER, « La condition du fonctionnaire : bibliographie historique critique (1870-1914) », *Annuaire international de la fonction publique, 1970-1971*, 1971.

B. GOURNAY, J.-F. KESLER et J. SIWEK-POUYDESSEAU, *Administration publique*, PUF, 1967.

« La fonction publique », *Cahiers français*, n°s 194 et 197, 1980 (2 vol.).

J.-F. KESLER, *Sociologie des fonctionnaires*, PUF, 1980.

H. PUGET *et al.*, *Bibliographie de la fonction publique et du personnel civil des administrations publiques*, 1948.

W. R. SHARP, *The French Civil Service : Bureaucracy in Transition*, New York, 1931.

M. SIBERT, *Le Concours comme mode juridique de recrutement de la fonction publique*, 1912 (bonne synthèse juridique et historique sur un problème clef ; cf. également pour la période plus récente P. SADRAN, « Recrutement et sélection par concours dans l'administration française », *Bulletin de l'Institut international d'administration publique*, n° 1, 1977).

G. THUILLIER, *Bureaucratie et Bureaucrates en France au XIXᵉ siècle*, Genève, Droz, 1980 (fondamental).

—, *La Bureaucratie aux XIXe et XXe siecles*, Economica, 1988 (rassemble, comme le précédent ouvrage, un grand nombre d'études, notamment publiées dans la *Revue administrative*).

132. LA PREMIERE MOITIÉ DU XIXe SIÈCLE

Pour bien appréhender la notion moderne de fonctionnaire, il est important de comprendre la nature de la rupture qui s'opère en 1789 dans la conception des emplois publics. Cf. pour cela : R. MOUSNIER, *Les Institutions de la France sous la monarchie absolue*, PUF, 1980, t. II, « Les organes de l'État et la société », ainsi que « La fonction publique en France du début du XIVe siècle à la fin du XVIIIe siècle », *Revue historique,* n° 530, 1979, et (en coll.) « Serviteurs du Roi : quelques aspects de la fonction publique dans la société française du XVIIe siècle », *XVIIe Siècle,* 1959 ; A.-M. PATAULT, « Les origines révolutionnaires de la fonction publique : de l'employé au fonctionnaire », *Revue historique du droit français et étranger,* vol. 64, n° 3, 1986 (synthèse bien documentée) ; J.-R. SURATTEAU, « Fonctionnaires et employés », *Annales historiques de la Révolution française,* vol. XXIX, n° 2, 1958 (plus succinct).

A partir de la Restauration, des employés de l'État commencent à revendiquer des règles fixes de recrutement et de promotion. Cf. par exemple : *Des employés, des réformes et du régime intérieur des bureaux* (anonyme), 1817 ; *De l'influence des directeurs généraux sur l'administration du royaume* (anonyme), 1818 ; *Le Cri des employés du gouvernement* (anonyme), 1828 ; *De la nécessité d'un droit public pour les fonctionnaires et agents des administrations centrales* (anonyme), mars 1834 ; M. HOUCHARD, *Les Employés, les Bureaux et les Réformes administratives considérées dans le rapport moral et politique,* 1819 ; E.A. DOSSION, *Le Cri de la justice et de l'humanité en faveur des employés réformés* (1817) ; J.G. YMBERT, *L'Art d'obtenir des places,* 1816 (la dénonciation du favoritisme dans le recrutement est l'un des principaux thèmes de cette littérature).

Cf. également les périodiques publiés par les employés de l'État : *La France administrative, gazette des bureaux et boussole des administrés,* mensuel fondé en 1840 par Ch. VAN TENAC ; *La Gazette administrative* à partir de décembre 1847 ; *La Tribune des employés,* puis la *Réforme administrative* et *L'Écho des employés* en 1848 (littérature analysée par G. THUILLIER in *Bureaucratie et Bureaucrates au XIXe siècle, op. cit.*).

Sur les problèmes concernant l'organisation de la fonction publique pendant cette période, se reporter à quelques ouvrages de base. F. BÉCHARD, *De l'administration intérieure de la France,* 1851 (2 vol.) ; C.-J. BONNIN, *Principes d'administration publique,* 1812 (3e éd., 3 vol.) ; J.-M. DE GÉRANDO, *Éléments du Code administratif,* 1842 ; C.J. LALOUETTE,

Éléments de l'administration pratique, 1812 ; A. GUÉRARD DE ROUILLY, *Principes généraux d'administration, ou Essai sur les devoirs et les qualités indispensables d'un bon administrateur*, 1815 ; VIVIEN, *Études administratives*, 1845 (2ᵉ éd. refondue en 2 vol., 1852). Le grand débat sur le recrutement et la formation est lancé en 1843 par un article d'É. LABOULAYE, « De la création d'un enseignement et d'un noviciat administratif en France », *Revue de législation et de jurisprudence*, t. 18, juill.-décembre 1843. Sur le rôle que joue alors l'exemple prussien, cf. J. RUMPF, *Droits et Devoirs des employés prussiens*, 1840, et surtout W. FISCHER, « Rekrutierung und Ausbildung von Personnal für den modernen Staat : Beamte, Offiziere und Techniker in England, Frankreich und Preussen in der frühen Neuzeit », in R. KOSELLECK, *Industrielle Welt : Studien zum Beginn der modernen Welt*, Stuttgart, 1977. Cf. également dans *Le Moniteur* le débat parlementaire du printemps 1844 autour d'un projet de loi notamment présenté par A. de Gasparin et Saint-Marc Girardin, et A. DUFAURE, « Rapport sur la proposition relative aux conditions d'admission et d'avancement dans les fonctions publiques », *Revue de législation et de jurisprudence*, t. 22, 1845. Cf. aussi G. DELBOUSQUET, *De l'organisation des administrations centrales, des droits et des devoirs des employés*, 1843.

De 1848 au Second Empire, les problèmes restent posés dans les mêmes termes. A noter la multiplication des brochures et des publications écrites par des employés de février à juin 1848 (cf. par exemple C. FRANÇOIS, *Organisation des fonctionnaires civils attachés aux ministères et aux administrations de l'État. Aux employés*, 1848). Cf. également le rapport MORTI-MER-TERNAUX présenté le 4 août 1849 à l'Assemblée sur *L'Admission et l'Avancement dans les fonctions publiques* ainsi que la bibliographie *supra* sur l'échec de l'ÉNA de 1848-1849. Pour une vision d'ensemble de l'organisation de la fonction publique sous le Second Empire, se reporter à C.P.M. HAAS, *Administration de la France. Histoire et mécanisme des grands pouvoirs de l'État ; fonctions publiques ; conditions d'admission et d'avancement dans toutes les carrières ; privilèges et immunités*, 1861 (4 vol.).

133. LA IIIᵉ RÉPUBLIQUE

Le débat sur le « statut » des fonctionnaires prend une importance politique centrale sous la IIIᵉ République. Il devient également juridiquement plus précis, le Conseil d'État ayant prononcé plusieurs arrêts importants de 1874 à 1884 sur le recrutement et le déroulement de carrière des employés de l'État (cf. la doctrine ébauchée par SILVY, *Rapport sur un projet de loi relatif aux conseils d'administration et à l'état des employés dans les administrations centrales*, Conseil d'État, 11 juillet 1874 ; consultable aux Archives du Conseil).

Pour apprécier l'évolution des pratiques et de la législation, cf.

Ch. Georgin, *L'Avancement, son organisation, ses garanties*, 1911 ; A. d'Avenel, *La Réforme administrative*, 1891 ; J. Lafon, « Le contrat de fonction publique. Note sur la naissance de l'État-patron, fin XIXe-début XXe », *Revue historique de droit français et étranger*, vol. LII, 1974 ; A. Lanza, *Études sur le statut de la fonction publique au XIXe siècle*, Aix-Marseille, PU, Travaux et mémoires de la faculté de droit et de science politique, 1976 ; L. Guimbaud, *L'Employé de l'État en France : sa condition économique et sociale*, 1898.

134. Partisans et adversaires d'un « statut » ; la syndicalisation des fonctionnaires

E. Aimes, *La Réforme administrative et le Favoritisme*, 1887.

O. Béaud, *Aux origines du syndicalisme des « cadres » de la fonction publique : le cas des fonctionnaires des ministères (1870-1914)*, Caen, 1984 (thèse de droit public, 2 vol.).

P. Birnbaum, « La conception durkheimienne de l'État : l'apolitisme des fonctionnaires », *Revue française de sociologie*, avr.-juin 1976.

A. Bonnefoy, *Comment caser nos fils dans les fonctions publiques et administratives : guide universel du père de famille soucieux de l'avenir de ses enfants et du jeune homme sur le point de choisir une carrière*, 1910.

J. Busquet, *Les Fonctionnaires et la Lutte pour le droit*, 1910.

G. Cahen, *Les Fonctionnaires, leur action corporative*, 1911.

H. Chardon, *L'Administration de la France, les Fonctionnaires*, 1908.

—, *Le Pouvoir administratif, la Réorganisation des services publics, la Réforme administrative*, 1912 (nlle éd.).

G. Demartial, *Le Statut des fonctionnaires*, 1908.

—, *Le Personnel des ministères* (essai d'une réorganisation d'ensemble des administrations centrales), 1906.

L. Duguit, « Les syndicats de fonctionnaires », *Revue politique et parlementaire*, t. 48, 1906.

E. Faguet, *Le Culte de l'incompétence*, 1910 (4e éd.).

P. d'Hugues, « La morale des concours », in *La Guerre des fonctionnaires*, 1913.

Ch. Laurent, *Le Syndicalisme des fonctionnaires, aperçu historique*, 1939.

M.-T. Laurin, *Les Instituteurs et le Syndicalisme*, 1910.

A. Lefas, *L'État et les Fonctionnaires*, 1913 (bonne synthèse).

M. Leroy, *Le Droit des fonctionnaires*, 1906.

—, *Les transformations de la puissance publique, les Syndicats de fonctionnaires*, 1907.

—, *Syndicats et Services publics*, 1909.

—, « Les employés de l'État et les syndicats professionnels », *Revue politique et parlementaire*, 10 mars 1905.

—, *Les Techniques nouvelles du syndicalisme*, 1921.

P. Louis, *Le Syndicalisme contre l'État*, 1910.

G. Mer, *Le Syndicalisme des fonctionnaires*, 1929.

J. Paul-Boncour, *Les Syndicats de fonctionnaires*, 1906.

R. Pierot, « La naissance du pouvoir syndical dans la fonction publique française », *Mélanges offerts à Georges Burdeau*, LGDJ, 1977.

L. Salaün, *La Réforme des fonctions publiques : pour enrayer le favoritisme, il faut organiser l'avancement*, Paris-Nancy, 1912.

J. Siwek-Pouydesseau, *Le Syndicalisme des fonctionnaires jusqu'à la guerre froide*, Paris, 1984 (thèse, 2 vol.) (référence de base).

—, *Les Syndicats de fonctionnaires depuis 1948*, PUF, 1989.

135. Le Statut de la fonction publique de 1946

Peu de travaux. A signaler : R. Grégoire, *La Fonction publique*, 1954, et J. Siwek-Pouydesseau, « Les conditions d'élaboration du statut général des fonctionnaires de 1946 », *Annuaire international de la fonction publique*, 1971. Cf. aussi le point de vue de deux acteurs importants : M. Debré, *Réforme de la fonction publique*, 1946, et M. Thorez, *Le Statut général des fonctionnaires*, s. d. (1946). Sur le régime des fonctionnaires sous Vichy, cf. G. Thuillier, « Le statut des fonctionnaires de 1941 », *Revue administrative*, n° 191, 1979.

Sur la réforme de 1982, se reporter à : J.-P. Bras, « La réforme de la fonction publique », *Administration 1983*, Institut international d'administration publique, 1984, et à l'ensemble « La réforme du statut général des fonctionnaires en France », *Revue d'administration publique*, n° 25, janv.-mars 1983.

136. Histoire comparée

Sur l'histoire de la fonction publique anglaise, consulter : la contribution de M.S. Archer, *Mélanges Georges Langrod*, Éd. Serpic-France-Sélection, 1969 ; P.-M. Gaudemet, *Le Civil Service britannique, 1952 ;* N. Chester, *The English Administrative System, 1780-1870*, Oxford, Clarendon Press, 1981 ; K.M. Reader, « The Civil Service Commission 1855-1975 », *Civil Service Studies*, n° 5, Londres, 1981 ; le rapport Fulton, « The Civil

Service : Report of the Committee under the Chairmanship of Lord Fulton », *HMSO,* n° 3628, 1968 ; B. MEYNELL, « La Grande-Bretagne : le Civil Service en perte d'estime », in F. BLOCH-LAINÉ et G. ÉTIENNE, *Servir l'État,* EHESS, *Cahiers de l'homme,* XXVII, 1987.

Pour l'Allemagne, cf. E. FORSTHOFF, « Histoire de l'administration allemande », in *Traité de droit administratif allemand,* Bruxelles, Bruylant, 1969 ; P. KŒNIG, *La Fonction publique de la République fédérale allemande,* Strasbourg, Institut de droit et d'économie comparée, 1962.

14. Histoire des ministères et des structures ministérielles

Les travaux sont très clairsemés dans ce domaine. Le seul bilan d'ensemble reste la thèse de C. POUTIER, *L'Évolution des structures ministérielles de 1800 à 1944,* 1960 (4 vol.) (très inégale ; dactylographiée, consultable à la bibliothèque Cujas). On peut aussi consulter L. MUEL, *Gouvernements, Ministères et Constitutions de la France depuis cent ans,* 1893 (4ᵉ éd.). La bibliographie dans ce domaine présente donc de très grosses lacunes. On pourra cependant consulter quelques références utiles :

J.-C. ALLAIN et M. AUFFRET, « Le ministère français des Affaires étrangères, crédits et effectifs pendant la IIIᵉ République », *Relations internationales,* n° 32, 1982.

F. DE BAECQUE, *L'Administration centrale de la France,* Colin, 1973.

E. BERNARDIN, *Jean-Marie Roland et le ministère de l'Intérieur (1792-1793),* Société des études robespierristes, 1964 (la meilleure synthèse sur l'administration révolutionnaire).

H. BUISSON, *La Police, son histoire,* 1958.

R. CATHERINE, *L'Industrie,* PUF, 1965 (contient quelques éléments sur l'histoire du ministère).

J. CHAPTAL, *Mémoires personnels, 1756-1804,* publiés en tête de *Mes souvenirs sur Napoléon,* 1893.

Chronologie des lois, décrets, ordonnances, etc., relatifs à l'organisation du ministère de l'Intérieur (1790-1835), 1835.

C.A. COSTAZ, *Essai sur l'administration de l'agriculture, du commerce, des manufactures et des subsistances,* 1818.

Histoire de l'administration en France, de l'agriculture, des arts utiles, du commerce, des manufactures, des subsistances, des usines et des mines, 1832 (2 vol.).

G. Cusson, *Origines et Évolution du ministère de l'Agriculture*, 1929.

P. Durand-Barthez, *Histoire des structures du ministère de la Justice (1789-1945)*, PUF, 1973.

L'État et sa police en France (1789-1914), Genève, Droz, 1979.

H. Fontaine de Resbecq, « L'administration de la marine et des colonies », *Revue maritime et coloniale*, t. XXV, 1886.

P. Gousset, « Pour une histoire des ministères. Évolution historique de l'administration centrale du commerce et de l'industrie », *Revue administrative*, mars-avril 1961.

H. Hervieu, *Les Ministères, leur rôle et leurs attributions dans les différents États organisés*, 1893.

« Historique des ministères du Travail, de la Santé publique, des Affaires sociales », numéro spécial de la *Revue française des affaires sociales*, n° 5, 1971 (cf. en particulier les contributions de H. Bargeton sur la formation des ministères et d'A. Ziegler sur les structures administratives).

Histoire de l'administration de l'enseignement en France, 1789-1981 (collectif), Genève, Droz, 1983.

J. Josat, *Le Ministère des Finances, son fonctionnement,* suivi d'une étude sur l'organisation générale des autres ministères, 1882.

M. Leclère, *Histoire de la police*, PUF, 1973 (cf. également du même auteur une utile *Bibliographie de la police et de son histoire*, Yzer, 1980).

F. de Neufchâteau, *Recueil des lettres circulaires, instructions, programmes, discours et autres actes publics, pendant ses deux exercices du ministère de l'Intérieur,* an VII-VIII (2 vol.) (collection continuée ensuite in *Circulaires et Autres Actes émanés du ministère de l'Intérieur ou relatifs à ce département de 1797 à 1830,* 1834 (2ᵉ éd.), et avec un supplément ultérieur pour la période 1830-1839 : ensemble très utile).

F. Masson, *Le Ministère des Relations extérieures sous la Révolution, 1787-1804,* 1877.

J. Minot, *L'Entreprise éducation nationale,* Colin, 1970 (bons chapitres historiques).

H. Noell, *L'Administration de la France : les ministères, leur organisation, leur rôle,* 1911.

A. Outrey, *L'Administration française des affaires étrangères,* 1954.

G. Pagès, « Essai sur l'évolution des institutions administratives en France », *Revue d'histoire moderne*, vol. VII, 1932 (2 articles).

P. Pluchon, « Structures ministérielles et gouvernementales, l'expérience de la IVᵉ République », *Revue administrative*, n° 113, 1966.

A. Peyronnet, *Le Ministère du Travail, 1906-1923,* Nancy, 1924.

F. Ponteil, *Histoire de l'enseignement 1789-1965,* Sirey, 1966.

C.-H. Pouthas, « Les projets de réforme administrative sous la Restauration », *Revue d'histoire moderne,* vol. I, 1926.

—, « Les ministères de Louis-Philippe », *Revue d'histoire moderne et contemporaine,* t. I, avr.-juin 1954 (bonne synthèse sur la période).

A. Racinet, *De la spécialisation ministérielle en France,* 1910.

H. Terson, *Origines et Évolution du ministère de l'Intérieur,* Montpellier, 1913.

J.-A. Tournerie, *Le Ministère du Travail. Origines et premiers développements,* Cujas, 1971.

15. Effectifs de l'administration et croissance des dépenses de l'État

151. L'ÉVOLUTION DU NOMBRE DES FONCTIONNAIRES

Il n'y a pas d'études d'ensemble sur cette question. On doit se contenter, pour le XIXᵉ siècle, de sources éparses souvent discordantes, la catégorie de « fonctionnaire » restant alors imprécise. Quelques travaux peuvent néanmoins être utilisés, mais avec précaution : C.H. Church. *Revolution and Red Tape : The French Ministerial Bureaucracy, 1770-1850, op. cit.* § 111 de cette bibliographie (pour les effectifs des administrations centrales pendant la Révolution, malgré sa grande fragilité méthodologique) ; Besnoiton de Chateauneuf. *Tableau de tous les traitements et salaires payés par l'État,* 1831 (à partir des documents budgétaires), et Vivien, *Études administratives, op. cit.* § 132, pour la monarchie de Juillet. Pou. les périodes postérieures : M. Block, *Statistique de la France,* 1875 (2 v(.) ; V. Turquan, « Essai de recensement des employés et fonctionnaires de l'État », *La Réforme sociale,* oct.-nov.-décembre 1898 et février 1899 ; L. March, « Contribution à la statistique des fonctionnaires », *Bulletin de la statistique générale de la France,* 1913. A partir de 1946, les *Rapports annuels* sur la fonction publique contiennent des données plus fiables (alors qu'il était difficile, pour des raisons méthodologiques, d'utiliser pour la période antérieure les publications de la Statistique générale de la France). Pour les années 1870 à 1940, on peut également se reporter à A. Darbel et D. Schnapper, *Le Système administratif,* 1972, qui ont essayé de recalculer la variation des effectifs par ministère de 5 ans en 5 ans. Sur les problèmes méthodologiques de connaissance du nombre des fonctionnaires, qui subsistent encore partiellement, cf. A. Minczeles et

D. Quarre, « Les agents de l'État », *Économie et Statistique,* n° 146, juil.-août 1982.

Pour une comparaison France-Grande-Bretagne, se reporter aux ouvrages de E.W. Cohen, *The Growth of the British Civil Service, 1780-1929,* Londres, 1965, et de M. Abramovitz et V.F. Eliasberg, *The Growth of Public Employment in Great-Britain,* Princeton, 1957.

152. Sur la croissance des dépenses publiques

Comme autre indice du développement de l'administration, se référer principalement à trois ouvrages : L. Fontvieille, « Évolution et croissance de l'État français de 1815 à 1969 », *Économies et Sociétés,* Cahiers de l'ISMEA, série AF, n° 13, 1976 ; C. André et R. Delorme, *L'État et l'Économie, un essai d'explication de l'évolution des dépenses publiques en France 1870-1980,* Éd. du Seuil, 1980 ; J. Meyer, *Le Poids de l'État,* PUF, 1983.

N.B. : Les problèmes méthodologiques concernant la mesure des effectifs et la croissance en volume de l'administration sont développés dans l'Annexe I de cet ouvrage.

2. Les formes de l'État démocratique

21. Généralités

Sur la notion moderne de souveraineté, sur laquelle l'État se fonde, et sur la notion d'État de droit, la bibliographie est très abondante. Cf. quelques ouvrages récents : B. BARRET-KRIEGEL, *L'État et les Esclaves* et *Les Chemins de l'État*, Calmann-Lévy, 1979 et 1986 ; B. BASDEVANT-GAUDEMET, *Aux origines de l'État moderne. Charles Loyseau (1564-1627) théoricien de la puissance publique,* Economica, 1977 ; H. DENZER (éd.), *Colloque international Jean-Bodin,* Actes de la conférence de Munich, Munich, 1973 ; I.M. WILSON, *The influence of Hobbes and Locke in the Shaping of the Concept of Sovereignty in Eighteenth Century France,* Oxford, Voltaire Foundation, 1973. On peut aussi consulter M. GEORGANTAS, *De la notion de souveraineté et de son évolution,* Lausanne, 1921.

La notion de « souveraineté nationale », qui vise à démocratiser en 1789 le concept de souveraineté, a été principalement étudiée par R. CARRÉ de MALBERG dans sa *Contribution à la théorie générale de l'État,* Paris, rééd. CNRS, 1963, et dans *La Loi expression de la volonté générale,* rééd. Economica, 1985 (cf. aussi G. BACOT, *Carré de Malberg et l'Origine de la distinction entre souveraineté du peuple et souveraineté nationale,* CNRS, 1985). Sur les idées de Sieyès, voir la troisième partie de L. JAUME, *Hobbes et l'État représentatif moderne,* PUF, 1986.

La notion de souveraineté comme matrice du rapport État-société a fait l'objet de vifs débats au XIXᵉ siècle. Sur la première moitié du siècle, cf. M. BARBÉ, *Étude historique des idées sur la souveraineté en France de 1815 à 1848,* 1904, et J. POISSON, *Le Romantisme et la Souveraineté. Enquête bibliographique sur la philosophie du pouvoir pendant la Restauration et la monarchie de Juillet,* 1932. Pour la IIIᵉ République, on consultera surtout, outre l'œuvre de CARRÉ DE MALBERG, les travaux de L. DUGUIT, *Le Droit social, le Droit individuel et les Transformations de l'État,* 1908, *Souveraineté et Liberté,* 1922, *Les Transformations du droit public,* 1913, et le *Traité de droit constitutionnel,* 1927 (3ᵉ éd., 5 vol.) ; A. ESMEIN, *Éléments de droit constitutionnel français et comparé,* 1921 (2 vol.) ; M. HAURIOU, *Études constitutionnelles : la souveraineté nationale* (extrait du *Recueil de législation de Toulouse*), 1912 et *Précis de droit constitutionnel,* 1929 ; H. MICHEL, *L'Idée de l'État,* 1898 (3ᵉ éd.).

22. Administration, politique et société

221. LA CRITIQUE DE LA BUREAUCRATIE ET LA DEMANDE DE TRANSPARENCE

La critique des fonctionnaires est presque un genre littéraire en France. COURTELINE n'invente rien avec *Messieurs les ronds-de-cuir* (1893). On publie dès 1789 des pamphlets contre la bureaucratie (cf. à ce propos les diatribes de Jacques Peuchet contre le « Gouvernement des commis » dans le tome I de son *Traité de la police et des municipalités*, juillet 1789). Indépendamment même des célèbres pamphlets de P.-L. COURIER, on peut consulter d'autres textes publiés sous la Restauration : H. MONNIER, *Mœurs administratives dessinées d'après nature* (1828), J.G. YMBERT, *La Bureaucratie* (1825) et *Mœurs administratives* (1825) ; F. ROYAU, *La Bureaucratie maritime* (1818). BALZAC publie en 1841 une *Physiologie de l'employé* et en 1844 *Les Employés* (l'introduction à ce texte dans le tome VII des *Œuvres* de Balzac dans « La Pléiade » donne de multiples références aux principaux ouvrages du temps sur les mœurs bureaucratiques). STENDHAL, FLAUBERT, MAUPASSANT, ZOLA émailleront par ailleurs fréquemment leurs romans de portraits acides d'employés de l'État. A consulter également, pour le XIXe : A. CIM, *Bureaux et Bureaucrates; mémoires d'un employé des PTT*, 1909 ; É. GABORIAU, *Les Gens de bureau*, 1862 ; J. FIÉVÉE, *Correspondance politique et administrative*, 1815 (4 vol.) ; D. FUZELIER, *Physiologie du surnuméraire et du receveur de l'enregistrement, des domaines et du timbre*, 1889 ; A. LE GRANDAIS, *Physiologie des employés de ministère*, 1862 ; G. LECOMTE, *Les Cartons verts*, 1901 ; P. DUVAL, « L'employé », in *Les Français par eux-mêmes*, 1842 ; H. MONNIER, *Scènes de la vie bureaucratique*, 1836.

La dénonciation du fonctionnaire-écran est au cœur de l'idéologie jacobine. Cf. J.-P. GROS, *Saint-Just, sa politique et ses missions*, 1976 ; H. OLIVE, *L'Action exécutive exercée par les comités de la Convention nationale, 1789-1795*, Marseille, 1912 ; G. SAUTEL, « Les Jacobins et l'administration », *Revue du droit public et de la science politique*, n° 4, 1984 ; G. THUILLIER, « Saint-Just et la cité usurpée des fonctionnaires », in *Témoins de l'administration, de Saint-Just à Marx*, 1967.

Libéraux et socialistes s'accordent au XIXe siècle pour dénoncer la menace d'un pouvoir administratif autonome. Cf. par exemple, du côté libéral, COURCELLE-SENEUIL, *La Société moderne, études morales et politiques*, 1892 (cf. en particulier les articles « Étude sur le mandarinat français », « Des privilèges de diplôme et d'école », « Du recrutement et de l'avancement des fonctionnaires publics ») ou, du côté républicain, les divers

pamphlets de TIMON (cf. par exemple sa dénonciation de la « fonctionoma-
nie » in *Ordre du jour sur la corruption électorale et parlementaire,* 1846).
Trois ouvrages de synthèse sur cette question : J.-P. JOUDREN, *Essai sur la
vision libérale de l'administration française au XIXᵉ siècle. Morceaux choisis.*
Université de Paris-II, 1983 (thèse) ; P. SOUDET, *L'Administration vue par
les siens... et par d'autres,* Berger-Levrault, 1975 ; G. THUILLIER, *Témoins
de l'administration, op. cit. supra.*

Sur la permanence de ce thème, quelques ouvrages récents : A GER-
HARDS, *Le Rapport Lambda,* Éd. du Seuil, 1987 ; B. LASSERRE, N. LENOIR
et B. STIRN, *La Transparence administrative,* PUF, 1987 ; P. MILLOZ, *Le
Mal administratif,* Dunod, 1987.

222. LA PHILOSOPHIE FRANÇAISE DE L'ADMINISTRATION

La critique de la bureaucratie et l'éloge du pouvoir simple se doublent
d'une difficulté constante de penser le phénomène administratif. Cf.
P. LEGENDRE, « Histoire de la pensée administrative française », in *Traité
des sciences administratives,* 1966 ; O. PIROTTE, *Vivien de Goubert (1799-
1854),* LGDS, 1972 (intéressante thèse consacrée à l'un des fondateurs de la
science administrative française). Cf. également les références données
supra, § 1242, sur les problèmes de l'enseignement des sciences politiques et
administratives en France.

L'existence d'un droit administratif séparé trouve son origine dans l'idéal
d'une transparence de l'administration, conçue comme un simple prolongement de l'expression de la volonté générale, qui empêche de traiter dans les
cadres juridiques normaux la responsabilité de l'État. Sur cette question et
celle, pendante, de la responsabilité des fonctionnaires, cf. les ouvrages des
premiers théoriciens du droit administratif :

CORMENIN, *De la responsabilité des agents du gouvernement et des garanties
des citoyens contre les décisions de l'autorité administrative,* 1819, et
Questions de droit administratif, 1822 (2 vol.) ; A. MACAREL, *Cours de
droit administratif,* 1844-1846 (4 vol.). Consulter également :

F.-P. BENOÎT, « Les fondements de la justice administrative », *Mélanges
M. Waline,* LGDJ, 1974.

A. CASIMIR-PERIER, *L'Article 75 de la Constitution de l'an VIII sous le
régime de la Constitution de 1852,* 1867 (ouvrage fondamental consacré au
fameux article sur l'irresponsabilité de l'administration).

R. CHARLIER, *L'État et son droit, leur logique et leurs inconséquences,*
Economica, 1984.

J. CHEVALLIER, *L'Élaboration historique du principe de séparation de la
juridiction administrative et de l'administration active,* 1970.

R. Dareste, *La Justice administrative en France*, 1898 (2ᵉ éd.).

R. Drago, *La Formation des doctrines de la science administrative*, in « Cours de science administrative », Cours de droit, 1968-1969.

C. Durand et A. Lanza, *Études sur les rapports entre la loi et le règlement gouvernemental au XIXᵉ siècle*, Aix-Marseille, « Travaux et mémoires de la faculté de droit et de science politique », 1976.

R. Favareille, *Réforme administrative pour l'autonomie et la responsabilité des fonctions*, s.d.

H. Guérin, *La Responsabilité des fonctionnaires administratifs envers les particuliers*, 1895.

M. Hauriou, *De la fonction du droit administratif français depuis l'an VIII*, 1893.

H.-F. Koechlin, *La Responsabilité de l'État en dehors des Contrats, de l'an VIII à 1873*, LGDJ, 1957.

E. Laferrière, *Traité de la juridiction administrative*, 1896 (2ᵉ éd., 2 vol. ; fondamental).

A. Lanza, *L'Expression constitutionnelle de l'administration française*, LGDJ, 1984.

J.-L. Mestre, *Introduction historique au droit administratif français*, PUF, 1985.

E. Poitou, *La Liberté civile et le Pouvoir administratif en France*, 1869.

G. Timsit, *Théorie de l'administration*, Economica, 1986.

« La bureaucratie et le droit », numéro spécial de la *Revue historique du droit français et étranger*, 1974.

[Se reporter également à la bibliographie sur l'histoire du Conseil d'État, cf. *supra* § 1222, qui est au cœur du problème dans les années 1870 ; cf. V. Wright, « La réorganisation du Conseil d'État en 1872 », *Études et Documents du Conseil d'État*, 1973.]

223. Le contrôle politique de l'administration

2231. *La soumission de l'administration au pouvoir politique au XIXᵉ siècle*

P. Gerbod et al., *Les Épurations administratives, XIXᵉ et XXᵉ siècles*, Genève, Droz, 1977 (fondamental).

F. Julien-Laferrière, *Les Députés fonctionnaires sous la monarchie de Juillet*, PUF, 1970.

C.-H. POUTHAS, « La réorganisation du ministère de l'Intérieur et la reconstitution de l'administration préfectorale par Guizot en 1830 », *Revue d'histoire moderne et contemporaine,* oct.-décembre 1962.

M. ROUSSELET, *La Magistrature sous la monarchie de Juillet,* 1937.

A.-J. TUDESQ, « Les influences locales dans l'administration centrale en France sous la monarchie de Juillet, 1830-1848 », *Annali della Fondazione italiana per la Storia administrativa,* Milan, 1967.

V. WRIGHT, « L'épuration du Conseil d'État en juillet 1879 », *Revue d'histoire moderne et contemporaine,* oct.-décembre 1972.

2232. *Les aspects actuels de la politisation de l'administration*

F. DE BAECQUE et J.-L. QUERMONNE, *Administration et Politique sous la Ve République,* Presses de la FNSP, 1981.

J. CARITEY, « Politique, administration et administrateurs », *Revue administrative,* n°s 69, 70, 71 et 72, 1959 (recueil de textes historiques).

—, « Des fonctionnaires politisés ? », *Pouvoirs,* n° 40, janvier 1987.

L. HAMON et G. MOND, « Le contrôle politique de l'administration », in *Traité des sciences administratives,* 1966.

E. SULEIMAN, *Les Hauts Fonctionnaires et la Politique,* Éd. du Seuil, 1976.

2233. *Histoire des cabinets ministériels*

M. DAGNAUD et D. MEHL, *L'Élite rose,* Ramsay, 1982.

P. DEVINAT, « Note sur le rôle administratif du cabinet ministériel », *État moderne,* février 1937.

J. MARC, « Le rôle politique des cabinets », *Projet,* février 1973.

Origines et Histoire des cabinets des ministres en France, Genève, DROZ, 1975.

J.-L. SEURIN, « Les cabinets ministériels », *Revue de droit public,* nov.-décembre 1956 (bonne bibliographie).

Les Superstructures des administrations centrales, Cahier de l'Institut français de sciences administratives (IFSA), Cujas, n° 8, 1973 (cf. notamment les articles de G. THUILLIER sur les cabinets de 1815 à 1870 et de P. LEGENDRE sur ceux de la IIIe République).

G. THUILLIER, *Les Cabinets ministériels,* PUF, 1982.

E. SULEIMAN, « Sur les limites de la mentalité bureaucratique : conflits des rôles entre cabinets ministériels et directeurs », *Sociologie du travail,* oct.-décembre 1972.

23. Le contrôle parlementaire de l'administration

La période clef à étudier est celle de la Restauration qui voit l'instauration pour la première fois d'un véritable régime parlementaire. Cf. J. BARTHELEMY, *L'Introduction du régime parlementaire en France sous Louis XVIII et Charles X*, 1904; J. BONNEFON, *Le Régime parlementaire sous la Restauration*, 1905; P. DUVERGIER DE HAURANNE, *Histoire du gouvernement parlementaire en France de 1814 à 1848*, 1857-1871 (10 vol.; cf. les tomes II et III); P. MARX, *L'Évolution du régime représentatif vers le régime parlementaire de 1814 à 1816*, 1929; L. MICHON, *Le Gouvernement parlementaire sous la Restauration*, 1905; P. THUREAU-DANGIN, *Le Parti libéral sous la Restauration*, 1888; A. VAULABELLE, *Histoire des deux Restaurations*, 1860 (5ᵉ éd.; 8 vol.).

Sur les autres périodes, et d'une manière générale, se reporter surtout à : *Administration et parlement après 1815* (collectif), Genève, Droz, 1982; R. BLOCH, *Le Régime parlementaire en France sous la IIIᵉ République*, 1905; E. PIERRE, *Traité de droit politique électoral et parlementaire*, 1902 (2ᵉ éd.), augmenté d'un *Supplément*, 1914. Cet ouvrage a été très récemment mis à jour par J. LYON, *Nouveaux Suppléments au « Traité de droit politique électoral et parlementaire » d'E. Pierre*, t. I (seul paru) : *Fin de la IIIᵉ République (1924-1945)*. La Documentation française, 1984.

Le problème essentiel est celui du vote et du contrôle du budget; cf. M. BRUGUIÈRE, « L'administration des finances de Louis XVI à Bonaparte : ruptures et continuités », in F. BLOCH-LAINÉ et G. ÉTIENNE, *Servir l'État, EHESS, Cahiers de l'Homme*, nᵉˡˡᵉ série XXVII, 1987, et *La Première Restauration et son budget*, Genève, Droz, 1969; A. CALMON, *Histoire parlementaire des finances de la Restauration*, 1868 (2 vol.); H. de LUÇAY, *Législation du budget de 1769 à 1852*, 1862; G. de NERVO, *Les Finances françaises sous la Restauration*, 1865-1868 (4 vol.). Se reporter également aux nombreux ouvrages publiés au XIXᵉ siècle sur l'histoire financière par le marquis D'AUDIFFRET.

Ouvrages plus généraux à consulter sur cette question : E. ALLIX, *Traité élémentaire de science des finances et de législation financière française*, 1912 (3ᵉ éd.); J. BOSHER, *French Finances 1770-1795, from Business to Bureaucracy*, Cambridge, 1970; J.-J. CLAMAGERAN, *Histoire de l'impôt en France*, 1867-1876 (3 vol.); M. MARION, *Histoire financière de la France depuis 1715 (1715-1914)*, 1914-1931 (6 vol.) (reste la référence de base); R. SCHNERB, J. BOUVIER et J. WOLFF, *Deux Siècles de fiscalité française : histoire*, *économie, politique,* Mouton, 1973 ; R. STOURM, *Cours de finances. Le budget : son histoire et son mécanisme,* 1889 ; E. VIGNES, *Traité des impôts en France, considérés sous les rapports du droit, de l'économie politique et de la statistique,* 1872, (3ᵉ éd. ; 2 vol.) ; C. VRAYE, *Le Budget de l'État comparé, expliqué, mis en lumière dans ses détails. Réformes financières, juridiques et administratives,* 1875.

Sur les pouvoirs de contrôle du parlement, cf. le *Traité,* cité, d'E. PIERRE ainsi que sa mise à jour.

3. L'État instituteur du social

31. La production de la nation par l'État

311. L'ŒUVRE RÉVOLUTIONNAIRE

Elle donne l'impulsion décisive. L'étude de cette période doit donc être privilégiée pour appréhender le travail d'unification de la nation que réalise l'État. Dans le domaine de l'unification juridique, cf. L. CAHEN et R. GUYOT, *L'Œuvre législative de la Révolution*, 1913 ; J. CARBONNIER, « Le Code Civil », in P. Nora (éd.), *Les Lieux de mémoire*, t. II, *La Nation*, Gallimard, 1986 (3 vol.) ; P.-H. SAGNAC, *La Législation civile de la Révolution française (1789-1804)*, 1898. Sur l'école et les fêtes comme moyens de produire la nation : A. AULARD, *Le Culte de la Raison et le Culte de l'Être suprême, 1793-1794*, 1892 ; B. BACZKO, *Une éducation pour la démocratie*, Garnier, 1982 (contient un précieux recueil des principaux projets de la période révolutionnaire en matière d'instruction publique et d'éducation nationale) ; D. JULIA, *Les Trois Couleurs du tableau noir. La Révolution*, Belin, 1981 ; A. MATHIEZ, *Les Origines des cultes révolutionnaires, 1789-1792*, 1904 ; M. OZOUF, *La Fête révolutionnaire, 1789-1799*, Gallimard, 1976 ; A. SICARD, *L'Éducation morale et civique avant et après la Révolution (1700-1808)*, 1884 ; P. VIALLANEIX (éd.), *Les Fêtes de lo Révolution*, Société des études robespierristes, 1977.

Le travail d'uniformation passe également par la réforme métrologique : D. GUEDJ, *La Méridienne (1792-1799)*, Seghers, 1987 ; W. de FONTVIEILLE, *La Mesure du mètre*, 1886 (anecdotique) ; LAVOISIER, « Documents sur la Commission des poids et mesures », in *Œuvres de Lavoisier*, t. VI, 1893 ; W. KULA, *Les Mesures et les Hommes*, Éd. de la MSH, 1984 (référence de base). Le problème de l'unification linguistique est bien traité par M. DE CERTEAU, D. JULIA et J. REVEL, *Une politique de la langue, la Révolution française et les patois*, Gallimard, 1975.

Sur la destruction des corps intermédiaires et l'instauration d'un face-à-face État-individus, cf. E. MARTIN SAINT-LÉON, *Histoire des corporations de métiers, depuis leurs origines jusqu'à leur suppression en 1791*, 1922 (sur la résistance aux tentatives de reconstitution des corporations au début du XIXe siècle, cf. les *Délibérations des conseils généraux du commerce et des manufactures sur le rétablissement demandé des corps de marchands et des communautés d'arts et métiers*, 1821, ainsi que VITAL-ROUX, *Rapport sur les jurandes et maîtrises*, 1805).

312. LA FORMATION D'UNE MÉMOIRE COLLECTIVE

Consulter sur ce point les travaux des principaux historiens du début du XIXe siècle (Augustin THIERRY, GUIZOT, MICHELET, etc). Pour une première approche, cf. C. JULLIAN, *Notes sur l'histoire en France au XIXe siècle*, n^{lle} éd., Genève, Slatkine, 1979, et P. ROSANVALLON, « Histoire et politique en France à l'époque de la Restauration », *Actes du neuvième centenaire de l'université de Bologne*, Bologne, 1988. Mais on se reportera surtout à la somme éditée par P. NORA, *Les Lieux de mémoire*, t. I, *La République*, Gallimard, 1984, t. II, *La Nation*, Gallimard, 1986 (3 vol.). Consulter également le recueil d'articles de M. OZOUF, *L'École de la France, essais sur la Révolution, l'utopie et l'enseignement*, Gallimard, 1984, et E. WEBER, *La Fin des terroirs. La modernisation de la France rurale 1870-1914*, Fayard, 1983.

313. PHILOSOPHIE DU MONOPOLE PUBLIC

Il n'y a pas d'ouvrage de synthèse sur cette question essentielle. En matière de télécommunications, cf. LAVIALLE DE LAMEILLIÈRE, *Documents législatifs sur la télégraphie électrique en France*, 1865, et C. BERTHO, *Télégraphes et Téléphones, de Valmy au microprocesseur*, Le Livre de poche, 1981. La littérature est naturellement très abondante dans le domaine de l'enseignement. Outre les manuels classiques récents (F. PONTEIL, A. PROST), on peut se reporter à quelques ouvrages importants : A. AULARD, *Napoléon Ier et le Monopole universitaire*, 1911 ; L. CAPÉRAN, *Histoire de la laïcité républicaine*, 1961 ; G. WEILL, *Histoire de l'idée laïque en France au XIXe siècle*, 1925. Mais le plus intéressant dans ce domaine reste d'étudier quelques débats clefs (comme celui de 1844 sur la liberté d'enseignement par exemple).

[Sur la dimension économique des monopoles publics, se reporter au chapitre 5 de la bibliographie.]

32. Centralisation et décentralisation

321. L'ÉVOLUTION DES INSTITUTIONS

Il manque un bon ouvrage de synthèse sur le sujet. Le plus commode est de se reporter aux différents manuels d'histoire des institutions (cf. *supra* § 11). A consulter également : B. CHAPMAN, *L'Administration locale en France*, 1955 ; G. DAWSON, *L'Évolution des structures de l'administration locale déconcentrée en France*, LGDJ, 1969 (exemple du département du Pas-de-Calais et de la région du Nord) ; M. BOURJOL, *Les Institutions régionales de 1789 à nos jours*, Berger-Levrault, 1969 ; G. GRAS et G. LIVET, *Régions et Régionalisme en France, du XVIIIe siècle à nos jours*, PUF, 1977 ; J. MORANGE, *L'Idée de municipalité de canton de l'an III à nos jours*, PUF, 1971 ; J.-P. RIOCREUX, *Les Réformes de l'administration locale sous la monarchie de Juillet, 1830-1848*, 1974 ; A.-J. TUDESQ, *Les Conseillers généraux en France au temps de Guizot*, Colin, 1967 ; J. TULARD, *Paris et son administration, 1800-1930*, Ville de Paris, Commission des travaux historiques, 1976.

Sur les maires, voir : « Le maire », *Pouvoirs*, n° 24, 1973 ; M. AGULHON *et al.*, *Les Maires en France du Consulat à nos jours*, Publications de la Sorbonne, 1988.

La loi de décentralisation de 1982 est bien présentée dans M. BRANCIARD, *La Décentralisation dans un pays centralisé*, Lyon, Chronique sociale, 1984. Pour un premier bilan, cf. A. TERRAZONI, *La Décentralisation à l'épreuve des faits*, LGDJ, 1987.

322. PHILOSOPHIE DE LA CENTRALISATION

Cf. principalement la bibliographie du § 31, « La production de la nation par l'État ». Cf. également E. DESGRANGES, *La Centralisation républicaine sous le Directoire*, Poitiers, 1954, et M.V. OZOUF-MARIGNIER, *La Formation des départements*, EHESS, 1989 (qui montre bien la vision purement rationaliste de l'aménagement de l'espace chez les hommes de 1789). Le défenseur le plus éloquent du principe de centralisation au XIXe est C. DUPONT-WHITE : *L'Individu et l'État*, 1856 ; *La Centralisation*, 1860 ; *La Liberté politique considérée dans ses rapports avec l'administration locale*, 1864 ; *Le Progrès politique en France*, 1868.

323. LES DÉBATS SUR LA DÉCENTRALISATION AU XIXe SIÈCLE ET DANS LA PREMIÈRE MOITIÉ DU XXe SIÈCLE

Le débat français sur la décentralisation est faussement simple. Il renvoie en effet, selon les périodes, à des questions très différentes (l'efficacité administrative, la protection des libertés, la renaissance d'un système de corps intermédiaires, etc.). Quelques ouvrages et articles importants : L. Aucoc, « Les controverses sur la décentralisation administrative », *Revue politique et parlementaire*, avr.-mai 1895 (bonne synthèse) ; É. Faguet, « Décentralisateurs et fédéralistes », *Revue du Palais*, mai 1898 ; R. Pelloux *et al.*, *Libéralisme, traditionalisme et décentralisation*, 1952 (ensemble intéressant) ; C.-H. Pouthas, « Les projets de réforme administrative sous la Restauration », *Revue d'histoire moderne*, t. I, n° 5, 1926, « Nationalités, nation, province », numéro spécial de *Romantisme*, n° 35, 1987 (cf. notamment la contribution de R. Riedenschneider sur l'histoire de l'opposition anticentraliste) ; A. Rousseau, « L'idée décentralisatrice et les partis politiques sous la Restauration », *Revue de Bretagne*, 1913 ; M. Taupier, *La Décentralisation dans l'œuvre de A. de Tocqueville*, Rennes, Travaux juridiques et économiques de l'Université de Rennes, t. 28, 1967 ; A. Tudesq, « La décentralisation et la droite en France au XIX⁰ siècle », in Actes du colloque *La Décentralisation*, Aix-en-Provence, Publications des annales de la faculté des lettres d'Aix-en-Provence, 1962, « Notables départementaux et centralisation administrative sous la monarchie de Juillet », *Congrès des sociétés savantes*, Bordeaux, 1957 ; R. von Thadden, *La Centralisation contestée. L'administration napoléonienne, enjeu politique de la Restauration (1814-1830)*, Arles, Actes Sud, 1989.

Sur la décentralisation et la renaissance des corps intermédiaires, cf. quelques ouvrages significatifs : P. de Barante, *Des communes et de l'aristocratie*, 1821 ; F. Bechard, *Essais sur la centralisation administrative*, Marseille et Paris, 1836 (2 vol.) (point de vue légitimiste) ; C. Maurras, « L'idée de décentralisation », *Revue encyclopédique*, 1898. Le débat renvoie aussi fréquemment à la forme des anciennes assemblées provinciales. Cf. par exemple : E. Desmaret, *Les États provinciaux. Essai sur la décentralisation*, 1868 ; L. de Lavergne, *Les Assemblées provinciales sous Louis XVI*, 1863. Cette question doit en outre être resituée dans la perspective philosophique de l'unité qui structure la culture politique française. Cf. par exemple P. Nourrisson, *Histoire de la liberté d'association en France depuis 1789*, 1920 (2 vol.), qui analyse une dimension importante de la résistance française au pluralisme, et R. Debbasch, *Le Principe révolutionnaire d'unité et d'indivisibilité de la République*, Economica 1988 ; consulter également les ouvrages récents sur la philosophie politique de la Révolution française.

Le grand débat sur la décentralisation au XIX⁰ siècle a lieu pendant le Second Empire. Il conduira aux réformes de 1871 et de 1884. Outre les ouvrages, cités § 322, de Dupont-White, cf. : O. Barrot, *De la centralisation et de ses effets*, 1861 ; *Un projet de loi sur la décentralisation*, 1870 (3⁰ éd.) (par le rapporteur des travaux menés sur ce sujet en 1866 par la

Conférence Tocqueville) ; Un projet de décentralisation, Nancy, 1865 (texte essentiel connu sous le nom de « programme de Nancy », il eut un écho considérable et fut approuvé par la plupart des hommes politiques de l'époque, des orléanistes aux républicains ; sur ce programme, cf. O. Voil-liard, « Autour du programme de Nancy », in C. Gras et G. Livet, *Régions et Régionalisme en France, op. cit.* § 321) ; É. Laboulaye, *Paris en Amérique,* 1862, et *Le Parti libéral,* 1864 ; L.-A. Prévost-Paradol, *La France nouvelle,* 1868 ; C. de Rémusat, *Politique libérale,* 1860 ; A. de Tocqueville, *L'Ancien régime et la Révolution,* 1856 ; J. Simon, *La Liberté,* 1859 (2 vol.). Se reporter également à l'œuvre de P.-J. Proudhon et tout spécialement à *Du principe fédératif,* 1863.

L'œuvre décentralisatrice de la IIIe République est ainsi préparée dès 1870, cf. B. Basdevant-Gaudemet, *La Commission de décentralisation de 1870,* PUF, 1973. A noter : le rôle des références au *self-government* des communes anglaises ; cf. par exemple P. Leroy-Beaulieu, *L'Administra-tion locale en France et en Angleterre,* 1872, et C. Valframbert, *Régime municipal et Institutions locales de l'Angleterre,* 1873.

324. Les débats sur la décentralisation au XXe siècle

Deux bons ouvrages de synthèse : A. Lanza, *Les Projets de réforme administrative en France (de 1919 à nos jours),* PUF, 1968 ; Y. Meny, *Centralisation et Décentralisation dans le débat politique français (1945-1969),* LGDJ, 1974. Consulter également quelques travaux publiés à l'occasion de la réforme de 1982 : articles de B. Eveno et P. Grémion, *Le Débat,* n° 16, novembre 1981 ; J. Rondin, *Le Sacre des notables,* Fayard, 1985 ; J.-É. Vié, *La Décentralisation sans illusion,* PUF, 1982.

Sur les formes du centralisme à la française, composé de rigidité dans la fixation des règles et de laxisme dans leur application, cf. en particulier M. Crozier, *et al., Où va l'administration française ?,* Éd. d'Organisation, 1974, et le récent rapport du même auteur, *Comment réformer l'État ?,* La Documentation française, 1988 ; P. Grémion, *Le Pouvoir périphérique, Bureaucrates et Notables dans le système politique français,* Éd. du Seuil, 1976 ; J.-C. Thoenig et F. Dupuy, *L'Administration en miettes,* Fayard, 1985 (ces trois ouvrages apportent une contribution importante à la compréhension des rapports entre l'État et la société en France).

33. L'État hygiéniste

Il ne se confond pas avec l'État-providence, même si les deux notions finissent par se recouvrir dans certains cas. L'État hygiéniste a pour ambition de modeler le social, il repose sur le projet de réformer les individus, alors que l'État providence poursuit un objectif d'assistance et de redistribution, il est la mise en œuvre d'une conception juridique et philosophique de la justice et des droits sociaux.

331. LA PHILOSOPHIE DE L'HYGIÉNISME

Elle est fondée sur la rencontre de la médecine et de la philosophie sensualiste du XVIIIe siècle (cf. tout particulièrement l'œuvre de CONDILLAC, *Essai sur l'origine des connaissances humaines*, 1788 (n[lle] éd., 2 vol.), et *Traité des sensations*, 1788 [2 vol.]). Cette rencontre s'opère de façon exemplaire dans l'œuvre des idéologues, à la fin du XVIIIe siècle et au début du XIXe. Cf. notamment P. CABANIS, *Du degré de certitude de la médecine*, 1798, et *Rapports du physique et du moral de l'homme*, 1802, in *Œuvres*, « Corpus général des philosophes français », 1956 (2 vol.). Sur les idéologues, cf. pour une première approche : B.W. HEAD, *Ideology and Social Science, Destutt de Tracy and French Liberalism*, Dordrecht et Boston, Martinus Nijhoff, 1985, et G. GUSDORF, *La Conscience révolutionnaire, les idéologues*, Payot, 1978. A consulter, dans cette optique, les nombreux ouvrages médicaux du XIXe siècle qui sont consacrés au traitement des passions, par exemple : J.-B. DESCURET, *La Médecine des passions ou les Passions considérées dans leurs rapports avec les maladies, les lois et les religions*, 1841 ; J. LORDAT, *Théorie physiologique des passions humaines*, 1853 ; Ch. LETOURNEAU, *Physiologie des passions*, 1868. Cette philosophie hygiéniste, qui prolonge et généralise la foi dans les vertus réformatrices de la pédagogie éducative, a également influencé la réflexion sur l'architecture : cf. de manière exemplaire C.N. LEDOUX, *L'Architecture considérée sous les rapports de l'art, des mœurs et de la législation*, 1804.

Un grand ouvrage, savant et synthétique à la fois, sur l'idéal hygiéniste de l'État : M. GAUCHET et G. SWAIN, *La Pratique de l'esprit humain, l'Institution asilaire et la Révolution démocratique*, Gallimard, 1980. Cf. aussi le travail très suggestif de G. SWAIN, *Le Sujet de la folie, naissance de la psychiatrie*, Toulouse, Privat, 1977.

332. L'ASILE ET LA PRISON

L'asile et la prison constituent au XIXe siècle les deux principaux points d'application de la vision hygiéniste. Sur la prison, se reporter à M. FOUCAULT, *Surveiller et Punir*, Gallimard, 1975, et à *L'Impossible Prison, Recherches sur le système pénitentiaire au XIXe siècle* réunies par M. PERROT, Éd. du Seuil, 1980. On trouvera un résumé des débats sur cette question et de nombreux éléments bibliographiques dans l'excellente introduction de M. PERROT aux *Écrits sur le système pénitentiaire en France et à l'étranger* d'A. DE TOCQUEVILLE, Gallimard, 1984 (2 vol.), et dans

P. O'BRIEN, *The Promise of Punishment. Prisons in 19th Century France*, Princeton, Princeton UP, 1982. Cf. également la série d'articles rassemblés in J. PETIT (éd.), *La Prison, le Bagne et l'Histoire*, Paris et Genève, 1984. Sur l'influence du grand réformateur anglais J. HOWARD (*État des prisons, des hôpitaux et des maisons de fous*, 1788, 2 vol.), cf. J. FREEMAN, *Commemoration of the Bi-Centenary of J. Howard's « The State of Prisons »*, Cambridge, Cambridge Studies in Criminology, 1978.

La politique asilaire est traitée dans M. GAUCHET et G. SWAIN (*op. cit.* § 331). Se reporter par ailleurs à l'ensemble du débat ayant précédé la loi de 1838 sur les aliénés. On en trouvera la substance in *Législation sur les aliénés et les enfants assistés. Les aliénés : loi de 1838*. Discussions à la Chambre des députés et à la Chambre des pairs, 1880-1884 (3 vol.) Se reporter également à *La Loi de 1838 sur les aliénés*, I. *L'Élaboration*, II. *L'Application*, Frénésie, 1988, plus aisément consultable. Cf. enfin l'œuvre fondatrice de Ph. PINEL, *Traité médico-philosophique sur l'aliénation mentale ou la manie*, 1801.

333. HYGIÉNISME ET PASTORISME

Deux ouvrages de base sur la révolution pastorienne : B. LATOUR, *Les Microbes. Guerre et paix*, A.-M. Métailié, 1984, et C. SALOMON-BAYET (éd.), *Pasteur et la Révolution pastorienne*, Payot, 1986.

L'ancienne conception de la police sanitaire (telle qu'elle est encore exposée par É. LITTRÉ, « L'hygiène publique », in *Médecine et Médecins*, 1875) s'en trouve bouleversée. Sur les nouveaux modes d'intervention de l'État qui en découlent à la fin du XIXe siècle, cf. :

F. BOURGUIN et M. LEBAS, *Tables générales de la législation sanitaire française, 1790-1955*, 1957 (3 vol.).

F.F. CARTWRIGHT, *A Social History of Medicine*, Londres, Longman, 1977.

P. DARMON, « L'odyssée pionnière des premières vaccinations françaises au XIXe siècle », *Histoire, Économie et Société*, 1er trimestre 1982.

—, *La Traque de la variole*, Perrin, 1986.

J. DIBIÉ, *Contribution à l'étude historique de la législation antituberculeuse en France*, 1953.

I. GRELLET et C. KRUSE, *Histoire de la tuberculose. Les fièvres de l'âme 1800-1940*, Ramsay, 1983.

J. LÉONARD, *La France médicale au XIXe siècle*, Gallimard-Julliard, « Archives », 1978.

H. MONOD, *La Santé publique (législation sanitaire de la France)*, 1904.

L. MURARD et P. ZYLBERMAN, « L'autre guerre (1914-1918). La santé publique en France sous l'œil de l'Amérique », *Revue historique*, mars-avril 1986.

G. Rosen, « The Fate of the Concept of Medical Police, 1780-1890 », in *From Medical Police to Social Medicine. Essays on the History of Health Care,* New York, Science History Publications, 1974.

La perspective hygiéniste s'élargit ensuite à une nouvelle forme de prise en charge du social dans tous les domaines. Cf. le manifeste d'E. Duclaux, directeur de l'Institut Pasteur, *L'Hygiène sociale,* 1902, et également A. Filassier, *De la détermination des pouvoirs publics en matière d'hygiène,* 1902 (2ᵉ éd.). Se reporter à ce propos aux analyses de W. Coleman, *Death is a Social Disease. Public Health and Political Economy in Early Industrial France,* Madison, University of Wisconsin, 1892, de G. Cahen, *L'Autre Guerre. Essais d'assistance et de prévoyance sociale (1905-1920),* 1920, et surtout aux travaux de L. Murard et P. Zylberman, « Le petit travailleur infatigable ou le prolétaire régénéré. Villes-usines, habitat et intimités au XIXᵉ siècle », *Recherches,* nᵒ 25, 1976, et « L'haleine des faubourgs », *Recherches,* nᵒ 29, 1979 (ensemble très riche des contributions rassemblées par les auteurs); « De l'hygiène comme introduction à la politique expérimentale (1875-1925) », *Revue de synthèse,* juill.-septembre 1984; « La raison de l'expert ou l'hygiène comme science sociale appliquée », *Archives européennes de sociologie,* vol. XXVI, nᵒˢ 58-59, 1985; « L'enfer tonique », *History of European Ideas,* vol. IV, nᵒ 2, 1983; « L'idée de service social dans la pensée hygiéniste (1928-1936), *Vie sociale,* revue du CEDIAS-Musée social, août-septembre 1987; « R.H. Hazemann, urbaniste social », *Urbi,* nᵒ X, hiver 1986.

L'hygiénisme a également marqué très profondément les conceptions de l'action municipale et de l'urbanisme. Quelques références utiles pour prendre la mesure de cette dimension : G. Benoit-Lévy, *La Cité-jardin,* 1904; M. Bonneville, *Villeurbanne, naissance et métamorphose d'une banlieue ouvrière,* PUL, 1980; R.H. Hazemann, *Le Service social municipal,* 1928; P. Juillerat, *L'Hygiène urbaine,* 1921, et *La Protection de la santé publique et le Rôle des administrations municipales,* 1916 (rapport à l'exposition « La cité reconstituée »); R.H. Guerrand, *Les Origines du logement social en France,* Éd. ouvrières, 1967, et *Le Logement populaire en France : sources documentaires et bibliographie (1800-1960),* ENSB, 1979; E. Imbeaux, É. Macé et al., *Hygiène générale des villes et des agglomérations communales,* 1911.

Sur Henri Sellier, maire de Suresnes et pionnier de l'idée de « cité antituberculeuse », cf. : L. Boulonnois, *L'Œuvre municipale d'Henri Sellier à Suresnes, la municipalité de service social,* 1938; Th. Leroux, *L'Urbanisme social-démocrate : H. Sellier,* EHESS, 1981 (thèse, consultable à la bibliothèque de la MSH); les actes du colloque *Banlieues, Municipalités et Réformisme, 1900-1940,* 1983. Lire d'H. Sellier et R.H. Hazemann, *La Santé publique et la Collectivité. Hygiène et service social,* Londres, 1936 (Rapport général de la Commission d'hygiène de la troisième conférence du Service social).

Outre les ouvrages cités, on peut se reporter sur l'hygiénisme à quelques revues spécialisées de la première moitié du xx° siècle : *Annales d'hygiène, Mouvement sanitaire, Revue pratique d'hygiène municipale, Revue d'hygiène, Revue de prophylaxie sanitaire et morale.*

34. L'État et la connaissance de la société

341. STATISTICIENS ET ENQUÊTEURS AU SERVICE DE L'ÉTAT

Sur la connaissance de la société comme condition de l'efficacité de l'action administrative et politique, cf. les travaux et réflexions des statisticiens et enquêteurs. Pour la période révolutionnaire : LAGRANGE, *Essai d'arithmétique politique sur les premiers besoins de l'intérieur de la République,* 1791 (reproduit in t. I des *Mélanges d'économie politique* formant le vol. XIV de la *Collection des principaux économistes,* 1847), LAVOISIER, *De la richesse territoriale du royaume de France,* 1791 (reproduit in t. VI des *Œuvres de Lavoisier,* 1893 ; cf. aussi la récente édition critique avec une excellente préface de J.-C. PERROT, CTHS, 1988), ainsi que VOLNEY, *Questions de statistique à l'usage des voyageurs,* 1795. Pour l'Empire, cf. principalement J. PEUCHET, *Essai d'une statistique générale de la France,* an IX, et, en coll. avec P.-E. HERBIN *et al., Statistique générale et particulière de la France et de ses colonies,* 1803 (7 vol.). Sous la monarchie constitutionnelle, deux œuvres clefs : celle de A.-M. GUERRY, directeur de la Statistique criminelle au ministère de la Justice, qui publie en 1833 un *Essai sur la statistique morale de la France* et celle d'A. MOREAU DE JONNES, le premier directeur de la Statistique générale de la France, *Éléments de statistique,* 1847 (c'est sous son égide que furent publiés les 10 volumes d'une *Statistique générale de la France*). Pour cette période, cf. également l'œuvre fondatrice de QUÉTELET, *Sur l'homme et le développement de ses facultés ou essai de physique sociale,* Bruxelles, 1835 (2 vol.), et la méthodologie des célèbres enquêtes de PARENT-DUCHÂTELET et VILLERMÉ (réf. in M. PERROT, *infra*). Sous la III° République, l'œuvre clef est celle de L. MARCH qui fut, de 1896 à 1920, directeur de la Statistique générale de la France (cf. par exemple ses *Tables de mortalité de la population de la France au début du XX° siècle,* 1906).

Pour une description des grandes enquêtes et des travaux statistiques commandés par l'État, cf. : M. DE CRÉCY, « Bibliographie analytique des enquêtes effectuées par ordre du ministère du Commerce et de l'Agriculture de 1800 à 1918 », *Histoire des entreprises,* n° 10, novembre 1962 ; B. GILLE, *Les Sources statistiques de l'histoire de France, des enquêtes du XVII° siècle à 1870,* Genève, Droz, 1964 ; J.-C. PERROT, *L'Âge d'or de la statistique régionale française (an IV-1804),* Société des études robespierristes, 1977 (description détaillée de toutes les statistiques départementales sous le Premier Empire) ; M.-N. BOURGUET, *Déchiffrer la France. La statistique départementale à l'époque napoléonienne,* Éd. des archives contemporaines, 1989 ; M. PERROT, *Enquêtes sur la condition ouvrière en France au XIXᵉ siècle,* Microéditions Hachette, 1972.

342. HISTOIRE DE LA STATISTIQUE ET DES ENQUÊTES

Principal ouvrage de référence : *Pour une histoire de la statistique,* INSEE-Economica, 1987 (2 vol.) (ensemble extrêmement riche). Cf. en outre EHESS, Séminaire Louis-BERGERON, *La Statistique en France à l'époque napoléonienne,* Bruxelles, Centre Jacquemyns, 1981 (cf. notamment la contribution de S. WOOLF) ; F. ETNER, *Histoire du calcul économique en France,* Economica, 1987 (bonne bibliographie) ; X. HEUSCHLING, *Bibliographie historique de la statistique en France,* 1851 ; L. KRÜGER, L. DASTON et M. HEIDELBERGER, *The Probabilistic Revolution,* t. I, *The Ideas in History,* Cambridge (Mass.), The MIT Press, 1987. G. LECLERC, *L'Observation de l'homme. Une histoire des enquêtes sociales,* Éd. du Seuil, 1979 ; B. LÉCUYER, « Démographie, statistique et hygiène publique sous la Monarchie censitaire », *Annales de démographie historique,* 1977 ; L. MARCH, « La société de statistique de Paris, les précurseurs », in *La Société de statistique de Paris, notes sur Paris,* Nancy, 1909 (à l'occasion du cinquantenaire de la société) ; P. MARIETTI, *La Statistique générale en France,* 1949 ; Th. M. PORTER, *The Rise of Statistical Thinking, 1820-1900,* Princeton, Princeton UP, 1986 ; H. RIGAUDIAT-WEISS, *Les Enquêtes ouvrières en France entre 1830 et 1848,* 1936 ; Colloque *Sciences, Médecines et Technologie sous la Restauration,* MSH, septembre 1983 (cf. notamment les contributions de B. LÉCUYER et de G. DE BERTIER DE SAUVIGNY) ; H. WESTERGAARD, *Contributions to the History of Statistics,* Londres, 1932.

Sur le rapport entre les nomenclatures statistiques et les modes d'intervention de l'État, cf. A. DESROSIÈRES, « Histoires de formes : statistiques et sciences sociales avant 1940 », *Revue française de sociologie,* avr.-juin 1985, et R. SALAIS *et al., L'Invention du chômage,* PUF, 1986.

343. HISTOIRE DES INSTITUTIONS STATISTIQUES PUBLIQUES

Cf. les deux volumes précités de *Pour une histoire de la statistique.* Se reporter également à : A. GIRARD, *L'Institut national d'études démographiques, histoire et développement,* INED, 1986 ; M. HUBER, « Quarante années de la statistique générale de la France, 1896-1936 », *Journal de la Société de statistique de Paris,* 1937 ; H. LE BRAS, « La statistique générale de la France », in P. NORA (éd.), *Les Lieux de mémoire,* t. II, *La Nation,* vol. 2, 1986 ; A. SAUVY, « Statistique générale et service national des statistiques de 1919 à 1944 », *Journal de la Société de statistique de Paris*, 1975 (cf. aussi du même auteur, *De Paul Reynaud à Charles de Gaulle : un économiste face aux hommes politiques, 1934-1967*, 1972).

Sur l'histoire plus récente de la comptabilité nationale : Y. BERNARD et P.-Y. COSSÉ, *L'État et la Prévision macro-économique*, Berger-Levrault, 1974, et F. FOURQUET, *Les Comptes de la puissance. Histoire de la comptabilité nationale et du Plan*, Recherches, 1980.

4. L'État-providence

41. Bibliographies - Généralités

411. Quelques références récentes de synthèse

D. Ashford, « Une approche historique de l'État-providence », *Revue française d'administration publique*, n° 39, juill.-septembre 1986, et *The Emergence of the Welfare States,* Oxford, Basic Blackwell, 1986 (approche comparative traitant largement du cas français) ; F. Ewald, *L'État-providence,* Grasset, 1986 (centré sur l'analyse du processus de socialisation de la responsabilité) ; M. Guillaume, *La Sécurité sociale, son histoire à travers les textes,* t. 1, *1780-1870* (seul paru), Association pour l'étude de l'histoire de la Sécurité sociale, 1988 ; H. Hatzfeld, *Du paupérisme à la Sécurité sociale,* Colin, 1981 ; P. Rosanvallon, *La Crise de l'État-providence,* Éd. du Seuil, 1981. Consulter également les *Colloques sur l'histoire de la Sécurité sociale* organisés en 1978 et 1979 par l'Association pour l'étude de l'histoire de la Sécurité sociale (in Actes du 103e Congrès national des sociétés savantes, 1978, et Actes du 104e Congrès national des sociétés savantes, 1979). On peut aussi se reporter à l'ouvrage plus ancien mais bien documenté de L. Lallemand. *Histoire de la charité,* 1902-1912, (5 vol.) (cf. surtout les t. IV et V, *Les Temps modernes*).

412. Plusieurs bibliographies sont à utiliser

N. Dada, *Bibliographie pour servir à l'histoire de la Sécurité sociale, de l'assistance et de la mutualité en France, de 1789 à nos jours,* Bordeaux, Archives de la Gironde, Société des bibliophiles de Guyenne, t. I, *Ouvrages* (2 vol.) (avec tables), 1980-1981, t. II, *Articles,* 1983, t. III, *Travaux parlementaires et actes des autorités de l'exécutif* (4 vol. couvrant la période 1789-1981), 1984-1987 (indispensable) ; A.D. Decouflé, *Les Politiques du travail et de l'emploi en France, 1791-1981,* étude bibliographique, La Documentation française, 1984 ; C. Granier, *Essai de bibliographie charitable,* 1891 (couvre la période XVIIe-XIXe siècle, reste très précieux). Le *Dictionnaire d'économie charitable* de Martin-Doisy, 1855-1857 (4 vol.) (publié dans l'Encyclopédie Migne) constitue aussi une bonne source historique.

42. L'héritage de l'Ancien Régime

La bibliographie est abondante. Ouvrages de synthèse les plus utiles : C. BLOCH, *L'Assistance et l'État en France à la veille de la Révolution*, 1908 (fondamental) ; C. PAULTRE, *De la répression de la mendicité et du vagabondage sous l'Ancien Régime*, 1906 (plus large que ce qui est indiqué dans le titre ; très bonne bibliographie). Autres références à consulter : *Assistance et Assistés de 1610 à nos jours*, Actes du 97e Congrès national des sociétés savantes de 1972, Bibliothèque nationale, 1977 (porte principalement sur l'Ancien Régime) ; A. FARGE, *Vivre dans la rue au XVIIIe siècle*, Gallimard-Julliard, « Archives », 1979 ; J. DE LAPLANCHE, *La « soutenance » ou « pourvéance » dans le droit coutumier français aux XIIIe et XIVe siècles*, 1952 (pour une vision longue du droit de l'assistance) ; S.T. MAC CLOY, *Government Assistance in 18th Century France*, Durham, 1946.

L'assistance ne se limite ni aux politiques publiques ni aux institutions charitables sous l'Ancien Régime. Des mécanismes de solidarité sont en effet mis en place par le système corporatif, au profit de ses membres. Cf. sur ce point : Y. BAREL, *La Ville médiévale : système social, système urbain*, Grenoble, PUG, 1975 ; J. BENNET, *La Mutualité française des origines à la Révolution de 1789*, CIEM, 1981 ; A. BLACK, *Guilds and Civil Society in European Political Thought from the Twelfth Century to the Present*, Ithaca, Cornell UP, 1984 ; É. COORNAERT, *Les Corporations en France avant 1789*, Éd. ouvrières, 1968 (2e éd.) ; H. HAUSER, *Ouvriers du temps passé (XVe-XVIe siècle)*, 1899 ; E. LEVASSEUR, *Histoire des classes ouvrières en France, des origines jusqu'à la Révolution*, 1859 (2 vol.) ; E. MARTIN SAINT-LÉON, *Histoire des corporations de métiers depuis leurs origines jusqu'à leur suppression en 1791*, 1922.

43. L'œuvre de la Révolution française

Il n'y a qu'un petit nombre de travaux de qualité. Citons les plus importants et les plus utiles : C. BLOCH et A. TUETEY, *Procès-verbaux du Comité de mendicité de la Constituante*, 1911 (le travail n'a malheureusement pas été poursuivi pour la période ultérieure) ; A. FORREST, *La Révolution française et les Pauvres*, Librairie académique Perrin, 1986 (bon sur le décalage entre les intentions nationales et les réalités sur le terrain) ; J. HECHT, « Trois précurseurs de la Sécurité sociale », *Population*, janvier 1959 (utile sur La Rochefoucauld-Liancourt qui préside le Comité de mendicité) ; L. LALLEMAND, *La Révolution et les Pauvres*, 1898 ; L. PARTU-RIER, *L'Assistance à Paris sous l'Ancien Régime et pendant la Révolution*, 1897 ; L. PETITCOLAS, *La Législation sociale de la Révolution française. Législation ouvrière et législation d'assistance (1789-1799)*, 1909 ; R. PICARD, *Les Cahiers de 1789 au point industriel et commercial*, 1910 ; R. TUETEY, *L'Assistance publique à Paris pendant la Révolution*, 1895-1897 (4 vol.) (I. *Les Hôpitaux et les Hospices, 1789-1791 ;* II. *Les Ateliers de charité et de filature, 1789-1791 ;* III. *Les Hôpitaux et les Hospices 1791-an IV ;* IV. *Les Hospices 1791-an IV*) (référence fondamentale).

44. Les institutions d'assistance et de prévoyance de 1789 à la loi de 1928 sur les assurances sociales

441. LÉGISLATION ET DONNÉES STATISTIQUES

Sur l'évolution de la législation sociale au XIXe siècle, cf. : ASTIER *et al.*, *L'Œuvre sociale de la IIIe République*, 1912 ; J. CHAILLEY-BERT et A. FONTAINE, *Lois sociales. Recueil des textes de la législation sociale de la France*, 1895 (très utile, couvre aussi le droit du travail) ; E. LEVASSEUR, *Histoire des classes ouvrières et de l'industrie en France de 1789 à 1870*, 1903-1904 (2 vol.), et *Questions ouvrières et industrielles sous la IIIe République*, 1907 ; A. DE WATTEVILLE, *Code de l'administration charitable ou Manuel des administrateurs, agents et employés des établissements de bienfaisance*, 1841, et *Législation charitable ou Recueil des lois, arrêtés, décrets, ordonnances royales, avis du Conseil d'État (de 1789 à 1863)*, 1847-1863 (2 vol.).

Les recueils statistiques sont peu nombreux au XIXe. Cf. A. DE WATTE-VILLE, *Statistique des établissements de bienfaisance. Rapport à M. le ministre de l'Intérieur sur l'administration des hospices et des hôpitaux*, 1851, et *Statistique des établissements de bienfaisance. Rapport à son Exc. le ministre de l'Intérieur sur la situation du paupérisme en France et sur l'administration des secours à domicile*, 1855 (auteur d'autres rapports sur ces mêmes questions). La source la plus commode est celle des publications de la Statistique générale de la France : *Établissements de bienfaisance et de répression jusqu'en 1842*, 1843-1844 (2 vol.) ; *Statistique de l'assistance publique de 1842 à 1853*, 1858 ; *Statistique de l'assistance publique pour les années 1854 à 1861*, 1866 ; à partir de 1871, la Statistique générale de la France a publié une *Statistique annuelle des institutions d'assistance*. Cf. aussi H. MONOD, *Statistique des dépenses publiques d'assistance en 1885*, 1889, et les *Rapports annuels faits au Conseil supérieur de l'assistance publique*, à partir de 1889.

442. Hôpitaux, hospices et bureaux de bienfaisance

Une bonne étude d'ensemble : L. Lallemand, *Étude sur la nomination des commissions administratives des établissements de bienfaisance*, 1877. Cf. aussi J. de Lamarque, *Traité des établissements de bienfaisance*, 1862 ; A. Husson, *Étude sur les hôpitaux*, 1862 ; G. de Lurieu, *Rapport officiel sur la situation administrative et financière des hôpitaux et des hospices, par les inspecteurs généraux des établissements de bienfaisance*, 1869. Deux monographies récentes de qualité : O Faure, *Genèse de l'hôpital moderne, les hospices civils de Lyon de 1802 à 1845*, Lyon, PUL-CNRS, 1981, et M. Garden, *Histoire économique d'une grande entreprise de santé : le budget des hospices civils de Lyon (1800-1976)*, PUL, 1980. Cf. aussi la synthèse de J. Imbert (éd.), *Histoire des hôpitaux en France*, Toulouse, Privat, 1982.

On consultera également les *Rapports annuels* des préfets aux conseils généraux de leurs départements qui donnent souvent des indications précises sur les établissements de bienfaisance.

Sur les bureaux de bienfaisance et l'assistance à domicile : P. Bucquet, *Enquête sur la situation des bureaux de bienfaisance*, 1871. Quelques monographies permettent d'apprécier le fonctionnement pratique de ces institutions : L. Gaillard, « La misère et l'assistance à Marseille sous le Second Empire et les premières années de la IIIe République », *Provence historique*, n° 110, 1977 ; R. Melchers, « La cigale et la fourmi : assistance et prévoyance au Creusot. 1836-1870 », *Milieux*, n° 10, juin-septembre 1982 ; M.-C. Vitoux, *Paupérisme et Assistance à Mulhouse au XIXe siècle*, Association des publications près les Universités de Strasbourg, s.l.n.d. (*circa* 1985). On notera par ailleurs que les bureaux de bienfaisance des grandes villes ont souvent imprimé les procès-verbaux de leurs assemblées générales annuelles qui donnent une foule de renseignements intéressants sur leur fonctionnement.

Sur la spécificité de l'assistance à la campagne : É Chevalier, *De l'assistance dans les campagnes*, 1889 ; H. Valleroux, *La Charité dans les campagnes en France*, 1890.

443. Mutualité et institutions de prévoyance

La bibliographie sur l'histoire de la mutualité ouvrière est assez abondante. A consulter : J. Barberet, *Les Sociétés de secours mutuels. Commentaire de la loi du 1er avril*, 1898 ; A. de Courcy, *L'Institution des caisses de prévoyance des fonctionnaires, ouvriers et employés*, 1876 ; E. Encognère, *Les Sociétés de secours mutuels*, Bordeaux, 1904 ; G. Duveau, *La Vie ouvrière en France sous le Second Empire*, 1946 ; É

LAURENT, *Le Paupérisme et les Associations de prévoyance,* 1865 (2 vol.) (important) ; P.-L. FOURNIER, *Le Second Empire et la Législation ouvrière,* 1911.

Se reporter également au bilan de M. BELLON, *Les Résultats de l'assurance ouvrière à la fin du XIXe siècle,* Nancy, 1901.

Sur les institutions de prévoyance mises en place par le patronat, quantitativement aussi importantes que celles créées par des ouvriers, cf. R. PINOT, *Les Œuvres sociales des industries métallurgiques,* 1924 ; le numéro spécial de la revue *Milieux* (n° 28, 1987) consacré à E. CHEYSSON ; D. SIMON, « Patronat et assurances sociales, 1920-1930 », *Le Mouvement social,* n° 137, oct.-décembre 1986. On trouvera également de précieuses indications dans quelques monographies : S. KOTT, « Enjeux et significations d'une politique sociale : La Société industrielle de Mulhouse (1827-1870) », *Revue d'histoire moderne et contemporaine,* oct.-décembre 1987 ; A. PENOT, *Des institutions de prévoyance fondées par les industriels du Haut-Rhin en faveur de leurs ouvriers,* Mulhouse, 1855 ; E. VERON, *Les Institutions ouvrières de Mulhouse et des environs,* 1866.

45. Des assurances sociales à la Sécurité sociale

Sur la loi du 5 avril 1910 instituant pour la première fois un système d'assurance-retraite obligatoire, cf. M. BELLOM, « L'état actuel de la question des retraites ouvrières en France », série de 6 articles dans le *Journal des économistes,* de novembre 1909 à mars 1910 ; A.-M. GUILLEMARD, *La Vieillesse et l'État,* PUF, 1980 ; J. LEFORT, *Les Caisses de retraites ouvrières,* 1905 (2 vol.) ; F. NETTER, « Les retraites en France avant le XXe siècle », *Droit social,* juin 1963, et « Les retraites en France au cours de la période 1895-1945 », *Droit social,* juill.-août 1965 et sept.-octobre 1965 ; G. OLPHE-GAILLARD, *La Question des retraites ouvrières,* 1909 ; P. PINOT et al., *Traité des retraites ouvrières,* 1911.

Les lois de 1928 et 1930 sur les assurances sociales : E. ANTONELLI, *Guide pratique des assurances sociales. Commentaire et texte de la loi du 5 avril 1928,* 1928, et *Comment furent votées les assurances sociales,* 1933 (par le rapporteur du projet de loi) ; D. CECCALDI, *Histoire des prestations familiales en France,* UNCAF, 1957 ; J.-M. EYLAUD, *Les Assurances sociales en France et la Protection de la santé publique,* 1929 ; H. GLEIZE, *Les Assurances sociales,* 1924 ; P. PIC, *Les Assurances sociales,* 1913 ; R. PICARD, *Les Assurances sociales. Commentaires de la loi du 5 avril 1928,* 1928 ; J.D. SAPOSS, *The Labor Movement in Post-War France,* New York, 1931.

Sur la généralisation du système de Sécurité sociale en 1946 : P. Du-RAND, *La Politique contemporaine de Sécurité sociale*, 1953 ; H. GALANT, *Histoire politique de la Sécurité sociale française, 1945-1952*, 1955 ; le Rapport rédigé par P. LAROQUE (document fondamental), publié le 25 octobre 1946 par la Documentation française ; « L'organisation française de la Sécurité sociale », *Droit social*, décembre 1947 (fascicule XXXII) ; J. RIVERO et G. VEDEL, « Les problèmes économiques et sociaux de la Constitution de 1946 », *Droit social*, mai 1947 (fascicule XXXI).

Pour une synthèse sur les problèmes contemporains de la protection sociale, cf. « La protection sociale », *Cahiers français*, n° 215, mars-avril 1984 ; J.-P. DUMONT, *La Sécurité sociale toujours en chantier*, Éd. ou-vrières, 1981 ; J.-J. DUPEYROUX, *Droit de la Sécurité sociale*, Dalloz, 1982 ; *Rapport du Comité des sages*, États généraux de la Sécurité sociale, octobre 1987.

Sur l'histoire de l'assurance-chômage : B. REYNAUD-CRESSENT, « L'émergence de la catégorie de chômeur à la fin du XIXe siècle », *Économie et Statistique*, n° 165, avril 1984 ; R. SALAIS *et al.*, *L'Invention du chômage*, PUF, 1986 ; C. TOPALOV, *Aux origines de l'assurance-chômage, l'État et les secours de chômage syndicaux en France, en Grande-Bretagne et aux États-Unis*, Centre de sociologie urbaine, novembre 1985.

46. Philosophie de l'État-providence

461. LE LIBÉRALISME ET LA QUESTION DES DROITS SOCIAUX

Le problème de la distinction entre les « bons » et les « mauvais » pauvres et de la « charité légale » est central dès le XVIIIe siècle et se prolonge pendant la Révolution (cf. principalement les *Procès-verbaux du Comité de mendicité de la Constituante*, cité § 43). La littérature sur cette question est énorme sous la monarchie de Juillet. Cf. par exemple : J.-M. DE GÉRANDO, *De la bienfaisance publique*, 1839 (4 vol.) ; A. DE VILLE-NEUVE-BARGEMONT, *Économie politique chrétienne*, 1834 (3 vol.) ; F. NA-VILLE, *De la charité légale, de ses effets, de ses causes et spécialement des maisons de travail et de la proscription de la mendicité*, 1836 (2 vol.) ; A. DE TOCQUEVILLE, *Mémoire sur le paupérisme*, 1835 (reproduit in *Commen-taire*, n°s 23 et 24, 1983-1984). Cf. également un peu plus tard, dans la même veine, L. MOREAU-CHRISTOPHE, *Du problème de la misère et de sa solution chez les peuples anciens et modernes*, 1851 (3 vol.) ; F. BECHARD, *La Commune, l'Église et l'État dans leur rapport avec les classes laborieuses*,

t. I, *Des lois de prévoyance,* t. II, *Des lois d'assistance,* 1850. On trouvera une bonne synthèse de ces débats dans L. CHEVALIER, *Classes laborieuses et Classes dangereuses à Paris, dans la première moitié du XIXe siècle,* Pluriel, 1978 (n^{lle} éd.).

462. LA QUESTION DU DROIT AU TRAVAIL

Dès le XVIIIe siècle, la fourniture de travail aux pauvres avait été envisagée comme une solution au problème de la misère qui permettait en outre de légitimer l'assistance en la limitant aux invalides. Sur ces expériences (ateliers de charité sous Turgot et pendant la Révolution), cf. M. LECOCQ, *L'Assistance par le travail et les Jardins ouvriers,* 1906 (contrairement à son titre, est surtout composé d'un historique sur l'assistance par le travail) ; A. TUETEY, *l'Administration des ateliers de charité,* 1906 (publication d'un rapport de la période révolutionnaire) ; cf. également quelques monographies signalées in C. BLOCH et C. PAULTRE, *op. cit.* § 42, et in FORREST, *op. cit.* § 43. Expériences reprises au début de la monarchie de Juillet (cf. D.H. PINKNEY, « Les ateliers de secours à Paris (1830-1831), précurseurs des ateliers nationaux de 1848 », *Revue d'histoire moderne et contemporaine,* janv.-mars 1965), puis abandonnées, les libéraux craignant que l'État ne soit entraîné progressivement à devenir une sorte d' « entrepreneur général » (cf. les ouvrages cités in § 461).

L. BLANC relance le débat avec son livre *Organisation du travail,* 1840. Au printemps 1848, les ateliers nationaux modernisent l'expérience des ateliers de charité. Cf. à leur propos : F. DREYFUS, *L'Assistance sous la Seconde République, 1848-1851,* 1907 ; D.C. MC KAY, *The National Workshops. A Study in the French Revolution of 1848,* Cambridge, Harvard UP, 1933 ; E. THOMAS, *Histoire des ateliers nationaux considérés sous le double point de vue politique et social,* 1848. L'expérience est arrêtée, mais la question du droit au travail reste au centre des discussions de la Constitution de 1848, cf. *Le Droit au travail à l'Assemblée nationale. Recueil complet de tous les discours prononcés dans cette mémorable discussion,* 1848 ; *Procès-verbaux du Comité du travail à l'Assemblée constituante de 1848,* Bibliothèque de la « Révolution de 1848 », t. I, 1908. Sur la prolongation de cette discussion, A. THIERS, *Rapport général présenté au nom de la Commission de l'assistance et de la prévoyance publique,* 1850 (fondamental).

La question du droit au travail perd ensuite sa centralité institutionnelle. Elle ne réapparaît que de façon partielle au moment du lancement des expériences de « jardins ouvriers » à la fin du XIXe siècle (cf. R. PIOLET, *L'Œuvre des jardins ouvriers à Saint-Étienne,* 1899, et M. LECOCQ, *op. cit.*). Elle n'est plus qu'une revendication socialiste.

463. Le solidarisme et la philosophie sociale du radicalisme

La seconde génération républicaine essaie de surmonter les contradictions du passé en formulant une nouvelle philosophie de la solidarité. Cf. tout particulièrement l'œuvre de A. FOUILLÉE *(La Science sociale contemporaine,* 1880 ; *L'Idée moderne du droit,* 1878 ; *La Propriété sociale et la Démocratie,* 1884 ; *La Démocratie politique et sociale en France,* 1910, 2ᵉ éd.) et celle de L. BOURGEOIS *(Solidarité,* 1896 ; *La Politique de prévoyance sociale,* 1914-1919, 2 vol.). Se reporter également à WALDECK-ROUSSEAU, *Questions sociales,* 1900.

Sur le mouvement solidariste, cf. C. BOUGLÉ, *Le Solidarisme,* 1907, et *Solidarisme et Libéralisme,* s.d. ; C. BRUNOT, *La Solidarité sociale comme principe des lois,* 1903 ; D. BOURNEVILLE, *Laïcisation de l'assistance publique,* 1891 ; J. DONZELOT, *L'Invention du social,* Fayard, 1984 ; P. DUBOIS, *Le Solidarisme,* Université de Lille-II, 1985 (thèse, 2 vol.) ; G. GURVITCH, *L'Idée du droit social,* 1932 ; J.E.S. HAYWARD, « Solidarity : The Social History of an Idea in Nineteenth Century France », « The Official Social Philosophy of the French Third Republic : Léon Bourgeois and Solidarism », « Educational Pressure Groups and the Indoctrination of the Radical Ideology of Solidarism, 1895-1914 », *International Review of Social History,* vol. IV, VI et VIII, 1959, 1961, 1963 ; J.F. STONE, *The Search for Social Peace. Reform Legislation in France, 1890-1914,* Albany, SUNY, 1985 ; G. WEIS, « L'idéologie républicaine et les sciences sociales », *Review of French Society,* 1979.

47. Éléments d'histoire comparative

Deux ouvrages généraux : E. BARKER, *The Development of Public Services in Western Europe 1660-1930,* Londres, 1944, et D. ASHFORD, *op. cit.* § 411.

Sur l'histoire de l'État-providence en Grande-Bretagne, cf. W. BEVERIDGE, *Social Insurance and Allied Services,* Londres, 1942 (résumé en français dans *La Notion de sécurité sociale, le Plan Beveridge,* Cahiers de l'ISEA, série C, nᵒ 1, 1945) et *Du travail pour tous dans une société libre,* 1945 ; E. CHEVALIER, *La Loi des pauvres et la Société anglaise,* 1895 ; G. HIMMELFARB, *The Idea of Poverty. England in the Industrial Age,* New York, Knopf, 1983 (excellent) ; G. JONES, *History of the Law of Charity, 1532-1827,* Cambridge, 1969 ; K. POLANYI, *La Grande Transformation,* Gallimard, 1983 (sur la loi de Speenhamland de 1795 et son abolition) ; J.R. POYNTER, *Society and Pauperism : English Ideas on Poor Relief, 1795-1834,* Londres et Toronto, 1969 ; K. DE SCHWEINITZ, *English Road to Social*

Security, from the Statute of Laborers in 1349 to the Beveridge Report of 1942, Philadelphie, 1943 ; B. et S. WEBB, *English Local Government : English Poor Laws History*, Londres, 1927.

Sur l'histoire de l'État social allemand : « Manifeste d'Eisenach », *Revue d'économie politique*, 1892 (manifeste du « socialisme de la chaire » de Wagner, Schaeffle et Schmoller) ; E. GRÜNER, *Les Lois d'assistance ouvrière en Allemagne*, 1887 ; J. ROVAN, *Histoire de la social-démocratie allemande*, Éd. du Seuil, 1978.

5. L'État et la régulation de l'économie

51. L'État conservateur-propulsif du xixᵉ siècle

511. GÉNÉRALITÉS

Il n'y a pas d'ouvrage de synthèse sur la question du rôle économique de l'État au xixᵉ siècle. Travaux partiels les plus utiles : *Administration et Contrôle de l'économie, 1800-1914*, Genève, Droz, 1985 (cf. notamment les contributions de J.-P. MACHELON, A. PLESSIS, S. RIALS) ; R. DELORME et C. ANDRÉ, *L'État et l'Économie, un essai d'explication de l'évolution des dépenses publiques en France, 1870-1980*, Éd. du Seuil, 1983 ; P. FRIDENSON et A. STRAUS, *Le Capitalisme français, xixᵉ-xxᵉ siècle*, Fayard, 1987 ; J.-P. ALLINE et M. LESCURE, « Pour une étude des appareils économiques d'État en France au xixᵉ siècle », *Annales ESC*, mars-avril 1981.

On trouvera également beaucoup d'indications dispersées dans les travaux d'histoire économique et notamment dans : J.-C. ASSELINE, *Histoire économique de la France du xviiiᵉ siècle à nos jours*, Éd. du Seuil, 1984, 2 vol. ; F. BRAUDEL et E. LABROUSSE (éd.), *Histoire économique et sociale de la France*, PUF, t. III, *L'Avènement de l'ère industrielle : 1789-années 1880*, 1976 (2 vol.), et t. IV, *L'Ère industrielle et la Société d'aujourd'hui : 1880-1980*, 1979-1980 (2 vol.) ; F. CARON, *Histoire économique de la France, xixᵉ-xxᵉ siècle*, Colin, 1981 ; C. LE BAS, *Histoire sociale des faits économiques : la France au xixᵉ siècle*, Lyon, PUL, 1984 ; M. LEVY-LEBOYER et F. BOURGUIGNON, *L'Économie française au xixᵉ siècle*, Economica, 1985 ; H. SÉE, *Histoire économique de la France*, t. II, *1789-1914*, 1951. Se reporter en outre aux ouvrages d'E. LEVASSEUR (441).

Consulter également d'anciens manuels d'économie politique qui contiennent des informations historiques. Cf. tout particulièrement : P. CAUWES, *Cours d'économie politique*, 1879 (2 vol.) ; C. COLSON, *Cours d'économie politique*, édition définitive, 1924 (6 vol.) ; P. LEROY-BEAU-LIEU, *Traité théorique et pratique d'économie politique*, 1896 (2ᵉ éd., 4 vol.). Il y a enfin beaucoup d'éléments intéressants dans L. SAY et J. CHAILLEY, *Nouveau Dictionnaire d'économie politique*, 1893 (2 vol.), L. SAY, *Dictionnaire des finances*, 1889 (2 vol.), et C. COQUELIN et GUILLAUMIN, *Dictionnaire de l'économie politique*, 1873 (4ᵉ éd., 2 vol.).

512. LA POLICE ÉCONOMIQUE ET SOCIALE

Toute une partie des interventions de l'État au XIXᵉ, dans le domaine économique, renvoie à la vieille logique de police économique et sociale de l'Ancien Régime (telle qu'elle est par exemple exposée dans N. DE LA MARE, *Traité de la police*, 1705-1738 (4 vol.) ou dans la synthèse de F. OLIVIER-MARTIN, *La Police économique de l'Ancien Régime*, Loysel, 1988 ; cf. également le traitement de la question des subsistances au XVIIIᵉ in S. KAPLAN, *Le Pain, le Peuple et le Roi. La bataille du libéralisme sous Louis XV*, Perrin, 1986). Sur cet aspect de l'intervention de l'État, cf. : M. ALLETZ, *Dictionnaire de police moderne pour toute la France*, 1820 (4 vol.) ; G. et H. BOURGIN, *Les Patrons, les Ouvriers et l'État. Le régime de l'industrie en France de 1814 à 1830*, 1912-1941 (3 vol.) ; M. FLEURI-GEON, *Code de la police*, formant les t. 5 et 6 de son *Code administratif*, 1822-1823 ; J. PEUCHET, *Traité de la police et des municipalités*, 1789-1791 (vol. IX et X de la section « Jurisprudence » de l'*Encyclopédie méthodique*). Cf. également les ouvrages d'A. COSTAZ et E. LEVASSEUR (cités § 14 et 441). Sur le contrôle du marché du travail pour des motifs d'ordre social : G. BOURGIN, « Contribution à l'histoire du placement et du livret en France », *Revue politique et parlementaire*, janv.-mars 1912 ; S. KAPLAN, « Réflexions sur la police du monde du travail, 1700-1815 », *Revue histori-que*, nᵒ 529, janv.-mars 1979 ; A. PLANTIER, *Le Livret des ouvriers*, 1900.

513. LA CRITIQUE DE L'INDUSTRIALISATION

La société politique française du XIXᵉ a globalement adopté une attitude critique vis-à-vis de la modernisation industrielle, et le « modèle anglais » fait souvent figure, à droite comme à gauche, de repoussoir (cf. les œuvres de BONALD, L. BLANC, GUIZOT, LEDRU-ROLLIN, LAMENNAIS, MORO-GUES, VILLENEUVE-BARGEMONT, par exemple). Sur cette question fonda-mentale, cf. : L. EPSZTEIN, *L'Économie et la Morale au début du capitalisme industriel en France et en Grande-Bretagne*, Colin, 1966, et D. SHERMAN, « Governmental Responses to Economic Modernization in Mid-Nineteenth Century in France », *Journal of European Economic History*, hiver 1977. Sur la priorité donnée à l'agriculture qui en résulte, un même courant traverse le siècle, de B. de MOROGUES (*Essai sur les moyens d'améliorer l'agriculture en France*, 1822, 2 vol.) à J. MÉLINE (*Le Retour à la terre et la Surproduction industrielle*, 1906, et *Le Salut par la terre et le Programme économique de l'avenir*, 1919). Cf. l'ouvrage de P. BARRAL, *Les Agrariens français de Méline à Pisani*, 1968, sur ce courant.

On se méfie du même coup des prétentions de l'économie politique à constituer une science pouvant guider l'action des gouvernements et l'enseignement de cette discipline est longtemps freiné en France. Cf. C. RIST *et al.*, *L'Enseignement économique en France et à l'étranger*, 1937 (notamment la contribution de G. Pirou), l'ensemble « Les problèmes de l'institutionnalisation de l'économie politique en France au XIXᵉ siècle », *Économies et Sociétés,* vol. XX, nº 10, 1986, et L. Le Van-Mesle, « La promotion de l'économie politique en France au XIXᵉ, jusqu'à son introduction dans les facultés », *Revue d'histoire moderne et contemporaine,* t. XXVII, avr.-juin 1980. Se reporter également à quelques-unes des références données sur l'enseignement des sciences administratives au § 1242. Sur la légèreté de l'éducation économique des hommes politiques français du XIXᵉ, cf. S.A. Schuker, *The End of French Predominance in Europe,* Chapel Hill (N.C.), 1976.

514. Le protectionnisme

Sur le protectionnisme français, cf. : B. de Jouvenel, *Napoléon et l'Économie dirigée,* 1942 ; S.B. Clough, *France, a History of National Economics, 1789-1939,* New York, 1939 ; J. Clinquart, *L'Administration des douanes en France,* Neuilly, École nationale des douanes, 1978-1983 (5 vol. parus), et « L'administration des douanes et le contrôle du commerce extérieur », in *Administration et Contrôle de l'économie, op. cit.* § 511 ; L. Duvoir, *Recherche des tendances interventionnistes chez quelques économistes libéraux français de 1830 à 1850,* 1901 ; A.L. Dunham, *The Anglo-French Treaty of Commerce of 1860 and the Progress of Industrial Revolution in France,* Ann Arbor, 1930 ; M.S. Smith, *Tariff Reform in France, 1860-1900,* Ithaca, Cornell UP, 1980 ; G. Schelle, *Le Bilan du protectionnisme en France,* 1912 (par le vice-président de la « Ligue du libre-échange ») ; J. Weiller, « Échanges extérieurs et politique commerciale en France depuis 1870 », *Économies et Sociétés,* Cahiers de l'ISEA, t. III, nᵒˢ 10-11, 1969).

Les partisans du libre-échange restent globalement isolés (ils n'ont triomphé que sous le Second Empire avec la conclusion du traité de 1860). Sur leurs arguments, cf. F. Bastiat, *Le Libre-Échange, Cobden et la Ligue, Essais* (vol. II, III et VII de ses *Œuvres complètes,* 1862, 2ᵉ éd.), et M. Chevalier, *Examen du système commercial connu sous le nom de système protecteur,* 1852.

Sur la philosophie du protectionnisme, dominante dans la classe politique, cf. quelques textes significatifs : les *Circulaires* de l'Association pour la défense du travail national publiées de 1846 à 1851 ; F.L.A. Ferrier, *Du gouvernement considéré dans ses rapports avec le commerce,* 1805 ; A. Thiers, *Discours sur le régime commercial de la France,* 1851.

Correspondant à une volonté de limiter les perturbations du corps social, la politique protectionniste ne se limite pas à freiner l'entrée des marchandises étrangères, elle se prolonge également à l' « intérieur » par une protection des petits industriels vis-à-vis des grandes compagnies. Cf. sur ce point et à propos des chemins de fer l'ouvrage très éclairant d'Y. Leclerc, *Le Réseau impossible (1820-1852),* Genève, Droz, 1987.

515. Les grands corps et l'interventionnisme économique

Une forme importante d'interventionnisme économique au XIXe siècle correspond à une politique très organisée des grands corps qui se pensent comme des « tuteurs » de la société. Cf. par exemple N. Carré de Malberg, « Les limites du libéralisme économique chez les inspecteurs des finances sous la IIIe République », et A. Thépot, « Les ingénieurs des mines dans les sciences et techniques sous la Restauration », *Bulletin du Centre d'histoire de la France contemporaine*, Université de Paris-X-Nanterre, n° 6, 1985. Se reporter également à *Le Cent cinquantième anniversaire de la Société d'encouragement pour l'industrie nationale, 1801-1951*, 1952, et à C.P. Kindelberger, « Technical Education and the French Entrepreneur », in E. Carter, R. Forster et J.N. Moody, *Entreprise and Entrepreneurs in Nineteenth and Twentieth Century France*, Baltimore et Londres, The John Hopkins Press, 1976. L'ouvrage de M. Peronnet (éd.) *Chaptal*, Toulouse, Privat, 1988, rassemble par ailleurs d'utiles contributions sur une figure emblématique au carrefour de la science et de l'administration. [Se reporter également sur ce point aux références sur les grands corps techniques et leur formation § 1224 et 1244.]

516. Les interventions stratégiques
et la production du territoire

Les interventions économiques de l'État dans le domaine des communications et des industries de base prolongent au XIXe siècle les modalités antérieures d'action de l'État dans ces domaines.

Dans le domaine industriel, cf. par exemple C. Richard, *Le Comité de Salut public et les Fabrications de guerre sous la Terreur*, 1922 ; D. Woronoff, *L'Industrie sidérurgique en France pendant la Révolution et l'Empire*, EHESS, 1984.

Sur la maîtrise des réseaux de télécommunications, A. Belloc, *La Télégraphie historique*, 1888, et E. Gerspach, *Histoire administrative de la télégraphie aérienne en France*, 1861, donnent de précieuses indications [se reporter aussi au § 313].

Sur la production du territoire et les réseaux de communication : P. Allies, *L'Invention du territoire*, Grenoble, PUG, 1980 ; F. Caron, *Histoire de l'exploitation d'un grand réseau : la Compagnie du chemin de fer du Nord, 1846-1937*, Mouton, 1973 ; P. Dauzet, *Le Siècle des chemins de fer en France (1821-1938)*, 1948 ; K. Doukas, *The French Railways and the State*, New York, 1945 ; L. Girard, *La Politique des travaux publics du Second Empire*, 1952 ; A. Guillerme, *Corps à corps sur la route. Les routes, les chemins et l'organisation des services publics au XIXe siècle*, Presses de l'École nationale des Ponts et Chaussées, 1982 ; L.-M. Jouffroy, *Une étape de la construction des grandes lignes de chemin de fer en*

France : la ligne de Paris à la frontière d'Allemagne (1825-1852), 1932 (3 vol.) (monographie très précieuse) ; Y. LECLERC, *Le Réseau impossible (1820-1852),* Genève, Droz, 1987 (ouvrage très stimulant sur les rapports de l'État et des milieux industriels au XIXe siècle) ; E. THÉRY, *Histoire des grandes compagnies de chemins de fer dans leurs rapports financiers avec l'État,* 1984 ; J.-C. TOUTAIN, « Les transports en France, de 1830 à 1865 », *Économies et Sociétés,* Cahiers de l'ISEA, série AF, n° 9, 1967 ; E. VIGNON, *Études historiques sur l'administration des voies publiques en France,* 1862-1880 (4 vol.).

517. L'ÉTAT, LA MONNAIE ET LA BANQUE

Au XIXe siècle, l'État ne songe que très peu à se servir de la monnaie comme d'un instrument central de régulation économique, il se montre surtout préoccupé d'intervenir dans ce domaine pour optimiser la gestion de sa dette. On trouvera des indications utiles dans A. PRATE, *La France et sa monnaie. Essai sur les relations entre la Banque de France et les gouvernements,* Julliard, 1987 ; R. PRIOURET, *La Caisse des dépôts. Cent cinquante ans d'histoire financière,* 1966 ; G. THUILLIER, *La Monnaie en France au début du XIXe siècle,* Genève, Droz, 1983. Sur l'État, la monnaie et les banques, consulter également : J. BOUVIER, *Le Crédit Lyonnais de 1863 à 1889,* 1964 (2 vol.), et *Un siècle de banque française,* Hachette, 1973 ; B. GILLE, *La Banque et le Crédit en France de 1815 à 1848,* 1959 ; A. PLESSIS, La Banque de France et ses deux cents actionnaires sous le Second Empire, Genève, Droz, 1982, *Régents et gouverneurs de la Banque de France sous le Second Empire,* Genève, Droz, 1983, et *La Politique de la Banque de France sous le Second Empire,* Genève, Droz, 1985.

518. LE DÉBAT SUR LE RÔLE ÉCONOMIQUE DE L'ÉTAT EN FRANCE AU XIXe SIÈCLE

La bibliographie est naturellement immense. On se limite ici à mentionner quelques ouvrages significatifs moins connus que ceux des « grands auteurs », libéraux ou socialistes :

L. BLANC, *Organisation du travail,* 1840.

—, *Le Nouveau Monde,* revue publiée du 15 juillet 1849 au 1er mars 1851.

M. CHEVALIER, *Essais de politique industrielle,* 1843.

—, *Des intérêts matériels en France,* 1848.

A. JOURDAN, *Du rôle de l'État dans l'ordre économique,* 1881.

É. LABOULAYE, *L'État et ses limites,* 1865 (3e éd.).

P. LEROY-BEAULIEU, *L'État moderne et ses fonctions,* 1900 (3e éd.) (important, très bien documenté).

C. Pecqueur, *Théorie nouvelle d'économie sociale et politique*, 1842.

—, *De la législation et du mode d'exécution des chemins de fer*, 1840 (un précurseur du socialisme étatiste).

L. Say, *Le Socialisme d'État*, 1884.

E. Vacherot, *La Démocratie*, 1860.

52. La guerre de 1914-1918 et les transformations de l'État

521. L'État et la mobilisation industrielle

On trouvera une très copieuse bibliographie des travaux publiés à l'époque sur cette question in C. Bloch, *Bibliographie méthodique de l'histoire économique et sociale de la France pendant la guerre*, 1925. Ouvrages les plus utiles à consulter :

D. Bellet, « L'industrie moderne et la guerre », in E. Bourgeois *et al.*, *La Guerre*, 1915.

F. Bidaux, *Le Rôle de l'État et l'Initiative privée dans la reconstruction des régions dévastées*, 1922.

A. Delemer, *Le Bilan de l'étatisme*, 1922 (bonne synthèse, bibliographie).

H. Hauser, *La Nouvelle Orientation économique*, 1924.

A. Lebon, *Problèmes économiques nés de la guerre*, 1918-1919 (2 vol.).

W. Mac Donald, *Reconstruction in France*, 1922.

G. Olphe-Galliard, *Histoire économique et financière de la guerre (1914-1918)*, 1918.

Problèmes de politique et Finances de guerre, 1915 (contributions de Jèze, Barthélemy, Rist, etc.).

C. Reboul, *Mobilisation industrielle*, t. I, *Des fabrications de guerre en France de 1914 à 1918*, Nancy, 1925.

P. Renouvin, *Les Formes du gouvernement de guerre*, New York, 1926 (référence de base ; ouvrage publié dans le cadre des monographies commandées par la « Dotation Carnegie pour la paix internationale », dont l'ensemble constitue une source documentaire indispensable sur le sujet).

Gal Serrigny, *La Mobilisation économique*, 1928.

D. Zolla *et al*, *La Guerre et la Vie économique*, 1916.

Deux ensembles récents contiennent par ailleurs d'importantes contributions sur cette question : « Le soldat du travail. Guerre, fascisme et taylorisme », numéro spécial de *Recherches,* n°s 32-33, 1978 (articles de FOURQUET, HARDACH et FINE en particulier) ; « 1914-1918. L'autre front », *Cahier du mouvement social,* n° 2, Éd. ouvrières, 1977 (excellent ensemble sur l'économie de guerre et le rôle de l'État). Dans une perspective comparative, cf. K. BURK, *War and the State, The Transformation of British government, 1914-1919,* Londres, George Allen and Unwin, 1982.

522. L'APRÈS-GUERRE ET L'INTERROGATION SUR LE RÔLE DE L'ÉTAT : LA RÉACTION TECHNOCRATIQUE

La guerre de 1914-1918 engendre un vaste mouvement d'interrogation sur le rôle et sur les formes de l'État. On critique son inertie et son manque d'efficacité. Cf. par exemple L. BLUM, *Lettres sur la réforme gouvernementale,* 1917 (nombreuses rééditions ultérieures) ; J.-M. BOURGET, *Gouvernement et Commandement, les leçons de la guerre mondiale,* 1923 ; R. CARNOT, *L'Étatisme industriel,* 1920 ; É. CLÉMENTEL, *Rapport général sur l'industrie française, sa situation, son avenir,* 1919 (3 vol.) ; A. SCHATZ, *L'Entreprise gouvernementale et son administration,* 1922.

Contre le parlementarisme et les jeux stériles de la politique, un vaste courant se développe autour des thèmes de la rationalisation de l'État et de la nécessaire autonomisation-professionnalisation de l'administration. Trois figures symbolisent ce courant : un conseiller d'État, Henri CHARDON, et deux industriels, Henri FAYOL et Ernest MERCIER. Cf. H. CHARDON, *L'Administration de la France, les fonctionnaires,* 1908, *Le Pouvoir administratif,* 1911, *L'Organisation d'une démocratie. Les deux forces, le nombre, l'élite,* 1921, *L'Organisation de la République pour la paix,* 1926 ; H. FAYOL, *L'Éveil de l'esprit public,* 1918 (cf. notamment l'étude « La réforme administrative des services publics »), *Administration industrielle et générale,* 1917 ; *L'Incapacité industrielle de l'État, le cas des PTT,* 1921 (cf. en annexe la conférence sur « l'industrialisation de l'État ») ; E. MERCIER, *La Crise et l'Élite,* 1933. Se reporter également aux articles publiés dans deux revues : les *Cahiers du redressement français* (1926-1935) et *L'État moderne* (1928-1939).

Ouvrages de référence analysant cette réaction technocratique : G. BRUN, *Technocrates et Technocratie en France (1918-1945),* Albatros, 1985 ; R. KUISEL, *Le Capitalisme et l'État en France. Modernisation et Dirigisme au XXe siècle,* Gallimard, 1984 ; S. RIALS, *Administration et Organisation, 1910-1930. De l'organisation de la bataille à la bataille de l'organisation dans l'administration française,* Beauchesne, 1977 (excellente bibliographie).

53. L'État keynésien

531. Généralités sur l'État et l'économie depuis 1945

J. Autin, *Vingt ans de politique financière*, 1972.

F. Bédarida, J.-P. Rioux et al., *Pierre Mendès France et le Mendésisme*, Fayard, 1986.

F. Bloch-Lainé, *A la recherche d'une économie concertée*, 1962.

H. Bonin, *Histoire économique de la IVᵉ République*, Economica, 1987.

J. Bouvier et F. Bloch-Lainé, *La France restaurée, 1944-1954. Dialogue sur les choix d'une modernisation*, Fayard, 1986 (avec une très bonne synthèse de J.-P. Rioux en prologue).

R. Boyer et J. Mistral, *Accumulation, Inflation, Crises*, PUF, 1983 (2ᵉ éd.).

J.-J. Carré, P. Dubois et É. Malinvaud, *La Croissance française*, Éd. du Seuil, 1972.

« Le capitalisme et l'État » (table ronde autour de R. Kuisel), *Bulletin de l'Institut d'histoire du temps présent*, n° 18, décembre 1984.

État et régulations (ouvrage collectif), Lyon, PUL, 1980.

INSEE, *Fresque historique du système productif*, série E, n° 27, 1974.

A. Gauron, *Histoire économique et sociale de la Cinquième République*, t. I, *Le Temps des modernistes*, La Découverte, 1983, t. II, *Années de rêves, Années de crise (1970-1981)*, La Découverte, 1988.

R. Gilpin, *France in the Age of the Scientific State*, Princeton, Princeton UP, 1968.

J. Guyard, *Le Miracle français*, 1965.

P. Hall, *Governing the Economy. The Politics of State Intervention in Britain and France*, Cambridge, Polity Press, 1986.

P. Hall (éd.), *The Political Power of Economic Ideas : Keynesianism across Nations*, Princeton, Princeton UP, 1989 (permet une comparaison très utile).

J. Hayward, *The State and the Market Economy. Industrial Patriotism and Economic Intervention in France*, Brighton, Harvester Press, 1986.

S. Hoffmann (éd.), *A la recherche de la France*, Éd. du Seuil, 1983.

A. de Lattre, *La France. Politiques économiques*, Sirey, 1966.

La Libération de la France (ouvrage collectif), Comité d'histoire de la Deuxième Guerre mondiale, CNRS, 1976 (fondamental ; cf. notamment les contributions de J. Bouvier, J.-P. Rioux et P. Fridenson).

J.-P. PATRAT et M. LUTFALLA, *Histoire monétaire de la France au XXe siècle,* Economica, 1986.

H. PEYRET, *Le Plan Marshall peut-il sauver l'Europe,* 1948 (retrace l'organisation française de l'aide américaine).

R. RÉMOND et J. BOURDIN (éd.), *La France et l'après-guerre : au tournant de la modernisation,* Presses de la FNSP, 1986.

A. SHONFIELD, *Le Capitalisme aujourd'hui. L'État et l'entreprise,* Gallimard, 1969.

R. DE VILLEPIN, « Vingt ans de finances publiques », *Économie et Statistique,* n° 139, 1981.

Cf. également les ouvrages de R. KUISEL (§ 522), P. FRIDENSON et A. STRAUS (§ 511), R. DELORME et C. ANDRÉ (§ 152). Pour le lien avec la période de l'entre-deux-guerres, cf. : H. LAUFENBERGER, *L'Intervention de l'État en matière économique,* 1939, et A. SAUVY, *Histoire économique de la France entre les deux guerres,* Economica, 1984 (n^lle éd., 3 vol.). Se reporter aussi aux mémoires et aux ouvrages des principaux hommes politiques de la période (C. DE GAULLE, P. MENDÈS FRANCE et G. POMPIDOU en particulier).

532. L'ÉTAT MODERNISATEUR
ET L'ÉDUCATION INDUSTRIELLE DE LA NATION

5321. *L'idéologie technocratique et modernisatrice.* Les idées technocratiques ébauchées dans les années 1930 (cf. § 522) triomphent après 1945. Cf. sur cette période PH. BAUCHARD, *Les Technocrates et le Pouvoir, X-Crise, Synarchie, CGT, Clubs,* 1966, et *X-Crise. De la récurrence des crises économiques. Son cinquantenaire 1931-1981,* Economica, 1981. Sur le cheminement de ces idées pendant la guerre de 1939-1945, se reporter à H. MICHEL et B. MIRKINE-GUETZÉVITCH, *Les Idées politiques et sociales de la Résistance,* 1954, et à R. PAXTON, *La France de Vichy, 1940-1944,* Éd. du Seuil, 1973.

Sur l'idéologie des hauts fonctionnaires réformateurs de l'après-guerre, cf. le témoignage de certains d'entre eux : F. BLOCH-LAINÉ, *Profession : fonctionnaire,* Éd. du Seuil, 1976 ; R. MARJOLIN, *Le Travail d'une vie : mémoires, 1911-1986,* Laffont, 1986 ; S. NORA, « Servir l'État », *Le Débat,* n° 40, mai-septembre 1986 (cf. également les ouvrages de GRUSON, MASSÉ, MONNET cités § 5332). Se reporter aussi à E. CHADEAU, « Les 'modernisateurs' de la France et l'économie du XXe siècle », *Bulletin de l'Institut d'histoire du temps présent,* n° 9, septembre 1982, P. ROSANVALLON, « Histoire des idées keynésiennes en France », *Revue française d'économie,* vol. II, n° 4, automne 1987, et à J.-C. TOENIG, *L'Ère des technocrates,* Éd.

d'organisation, 1973. Cette idéologie modernisatrice s'exprime de façon particulièrement nette dans quelques grands rapports célèbres. Cf. tout particulièrement J. RUEFF et L. ARMAND, *Rapport sur les obstacles à l'expansion économique*, 1960 (dénonciation des blocages liés aux corporatismes professionnels), et S. NORA, *Rapport sur les entreprises publiques*, avril 1967.

Sur la crise de cette idéologie modernisatrice dans les années 1980, cf. P. GRÉMION, « L'échec des élites modernisatrices », *Esprit*, novembre 1987, et J. DONZELOT, « D'une modernisation à l'autre », *Esprit*, septembre 1986.

5322. *L'éducation industrielle de la nation.* L'interventionnisme économique a longtemps transcendé les clivages politiques, traduisant un rapport paternaliste de l'État à l'encontre des milieux économiques. Cf. R. CATHERINE et P. GROUSSET, *L'État et l'Essor industriel*, 1965 ; E. COHEN, *L'État brancardier. Politiques du déclin industriel (1794-1984)* Calmann-Lévy, 1989 ; E. COHEN et M. BAUER, *Qui dirige les groupes industriels ?*, Éd. du Seuil, 1981, « Le politique, l'administratif et l'exercice du pouvoir industriel », *Sociologie du travail*, n° 3, 1985, et *Les Grandes Manœuvres industrielles*, Belfond, 1985 ; H.W. EHRMANN, *La Politique du patronat français*, 1959 ; E. FRIEDBERG et D. DESJEUX, *Le Système d'intervention de l'État en matière industrielle et ses relations avec les milieux industriels*, Centre de sociologie des organisations, 1973 ; B. JOBERT et P. MULLER, *L'État public en action. Politiques publiques et corporatismes*, PUF, 1987 ; P. MAILLET, *La Politique industrielle*, PUF, 1984 ; J. PADIOLEAU, *L'État au concret*, PUF, 1982 ; J. SHEAHAN, *Promotion and Control of Industry in Post-War France*, Cambridge (Mass.), Harvard UP, 1963 ; L. STOLERU, *L'Impératif industriel*, 1964 ; C. STOFFAES, *La Grande Menace industrielle*, Calmann-Lévy 1978 ; J. ZYSMAN, *L'Industrie française entre l'État et le marché*, Bonnel, 1982.

Sur les interventions sectorielles de l'État fondées sur la notion de « secteurs stratégiques » à assister, cf. pour l'aéronautique E. CHADEAU, *L'Industrie aéronautique en France, 1900-1950*, Fayard, 1987, C. CARLIER, *L'Aéronautique militaire française, 1945-1975*, 1983 et « La France et l'aéronautique », numéro spécial, *Le Mouvement social*, n° 145, décembre 1988 (cet ensemble montre bien certaines caractéristiques du rapport État-industrie ; P. Fridenson va jusqu'à parler du développement d'une « technologie nouvelle sans vrais capitalistes »). Pour la sidérurgie, se reporter à J. PADIOLEAU, *Quand la France s'enferre*, PUF, 1981, et à M. FREYSSENET, *La Sidérurgie française, 1945-1975*, 1979. Dans le domaine de l'énergie, se reporter en priorité à A. BELTRAN, M. BUNGENER, J.-F. PICARD, *Histoire(s) de l'EDF. Comment se sont prises les décisions de 1946 à nos jours*, Dunod, 1985. La politique de modernisation passe également par une conception assez directive de l'aménagement du territoire (cf. O. GUI-

CHARD, *Aménager la France*, 1965, et M. ROCHEFORT, C. BIDAULT et M. PETIT, *Aménager le territoire*, 1970), et par la création volontariste de nouveaux pôles industriels (cf. B. PAILLARD, *La Domination de Fos*, 1981).

Sur la modernisation de l'agriculture, cogérée avec les milieux paysans, cf. P. MULLER, *Le Technocrate et le Paysan*, Éd. ouvrières, 1984.

5323. *Structures et méthodes de l'État modernisateur*. L'idéal technocratique de rationalité conduit à réformer certaines structures administratives, en développant notamment les administrations, légères, de mission (cf. E. PISANI, « Administration de gestion, administration de mission », *Revue française de science politique*, avr.-juin, 1956). Cf. parallèlement la littérature sur la rationalisation des méthodes d'organisation et des techniques d'évaluation dans l'administration : J. CHEVALLIER et D. LOSCHAK, « Rationalité juridique et rationalité managériale dans l'administration française », *Revue française d'administration publique*, n° 24, 1982 ; P.-Y. COSSÉ et Y. BERNARD, *L'État et la Prévision macro-économique*, Berger-Levrault, 1974 ; R. LAUFER et A. BURLAUD, *Management public. Gestion et légitimité*, Dalloz, 1987 ; R. LAUFER et C. PARADEISE, *Le Prince bureaucrate*, Flammarion, 1982.

533. LA PLANIFICATION

5331. *L'histoire de l'idée de planification en France*. Quelques articles font le tour de la question : J. AMOYAL, « Les origines socialistes et syndicalistes de la planification en France », *Le Mouvement social*, n° 87, avr.-juin 1974 ; G. LEFRANC, « Le courant planiste dans le mouvement ouvrier français de 1933 à 1936 », in *Essais sur les problèmes socialistes et syndicaux*, Payot, 1970 ; R.F. KUISEL, « Vichy et les origines de la planification économique (1940-1946) », *Le Mouvement social*, n° 98, janv.-mars 1977.

5332. *La planification française après 1945*. Sur le contenu des plans et leur impact, cf : ATREIZE, *La Planification française en pratique*, 1971 ; P. BAUCHET, *Le Plan dans l'économie française*, Economica et Presses de la FNSP, 1986, et *La Planification française, du Ier au VIe plan*, Éd. du Seuil, 1970 ; M. CROZIER, « Pour une analyse sociologique de la planification française », *Revue française de sociologie*, t. VI, vol. 2, 1965 ; S. ESTRIN et P. HOLMES (éd.), *French Planning in Theory and Practice*, Londres, Allen and Unwin, 1983 ; F. FOURQUET, *Les Comptes de la puissance. Histoire de la comptabilité nationale et du plan* (le témoignage des acteurs), Recherches, 1980 ; J. HAYWARD et M. WATSON (éd.), *Planning, Politics and Public Policy, The British, French and Italian Experience*, Cambridge, Cambridge UP, 1975 (cf. les contributions de J.-J. BONNAUD et Y. ULLMO en particulier) ; G. LAVERDINE, « Déclin du plan, essor de la planification », *Projet,* décembre 1980 (intéressant sur le tournant des années 1970) ; J. Mc Arthur et B. Scott, *L'Industrie française face aux plans,* 1970 (le point de vue critique de deux experts américains) ; Ph. Mioche, *Le Plan Monnet, genèse et élaboration (1941-1947),* Publications de la Sorbonne, 1987 ; M. Mac Lennan, M. Forsithe et G. Denton, *Planification et Politique économique en France, Allemagne, Grande-Bretagne,* 1969 ; A. Nizard et al., *Planification et Société,* Grenoble, PUG, 1974 ; « Le Plan Monnet », numéro spécial de *Droit social,* mars 1950 ; P. Pascallon, *La Planification de l'économie française,* Masson, 1974 (très pénétrant) ; E. Quinet et L. Touzery, *Le Plan français, mythe ou nécessité,* Economica, 1986 ; H. Rousso (éd.), *De Monnet à Massé, enjeux politiques et objectifs économiques des quatre premiers plans (1946-1965),* CNRS, 1986, et, du même auteur, *La Planification en crises (1965-1985),* CNRS, 1988 ; Y. Ullmo, *La Planification en France,* 1975.

Cf. également les ouvrages écrits par des commissaires au Plan : C. Gruson, *Origines et Espoirs de la planification française,* 1968, et *Programmer l'expérience,* 1976 ; P. Massé, *Le Plan ou l'Anti-hasard,* 1965 ; J. Monnet, *Mémoires,* 1976.

534. Les nationalisations

5341. *Les origines de l'idée de nationalisation en France.* Cf. CGT, *La Nationalisation industrialisée. Les raisons, la nécessité de sa réalisation,* 1920 ; G. Lefranc, « Les origines de l'idée de nationalisation industrialisée en France (1919-1920) », in *Problèmes socialistes et syndicaux,* 1970 ; A. Thomas, *L'État et les Compagnies de chemins de fer,* 1914 ; A. Zévaès, *Les Mines et la Nation,* s.d. (*circa* 1912). Se reporter aussi aux contributions de J. Bouvier et P. Fridenson, in *La Libération de la France (op. cit.,* § 531), ainsi qu'à M. Branciard, « Histoire de l'idée de nationalisation », *CFDT-Aujourd'hui,* n° 24, mars-avril 1977, et à P Rosanvallon, « L'idée de nationalisation dans la culture politique française », *Le Débat,* n° 17, décembre 1981.

5342. *L nationalisations de 1945-1946.* Deux bonnes références : C. Andrieu, L. Le Van, A. Prost, *Les Nationalisations de la Libération, de l'utopie au compromis,* Presses de la FNSP, 1986 (bonne bibliographie) ; le numéro spécial de la revue *Le Mouvement social* sur « Les nationalisations d'après-guerre en Europe occidentale », n° 134, janv.-mars 1986. Cf. également l'ouvrage collectif *La Libération de la France* (cité § 531) et consulter la bibliographie sur la Libération publiée par C. Levy dans le *Bulletin de l'Institut d'histoire du temps présent,* n° 15, mars 1984. Une monographie particulièrement intéressante : G. Bouthillier, *La Nationalisation du gaz et de l'électricité en France. Contribution à l'étude des* *décisions politiques,* Microéditions Hachette, 1973. Sur les débats politiques à propos des nationalisations, la thèse de H.A. FLETCHER, *The Nationalization Debate in France, 1942-1946,* Harvard, 1959, reste par ailleurs toujours précieuse.

INDEX

SOMMAIRE

grandes enquêtes sociales dans la première moitié du XIXᵉ siècle. L'effort de connaissance statistique complète les mécanismes de la représentation politique.

L'élection des fonctionnaires pendant la Révolution française. La distinction de l'employé et du fonctionnaire. La conception française du pouvoir exécutif : la vision utopique d'une administration purement mécanique. La critique de la bureaucratie qui en résulte. L'idéal du gouvernement à bon marché.

Le paradoxe français : le culte de l'État voisine avec une organisation très déficiente de la fonction publique. La réticence à former des grands administrateurs. La difficulté de penser le pouvoir administratif en est la cause. Puissance du citoyen et misère de l'administré.

Les trois modes de régulation pratique des rapports entre l'administration et le pouvoir politique : l'épuration, la décentralisation, la démocratisation. Le conflit de l'intérêt général et de la volonté générale : État et service public ; le problème du statut des fonctionnaires ; administration et technocratie politique. Le juge, le fonctionnaire et l'État de droit.

II. L'INSTITUTEUR DU SOCIAL

La suppression brutale de tous les corps intermédiaires pendant la Révolution érige l'État en instance de production du social : il est amené à combler le vide de sociabilité et le déficit de régulation engendrés par la destruction des anciennes corporations. Comparaison entre la France et l'Angleterre.

hospices. Un système hétérogène et inégalitaire d'action sociale. L'État est pratiquement absent du dispositif d'assistance au XIXᵉ siècle.

L'émergence de la notion de « droits sociaux ». Ils sont pensés comme des droits-limites pendant la Révolution. La radicalisation du problème au XIXᵉ siècle, le développement du paupérisme apparaissant lié au fait même de l'industrialisation et ne résultant plus seulement de la malchance ou des conduites individuelles. Les débats sur le droit au travail : le rapport entre les « droits-libertés » et les « droits-créances ». La critique de l'industrie et la volonté de réencastrer la solidarité dans la société. Le caractère pragmatique des politiques sociales correspond à la difficulté de leur donner une base philosophique.

L'essor de la mutualité après 1848 et le développement des sociétés de secours mutuel. L'assurance comme nouvelle modalité de régulation sociale. Léon Bourgeois et la philosophie solidariste : les conditions du dépassement des contradictions antérieures. Les lois sociales de la fin du XIXᵉ siècle. Le débat sur l'assurance obligatoire. La naissance des assurances sociales en 1928 et la réduction du champ de l'assistance

La naissance de la Sécurité sociale et le développement de l'assurance-chômage. Le sens de l'État-providence : figure paradigmatique de l'extériorité sociale, effacement de la distinction entre assurance et assistance, extension des assurances obligatoires. La crise de l'État-providence.

IV. LE RÉGULATEUR DE L'ÉCONOMIE

Critique de la notion d'interventionnisme, trop globale pour être opératoire. Les actions de l'État à incidence économique peuvent renvoyer aux tâches de l'État de police ou de l'État protecteur. Elles se distinguent dans ce cas de la fonction de régulation proprement dite.

L'État de police. Il présente au XIXe siècle des traits nouveaux du fait de l'effondrement de l'ancienne société de corps. La différence est de nature et pas seulement de degré. L'État protecteur-protectionniste : les objectifs sociologiques du protectionnisme. La méfiance vis-à-vis du développement industriel et la critique de l'économie politique qui en découle. La politique des grands travaux et le rôle des ingénieurs des grands corps techniques. Du contrôle à l'impulsion.

Les impératifs économiques et industriels de la mobilisation militaire. L'étatisme lié à l'économie de guerre a seulement été conjoncturel, il n'a pas constitué le prodrome d'un État régulateur et planificateur. Le mouvement des idées dans l'entre-deux-guerres : la recherche d'un État rationnel ; la naissance de l'idée de planification ; la difficile pénétration des idées keynésiennes ; l'opposition des socialistes à l'idée d'économie organisée.

Le nouveau regard que la société française porte sur l'État après 1945. Les nationalisations et la planification. Le sens de la révolution keynésienne. La comptabilité nationale et la prévision économique. L'impératif de modernisation. Les figures de l'État modernisateur : l'éducation économique et industrielle de la nation, la stratégie des grands projets, la gestion étato-corporative. Le tournant des années 1980.

Continuités et ruptures dans l'histoire de l'État. La spécificité du cas français. L'avenir de la forme étatique.

IMPRIMERIE BRODARD ET TAUPIN À LA FLÈCHE
DÉPÔT LÉGAL JANVIER 1993. Nº 19403 (6202G-5)

Collection Points

SÉRIE HISTOIRE